한문본 금산사몽유록 연구

한문본 금산사몽유록 연구

漢文本 金山寺夢遊錄 研究

초판1쇄 인쇄 2022년 11월 8일
초판1쇄 발행 2022년 11월 18일

지은이   양반 楊攀
펴낸이   이대현
편집   이태곤 권분옥 임애정 강윤경
디자인   안혜진 최선주 이경진
마케팅   박태훈 안현진

펴낸곳   도서출판 역락
출판등록   1999년 4월 19일 제303-2002-000014호
주소   서울시 서초구 동광로 46길 6-6 문창빌딩 2층 (우06589)
전화   02-3409-2060
팩스   02-3409-2059
홈페이지   www.youkrackbooks.com
이메일   youkrack@hanmail.net

ISBN 979-11-6742-283-5 93810

한문본 금산사몽유록 연구

漢文本 金山寺夢遊錄 研究

양반 楊攀

역락

漢高祖真像

한고조(漢高祖)(256 ~ 195BC.), 한나라 개국 황제.
Metropolitan Museum of Art

당태종(唐太宗)(598 ~ 649), 당나라 두 번째 황제.
Metropolitan Museum of Art

像真祖太宋

송태조(宋太祖)(927 ~ 976), 송나라 개국 황제.
Metropolitan Museum of Art

명태조(明太祖)(1328 ~ 1398), 명나라 개국 황제.
臺北故宮博物院

〈북경궁성도(北京宮城圖)〉British Museum

　이 그림은 영국 대영박물관에 소장되어 있는 중국 명나라 화가 주방(周邦)의 작품으로 명나라 후기 북경 자금
성의 구조와 대신들이 조회하기 전에 서로 인사하는 모습을 그렸다. 〈금화사몽유록〉에서 묘사하고 있는 '금화사'
는 역대 황제들이 함께 모이는 공간으로 명나라 때부터 지금까지 북경에 실제로 존재하고 있는 역대제왕묘(歷代帝
王廟)를 암시하는 것으로 생각할 수 있다. 하지만 작품 속에 묘사된 '금화사'를 보면 한나라의 노영광전(魯靈光殿)과
위나라의 경복전(景福殿)처럼 규모가 굉장하고 아름다운 곳으로 표현하고 있기 때문에 역대제왕묘보다는 명나라
황제가 실제 거주한 자금성과 더욱 비슷하다고 할 수 있다. 이 그림을 통해 〈금화사몽유록〉의 작가가 상상하며
써 내려간 금화사의 모습과 역대 명신들이 만나는 장면을 엿볼 수 있다.

〈한전논공도(漢殿論功圖)〉 Metropolitan Museum of Art

이 그림은 미국 메트로폴리탄미술관에 소장되어 있는 중국 명나라 화가 유준(劉俊)이 그린 〈한전논공도(漢殿論
功圖)〉이다. 화면 가운데 앉아있는 제일 큰 인물은 한나라 초대 황제 유방(劉邦)이고 그 맞은편에 서 있는 인물들
은 공신의 공적을 논의하고 있는 대신들이다. 이 그림은 한나라 건국 직후 황제와 대신들이 한나라 건국 공신들의
공적에 부합되는 상을 주기 위해 각 공신들의 공적의 크고 작음을 논의하는 장면을 그리고 있다. 〈금화사몽유록〉
에도 황제와 명신들이 모인 후에 장량의 간언으로 제갈량이 명신들의 반열을 정해주는 서사 부분이 있다. 이 그림
을 통해 〈금화사몽유록〉 중에서 해당 서사 단락에 등장하는 인물의 모습과 황제와 신하들이 서로 말을 주고받는
장면을 상상할 수 있다.

題名會通

儒林萃國古今圖
珍詠飛毫□睇群中
為士作新知人穀
盡圖攜喜見文雄

白采謹依
顧初逸

明時不與百會同
八表人歸天道中
于茲芳年十八士
經綸雄走出平雄

〈문회도(文會圖)〉臺北故宮博物院

　이 그림은 중국 대북고궁박물원(臺北故宮博物院)에 소장되어 있는 송휘종(宋徽宗)의 〈문회도(文會圖)〉이다. 황제 가문에서 태어난 송휘종(宋徽宗) 조길(趙佶)은 문학과 미술에만 탐닉하였고 국정을 돌봐야 할 황제로서의 역할을 제대로 하지 않아 북송의 국력을 쇄락시켰다. 하지만 우아한 서체인 수금체(瘦金体)를 창제하였고 화가이자 서예가로서는 인정을 받았다. 이 그림은 송휘종이 여러 문신과 함께 모여 차나 술을 마시면서 이야기를 나누는 장면을 그린 것이다. 당나라의 '십팔학사(十八學士)'와 동일한 주제를 계승하여 황제 옆에 모인 인재를 과시하는 장면이 〈금화사몽유록〉과 일치할 뿐만 아니라 이 그림을 통해 〈금화사몽유록〉에서 묘사하고 있는 황제와 신하들이 모여 연회를 즐기는 모습을 짐작할 수도 있다.

〈오왕취귀도(五王醉歸圖)〉臺北故宮博物院

　이 그림은 중국 대북고궁박물원(臺北故宮博物院)에 소장되어 있는 명나라 화가가 그린 〈오왕취귀도(五王醉歸圖)〉이다. 이 그림은 당현종(唐玄宗)이 젊었을 때 네 명의 형제들과 함께 연회를 열어 즐긴 후 술에 취해 서로 작별하는 장면이다. 당현종의 다섯 형제 중에 가장 먼저 취한 사람이 일찍 돌아갔기 때문에 그림에는 네 명의 왕만 보인다. 초와 등롱을 밝히고 있기에 밤의 잔치인 것을 알 수 있고 시종들이 왕을 붙잡고 있는 모습을 통해 왕들이 모두 만취한 상태임을 한눈에 알 수 있다. 〈금화사몽유록〉의 결말 부분에서도 새벽이 될 무렵 만취한 제왕들은 모두 가버리고 결국 한고조, 당태종, 송태조와 명태조만 남아 서로 작별하는데 이 그림이 〈금화사몽유록〉의 결말과 정교하게도 일치한다.

양반(楊攀) 군과의 인연은 특별하다고 할 수 있습니다.

본인(本人)이 2007년 한국학중앙연구원(옛 정신문화연구원)에서 정년을 맞은 뒤, 중국 대련시 대련외국어대학 한국어학과에 초빙교수로 근무하게 되었습니다. 그때 학과의 주임교수이셨던 하동매(何彤梅) 박사와 한국어 문법교수이신 진염평(陳艷平) 박사의 배려로 대학원 석사과정의 한국어 문법 강의를 하게 되었습니다.

당시 학부 및 대학원 전공학생들이 한국어 문법이나 문학 등을 열심히 공부하고 연구하는 데 큰 감명을 받았습니다. 이런 인상은 그 뒤 2010년에 한국에 돌아와서도 잊혀지지 않았습니다. 따라서 그 뒤 대련외대 교수님들과 학생들과의 교류가 이어졌습니다.

그런 인연의 일환으로 한국에서 양반 군을 만나게 되었고 한국학 대학원 한국문학 석사과정에 양반 군이 입학하게 되었습니다.

그때 구체적인 전공분야를 의논하게 되었고, 그 결과로 양반 군이 한국 고전문학을 전공하게 되었습니다. 두 말할 필요도 없이 역사적으로 한국은 100% 중국 문화에 영향을 받았는데, 그 가운데 고전문학은 중국 문학에 영향을 받았습니다. 예컨대 『서유기』, 『삼국지연의』, 『홍루몽』 등등이 한국어로 번역 또는 번안되어 그 영향이 지대하였습니다.

따라서 한국고전문학은 중국의 그것과 직결되기도 하고 그 영향이 지대하였습니다. 만약 중국어(한문)와 한국어를 능통하게 구사할 수 있는 학자가 두 문학을 연구한다면 그 성과가 매우 클 것임에 틀림없을 것입니다.

양반 군이 석·박사 과정을 끝내고 이제 한국-중국 고전소설에 관한 관계를 깊이 있게 연구할 수 있을 것을 의심하지 않습니다.

그 첫 업적으로 임치균 교수의 지도로 『한문본 금산사몽유록 연구』(박사 학위 논문)를 상재(上梓)하게 되었습니다.

제가 비록 문법 연구자로 문학연구의 내용을 평가할 수는 없으나, 그 업적이 훌륭할 것을 의심하지 않습니다. 겨우 이제 첫 단계의 업적이지만, 앞으로 이 방면에 혁혁한 연구 업적을 쌓을 것을 의심하지 않습니다. 그런 뜻으로 양반 박사의 『한문본 금산사몽유록 연구』의 첫 업적의 서문으로 축하의 뜻을 전합니다.

2022년 2월

이광호(한국학중앙연구원 명예교수)

머리말

　현대소설과 달리, 고전문학의 경우에는 활자로 인쇄된 것보다, 필사자의 친필로 작품의 원문을 베껴 쓴 경우가 많고 필사자가 의도적으로 썼든지 그렇지 않든지 상관없이 각각의 이본 간에는 크고 작은 차이가 수없이 나타날 수밖에 없다. 그래서 작품의 이본에 따라 서로 완전히 다른 주제 의식이나 남다른 서사 내용이 담겨 있을 수 있다. 중국에서는 늦어도 한나라 때부터 이본을 비교하는 교감학의 연구를 시작하였고 그 당시 사용했던 연구 방법들이 지금까지도 전해 내려오고 있으며, 현대 학자들도 고문헌의 이본을 연구할 때 중요하게 생각하고 활용한다.

　필자가 국문과에 들어온 후에 지도교수님에게서 배우게 된 첫 학기의 수업도 고전소설 이본 연구였고 종종 이러한 이유로 필자가 으레 이본 연구와 작품 교감의 문제를 중요시해 왔다. 2015년 석사 논문 주제를 상의하기 위해 여러 차례 지도교수님을 찾아 뵈었고 마침내 한국 고전소설 가운데 명나라 황제 주원장에 관한 작품을 연구 대상으로 삼아 여러 작품 속에 나타나 있는 주원장의 형상을 분석하기로 결정하였다. 물론 주원장과 관련된 이들 작품 속에는 중국 역대 황제와 신하들을 등장시킨 〈금화사몽유록〉도 포함되어 있다.

　석사논문을 쓰기 전에 연구 대상으로 활용할 소설 작품을 고르면서 관련된 모든 작품의 이본 연구를 본격적으로 하기 시작하였다. 한국 고전 소설 이본 연구에 있어 조희웅 교수님의 '고전소설 연구자료 총서' 제1권 『고전소설 이본목록』이라는 대작을 절대로 간과할 수 없다. 이는 한국의 여러 도서관과 박물관에 소장되어 있는 고서뿐만 아니라, 수많은 귀중한 개인소장본까지도 일일이 조사하고 관련된 정보를 정갈하게 제시한 실용적 가치가 높은 책이다.

하지만, 석사논문을 쓸 당시만 해도 필자가 아직 한국 고전소설에 대해 밝은 지식을 가지지 못한 상태였고 한국 고전소설을 좀더 공부하기 위해 본인 스스로 이본 조사에 직접 뛰어들어 작업을 시작하였다. 마치 문제집 뒤에 정답이 있더라도 스스로 한번 그 문제를 풀어봐야 참 공부요 자신의 것이 된다는 도리와 마찬가지라 생각했기 때문이다.

그리고 이렇게 연구 대상의 모든 이본을 검색하는 과정에서 기대 이상의 뜻하지 않은 성과를 얻었다. 한국어, 중국어, 일본어, 영어 사이트를 모두 검색하다가 중국 안휘성(安徽省) 무호시도서관(蕪湖市圖書館) 사이트를 통해 새 이본을 하나 밝히게 되었다. 그리고 이 신자료는 한 눈에 봐도 이미 보고된 자료의 보존 상태보다 훨씬 좋을 뿐만 아니라 필사의 서체도 아주 우아하고 수려하다. 그리고 문헌 전체를 보면 시작부터 끝까지 훼손 및 낙서 부분이 한 군데도 없으며 오히려 필사자가 작품에 대한 감상을 몇 군데에 써서 밝히고 있다. 그 당시에는 정말 이 자료를 가지고 당장에라도 학술지 논문을 쓰고 싶은 마음이었으나 석사 논문을 완성하기 전까지는 그런 욕심을 잠재울 수밖에 없었다.

다행히 지도교수님의 가르침을 힘입어 2016년 2월에 순조롭게 석사과정을 마칠 수 있었고 같은 해 3월에는 박사과정으로 공부를 이어갔다. 더욱 다행스러운 것은 그때까지도 여전히 이 자료에 대해 밝히거나 논문을 먼저 쓴 사람이 아무도 없었다. 그래서 더 이상 미루지 않고 바로 소논문을 쓰기 시작하였다. 여러 가지 우여곡절을 겪은 끝에 중국 도서관의 조문재(操文才) 선생님과 저복영(褚福穎) 선생님, 그리고 일본 와세다대학교 도서관 야마다 미키(山田美季) 선생님의 도움으로 마침내 그 자료의 진정한 소장처가 와세다대학교 도서관인 사실을 확인하였다.

그 뒤에 교수님들과 선후배의 도움을 받아 논문을 쓰고, 학회 발표를 하고, 학술지 투고를 하는 과정이 어떠했을지는 굳이 일일이 설명하지 않아도 모두가 짐작할 수 있을 것이다. 한 가지만 더 말하자면, 그 소논문을 쓸 때 와세다대학교 후루야 아키히로(古屋昭弘) 교수님의 조언을 얻었을 뿐만 아니라 2017년 여름에 논문이 게재되었고, 2018년 초에 일본의 세이카도(靜嘉堂) 미술관에서 소장한 〈금화사몽유록〉의 한 이본을 직접 보러 갔을 때 후루야 아키히로 교수님께서 마련해주신 자리에서 연구의 성과를 발표하고 참석하신 많은 중국과 일본 선생님들의 가르침도 들을 수 있는 뜻깊은 기회도 가졌다.

사실 석사논문을 준비하면서 와세다 이본을 발굴함과 동시에 〈금화사몽유록〉의 몇몇 다른 이본도 찾아냈다. 이본 간의 재미있는 차이도 필자의 관심을 사로잡았지만, 순수한 중국 역사를 다룬 조선시대의 이 짧은 한문소설 한 편이 이렇게 수많은 이본을 전승해 왔다는 사실이 너무나도 놀라운 일이었다. 그래서 실은 박사과정에 들어오기 전에 이미 박사논문의 주제를 대략 결정한 상태였다. 물론 박사과정에 들어온 뒤 조희웅 교수님과 임형택 교수님, 그리고 현담문고(전 아단문고)의 박천홍 실장님 등 많은 분들의 도움으로 더 많은 이본을 접하게 되었고 이전의 결정을 더욱 확고히 하게 되었다.

학계에 무슨 대단한 공헌을 하겠다는 이유보다 어찌 보면 연구자 본인의 궁금증을 풀고 호기심을 해결하려는 이기적인 시도에 불과한 것인지도 모르겠다. 그러나 무엇보다도 현재까지 제일 아쉬운 것은 비록 다수의 자료를 갖게 되었어도 그만큼의 충분한 연구를 수행하지 못하여 각각의 자료의 가치를 조명하지 못하고 전체 이본의 체계도 면밀하게 파악하지 못한 것이다. 이는 부득이하게 향후의 과제로 남겨둘 수밖에 없다.

2014년, 대학원에 입학했을 당시 지도교수님께서 학술 연구 차 미국에 가 계셨기 때문에 홍익대학교 박일용 교수님과 이화여자대학교 조혜란 교수님의 강의를 통해 한국 고전소설 공부에 첫걸음을 내디딜 수 있었다. 그동안 한국학중앙연구원 국어국문과 여러 교수님은 물론, 성신여자대학교 심치열 교수님, 그리고 필자의 모교인 중국 대련외국어대학교에서 강의하신 이광호 교수님 등 여러 선생님들의 가르침과 돌봄을 받았다. 또한 그 당시 선배들이 이끄는 필사본 스터디와 논문 스터디 등 여러 가지 학습 활동을 통해 후일 공부의 기반을 든든하게 마련할 수 있었다.

평소에 학회에서 아낌없이 주시는 가르침을 차곡차곡 쌓을 수 있었고 박사논문을 쓰는 기나긴 시간 동안에도 주변 분들의 수많은 도움을 셀 수 없이 많이 받았다. 항상 옆에서 자상함으로 격려해 주시고 친절하게 도와주신 여러분 덕분에 2020년 2월에 졸업과 동시에 무사히 귀국을 할 수 있었다. 귀국 이후 내내 박사논문을 열심히 보완하고자 하는 마음을 가지고 있었으나 능력의 한계로 아직 생각하는 바대로 완전한 내용이라고 할 수 없는 부족한 책을 내려고 하니 몸 둘 바를 모르는 것이 사실이다. 그래도 자신의 부족함을 회피하지 않고 지속적으로 노력하며 훗날의 보다 나은 성과를 기약하는 의미로 박사논문을 출판하며 아낌없는 지적을 부탁드리고자 한다.

2년 전 한국을 떠나오던 날의 광경이 아직도 눈 앞에 생생하게 그려지는 듯한데 어느새 연구원 도서관 옆 연못의 연꽃과 연못 옆 언덕의 옥란화는 이미 두 번이나 피었다 시들었겠구나. 더욱 늦어지기 전에 청계산의 잔잔한 벽계수 소리를 들으면서 쓴 첫 번째 숙제를 이제 세상에 제출해 보도록 할까? 본서의 출간을 앞두고 제일 먼저 이 철없고 못난 아들을 애써 키워 주신 부모님, 그리고 필자를 가르쳐 주시고 도와주시고 논문을 심사해 주신 모든 교수님, 더불어 언제나 옆에서 응원해주는 선후배들과 친구 분들께 심심한 감사를 드리고자 한다.

그리고 〈금화사몽유록〉의 여러 귀중한 이본 자료들을 안전하게 보관 소장해 주신 모든 도서관, 박물관, 미술관 관계 직원 분들과 개인 소장가 분들께 깊은 감사를 드린다. 논문을 쓰는 동안 많은 이본들을 직접 볼 수 있도록 여러 모로 협조해 주신 은혜는 결코 잊지 않고 기억하겠다. 특히 본서의 원고를 여러 차례 읽고 수정 내용을 검토해주신 중국 중산대학교 이지영 선생님께 진심으로 깊은 감사를 전한다. 마지막으로 본서의 편집을 맡으신 역락 출판사 이태곤 선생님과 디자인을 맡으신 안혜진 선생님, 그리고 역락의 모든 가족 여러분께 감사의 말씀을 거듭 전해드린다.

여러분의 깊은 사랑과 은혜를 마음 속에 간직하면서 용기를 내고 또 내어 멀고 더 험한 길인지도 모를 앞을 향해 과감하게 출발하겠다. 필자의 발 앞에 펼쳐진 연구의 길은 영웅의 일대기가 아니라 여러 주인공이 함께 걸어가는 대장편소설인 만큼 작품 속에서 주인공들의 권선징악의 해피엔딩을 마주할 때 이 소설을 읽는 독자분들도 즐거움을 얻으시길 진심으로 빈다.

흑호 맹춘 원일
당가고진(唐家古鎭)에서

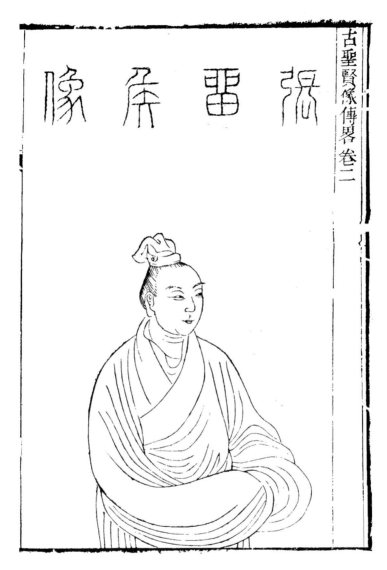

장량(張良)(? ~ 186BC.), 서한 개국공신.
『고성현상전략(古聖賢像傳略)』

소하(蕭何)(? ~ 193BC.), 서한 개국공신.
『고성현상전략(古聖賢像傳略)』

한신(韓信)(? ~ 196BC.), 서한 개국공신.
『고성현상전략(古聖賢像傳略)』

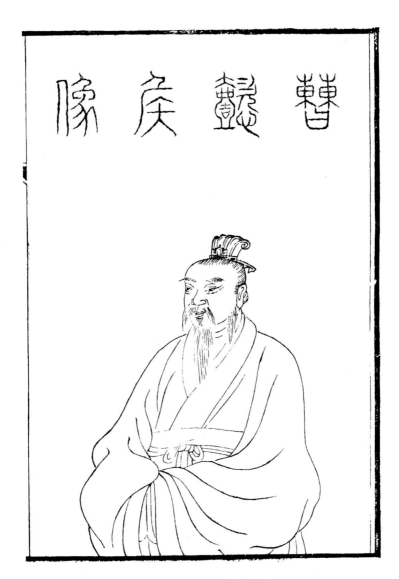

조참(曹參)(? ~ 189BC.), 서한 개국공신.
『고성현상전략(古聖賢像傳略)』

한문본 금산사몽유록 연구

육가(陸賈)(240 ~ 170BC.), 서한 개국공신.
『고성현상전략(古聖賢像傳略)』

주발(周勃)(? ~ 169BC.), 서한 개국공신.
『고성현상전략(古聖賢像傳略)』

　　　　　　　　　　　　　　　　한문본 금산사몽유록 연구

위청(衛靑)(? ~ 106BC.), 서한 명장.
『고성현상전략(古聖賢像傳略)』

급안(汲黯)(? ~ 112BC.), 서한 명신.
『고성현상전략(古聖賢像傳略)』

한문본 금산사몽유록 연구

동방삭(東方朔)(161 ~ 93BC.), 서한 문학가.
『고성현상전략(古聖賢像傳略)』

霍宣成像

곽광(霍光)(? ~ 68BC.), 서한 명신.
『고성현상전략(古聖賢像傳略)』

엄광(嚴光)(39BC. ~ 41), 동한 은사.
『고성현상전략(古聖賢像傳略)』

등우(鄧禹)(2 ~ 58), 동한 개국공신.
『고성현상전략(古聖賢像傳略)』

경감(耿弇)(3 ~ 58), 동한 개국공신.
『고성현상전략(古聖賢像傳略)』

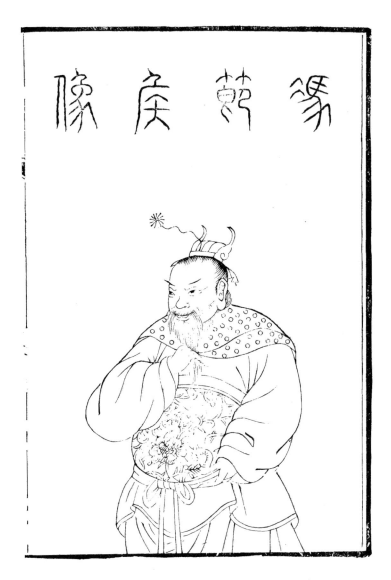

풍이(馮異)(? ~ 34), 동한 개국공신.
『고성현상전략(古聖賢像傳略)』

　　　　　　　　　　　　　한문본 금산사몽유록 연구

구순(寇恂)(? ~ 36), 동한 개국공신.
『고성현상전략(古聖賢像傳略)』

마원(馬援)(14BC. ~ 49), 동한 개국공신.
『고성현상전략(古聖賢像傳略)』

한문본 금산사몽유록 연구

강유(姜維)(202 ~ 264), 촉한 명장.
『고성현상전략(古聖賢像傳略)』

주유(周瑜)(175 ~ 210), 동오 명장.
『고성현상전략(古聖賢像傳略)』

　　　　　　　　　　　　　　한문본 금산사몽유록 연구

육손(陸遜)(183 ~ 245), 동오 명장.
『고성현상전략(古聖賢像傳略)』

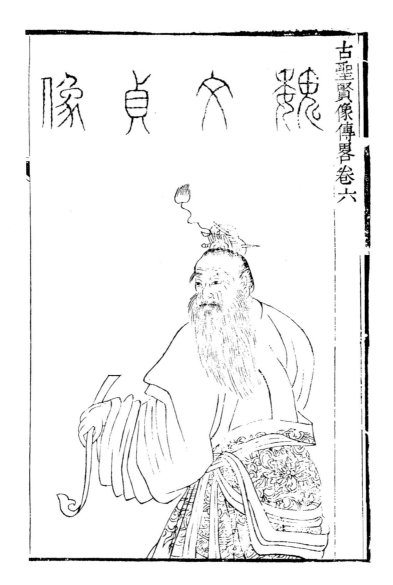

魏文貞像

古聖賢像傳畧卷六

위징(魏徵)(580~643), 당나라 명신.
『고성현상전략(古聖賢像傳略)』

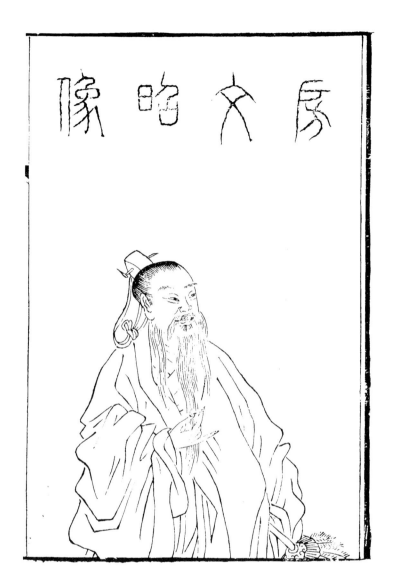

방현령(房玄齡)(579 ~ 648), 당나라 명신.
『고성현상전략(古聖賢像傳略)』

두여회(杜如晦)(585 ~ 630), 당나라 명신.
『고성현상전략(古聖賢像傳略)』

한문본 금산사몽유록 연구

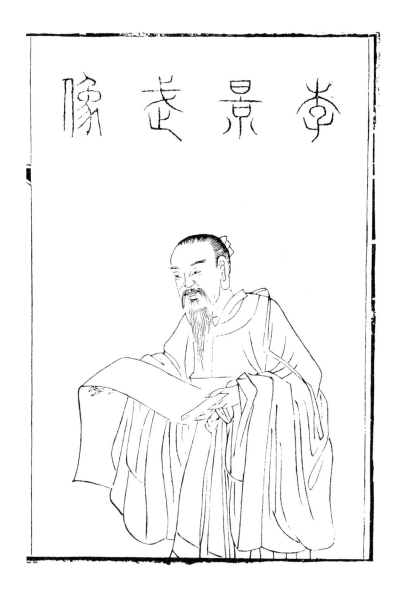

이정(李靖)(571 ~ 649), 당나라 명장.
『고성현상전략(古聖賢像傳略)』

우세남(虞世南)(558 ~ 638), 당나라 공신.
『고성현상전략(古聖賢像傳略)』

한문본 금산사몽유록 연구

굴돌통(屈突通)(557 ~ 628), 당나라 명장.
『고성현상전략(古聖賢像傳略)』

像眞事

이적(李勣)(594 ~ 669), 당나라 명장.
『고성현상전략(古聖賢像傳略)』

울지공(尉遲恭)(585 ~ 658), 당나라 명장.
『고성현상전략(古聖賢像傳略)』

장손무기(長孫無忌)(? ~ 659), 당나라 승상.
『고성현상전략(古聖賢像傳略)』

　　　　　　　　　　　　　　한문본 금산사몽유록 연구

장순(張巡)(708 ~ 757), 당나라 명신.
『고성현상전략(古聖賢像傳略)』

허원(許遠)(709 ~ 757), 당나라 명신.
『고성현상전략(古聖賢像傳略)』

古聖賢像傳畧卷九

像帙儀賓

두의(竇儀)(914 ~ 966), 북송 명신.
『고성현상전략(古聖賢像傳略)』

조보(趙普)(922 ~ 992), 북송 개국공신.
『고성현상전략(古聖賢像傳略)』

　　　　　　　　　　　　　한문본 금산사몽유록 연구

曹彬 走 遠 像

조빈(曹彬)(931 ~ 999), 북송 개국명장.
『고성현상전략(古聖賢像傳略)』

야율초재(耶律楚材)(1190 ~ 1244), 원나라 명신.
『고성현상전략(古聖賢像傳略)』

한문본 금산사몽유록 연구

조맹부(趙孟頫)(1254 ~ 1322), 원나라 명신.
『고성현상전략(古聖賢像傳略)』

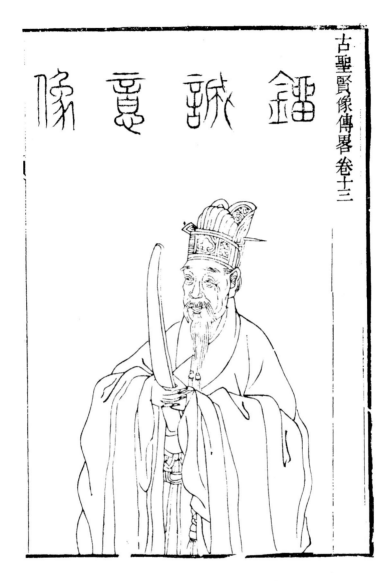

유기(劉基)(1311 ~ 1375), 명나라 개국공신.
『고성현상전략(古聖賢像傳略)』

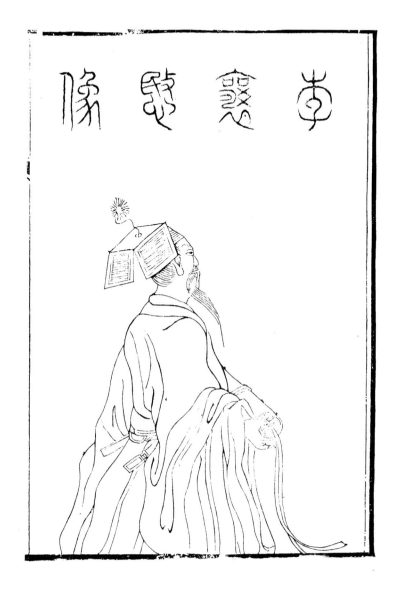

이선장(李善長)(1314 ~ 1390), 명나라 개국공신.
『고성현상전략(古聖賢像傳略)』

서달(徐達)(1332 ~ 1385), 명나라 개국공신.
『고성현상전략(古聖賢像傳略)』

한문본 금산사몽유록 연구

상우춘(常遇春)(1330 ~ 1369), 명나라 개국공신.
『고성현상전략(古聖賢像傳略)』

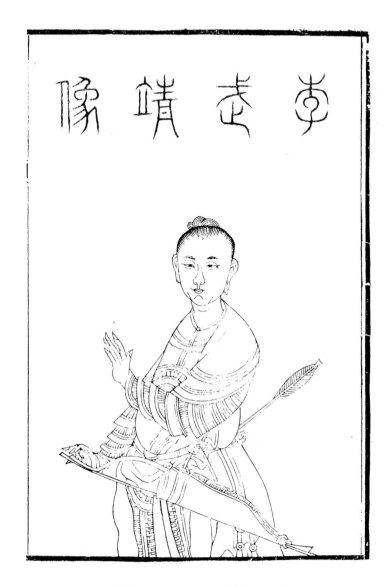

이문충(李文忠)(1339 ~ 1384), 명나라 개국공신.
『고성현상전략(古聖賢像傳略)』

한문본 금산사몽유록 연구

탕화(湯和)(1326 ~ 1395), 명나라 개국공신.
『고성현상전략(古聖賢像傳略)』

목영(沐英)(1345 ~ 1392), 명나라 개국공신.
『고성현상전략(古聖賢像傳略)』

한성(韓成)(? ~ 1363), 명나라 개국명장.
『고성현상전략(古聖賢像傳略)』

송렴(宋濂)(1310 ~ 1381), 명나라 개국문신.
『고성현상전략(古聖賢像傳略)』

한문본 금산사몽유록 연구

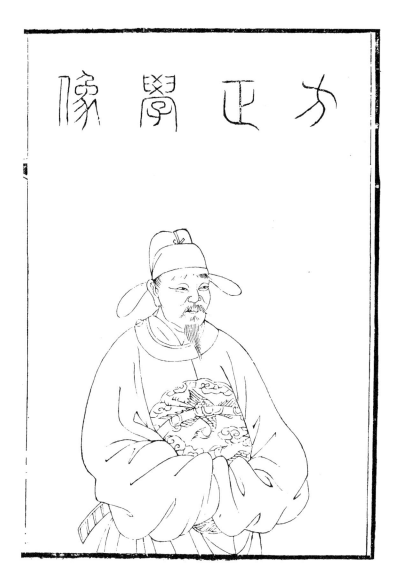

방효유(方孝孺)(1357 ~ 1402), 명나라 명신.
『고성현상전략(古聖賢像傳略)』

차 례

제4장 —— 〈금산사몽유록〉 계열의 형성과 전승

논문: 신자료 와세다 한문본 〈금화사몽유록〉의 특징과 의미

그림 차례

제1장

〈금산사몽유록〉의
신고찰

1. 문제제기

몽유록은 한국 고전소설 유형 중에 하나로 그것을 대표하는 문학 장르이다. 이 장르는 15세기를 기점으로 조선 전기에서 전대의 문학 양식인 전기(傳奇)와 우언(寓言)을 수용하여 발전시키면서 조선 후기의 파란만장한 사회 변화를 그대로 반영하고, 폭넓게 향유되고 애국계몽기(愛國啓蒙期)에 이르기까지 꾸준히 창작되어온 작품군이다. 곧 조선의 전시기(全時期)에 거쳐 지속적으로 명맥을 유지해 온 문학 장르이다. 따라서 역사적 유래가 깊은 문학 장르라고 평가할 수 있으며, 이 장르는 한국 고전소설을 대표할 수 있는 장르 중의 하나로 꼽을 수 있다.

모든 몽유록 작품들은 보통 등장 시기에 따라 조선 전기 몽유록과 후기 몽유록으로 나뉠 수 있다. 이 장르는 조선의 17세기가 정치와 사회, 경제, 문화면에서 격변을 겪은 시기였으므로 소설사에서도 예외가 될 수 없다는 것이다.[1] 즉 조선 소설사에서 전기는 조선 건국 뒤로부터 17세기 중반까지이고, 그 후기는 17세기 중반부터 애국계몽기까지인 것이다.

조선 전기 몽유록은 효시(嚆矢)로서의 〈대관재기몽(大觀齋記夢)〉과 〈안빙몽유록(安憑夢遊錄)〉 등의 작품으로부터 발전해 왔고, 16세기 후반 임제(林悌)의 〈원생몽유록(元生夢遊錄)〉에 와서 서사 전개의 방식은 거의 '좌정(坐定)-

---

1   金貞女, 『조선후기 몽유록의 구도와 전개』, 2005, 23면.

토론(討論)-시연(侍宴)'으로 확립됨에 따라 점차 조선 사대부 지식인들이 당대 사회상에 대한 인식을 표출하는 도구로써의 문학 장르로 인식되었다는 것이다.[2] 이 시기의 작품들이 몽유록 유형의 양식적 특성을 뚜렷하게 보여준다는 점은 특징이다.[3] 한편, 임진왜란을 경험한 작가층은 몽유록의 양식을 빌려 당대 사회상에 대한 작가 인식을 형상화하여 〈달천몽유록(達川夢遊錄)〉(윤계선尹繼善), 〈달천몽유록(鐽川夢遊錄)〉(황중윤黄中允), 〈몽김장군기(夢金將軍記)〉, 〈피생명몽록(皮生冥夢錄)〉, 〈용문몽유록(龍門夢遊錄)〉 등과 같은 작품이 연이어 창작되었다.

후기 몽유록은 현재까지 10편 정도가 발굴되었는데, 김정녀(金貞女)에 의하면 이들 작품은 주로 3가지 계열로 나눌 수 있다.[4] 첫째는 〈강도몽유록(江都夢遊錄)〉, 〈내성지(奈城誌)〉, 〈하생기우록(何生奇遇錄)〉 등의 작품이 포함되고, 이전 시기 몽유록의 양식적 특징을 계승하면서도 소설사의 새로운 변화에 걸맞게 적절히 그 양식을 변용한 계열이다. 둘째는 〈금화사몽유록(金華寺夢遊錄)〉을 비롯하여 그 영향을 받은 〈사수몽유록(泗水夢遊錄)〉, 〈몽유성회록(夢遊盛會錄)〉 등의 작품이 포함되고, 사대부 지식인을 중심으로만 향유되던 몽유록이 조선 후기에 이르러 확대된 향유층의 다양한 취향에 호응하여 변모되며, 대중화 및 통속화의 경향을 뚜렷하게 드러낸 계열이다.[5] 셋째는 〈금산몽유록(金山夢遊錄)〉과 〈만옹몽유록(謾翁夢遊錄)〉이 포함되는데, 앞서의 두 계열로 묶을 수 없는 작품으로 구성된 계열이다.

2   김정녀, 앞의 책(2005), 32면.

3   김정녀, 앞의 책(2005), 32면.

4   김정녀, 앞의 책(2005), 53~54면.

5   李基大, 「19세기 漢文長篇小說 硏究 : 創作 基盤과 作家意識을 중심으로」, 고려대학교 대학원, 박사학위논문, 2003; 韓義崇, 「19세기 漢文中短篇小說 연구」, 경북대학교 대학원, 박사학위논문, 2011; 趙祥祐, 「愛國啓蒙期 漢文散文의 意識 志向 硏究」, 고려대학교 대학원, 박사학위논문, 2002.

조선 후기 몽유록 가운데 대표적인 작품으로 〈금화사몽유록〉을 뽑을 수 있다. 김정녀는 〈금화사몽유록〉이 현재 학계에 보고된 한문본의 이본만 해도 30여 종에 이르고, 한글본 이본도 상당하며, 활자본으로도 거듭 출판된, 매우 폭넓은 인기를 누리며 향유되었던 작품으로 조선 후기 몽유록을 대표하는 작품으로 평가하였다.[6] 실제로 필자가 조사한 바에 따르면 현재까지 발굴된 한문본만 70여종에 이르고, 한문현토본 하나와 한문한글혼용본 하나도 포함된다.[7] 한문 이본의 수량이 방대할 뿐 아니라, 표기의 형식도 다양하다. 더욱이 〈왕회전(王會傳)〉과 〈금산사기(金山寺記)〉, 〈금산사대몽록(金山寺大夢錄)〉 등 한문 개작본 3종도 확인한 바 있다. 같은 시기의 여타 작품보다 훨씬 방대한 이본이 있으므로 얼마나 많은 독자들에게 이 소설이 향유되었는지를 짐작할 수 있다.

이러한 이본들과 함께 〈금화사몽유록〉의 등장으로 이후 몽유록의 판도가 바뀌었다. 즉 이후의 몽유록 작품에 상당한 영향을 미친 것이다. 특히 〈내성지〉는 유형화된 서사 방식에서 탈피하였고, 수많은 인물을 등장시켜 서사적 편폭을 대폭 확장시켰다는 점에서 〈금화사몽유록〉의 영향을 받았다는 것이다.[8] 〈사수몽유록〉도 〈금화사몽유록〉의 영향을 가장 많이, 그리고 크게 받은 작품으로 평가된다는 것이다.[9]

〈몽유성회록〉 또한 〈금화사몽유록〉 등의 작품의 서사 전개 방식을 작품의 형상화 과정에 골고루 수용하여 대중화와 통속화 등의 양상이 다채롭게 나타났다. 〈부벽몽유록〉은 제왕들의 창업연(創業宴)을 후궁의 투색연(鬪色宴)으로 바꾸었다는 점에서 〈금화사몽유록〉의 여성판으로 볼 수 있을

---

6   김정녀, 앞의 책(2005), 4면.
7   한문 이본 목록은 연구 대상 검토할 때 구체적으로 제시하겠다.
8   김정녀, 앞의 책(2005), 85면.
9   김정녀, 앞의 책(2005), 146면.

정도로 영향을 받았다.[10] 게다가 19세기 김제성(金濟性)의 〈왕회전〉은 발문(跋文)에서도 밝혔듯이 〈금화사몽유록〉을 창작의 원천으로 삼아 개작한 작품이다.[11] 물론 최덕리(崔德履)의 〈금산사대몽록〉[12]과 문후탄(文後嘆)의 〈금산사기〉[13]도 〈왕회전〉과 비슷한 상황이다.

이러한 점과 더불어 〈금화사몽유록〉이 조선 후기 고전소설의 공통적인 특징인 통속성과 대중성을 부여하게 되었다는 특징을 충분히 알 수 있다. 〈금화사몽유록〉은 전대의 몽유록의 창작 관습을 계승하였으나, 몽유록의 유형화된 서사 전개 방식을 뛰어넘어 수백 명의 중국 역사상의 실존 인물을 등장시켜 서사적 편폭을 장편화하려는 의도를 또는 그 결과를 보여주었다. 이런 중국 역사 인물과 그들에 관련된 이야기들은 이미 중국의 연의 소설에서의 유행으로 말미암아 조선의 독자들에게 친숙한 것이었으므로 실제로 인물 및 서사 두 가지 면에서 작품의 대중화의 성격을 거듭 부각시켰다.[14]

〈금화사몽유록〉은 원(元)나라 지정(至正) 말년에 성생(成生)이 금화사(金華寺)에 들어가서 꾸게 된 꿈 속에서 중국의 역대 제왕(帝王)의 연회를 엿보고 기록한 이야기이다. 한고조(漢高祖)를 비롯한 역대 제왕들이 연회를 베풀고 한족 왕조의 찬란한 역사를 회고하여 역대의 제왕과 신하의 득실(得失)을 평가하고 막판에는 힘을 합하여 오랑캐의 공격을 퇴치한다. 특히 한

---

10 김정녀, 앞의 책(2005), 159면.

11 林治均, 「〈王會傳〉 연구」, 『藏書閣』 제2집, 한국학중앙연구원, 1999.

12 申相弼, 「신자료 한문소설 〈金山寺大夢錄〉의 성격과 의미」, 『열상고전연구』 제33권, 열상고전연구회, 2015.

13 洪在烋, 「〈金山寺記〉攷 : 南平人 文後嘆 漢命 改正本」, 『國文學硏究』 第9輯, 國語國文學會, 1986.

14 김정녀, 앞의 책(2005), 131~132면.

고조가 명태조(明太祖)에 대한 극찬(極讚)과 연회가 끝나기 직전에 한(漢)·당(唐)·송(宋) 황제들이 명태조에게 당부하는 말로 명나라가 중화의 정통을 이어가는 신성성(神聖性)을 강조하였다. 이본에 따라 제명(題名)과 서사 공간을 금산사(金山寺)로 고치는 경우도 있으나 서사의 기승전결(起承轉結)에 있어 큰 차이 없다고 할 수 있다.

그간의 기존 연구는 대부분 계열의 구분 없이 이본을 선택하거나,[15] '금화사 계열'에 대한 연구에 편중되었다.[16] 물론 이들 연구가 진척되는 동안 〈금화사몽유록〉의 '금화사 계열'에 대한 이해가 이루어졌다. 그런데 문제는 '금화사 계열'의 이본들만 놓고서는 〈금화사몽유록〉 전체 이본에 대한 일반적인 이해를 제대로 밝히지 못했을 뿐만 아니라, 〈금화사몽유록〉 전체 이본의 계열 및 이본의 변모 양상과 그 의미도 제대로 파악할 수 없다는 것이다.

그간 '금산사 계열'에 대한 연구도 있었지만, 주로 자료의 발굴과 그에

---

15 이본의 계열을 구분하지 않는 선행 연구: 張德順, 「夢遊錄 小考」, 『국어국문학』 제20권, 국어국문학회, 1959. 車溶柱, 「〈金山寺夢遊錄〉攷」, 『西原大學 論文集』 제2권, 서원대학, 1973. 차용주, 『夢遊錄系 構造의 分析的 硏究』, 創學社, 1981, 121~125면. 金起東, 『韓國古典小說 硏究』, 敎學社, 1981, 113면. 權友荇, 「〈金山寺記〉硏究」, 효성여자대학교 대학원, 박사학위논문, 1991. 鄭容秀, 「〈金華寺慶會錄〉考: 해제를 겸하여」, 『淵民學志』 제2집, 연민학지, 1994. 김정녀, 「〈金華寺夢遊錄〉의 異本 계열과 善本」, 『민족문화연구』 제41권, 고려대학교 민족문화연구원, 2004, 238~243면. 하대빈, 「羅孫本 〈금산사몽유록〉의 내용 및 이본 계보 연구」, 단국대학교 교육대학원, 석사학위논문, 2010. 김정녀, 「〈金華寺夢遊錄〉 국문본의 유통 양상과 수용 층위」, 『우리文學硏究』 제38권, 우리문학회, 2013. 楊攀, 「新資料 早稻田 漢文本 〈金華寺夢遊錄〉의 特徵과 意味」, 『語文硏究』 제45권 제2호, 한국어문교육연구회, 2017.

16 '금화사 계열'에 치중하는 선행 연구 : 장덕순, 위의 논문(1959). 차용주, 위의 논문(1973, 1981). 김기동, 위의 책(1981), 113면. 권우행, 위의 논문(1991). 정용수, 위의 논문(1994). 김정녀, 위의 논문(2004, 2013). 하대빈, 위의 논문(2010). 양반, 위의 논문(2017).

따른 후속 개별 이본에 대한 연구였다.[17] 이러한 연구는 '금산사 계열'에 대한 연구가 활성화될 수 있는 발판을 마련하였다는 점에서 그 의의를 인정을 받을 수 있다. 그러나 이 연구들 중 대부분은 '금산사 계열'이라는 논제와 연계되지 못하고 있어 아쉬움을 남기고 있다. 그래서 '금산사 계열'에 대한 거시적 연구는 아직까지도 비교적 부족하다고 할 수 있다.

'금산사 계열'에 대한 연구가 체계적이지 못했던 이유는 그동안 밝혀진 '금산사 계열'에 속한 이본이 얼마 되지 않았기 때문이다. 김정녀는 이본 계열 및 선본(善本)을 연구하였을 때 '금화사 계열'의 이본 9종을 구득하였으나, '금산사 계열'의 이본은 3종만 구득하였다. 따라서 '금산사 계열'의 이본을 따로 연구할 수 있는 조건이 이루어지지 않았다. 그러나 최근에 보다 많은 이본들이 속속 발견되었고, 필자가 한문본 72종을 확인하였으며, 그 중 54종을 구득하였는데, 그 가운데 44종은 '금화사 계열'이고, 10종은 '금산사 계열'이다.[18]

현재는 연구 조건이 마련되어 있을 뿐만 아니라, '금산사 계열'을 따로 연구할 필요성도 충분히 있다. 〈금화사몽유록〉이 광범위하게 향유되었던 만큼 그간 작품의 내용도 작가에 따라 꾸준히 바뀌어갔다. 결국 한글본으로도 내용이 일부 바뀌었고 〈왕회전〉 같은 별도의 작품으로도 바뀌어가는 상황을 보면 '금산사 계열'을 〈금화사몽유록〉의 내용을 유지하면서도 내용이 바뀌어가는 이본의 한 분화 형태로 볼 수도 있다. 〈금화사몽유록〉 이본의 수에 비해 '금산사 계열' 이본들의 수는 그리 많지 않지만, 〈금화사몽유록〉의 변모된 모습을 보이기 때문에 이 계열의 작품도 문학사적으로 연구할 필요가 있다.

17　洪在烋, 앞의 논문(1986). 정용수, 「洛渚本 〈金山寺創業宴錄〉의 원전 비평과 그 이본적 특징」, 〈東洋漢文學硏究〉 第33輯, 東洋漢文學會, 2011.

18　구체적인 계열 구분은 뒤에서 연구 대상을 제시할 때 논의하겠다.

실제로 '금화사 계열'보다 '금산사 계열'이 〈금화사몽유록〉의 후대 개작본에 영향을 더욱 많이 끼쳤다. 예컨대 〈금산사대몽록〉에서 작가가 직접적으로 이 사실을 밝혔을 뿐만 아니라,[19] 〈왕회전〉의 발문에서도 같은 사실이 서술되어 있음을 볼 수 있다.[20] 특히, 김정녀가 밝혔듯이 한글본 이본은 대부분 '금산사 계열'에 속한 것이다.[21] 그래서 '금산사 계열'은 〈금화사몽유록〉의 한문본과 한글본 사이에 빼놓을 수 없는 중요한 임계점을 차지하는 계열이라 할 수 있다. '금산사 계열'을 충분히 분석해야만 한문본 '금화사 계열'이 어떻게 한글본으로 변모해 갔는지 알 수 있다.

그리고 신해진(申海鎭)이 교주본에서 밝힌 대로 '금화사 계열'의 내용 가운데 중국 역사 인물에 대한 평가는 대부분 중국의 역사서나 중국 문인의 글을 인용하였다는 것이다.[22] '금화사 계열'의 이본을 통해 조선 시대의 독자들이 가진 중국 역사 인물에 대한 가장 보편적이고 일반적인 인식을 파악하는 데 그 의미를 찾을 수 있으나, 내용상 독창성이 부족하므로 작품에 높은 평가를 가하기 어려운 이유가 있다. 이와는 달리, '금산사 계열'은 '금화사 계열'에 대한 보완 및 보충, 반성 및 반박 등으로 여러 개작자의 다양하고 독특한 작가 의식을 표출하였다고 할 수 있다. 조선 후기 지식인의 내면 세계, 특히 중국에 대한 인식을 파악하는 데 나름대로 큰 의미가 있다.

다른 하나는 '금산사 계열'은 서사의 구성과 형상의 부각보다 역사적 인물에 대한 논의에 치중하여 문학적 흥미가 부족하고 지식을 획득하는 용도로서 오히려 도움이 되었다. 그러나 '금산사 계열'은 '금화사 계열'의 인물에 대한 품평을 고치면서 서사 구성과 형상 부각에 더욱 심혈을 기울이

---

19   신상필, 앞의 논문(2015).

20   임치균, 앞의 논문(1999).

21   김정녀, 앞의 책(2005).

22   申海鎭, 『금화사몽유록』, 역락, 2015, 7쪽.

는 경향이 보인다. 그래서 독자에게 더 재미있는 이야기를 제공하였다고 할 수 있다. 그리고 '금화사 계열'이 단순히 논의를 통해 작가 의식을 직설적으로 표출하는 것과는 달리, '금산사 계열'은 더욱 문학답게 인물의 묘사나 배경의 소개 등에 대하여 다양한 면에서 작가의 의도를 나타냈다.

'금산사 계열'에 대한 올바른 성격 규명을 위해서일 뿐만이 아니라 개별 이본에 대한 진전된 이해를 위해서도 '금산사 계열' 이본의 변모 양상과 소설사적 위상에 대한 연구가 시급히 이루어져야 할 것이다.

'금산사 계열'을 살피는 것은 단순히 〈금화사몽유록〉 이본들 가운데 '금산사 계열'의 이본도 존재한다는 사실을 확인하는 정도로만 끝나는 것이 아니라 그 이상을 넘어서는 매우 중요한 의미가 있다. '금산사 계열'에 속하는 10종의 이본을 대상으로 이 계열 이본의 서사상의 특징을 추출해 내고, 구체적으로 어떤 변모 양상을 보이는지, 그리고 그 의미는 무엇인지에 대한 검토를 통해 의미 있는 결과를 얻어낼 수 있다면, '금산사 계열' 내지 〈금화사몽유록〉 전체 이본에 대한 연구의 초석을 마련할 수 있을 뿐만 아니라, 이를 통해 '금산사 계열'에 대한 재평가가 이루어짐은 물론, 〈금화사몽유록〉 전체 이본에 대한 연구가 더욱 활발하게 전개될 것이라 기대한다.

본서의 논의 초점은 '금산사 계열'에 두지만, '금화사 계열'과의 차별성과 연관성은 끊임없이 강조될 것이다. 이는 '금산사 계열'의 특성과 의미가 '금화사 계열'과의 대비 속에서 더욱 명료하게 파악될 수 있는 것이기 때문이다. 따라서 '금산사 계열'을 연구할 때 '금화사 계열'의 이본과 비교하여 그 내용을 설명하고자 한다.

따라서 본서는 〈금화사몽유록〉의 이본을 연구하는 데 일차 목적을 두고자 한다. 그러나 현재로서는 100여종에 이르는 본 작품의 이본들을 세세하게 검토하기에는 무리가 따른다.[23] 기존 연구에 의하면, 한문본이 먼저 나오고, 한글본은 후대에 번역한 것이다. 그리고 모든 이본들은 주로 '금산사 계열'과 '금화사 계열'로 나눌 수 있다[24]. 그래서 먼저 한문본의 두 계열을 따로 연구하고, 그 다음에 이 두 계열에 관한 연구 성과를 통합하여 한글본까지 연구의 범위를 확대하고, 전체 이본에 대한 논의를 완성하고자 한다.

필자가 확인한 56종의 한문본 가운데 개작본 2종을 제외하고 '금화사 계열'과 '금산사 계열'의 이본은 모두 54종에 이른다. 그리고 그 중에 '금화사 계열'의 이본은 무려 44종이나 되고 '금산사 계열'의 이본은 10종 정도이다. '금산사 계열' 이본의 수량과 가치를 함께 고려할 때 본서는 일단 '금산사 계열'의 이본을 먼저 연구하기로 한다.

2. 연구사 검토

〈금화사몽유록〉은 그동안 많은 연구가 축적되었다. 몇 개의 계열로 나누어 연구성과를 검토해 보면 다음과 같다.

〈금화사몽유록〉은 조선 후기의 대표적인 작품으로 그 작품의 내용과 함께 작자에 관한 문제도 학계의 관심을 받아왔다. 김윤수(金侖秀)는 본 작품이 이주천(李柱天)(1662~1711)의 문집에 수록되었다는 점을 들어 '낙저본(洛渚本)'을 원본이라 주장하는 가운데 '이주천'의 작품으로 보았지만,[25] 정용

---

23   曺喜雄, 『한국 고전소설사 큰사전 7(금향정기-김유신전)』, 지식을만드는지식, 2018.

24   연구사 검토에서 구체적으로 설명할 것이다.

25   金侖秀, 「〈金山寺夢遊錄〉의 創作背景과 原作者 辨證」, 『寓言의 人文學的 地位와 現代的 活用의 可能性』, 韓國寓言文學會, 2005, 273~274면; 하대빈, 앞의 논문(2010), 30면.

수(鄭容秀)는 낙저본에 나타나는 내용상의 빈번한 착종을 들어 김윤수의 주장을 모두 반박하였다.[26]

또한 고려대학교에 소장된 『유록(類錄)』에 수록된 〈금산사창업연기(金山寺刱業宴記)〉와 성균관대학교 존경각에서 소장하고 있는 〈금화사몽유록〉의 내제(內題) 하단에는 본 작품의 작가를 '김춘택(金春澤)(1670~1717)'이라 기록하고 있다. 우선 〈금산사몽유록〉이 〈금화사몽유록〉의 후대 이본인 것은 학계에서 공인을 받은 사실이다. 만약에 고려대와 성균관대에서 두 이본 중에서 한 이본에만 김춘택이라고 명시하면, 김춘택을 그 이본의 개작자로 볼 수도 있을 것이다. 혹은 고려대와 성균관대에서 소장한 이 두 이본의 내용이 일치하면, 이 두 이본을 한 저본에서 나온 이본으로 볼 수도 있을 것이다. 즉 김춘택을 이 두 이본의 저본의 개작자로 볼 수 있을 것이다.

그러나 아쉽게도 이 두 이본에서 김춘택의 이름을 모두 발견할 수 있지만, 이본의 내용이 완전히 다른 데다가, 심지어 한 계열로 묶을 수도 없다. 그래서 이상 두 이본의 필사자가 일부러 작가를 김춘택으로 가탁했다는 것을 짐작할 수 있다. 이는 아마도 김춘택이 〈사씨남정기〉를 개작한 기록이 있는 까닭에 김춘택을 가탁한 것이다.[27] 다시 말해, 본 작품의 작자에 대해서는 아직까지 정론이 없는 상태라 할 수 있다.

이와 함께 본 작품의 창작 연대 역시 아직 명확하게 밝혀지지 않은 실정이다. 그간 학계의 주장은 대체로 2가지로 정리할 수 있다. 이 2가지 주장 중에 가장 보편적으로 인정을 받은 것은 명나라 멸망 이전 창작설이고, 이와 달리 또 다른 하나는 18세기 이후 창작설이다.

첫째 주장은 대략 창작 시기를 17세기 전반으로 추정한다는 점에서 공

---

26 정용수, 앞의 논문(2011), 366면.

27 『南征記』「翻諺南征記·引」附凡例 "以諺故, 不能盡同者外, 或繁複者刪之, 或脫漏者添之, 又有或改易修潤者."(李來宗, 『사씨남정기』, 太學社, 1999, 222면.)

통점을 찾을 수 있는데, 단지 구체적인 시간에 대하여는 이견이 분분하다. 우선 장덕순(張德順)은 작품의 주제 의식을 근거로 저작 연대를 병자호란 (1636년) 이후로 비정하였다.[28] 그 뒤에 차용주(車溶柱) 또한 작품의 주제 의식에서 출발하여 여러 차례의 수정을 거쳐 최종 작품의 창작 시기를 '임진왜란'(1598년까지) 직후로부터 명나라 멸망 이전까지로 확정하였다.[29]

아울러 강준철(姜俊哲)은 논문에서 창작 시기를 1644년 이전으로 표기하여 작품의 창작 시기를 명나라 멸망 이전으로 보았고 차용주와 동일하다.[30] 또한 유종국(柳鍾國)도 차용주의 주장을 긍정적으로 보고 명나라 멸망 이전에 창작한 것에 동의한다.[31] 한편, 양언석(梁彦錫)은 한글본 서두의 서술을 가지고 차용주의 의견을 반박하여 작품의 창작 시기를 장덕순과 같이 병자호란 이후로 보았다.[32]

그 후에 임치균(林治均)은 〈금화사몽유록〉의 개작이라 할 수 있는 〈왕회전〉의 발문에 따라 창작 시기를 '숭정기묘연간(崇禎己卯年間)(1639년)'으로 주장하였다. 본 주장은 현재 학계에서 보편적으로 인정을 받고 있는 실정이다.[33] 정용수는 임치균의 관점을 수용하다가 또 임치균의 '숭정기묘연간 창

---

28   장덕순,『國文學通論』, 新丘文化社, 1960, 290면.

29   차용주는 처음에 이 작품의 창작 시기를 李朝初期로 주장하였지만(차용주, 앞의 논문(1973), 56면), 나중에 또 李朝中期인 壬辰倭亂과 丙子胡亂 이후로 주장을 바꾸었다.(차용주,「金山寺夢遊錄」,『韓國古典小說作品論』, 集文堂, 1990, 156면.) 최근에『韓國漢文小說史』에서 〈금화사몽유록〉을 소개할 때 다시 1979년의 주장을 인용하여 이 작품의 창작 시기를 壬辰倭亂 직후 명나라 멸망하기 이전으로 강조하였다(차용주,「金華寺夢遊錄」,『韓國漢文小說史』, 亞細亞文化社, 2006, 213쪽).

30   姜俊哲,「꿈 敍事樣式의 構造 硏究」, 동아대학교 박사학위논문, 1989, 73면. 〈금산사몽유록〉의 창작 시기를 1644년 이전으로 표기했지만, 이유를 제시하지 않았다.

31   柳鍾國,『夢遊錄 小說 硏究』, 亞細亞文化社, 1987, 100~101면.

32   梁彦錫,『夢遊錄 小說의 敍述 類型 硏究』, 國學資料院, 1996, 248면.

33   임치균, 앞의 논문(1999), 72~73면. 정용수,「〈金山寺夢遊錄〉系의 創作背景과 主題意識」,

작설'에 대한 이의를 제기하면서 창작 시기를 기묘연간 이전으로 재론했다.[34]

둘째는 신재홍(申載弘)은 몽유 양식사의 시대 구분을 논하는 가운데 본 작품을 18세기~19세기에 창작된 유형으로 분류하며 18세기 이후 창작한 것으로 주장하였다.[35] 본 주장은 비록 학계의 관심을 끌지는 못했지만, 최근 〈금화사몽유록〉을 역주한 신해진은 본 작품이 18세기에 산출된 개인 문집의 내용을 인용하고 있다는 사실을 밝힌 바 있는데 이에 대한 관심을 기울일 필요가 있다.[36]

앞에서 논의한 것처럼, 〈금화사몽유록〉은 조선 후기 문학사상 그 의미가 상당히 크다. 그래서 그간 이 작품의 주제에 대한 연구도 꾸준히 진행되어 왔다. 여러 연구자들의 작품의 주제 의미에 대한 연구 성과는 주로 다음과 같이 3가지로 요약할 수 있다. 첫째, 병자호란 이후 청나라에 대한 적개심(敵愾心)을 우의적(寓意的)으로 표출한 것이다. 둘째, 덕치(德治)와 절의(節義)를 강조하고 중화주의(中華主義)의 사상을 강조한 것이다. 셋째, 중국의 역대 제왕과 명신을 등장시켜 이상적인 왕도(王道) 정치를 고취(鼓吹)한 것이다.[37]

『古小說研究』 제10권, 한국고소설학회, 2000, 180~181면. 김정녀, 「朝鮮後期 몽유록의 展開 樣相과 小說史的 位相」, 고려대학교 대학원, 박사학위논문, 2002, 93면. 車充煥, 「〈五老峰記〉 研究」, 『語文研究』 제34권, 한국어문교육연구회, 2006, 319면. 金賢榮, 「〈王會傳〉의 서사적 특징과 그 의미 - 〈금화사몽유록〉과의 대비를 통하여-」, 『古小說研究』 제21집, 한국고소설학회, 2006, 368~369면.

34 정용수는 임치균이 창작 시기로 거론한 '崇禎己卯年間(1639년)'은 金濟性이 접했던 특정 이본의 필사시기일 뿐 본 작품의 창작시기로 볼 수 없다는 입장을 취하는 가운데, 임치균의 의견을 수용하여 1639년 이전 창작설을 주장한 것이다. 정용수, 「북한본 『화몽집』 소재 〈금화령회〉에 대하여」, 『동남어문논집』 제19집, 동남어문학회, 2005, 431~432면.

35 申載弘, 『한국 몽유 소설 연구』, 역락, 2012, 72-73면.

36 신해진, 앞의 책(2015).

37 이외에 연구가 발전되면서 작품의 공간적 배경, 곧 금화사와 금산사가 갖는 의미가 세밀

이본 연구는 두 개의 계열로 나누어 진행되었다. 홍재휴(洪在烋)는 〈금산사기〉라는 개인 소장본을 연구하였을 때, 처음으로 이 작품의 이본들이 제명상 '금산사'와 '금화사' 두 계열로 대별한다고 지적하였다.[38] 그후에 정용수가 작품의 제명만 본 것이 아니라, 작품 안의 서사가 진행하는 공간에 따라 또한 '금산사'와 '금화사' 두 계열을 구분하였다.[39] 김정녀도 같은 맥락에서 작품의 제명과 서사 배경에 따라 '금산사'와 '금화사' 계열로 나누고, 또한 '금화사 계열'의 경우는 한문본에 주로 보이는 제명이며, '금산사 계열'은 한글본에 주로 보이는 제명이라고 보충적으로 설명하였다.[40]

현재까지 학계에서 조사된 바에 의하면 본 작품의 한문본과 한글본이 합쳐서 100여종이 넘으며[41], 한글본의 경우 한문본의 번역본으로 알려져 있다.[42] 따라서 현전하는 이본의 수가 많은 만큼 본 작품의 계열 연구에 있어 이본 연구는 그간 커다란 비중을 차지해 왔다. 본서는 단일 이본의 특징을 각각 분석하는 것보다 여러 이본의 특징을 살피면서 그들의 관계를 연구하는 데 목적을 두기 때문에 기존 연구를 검토할 때도 다수 이본을 함께 다루는 연구를 중심으로 검토하고자 한다. 즉, 단일 이본만을 연구 대상으로 삼아 연구한 논문은 제외하지만, 다른 여러 이본과 비교하여 연구한 논문들은 제외하지 않고 검토한다.

먼저, 연구의 선편을 잡은 장덕순(張德順)은 한글본의 '금산사몽유록'과

하게 고찰되기도 하였다.(정용수, 앞의 논문(2000), 180~181면.) 더불어 〈왕회전〉의 작품 내용뿐만 아니라, 발문에 이르기까지 이에 대한 꼼꼼한 고찰로 〈금화사몽유록〉의 창작 시기 및 역사적 의미 등이 새롭게 밝혀지기도 하였다.(임치균, 앞의 논문(1999).)

38   홍재휴, 앞의 논문(1986), 109면.

39   정용수, 앞의 논문(2000).

40   김정녀, 앞의 책(2005).

41   조희웅, 앞의 책(2018).

42   차용주, 앞의 논문(1973).

한문본의 '금화사몽유록' 등 총 2종의 이본 검토를 통해 각각의 이본이 대동소이(大同小異)한 양상을 보인다는 결론을 내리면서 〈금화사몽유록〉 이본 연구의 기조를 정립하였다.[43] 이는 후대 학자들의 고찰을 통해 반복적으로 재확인되었다. 그러나 아쉽게도 그의 논문은 연구 대상으로 선정된 두 이본이 구체적으로 어떤 이본인지 아예 밝히지 않았으므로 참고할 가치가 떨어질 수밖에 없는 아쉬움이 있다.

그 뒤에 차용주는 이 작품을 〈금산사몽유록〉으로 통칭하여 이본 연구를 본격적으로 시작하였다.[44] 이 연구는 한글본을 포함한 4종의 이본을 언급하였으나, 주로 그 중에 한문본 3종을 연구 대상으로 삼아 이본 연구를 진행하였다. 이본을 대교할 때 연구자의 선택에 따라 일부 표현들만 예를 들어 분석하였다. 하지만 모든 차이점을 비교하지 못한 데다가 대교 대상인 구절이나 단락을 선택할 때 일정한 기준이 없어서 약간 임의성이 보이므로 연구의 성과에 아쉬움을 남겼다. 그리고 이본 연구의 부언으로 장덕순의 '임병양란 이후'라는 주장과 달리, 작품의 서사 배경을 통해 작품의 창작 시기를 '이조(李朝) 초기'로 추정하였다.

아울러 이 연구로부터 국립중앙도서관에 소장하고 있는 〈금화사몽유록〉이 본격적으로 학계의 시야에 들어왔고, 그 이후에 많은 학자들의 연구 대상이 되었다. 뿐만 아니라 이 연구는 가장 먼저 국립중앙도서관본의 결말 부분과 다른 이본 결말의 차이에 대해 관심을 기울였다. 그러나 이러한 차이점을 언급하였음에도 불구하고, 이에 대하여 심도 있게 논의하지 못하였다. 이 연구자의 1981년의 연구 성과는 그전 1973년 연구를 수정한 것이고, 주로 작품 시기에 대한 결론을 '이조 초기'로부터 '이조 중기'로 고쳤

---

43   장덕순, 앞의 논문(1959).

44   차용주, 앞의 논문(1973).

을 뿐이다.[45] 초창기의 연구로서 당시 연구자가 확인할 수 있는 이본의 수량이 매우 적다는 한계 때문에 다수 이본에 대하여 광범위하게 연구하지 못한 단점이 있을 수밖에 없다. 그러나 이 연구는 〈금화사몽유록〉의 이본 연구의 기반을 마련해주었다는 데 있어 큰 의미가 있는 것으로 평가할 수 있다.

그 후에 김기동(金起東)은 다시 이 작품의 4종 이본을 모아서 서지와 경개, 주제 및 평가를 간략히 작성하여 작품의 기본 정보를 소개하였다.[46] 김기동이 연구 대상으로 선정한 4종의 이본은 차용주와 완전히 일치하고, 이것은 한문본 3종과 한글본 1종으로 구성되어 있다. 김기동에 의하여 국문본은 한문본의 번역이고, 이 작품의 원본은 한문본이었음이 밝혀졌다. 그리고 이 4종 이본은 구성의 전개에 있어서는 모두 같지만, 자구의 상이함이 많다. 김기동의 연구는 차용주의 연구를 적극적으로 수용하여 그와 비슷한 결론을 내린 것으로 차용주의 연구 성과를 재확인하였다.

그 뒤에 권우행(權友行)의 연구에 이르러서야만 이 작품의 많은 이본을 함께 비교하고 분석하게 되었다.[47] 권우행은 이 작품을 〈금산사기〉로 통칭하여 서지와 내용 2가지 면에서 이본을 연구하였다. 모든 이본의 서지 사항을 검토하였지만, 내용을 연구할 때는 일부 이본만 다루었다. 이 연구는 한문필사본 12종[48], 한글필사본 7종, 그리고 활자본 2종을 언급하였으나, 주로 그 중에 한문본 3종(국립중앙도서관본 〈금화사몽유록〉, 국립중앙도서관본 〈금산사몽유록〉, 홍재휴본 〈금산사기〉)와 한글본 2종(고려대본과 박순호본), 그리고 활자본 1종(회동서관본)을 연구 대상으로 삼아 이본 연구를 진행하였다.

---

45 차용주, 앞의 논문(1981).

46 김기동, 앞의 논문(1981).

47 권우행, 앞의 논문(1991).

48 연구자 본인이 13개로 착각하여 계속 잘못 썼다.

한문본을 연구 대상으로 선택하였을 때 내용과 형식에 따라 모든 이본을 세 유형으로 나누어 국립중앙도서관본 〈금화사몽유록〉을 비롯한 대부분 이본을 한 유형으로 설정하고, 나머지 두 이본을 각기 하나의 독립된 유형으로 설정하였다. 원래는 첫째 유형의 10종 이본 가운데 오류가 적은 이본을 찾아내어 그 이본을 선본(善本)으로 선정하고 나머지 두 유형과 비교하고자 하였으나, 종국에 이 유형 중에 확대된 이본으로 인식된 국립중앙도서관본 〈금화사몽유록〉을 첫째 유형을 대표하는 연구 대상으로 선택하였다. 이런 모순된 부분은 연구자가 어떤 고민을 가지고 있었음을 엿볼 수 있다. 그러나 이 연구는 처음으로 비교적 많은 이본을 함께 다룬 연구로서 연구사적 의미가 상당히 높다고 평가된다.

이어서 정용수는 특정 이본, 곧 〈금화사경회록(金華寺慶會錄)〉을 연구하는 것으로 한문 이본 3종을 함께 다루면서 이 작품의 이본 연구를 한 걸음 더 발전시켰다.[49] 이 연구는 한문 이본 12종과 한글 이본 1종을 언급하고 그 중에 이본 3종을 선택하여 비교하였다. 이본을 비교할 때 국립중앙도서관의 〈금화사몽유록〉과 회동서관의 〈금산사몽유록〉을 비교 대상으로 삼고, 〈금화사경회록〉의 특징을 밝힌 데 의미가 있다. 그렇지만 다수 이본을 무시하고 소수 이본만 가지고 결론을 지은 것은 연구의 단점이라고 본다.

그 다음 10년 후에야 김정녀의 연구가 9종에 이르는 한문본을 함께 연구 대상으로 하여 〈금화사몽유록〉 이본 연구의 새로운 지평을 열었다.[50] 김정녀는 소하의 노래, 명태조 등급 설화, 그리고 각몽화 등 3가지 서사상의 차이를 기준으로 하여 모든 9종의 이본을 두 계열로 나누었다. 그 중에 국립중앙도서관 〈금화사몽유록〉은 한 계열이고, 나머지 8종 이본은 다른 계

---

49   정용수, 앞의 논문(1994).
50   김정녀, 앞의 논문(2004).

열이다. 또한 이외에 연구 대상으로 제외한 여타 변개가 심한 이본들을 마지막 한 계열로 규정하였다.

아울러 국립중앙도서관 소장본이 원본 계열 혹은 원본에 가까운 선본(善本) 계열에 속하는 이본인 동시에 서사 전개상 누락된 부분이 없어 작품의 원형태를 잘 보여 주는 선본(善本)이라고 주장하였다. 이 주장은 처음부터 현재까지 학계의 공론으로 인정되었다. 9종의 이본을 꼼꼼히 검토한 점에서는 연구자의 노력을 엿볼 수 있으나, 한국학중앙연구원 장서각에서 소장하고 있는 2종의 〈운영전〉과 합철된 이본을 하나의 이본으로 혼동한 것은 연구 기반의 약점이 되었다.

한문본 이본 계열의 연구에 이어 김정녀가 또한 20여종의 한글본을 연구하였는데[51] 그의 연구는 한글본을 대상으로 이본의 유통 양상과 수용의 층위를 밝혔다. 한글본의 이본 현황을 조사하여 이본의 계열을 나누고 계열별 특징을 살펴보았으며, 각 계열의 이본 형성에 영향을 미친 한문본과의 구체적인 대비를 통해 그 수용의 층위를 논의하였다.

그 후에 한문본의 연구보다 한글본에 대한 연구가 점점 활발해졌다. 2010년 하대빈은 국문본 〈금산사창업연록〉의 내용을 중심으로 훼손된 나손본 〈금산사몽유록〉의 내용을 재구성하였다. 그리고 이를 바탕으로 〈금산사몽유록〉계의 선후 관계와 영향 관계 등을 살펴보고, 전체적인 이본 계본을 구성해 놓았다.[52] 그러나 이 연구는 오직 국문본에만 관심을 두었고, 한문본에 대한 논의는 없었다.

마지막으로 2017년에 필자는 신자료 와세다[早稻田] 〈금화사몽유록〉이 가지고 있는 일종의 이본으로서의 특징과 의미를 살펴보았다. 이 연구

---

51   김정녀, 앞의 논문(2013).
52   하대빈, 앞의 논문(2010), 30쪽.

는 모두 16종의 한문 이본을 모아서 대비하였다. 비교 결과는 와세다본이 선본(先本)도 아니고 선본(善本)도 아니지만, 다른 모든 이본들은 다소 삭제, 누락시킨 부분이 존재하는 것과 달리, 와세다본의 경우 주로 내용에 대한 부연과, 몽유자의 신상에 대한 변개만 있다는 것이다. 이를 통해 와세다본은 〈금화사몽유록〉의 이본들 가운데 가장 대표적이고 정확한 내용을 내포하고 있다는 것을 알 수 있다. 그리고 와세다본을 비롯한 이 16종 이본에 대한 비교를 통하여 그전에 계속 선본(善本)으로 인식해왔던 국립중앙도서관의 〈금화사몽유록〉의 많은 오류도 밝혀졌다. 이 연구가 오랫동안 한글본으로 전이된 이본 연구의 중심을 다시 한문본으로 끌어당겨 왔다고 할 수 있다.[53]

이러한 연구 결과들은 본 작품의 문학사적 위상을 보여주는 것으로 본 작품이 한국문학사에 있어 얼마나 큰 비중을 차지하고 있는지를 짐작케 한다. 비록 이본에 대한 연구가 이루어지기는 하였으나, 상당수의 이본이 있으므로 아직까지 이본 연구의 실체를 완전히 밝히지는 못했다.

3. 연구 대상

필자는 현전하는 〈금화사몽유록〉의 한문 이본 총 54종의 실체를 확인한 바 있다. 그리고 여러 공개된 자료를 통해 확인치 못한 18종의 개인 소장본의 존재를 파악하였다. 후속 연구와의 연속성을 고려하여 이상 총 72종 자료의 정보를 모두 등록하고자 한다.

이 외에 한국학중앙연구원 장서각 소장 〈왕회전〉과 박철상(朴徹庠) 개인

---

53   양반, 앞의 논문(2017).

소장 〈금산사대몽록〉, 그리고 홍재휴(洪在然) 개인소장 〈금산사기〉 등 한문 개작본도 3종의 실체를 확인한 바 있다. 그러나 이들 개작은 대다수 이본 들과 구성상 상당한 차이가 있으므로 본 작품의 이본들과 동일시할 수 없 다고 생각한다.[54] 그래서 〈금화사몽유록〉의 이본으로 삼고 논의하는 것은 다소 무리가 있다고 판단하여 본서의 논의 대상에서는 제외하였다.

먼저, 필자가 파악한 72종 이본의 목록을 제시하고자 한다. 목록을 작성 할 때 각각 이본들의 '소장처(所藏處)' 및 '내제(內題)', 그리고 '연구 현황' 등 기본 정보를 제시하고자 한다.[55] 표로 정리하면 다음과 같다.

---

54 김제성의 〈왕회전〉은 작품의 후기를 통해 개작할 원천이 되는 〈금화사몽유록〉의 내용을 확장하여 변개하고 창작한다는 사실을 확인할 수 있다. 그러나 그 구성 방식에 있어서 몽 유록의 양식에서 완전히 벗어나므로 몽유록 유형의 작품으로 간주할 수 없다.(임치균, 앞의 논문(1999). 정용수,「〈왕회전〉 연구」,『동양한문학연구』제14집, 동양한문학회, 2001.) 〈금 산사대몽록〉은 비록 〈금화사몽유록〉에 기반하고 있으나 원작에는 없는 제1회와 제2회에 걸쳐 금산사에 재앙을 내리던 요괴가 호승(胡僧)의 술법으로 오생(吳生)의 집안에 의탁해 태어나 꿈에서 중국 역대 창업군주들의 연회에 참여하여 그 전말을 전하는 과정과 하편에 해당하는 제11회에서 제17회까지 전쟁 대목이 새롭게 창작되었다는 점에서 이본이 아닌 개작본이라는 견해가 있다.(신상필, 앞의 논문(2015).) 문후탄의 〈금산사기〉는 장회체의 형식 을 취할 뿐만 아니라 내용상에도 대폭 변개하는 관계로 인해 역시 어느 계열의 이본보다 한 가지 독립된 개작본으로 보는 것이 훨씬 타당하다.(홍재휴, 앞의 논문(1986).)

55 전체 이본은 특별한 순서를 부여할 수 없는 까닭에 소장처를 중심으로 이본 약칭의 가나 다순으로 정리하기로 한다. 한편, 같은 소장처의 자료는 제명상 '금화사 계열', '금산사 계 열'의 순서로, 같은 '금화사 계열'의 자료는 '금화사기(金華寺記)', '금화사몽유록(金華寺夢遊 錄)', '기타' 등의 순서로 차례를 정하기로 한다. 이본 약칭을 지을 때 주로 소장처나 소장자 에 따라 명명하는데 같은 소장처의 경우 A, B, C, D 등으로 구분하기로 한다. '연구 현황' 은 주로 연구된 적 있는 자료, 연구된 적 없는 자료, 그리고 필자가 새로 발굴한 신자료 등 3가지로 나누고 정보를 제시하고자 한다. 연구된 적 있는 자료와 연구된 적 없는 자료, 그 리고 신자료가 각각 '○'와 '×' 및 '新'자로 표시하도록 하겠다.

[표1] 〈금화사몽유록〉 현전 한문 이본 목록

번호	이본 약칭	소장처	청구번호	이본 내제	연구현황
	해외 소장본				
1	관서대본	日本 關西大學 圖書館	L21**4*732	金華寺記	新
2	와세다본	日本 早稻田大學 圖書館	文庫19 F0193	金華寺夢遊錄	新
3	덴리A본[56]	日本 天理大學 圖書館	961147	金華寺記	○
4	덴리B본[57]	日本 天理大學 圖書館	929.1-333	金華寺夢遊錄	○
5	정가당본	日本靜嘉堂美術館	17976 1 92 52	金華寺記	新
6	중지도본	日本中之島圖書館	韓13-10	金山寺刱業宴記	○
7	미국도본	美國 國會圖書館	K628 C47	金華寺記	新
8	종합대본[58]	北韓 金日成綜合 大學 圖書館	ㄹ12-1:41 宋	金華灵會	○
	국내 소장본				
9	강남대본	강남대학교 도서관	한실문고	金華寺夢遊記	○
10	경북A本	경북대학교 도서관	古北 812.4 금96	金華寺記	×
11	경북B본	경북대학교 도서관	古바 812.4 금96	金華寺夢遊錄	×
12	고려A본	고려대학교 도서관	대학원 C14 A47	金華寺創業宴記	×
13	고려B본	고려대학교 도서관	만송 C14 A68	金山寺刱業宴記	×
14	국민대본	국민대학교 성곡도서관	古 814.5 금01	金山寺夢會錄	×
15	단국A본	단국대학교 율곡도서관	古 853.5 금3661ㄱ	金華寺記	×

---

56 덴리A本 : 한국학중앙연구원 도서관 영인본의 청구기호가 '813.3 금95'이다.

57 덴리B본 : 한국학중앙연구원 도서관 영인본의 청구기호가 '813.5 금95'이다.

58 종합대본 : 崔雄權·馬金科·孫德彪, 『17세기 한문소설집 『화몽집』 교주』, 소명출판, 2009, 235~270면.

16	단국B본	단국대학교 율곡도서관	古 853.5 금3661 가	金華寺記	×
17	단국C본	단국대학교 율곡도서관	古 853.5 금3661	金華寺夢遊錄	×
18	단국D본	단국대학교 율곡도서관	古 853.5 금3662 ㄱ	金華寺太平宴記	×
19	단국E본	단국대학교 퇴계도서관	813.5 금354	金山寺夢遊錄	×
20	동국A본	동국대학교 경주도서관	D 813.508 강25	金華寺記	×
21	동국B본	동국대학교 도서관	유동D 813.5 금51ㄱ	金山寺夢會錄	×
22	동아대본	동아대학교 도서관	(3):12:1 26	金華寺慶會錄	○
23	서강대본	서강대학교 도서관	고서 수19	金華寺夢遊錄	×
24	연세A본	연세대학교 도서관	고서(II) 811.939 6	夢遊錄	×
25	연세B본	연세대학교 도서관	고서(II) 811.939 1	金山寺創業演義	×
26	영남A본	영남대학교 도서관	813.5 金華寺	金華寺夢錄	×
27	영남B본	영남대학교 도서관	813.5 金華寺	金華寺慶會錄	×
28	원광대본	원광대학교 도서관	226.9 ㅂ948금	金華寺記	×
29	전북대본	전북대학교 도서관	동 811.35 제왕연	帝王宴會記	×
30	충남대본	충남대학교 도서관	고서경산 史.記錄 類 2284	錦山寺夢遊錄	○
31	국도A본	국립중앙도서관	古3636-81	金華寺記	×
32	국도B본	국립중앙도서관	한古朝48-175	金華寺夢遊錄	○
33	국도C본	국립중앙도서관	古3738-1	成生傳 金山寺夢會錄	○
34	국도D본	국립중앙도서관	BA2707-15	金山寺夢遊錄	×
35	국박A본	국립중앙박물관	購4480	金華寺夢遊錄	×
36	국박B본	국립중앙박물관	購004481	帝王宴會記	×
37	국편위본	국사편찬위원회	MF0001609	金華寺夢遊錄	×

38	규장A본	규장각	가람古 294.352-G336	金華寺記	×
39	규장B본	규장각	古 3478-2	金華山記	×
40	장서A본	장서각	K4^6879	金華寺記	×
41	장서B본	장서각	D7C^21	金華寺夢遊錄	○
42	장서C본	장서각	D7C^14	金山寺夢遊錄	○
43	장서D본	장서각	卷 D7C 96	金山寺創業宴錄	×
44	존경A본	존경각	B16FB-0208	金華寺記	×
45	존경B본	존경각	D07C-0206	金華寺記	×
46	존경C본	존경각	D07C-0213	金山寺夢遊錄	×
	개인 소장본				
47	강전섭본[59]	姜銓燮 個人	(없음)	金華寺記	○
48	강태영본[60]	姜泰泳 個人 (玄潭文庫)	(없음)	金華寺夢遊錄	新
49	김광순본[61]	金光淳 個人	(없음)	萬古帝王宴	×
50	이우목본	李愚穆 個人	(없음)	金山寺創業宴錄	○
51	익선A본[62]	林熒澤 個人 (益善齋)	(없음)	金華寺記	×
52	익선B본[63]	林熒澤 個人 (益善齋)	(없음)	金華寺記	×
53	익선C본	林熒澤 個人 (益善齋)	(없음)	金華寺夢遊錄	新

---

59 강전섭본 : 張孝鉉·尹在敏·崔溶澈·池硯淑·李基大, 『校勘本 韓國漢文小說 夢遊錄』, 高麗大學校 民族文化硏究院(寶庫社), 2007, 223~332면.

60 강태영본 : 청구기호가 없다.

61 김광순본 : 金光淳, 『金光淳所藏 筆寫本 韓國古小說全集 65』, 박이정, 2004, 499~536면.

62 익선A본 : 청구기호가 없다. 표제(表題) '금화사기(金華寺記)'.

63 익선B본 : 청구기호가 없다. 표제(表題) '금화사기(錦華寺記)'.

54	익선D본	林熒澤 個人 (益善齋)	(없음)	金山寺枌業宴錄	新
	미득 소장본				
55	강동엽본[64]	姜東燁 個人	(없음)	金華寺記	×
56	권태을본[65]	權泰乙 個人	(없음)	金華寺記	○
57	김동욱본[66]	金東旭 個人	(없음)	金山寺枌業宴記	×
58	김종철본[67]	金鍾澈 個人	(없음)	金山寺夢遊錄	×
59	박민철본[68]	박민철 個人	(없음)	金華寺夢遊錄	×
60	박순호본[69]	朴順浩 個人	(없음)	金山寺夢遊錄	×
61	성산이본[70]	金泉 星山李氏 陽溪李馥宗家	(없음)	金華寺夢遊錄	×
62	심시A본[71]	鄭明基 個人 (尋是齋)	(없음)	金華寺記	×
63	심시B본[72]	鄭明基 個人 (尋是齋)	(없음)	金華寺記	×
64	심시C본[73]	鄭明基 個人 (尋是齋)	(없음)	金華寺記	×
65	심시D본[74]	鄭明基 個人 (尋是齋)	(없음)	夢勝錄 金華寺記	×

---

[64] 강동엽본 : 조희웅, 앞의 책(2018), 102면.

[65] 권우행, 앞의 논문(1991), 6면.

[66] 김동욱본 : 조희웅, 앞의 책(2018), 100면.

[67] 김종철본 : 조희웅, 앞의 책(2018), 99면.

[68] 박민철본 : 금요경매(http://www.kumyo.co.kr/htm/off_auction_read.htm?id=12184&page=8, 2018.6.20.).

[69] 박순호본 : 조희웅, 앞의 책(2018), 99면.

[70] 성산이본 : 한국학자료센터.

[71] 심시A본 : 조희웅, 앞의 책(2018), 104면.

[72] 심시B본 : 조희웅, 앞의 책(2018), 104면. 〈변무주(辯誣奏)〉과 합철.

[73] 심시C본 : 조희웅, 앞의 책(2018), 104면. 〈이석단전(李石丹傳)〉과 합철.

[74] 심시D본 : 조희웅, 앞의 책(2018), 104면.

66	심시E본[75]	鄭明基 個人 (尋是齋)	(없음)	金華寺夢遊錄	×
67	유씨A본[76]	柳鐸一 個人	(없음)	金華寺記	×
68	유씨B본[77]	柳鐸一 個人	(없음)	金華寺錄 夢遊錄	×
69	이명선본[78]	李明善 個人	(없음)	金華寺靈會錄	×
70	전형필본[79]	全鎣弼 個人 (韓國民族美術 研究所)	(없음)	金華寺夢遊錄	×
71	조병순본[80]	趙炳舜 個人	(없음)	金華寺太平宴記	×
72	진주강본[81]	金泉 晉州姜氏 鶴巖宗宅	(없음)	金華寺夢遊錄	×

선행 연구를 통해 알 수 있듯이 본 작품의 이본 계열은 [표1]에 제시된 바, 그 내제를 기준으로 구분된다. 즉, 본 작품의 계열은 역대 제왕들이 모여서 연회를 베푸는 장소인 사찰(寺刹)의 이름을 기준으로 '금화사' 혹은 '금산사' 계열로 분류되고 있는 것이다. 더불어 장소에 대한 언급은 작품의 내제를 제외하고도 작중 2차례에 걸쳐 나타나는데, 첫 번째는 몽유자가 절에 들어가기 전에 사찰의 현판을 묘사할 때 언급되고, 두 번째는 한유(韓愈)

---

75 심시E본 : 조희웅, 앞의 책(2018), 107면.

76 유씨A본 : 조희웅, 앞의 책(2018), 103면.

77 유씨B본 : 조희웅, 앞의 책(2018), 103면.

78 이명선본 : 조희웅, 앞의 책(2018), 108면.

79 전형필본 : 조희웅, 앞의 책(2018), 105면. 한국민족미술연구소는 보화각 공사중이라는 이유로 열람 청구를 거절하였다.

80 조병순본 : 〈동선기(洞僊記)〉과 합철. 조희웅, 앞의 책(2018), 108면. 이 자료는 원래 성암고서박물관(誠庵古書博物館)에서 소장되어 있지만, 2013년 9월 조병순 관장의 별세에 따라 박물관이 없어짐과 동시에 해당 이본도 소재불명이 되어버렸다.

81 진주강본 : 〈전동군(餞東君)〉, 〈제십이절문(祭十二節文)〉, 〈회두시(回頭詩)〉 등과 합철. 한국학자료센터.

가 한고조의 명을 받아 연회의 성황을 칭송하는 찬시(讚詩)를 지을 때 언급된다.

따라서 작품의 내제와 더불어 각각의 이본 속에서 서사 공간에 대한 정보는 총 3차례가 제시되고 있는 것이다. 필자가 구득한 총 54종의 이본들을 서사 공간을 기준으로 A 계열 '금화사 계열'과 B 계열 '금산사 계열'로 나누기로 한다. 그리고 내제와 서사 공간이 서로 다른 경우는, 곧 내제가 B 계열 '금산사 계열'에 속하나 실제 서사 공간이 A 계열 '금화사 계열'에 속하는 이본은 A' 계열로 분류하고, 이와 반대인 이본은 B' 계열로 분류한다. 각 이본의 내제 및 사찰의 현판 그리고 찬시에서 나타난 연회의 장소를 근거하여 계열을 정리하면 다음과 같다.

[표2] 〈금화사몽유록〉 이본 계열 목록

번호	이본 약칭	이본 내제	사찰 현판	연회 찬시	계열
1	관서대본	金華寺記	金華寺	金華寺	A
2	와세다본	金華寺夢遊錄	金華寺	金華寺	A
3	덴리A본	金華寺記	金華寺	金華寺	A
4	덴리B본	金華寺夢遊錄	金華寺	讚詩 省略[82]	A
5	정가당본	金華寺記	金華寺	金華寺	A
6	미국도본	金華寺記	金華寺	金華寺	A
7	종합대본	金華灵會	金華寺	金華寺	A
8	강남대본	金華寺夢遊記	金華寺	金華寺	A
9	경북A本	金華寺記	金華寺	金華寺	A
10	경북B본	金華寺夢遊錄	金華寺	金華寺	A
11	고려A본	金華寺創業宴記	金華寺	金華寺	A

---

82 해당 서사 단락이 존재하지만, 찬시(讚詩)의 내용을 생략하였다.

12	단국A본	金華寺記	金華寺	金華寺	A
13	단국B본	金華寺記	金華寺	金華寺	A
14	단국C본	金華寺夢遊錄	**金華殿**	金華寺	A
15	단국D본	金華寺太平宴記	金華寺	**金華山**	A
16	동국A본	金華寺記	金華寺	金華寺	A
17	동아대본	金華寺慶會錄	金華寺	金華寺	A
18	서강대본	金華寺夢遊錄	金華寺	金華寺	A
19	영남A본	金華寺夢錄	金華寺	金華寺	A
20	영남B본	金華寺慶會錄	金華寺	金華寺	A
21	원광대학	金華寺記	金華寺	金華寺	A
22	국도A본	金華寺記	金華寺	金華寺	A
23	국도B본	金華寺夢遊錄	金華寺	金華寺	A
24	국박A본	金華寺夢遊錄	金華寺	金華寺	A
25	국편위본	金華寺夢遊錄	金華寺	**讚詩 缺如**[83]	A
26	규장A본	金華寺記	金華寺	金華寺	A
27	규장B본	金華山記	金華寺	金華寺	A
28	장서A본	金華寺記	金華寺	**讚詩 缺如**[84]	A
29	장서B본	金華寺夢遊錄	金華寺	**讚詩 省略**[85]	A
30	존경A본	金華寺記	金華寺	金華寺	A
31	존경B본	金華寺記	金華寺	**讚詩 缺如**[86]	A
32	강전섭본	金華寺記	金華寺	金華寺	A
33	강태영本	金華寺夢遊錄	金華寺	金華寺	A

---

83 제갈량(諸葛亮)이 반열을 제정하는 서사 단락의 일부만 필사하고, 이하 내용이 전부 빠졌다.

84 동방삭(東方朔)이 부직하는 서사 단락 이하의 내용은 전혀 필사하지 않았다.

85 '기시왈(其詩曰)' 이하 찬시의 내용을 완전히 생략하고, 찬시 앞뒤 내용을 직접 연결시켰다.

86 송태조(宋太祖)가 한유(韓愈)를 찬시를 지을 사람으로 추천한다는 내용 이하 모든 내용을 아예 전혀 필사하지 않았다.

34	익선A본	金華寺記	金華寺	金等寺[87]	A
35	익선B본	金華寺記	金華寺	金華寺	A
36	익선C본	金華寺夢遊錄	金華寺	金華寺	A
37	중지도본	金山寺刱業宴記	金華寺	金華寺	A'
38	고려B본	金山寺刱業宴記	**구절 누락[88]**	**金陵氣[89]**	A'
39	국민대본	金山寺夢會錄	金華寺	金華寺	A'
40	단국E본	金山寺夢遊錄	金華寺	金華寺	A'
41	연세A본	夢遊錄	**金山金華寺**	金華寺	A'
42	충남대본	錦山寺夢遊錄	**錦華寺**	**錦華寺**	A'
43	국도C본	成生傳 金山寺夢會錄	金華寺	**金等寺[90]**	A'
44	장서C본	金山寺夢遊錄	金華寺	**讚詩 漏落[91]**	A'
45	동국B본	金山寺夢會錄	金山寺	金山寺[92]	B
46	연세B본	金山寺創業演義	**내용 개작[93]**	**內容 改作[94]**	B

87　'등(等)'자는 '화(華)'의 오자이다. 국도C본과 매우 비슷하므로 같은 저본을 사용했거나 서로 저본과 사본의 관계인 것으로 추정한다.

88　앞뒤 내용은 온전히 필사하였지만, 오로지 사찰(寺刹) 현판(懸板)에 대한 서술은 누락되었다.

89　찬시 전체 내용이 다른 이본들과 거의 똑같지만, 오로지 이 3글자만 개작하였다

90　'등(等)'자는 '화(華)'의 오자이다.

91　원문을 대폭 누락하여 동방삭이 부직하는 내용과 오랑캐들이 공격하는 장면을 섞고 서사를 왜곡시킬 뿐만 아니라 한유가 찬시를 바치는 내용도 모두 누락하였다.

92　한유가 '금산사창업열제회연시(金山寺創業列帝會宴詩)'라는 시제(詩題)만 써놓고 오랑캐가 갑자기 쳐들어와서 끝까지 시를 짓지 못하였다. 시제 중의 '연회(宴會)'를 '회연(會宴)'으로 거꾸로 필사하였다.

93　내용 개작으로 인하여 사찰 현판에 대한 서술은 전혀 없다.

94　한유가 찬시를 지으려고 하였을 때 오랑캐가 갑자기 쳐들어왔고 시를 당장 짓지 못하였다. 나중에 오랑캐와의 싸움을 이기고 다시 한유를 시켜 찬시를 지었다. 그러나 찬시의 내용을 전공(戰功)을 칭송하는 것으로 개작하였다.

47	국도D본	金山寺夢遊錄	**내용 개작**[95]	**內容 省略**[96]	B
48	장서D본	金山寺創業宴錄	金山寺	**異本 落張**[97]	B
49	존경C본	金山寺夢遊錄	金山寺	金山寺[98]	B
50	이우목본	金山寺創業宴錄	金山寺	金山寺[99]	B
51	익선D본	金山寺刱業宴錄	**金山之寺**	**讚詩 省略**[100]	B
52	전북대본	帝王宴會記	金山寺	金山寺[101]	B'
53	국박B본	帝王宴會記	金山寺	金山寺[102]	B'
54	김광순본	萬古帝王宴	金山寺	**異本 未完**[103]	B'

위의 [표2]와 같이 54종의 이본 가운데, 이본 44종은 '금화사 계열'에 속하는 것으로 확인된다. '금화사 계열'에 속하는 이본 중에 '중지도본'과 '국민대본', '단국E본', '국도C본' 그리고 '장서C본' 등은 '금산사'라는 내제를 가지고 있다. 그러나 현판과 찬시에 모두 '금화사'라 되어 있는 것으로 보면 이들 이본의 서사 공간은 역시 '금화사'이다. 그래서 본서에서는 이들

---

95 사찰 현판에 대한 서술은 전혀 없다.

96 동방삭이 부직하고 한유가 찬시를 짓는다는 2개 서사 단락은 전부 생략하였다.

97 강유가 제갈량에게 자신의 억울함을 호소한다는 내용 이하 모두 없다. 필사하고 나서 분실되었거나 전혀 필사하지 않았거나 알 수 없다.

98 한유가 '금산사창업열제연회시(金山寺創業列帝宴會詩)'라는 시제만 써놓고 오랑캐가 갑가기 쳐들어와서 끝까지 시를 짓지 못하였다.

99 한유가 '금산사창업열제회연시'라는 시제만 써놓고 오랑캐가 갑가기 쳐들어와서 끝까지 시를 짓지 못하였다. 시제 중의 '연회'를 '회연'으로 거꾸로 필사하였다.

100 동방삭이 부직하고 한유가 찬시를 짓는 2개 서사 단락을 전부 생략하였다.

101 한유가 '금산사창업열제연회시'라는 시제만 써놓고 오랑캐가 갑가기 쳐들어와서 끝까지 시를 짓지 못하였다.

102 한유가 '금산사창업열제연회시'라는 시제만 써놓고 오랑캐가 갑가기 쳐들어와서 끝까지 시를 짓지 못하였다.

103 김광순본은 역대 제왕의 쾌거를 이야기 나누는 단락의 중간부터 누락된 미완본이다.

이본을 '금화사 계열'에 귀속시켰다.

'연세A본'의 경우는 표제와 내제가 모두 '몽유록'으로 되어 있다. 이본의 내용을 읽어보면, 몽유자가 들어가는 산은 다른 이본처럼 '금산(錦山)'이 아니라, '금산(金山)'으로 되어 있다. 특히 사찰의 현판은 단지 '금화사'가 아니라, '금산금화사(金山金華寺)'라고 되어 있다. 그러나 뒤의 찬시를 보면, 찬시 속에서 나오는 장소도 역시 '금화사'이다. 이러한 착종 현상은 필사자가 원문에 대한 의심과 고민 끝에 타협하려는 태도를 취한 것으로 보여진다. 다시 말하면, 필사자가 두 계열의 이본을 모두 본 적 있었을 가능성이 있음을 암시한다. 그러나 어느 계열이 원본인지 쉽게 판단하지 못하여 제목에 '몽유록'만 썼을 것이다. 그리고 다른 이본의 '금산(錦山)'을 '금산(金山)'으로 착각하여 사찰의 이름도 '금산금화사(金山金華寺)'로 고쳤을 것이다.

'충남대본'의 내제와 현판 및 찬시에 모두 '금산사(錦山寺)'라는 지명을 사용하였다. 우선 '금화사(錦華寺)'와 '금화사(金華寺)'는 발음이 같아서 쉽게 헷갈릴 수 있다. 그러나 작중에서 반복적으로 나타난 것으로 보면, 수순한 오기라고 하기보다는 필사자가 의도적으로 고친 것으로 보인다. 이는 '금화사(金華寺)'가 자리잡은 '금산(錦山)'의 영향을 받아 원래의 제명을 오판하여 잘못 고친 것으로 생각한다. 그래서 본서에서는 '금산사(錦山寺)'라는 표현을 '금화사(金華寺)'와 동일시하여 '충남대본'을 '금화사 계열'에 귀속시켰다.

여기에서 특별히 주의해야 하는 것은 '고려A본' 〈금화사창업연기(金華寺創業宴記)〉이다. '고려A본'의 제명과 서사 공간이 기본적으로 '금화사 계열'에 속하는 것은 문제가 없지만, 서사 단락 사이에 일부 '금산사 계열'의 이본의 내용도 수용하여 '金山'이라는 공간도 서술 가운데 나타났을 것이다. 즉 공간적 측면에서도 역시 착종의 현상이 존재한다고 생각한다. 그러나 작품의 전체 내용을 보면 금화사를 배경으로 하여 '금산사 계열'의 이본의 내용을 추가한 것으로 보인다. 그래서 필자는 '고려A본'을 '금화사 계열'에 귀속시키기로 한다.

한편, 모든 54종 이본 중에, 10종 이본만이 '금산사 계열'에 속한다. 이와 함께 '전북대본'과 '국박B본' 및 '김광순본' 등의 이본은 완전히 다른 제명을 붙였다. 그러나 이들 이본의 서사 공간 역시 '금산사'이다. 그래서 이들 이본을 모두 '금산사 계열'로 분류하였다. 따라서 본서는 '금산사 계열'의 이본 10종을 대상으로 할 것이며, 이를 간략하게 표로 제시하면 다음과 같다.

[표3] 금산사 계열 연구 대상 목록

번호	이본 약칭	이본 내제
1	동국B본	金山寺夢會錄
2	연세B본	金山寺創業演義
3	전북대본	帝王宴會記
4	국도D본	金山寺夢遊錄
5	국박B본	帝王宴會記
6	장서D본	金山寺創業宴錄
7	존경C본	金山寺夢遊錄
8	김광순본	萬古帝王宴
9	이우목본	金山寺創業宴錄
10	익선D본	金山寺刱業宴錄

논의의 순서는 다음과 같다.

제2장에서는 예비적 고찰로서 이본 현황을 세부적으로 검토하고자 한다. 즉 서지 정보를 중심으로 각각의 이본의 실체를 명확히 살피고자 한다. 서지 사항을 검토할 때 장정(裝幀), 지질(紙質), 장광(長廣), 형태(形態), 분량(分量), 변란(邊欄), 반곽(半郭), 항관(行款), 상비(象鼻), 계선(界線), 어미(魚尾), 판심(版心), 장서인(藏書印), 필사기(筆寫記), 서발문(序跋文), 여타 수택(手澤) 등 여러 가

지 서지학적 정보를 조사하고 이를 등록하고자 한다. 그리고 필사기를 활용하여 정확한 필사 시기를 추정하고자 한다. 특히, 장서인과 서발문, 또한 다른 필사자가 남긴 수택으로 필사자의 정보를 얻고 이본의 탄생 시기를 추정할 수 있는 실마리도 찾고자 한다. 더불어 제명과 필사 시기 등에 대한 검토를 통해, 〈금산사몽유록〉의 전체 서지적 특징을 고찰하고자 한다.

제3장에서는 연구 대상 이본들의 서사 단락을 검토하고 그 계열을 나누며 각 계열의 선본(善本)을 알아보고자 한다. 서사 단락을 검토할 때 모든 이본을 함께 모아 각각의 서사 단락을 순차적으로 일일이 비교하겠다. 이런 비교를 통해 먼저 기본적으로 특정의 서사 단락의 첨삭이나 순서 변동에 대하여 꼼꼼히 고찰하고자 한다. 그리고 이상 분석에 따라 이본 계열을 도식화할 것이다. 이 도식에 대한 분석으로 각 계열의 특징도 규명하고자 한다. 이본 계열의 특징을 분석할 때 이본의 서시 정보도 참조하겠다. 예컨대 존경C본 계열의 두 이본은 모두 발문이 있다. 이 두 발문을 통해서도 두 이본이 같은 계열인 사실을 알 수 있을 뿐만 아니라, 더 나아가 두 이본으로 이루어진 계열의 특징을 엿볼 수 있다. 따라서 이본의 발문도 자세히 살펴볼 것이다.

서사 단락의 비교에 이어서 각 이본의 표현 방식을 꼼꼼히 대비하고, 각 이본 표현상의 동이점과 특징을 검토하고자 한다. 표현의 차이를 검토할 때 주로 표현의 일치성과 누락, 비문 현상, 곧 충실성을 검토하고자 한다. 표현의 일치성을 통하여 위에서 서사 단락에 따라 구분한 〈금산사몽유록〉의 계열을 더욱더 자세히 구분할 수 있을 것이다. 계열을 세분하는 작업은 각 계열의 선본(善本)을 고찰하기 위한 준비 작업이다. 계열을 세분한 결과에 근거하여 각 계열의 내용이 가장 온전하고 정확한 이본을 밝히고자 한다. 이것은 다음에 이본의 전승 양상을 살필 때 모든 이본을 모두 함께 검토하는 것이 아니라, 각 계열의 선본(善本)만으로도 각 계열의 관계를 검토할 수 있기 때문이다.

제4장에서는 각 계열의 독특한 내용과 각 계열의 전승 양상을 살펴 보고자 한다. 앞에서 살펴본 바와 같이, 〈금화사몽유록〉의 이본들은 '금산사 계열'과 '금화사 계열'로 나눌 수 있다. '금산사 계열'의 이본들의 특징을 살피기 위해서는 '금화사 계열'과 '금산사 계열'의 친연성(親緣性)에 대한 검토도 함께 해야 한다. '금화사 계열'과 '금산사 계열'은 애초에 모두 동일한 작품으로부터 발전해 온 것이기 때문에 필연적으로 불가분의 관계를 갖고 있다. 이본들 간의 친연성 검토를 통해서는 이본들이 변천 과정에서도 변하지 않는 특징을 도출할 수 있을 것이며, 이러한 특징은 본 작품의 향유층의 공통된 의식을 살필 수 있는 주요한 방편이 될 것이라 생각한다.

더불어 '금화사 계열'과 '금산사 계열'의 친연성에 대한 검토와 함께, 이 두 계열의 차이성에 대한 검토도 필수적이라 할 수 있다. 〈금화사몽유록〉의 독자들은 이 작품을 즐겨 읽는 동시에 또한 작품에서 얻은 영감과 불만 등을 반영하여 작품의 내용을 고쳐왔다. 본 작품이 상당수의 이본을 가진 것은 바로 이러한 가필(加筆)과 윤색(潤色)의 결과라 할 수 있을 것이다. 따라서 이본 간 세세한 차이를 검토하는 것은 본 작품에 대한 시대 혹은 독자 의식의 변화를 확인하는 주요한 방법이 될 수 있다. 그리고 이는 곧 본 작품의 소설사적 의미를 밝힐 수 있는 근거가 될 수 있을 것이라 생각한다.

한편, '금화사 계열'의 이본은 필연적으로 〈금화사몽유록〉의 모든 이본이 기본적으로 공유하는 서사 단락을 가지고 있다. 이러한 점을 고려하여 '금산사 계열'을 연구할 때도 '금화사 계열'의 이본들을 참고할 필요가 있다고 생각한다. 이를 위해 본서에서는 현재까지 수집한 모든 '금화사 계열'의 서사 단락을 종합적으로 정리하였다. 선행연구에서 밝힌 바와 같이, '금화사 계열'의 이본들이 서사 면에 대동소이하다. 그래서 '금화사 계열'의

공통된 서사 단락을 추출하고자 하여 비교의 대상으로 삼기로 한다.[104]

물론 '금산사 계열' 내부의 여러 하위 계열의 동이점도 비교해야 한다. 앞에서 서사 단락과 표현 방식에 대한 대비를 통해 이미 전체 하위 계열 중의 선행 계열을 밝힐 수 있다. 그래서 선행 계열 이외의 계열의 전승 양상을 살펴볼 때 주로 선행 계열과의 비교를 통하여 진행하고자 한다. 즉 각각 후대 계열은 선행 계열보다 무슨 내용을 추가하거나 삭제하였는지를 밝힐 것이다. 이상과 같은 검토를 통해 '금산사 계열'의 이본 전승의 소설사적 의미를 검토하고자 한다. '금산사 계열'의 이본들이 공통적으로 계승해 온 내용은 많은 필사자의 공통 인식을 반영한다고 생각한다. 이와 반대로 개작한 내용도 각 개작자의 내면 세계의 투영으로 볼 수 있다. 그래서 작품 내용의 공통점과 차이점을 면밀히 분석할 필요가 있다. 그리고 시대의 변화에 따라 개작하는 흐름이 어떻게 변화하였는지도 추측하고자 한다.

그리고 마지막으로 제5장에서는 결론을 통해서 본서의 논의를 간략하게 정리하고 아울러 〈금산사몽유록〉의 이본들의 의미와 가치 및 본서의 학문적 의의를 정리하였다.

---

104 지금까지 차용주(차용주, 앞의 논문(1981), 121~125면.)와 김기동(김기동, 앞의 책(1981), 113면.), 그리고 김정녀(김정녀, 앞의 논문(2004), 238~243면.) 등은 모두 국립중앙도서관이 소장한 〈금화사몽유록〉을 선본(善本)으로 보았다. 또한 장효현 등(장효현·윤재민·최용철·지연숙·이기대, 앞의 책(2007), 223~332면.)과 정용수(정용수, 앞의 논문(1994).) 등이 이본을 대비할 때 국립중앙도서관 소장본을 기준본으로 삼은 것과, 신해진(신해진, 앞의 책(2015).)이 이 작품의 교주본을 낼 때 국립중앙도서관 소장본을 저본으로 삼은 것 등을 고려하면, 국립중앙도서관 소장본을 선본(善本)으로 보는 것을 잠정적으로 동의한 것으로 볼 수 있다. 그러나 이 연구 성과는 2004년의 것이고, 그 후에 수많은 새 이본들이 밝혀졌다. 그래서 이 연구 성과는 그때까지의 일부 이본만 연구하고, 현재까지 발견한 전체 이본을 통들어 논의하지 못한 단점을 피할 수 없다.

제2장

〈금산사몽유록〉의
이본별 서지 개관

본장에서는 예비적 고찰로 이본 현황을 구체적으로 검토하고자 한다. 이와 함께 제명과 필사 시기 등에 대한 검토를 통해, 〈금산사몽유록〉에 대한 전체의 서지적 특징을 밝히고자 한다.

1. 동국B본 서지 개관

동국대학교에 한문본 2종이 소장되어 있는데, 그 하나는 경주 도서관에 소장되어 있는 〈금화사기(金華寺記)〉(청구번호 : D 813.508 강25)로 본서에서는 이를 '동국A본'으로 지칭한다. 다른 하나는 서울 도서관에 소장되어 있는 〈금산사몽회록(金山寺夢會錄)〉(청구번호 : 유동D 813.5 금51ㄱ)으로, 본서에서는 '동국B본'으로 지칭한다. 동국A본은 본서에서 다루지 않으므로 여기에서 동국B본의 서지 사항만 살펴보고자 한다. 동국B본의 서지 사항은 다음과 같다.[1]

---

1   동국대학교 도서관에 등록된 정보를 참고하여 일부를 수정하고 좀 더 구체적으로 보완하였다.

[표4] 동국B본 서지 사항

文獻標題		金山寺夢會錄
責任表示		未詳
版本事項		筆寫本(朝鮮)
發行事項	發行地	未詳
	刊寫者	未詳
	刊寫年	未詳
形態事項	卷冊	不分卷 1冊 31張(62面)
	邊欄	無界
	半郭	(없음)
	界線	(없음)
	行款	半葉 11行 16字
	注釋	(없음)
	象鼻	(없음)
	魚尾	(없음)
	長廣	20.2×19.3cm(세로×가로)
註記事項	表題	金山寺夢遊錄
	印記	(없음)
	序題	(없음)
	版心	(없음)
	原跋	(없음)
	卷末	金山寺夢遊錄終
	寫記	歲維黃狗肇夏在芝齋書
	內容	(없음)
	裝訂	五針線裝
	紙質	楮紙

동국B본은 오침선장(五針線裝)한 불분권(不分卷) 1책의 저지(楮紙) 필사본

이고, 장광(長廣)은 세로 20.2cm, 가로 19.3cm이다. 전체 분량은 31장(62면), 반엽(半葉) 11항 16자로 대략 1만1천자 정도이다. 표제(表題)는 '금산사몽유록(金山寺夢遊錄)'이고, 권말은 '금산사몽유록종(金山寺夢遊錄終)'이며, 아울러 '세유황구조하(歲維黃狗肇夏) 재지재서(在芝齋書)'라는 사기(寫記)가 있다.

권말에 '세유황구조하(歲維黃狗肇夏) 재지재서(在芝齋書)'는 필사기로, 책을 필사한 시기는 '무술년(戊戌年) 음력 4월'인 것을 알 수 있다.[2] '지재(芝齋)'는 곧 필사자의 서재로 생각한다. 서재의 이름을 통해 주인을 정확히 추정하는 것은 어렵지만, 조선 중기 문신 중에 '지재'라는 호를 사용한 인물이 한 명이 있었고, 이 사람이 곧 유감(柳堪)[3]이다.

만약에 동국B본이 유감이 필사한 것이라면, 그의 생졸년과 '무술년 음력 4월'이라는 시간을 함께 고찰하여 필사 시기를 유감이 25살 때쯤인 1538년으로 추정할 수 있다. 그러나 〈금화사몽유록〉이 〈금산사몽유록〉보다 선행 계열이고, 대략 17세기에 창작되었다는 사실은 학계의 공통된 인식이다. 이런 사실을 고려하면, 동국B본이 1538년에 필사되었을 가능성은 전혀 없다. '지재'라는 서재 이름도 단순히 유감의 서재 이름과 우연히 중복되었을 가능성이 크다.

한편, 반듯이 주의해야 할 점은 전북대본은 깨끗한 종이에 필사한 것이

2 　'황구(黃狗)'는 전통 기년 방법에 따라 육십갑자(六十甲子) 중에 '무술년(戊戌年)'을 가리키는 말이다. '구(狗)'는 12 지지(地支) 중의 '술(戌)'과 대응하는 동물이고, 육십갑자 중에 '술'이 나타나는 해가 '무술(戊戌)', '경술(庚戌)', '임술(壬戌)', '갑술(甲戌)' '병술(丙戌)' 등 모두 5종 있다. '누를 황(黃)'은 음양오행설(陰陽五行說) 중의 '토(土)'의 색깔이고, 10 천간(天干) 중에 '토'와 대응하는 것은 '무(戊)', '기(己)' 등 2종이다. 그리고 '기술(己戌)'이라는 해가 없으므로 '황구(黃狗)'는 곧 '무술년(戊戌)'을 대표하는 것이다.

3 　생졸년은 중종(中宗) 9년(1514)~선조(宣祖) 2년(1569)이고, 본관은 전주(全州)이다. 자는 '극임(克任)', 호는 '호은(壺隱)', 또는 '지재(芝齋)'. 첨지중추부사 유계장(柳季潼)의 증손으로, 할아버지는 대사간 유헌(柳軒)이다. 아버지는 종친부전첨(宗親府典籤) 유세귀(柳世䳶)이며, 어머니는 허광(許礦)의 딸이다.(한국민족문화대백과의 내용을 인용하여 수정한다.)

아니라 한 역서(曆書)에 필사한 것이다. 그리고 이 역서에 '을미년(乙未年)'과 '범삼백팔십사일(凡三百八十四日)' 등의 내용이 기록되어 있다. 이와 비슷하게 와세다대학교 도서관에 소장되어 있는 『보력갑술원력(宝曆甲戌元曆). 안영(安永) 4년』의 권두서명(卷頭書名)은 '安永四年きのとのひつしの宝曆甲戌元曆張宿値年凡三百八十四日'이고, 제첨서명(題簽書名)은 '安永四乙未曆'이다. 안영 4년은 1775년인데, 1775년 이후 1775년과 제일 가까운 무술년은 1778년이다. 이렇게 볼 때 동국B본 또한 1778년에 필사되었을 가능성이 높다.

그러나 뒤에서 밝히겠지만, 전북대본도 무술년에 필사한 이본이고, 게다가 내용을 보면 동국B본과 상당히 유사한 이본이다. 제일 중요한 것은 전북대본의 필사기를 통하여 전북대본의 필사 시간을 1898년 음력 7월인 사실을 정확하게 파악할 수 있다. 그래서 전북대본과의 여러 공통점을 고려할 때 동국B본의 필사 시간도 1898년일 가능성이 있다. 위에서 역서의 시간에 대한 기록을 참고하는 것보다, 같은 계열의 이본을 참고하는 것이 신빙성이 더욱 높다. 따라서 동국B본의 필사 시간인 무술년을 1898년으로 추정한다.

2. 전북대본 서지 개관

전북대학교에 〈금화사몽유록〉과 〈금산사몽유록〉의 한문 이본은 하나만 소장되어 있고, 그것이 곧 〈제왕연회기(帝王宴會記)〉(청구번호 : 동 811.35 제왕연)로 본서에서는 '전북대본'으로 지칭한다. 전북대본의 서지 사항은 다음

과 같다.[4]

[표5] 전북대본 서지 사항

文獻標題		帝王宴會記
責任表示		未詳
版本事項		筆寫本(朝鮮)
發行事項	發行地	未詳
	刊寫者	未詳
	刊寫年	未詳
形態事項	卷冊	不分卷 1冊 27張(54面)(그 중에 〈帝王宴會記〉는 22張(44面))
	邊欄	無界
	半郭	(없음)
	界線	(없음)
	行款	半葉 8行 30字 內外
	注釋	(없음)
	象鼻	(없음)
	魚尾	(없음)
	長廣	29.4×16.3cm(세로×가로)
註記事項	表題	帝王宴會記
	印記	(없음)
	序題	(없음)
	版心	(없음)
	原跋	(없음)
	卷末	(없음)

---

4   전북대학교 도서관에 등록된 정보를 참고하여 일부를 수정하고 좀 더 구체적으로 보완하였다.

註記事項	寫記	崇禎紀元後四戊戌七月謄書
	內容	帝王宴會記, 夷狄之君上天子書 隨所聞而記之, 金剛山韻 (작자 尤菴), 金剛山韻(작자 眉叟), 火爐韻三鯨字(작자 '不知誰作', 곧 作者未詳), 乘舩輓詞, 相思曲六十七句(한글 가사)
	裝訂	五針線裝
	紙質	未詳

　전북대본은 오침선장(五針線裝)한 불분권(不分卷) 1책의 필사본인데, 장광(長廣)은 세로 29.4cm, 가로 16.3cm이다. 전체 분량은 27장(54면), 반엽(半葉) 8항 30자 내외로 대략 1만3천자 정도인데, 그 중에 〈제왕연회기(帝王宴會記)〉는 22장(44면)으로 대략 1만1천자 정도이다. 표제(表題)는 '제왕연회기(帝王宴會記)'이고, 사기(寫記)는 '숭정기원후사무술칠월등서(崇禎紀元後四戊戌七月謄書)'이다. 〈제왕연회기〉 이외에 〈이적지군상천자서(夷狄之君上天子書) 수소문이기지(隨所聞而記之)〉, 〈금강산운(金剛山韻)(작자 尤菴(우암))〉, 〈금강산운(金剛山韻)(작자 미수(眉叟))〉, 〈화로운삼경자(火爐韻三鯨字)(작자 '불지수작(不知誰作)', 곧 작자미상)〉, 〈승선만사(乘舩輓詞)〉, 〈상사곡육십칠구(相思曲六十七句)(한글 가사)〉 등의 작품도 수록되어 있다.

　권말에 '숭정 기원 후 사무술 칠월 등서'라는 필사기가 있는데, 책을 필사한 시기는 '1664년 뒤의 네 번째 무술년(戊戌年) 음력 7월', 곧 1898년 음력 7월인 것을 알 수 있다. '숭정(崇禎)'은 명나라 마지막 황제의 연호로 중국에서는 1664년까지만 사용했으나, 조선에서는 명나라가 멸망한 뒤에도 계속 사용해왔다. 1664년 이후의 무술년은 18세기의 1718년과 1778년, 19세기의 1838년과 1898년, 그리고 20세기의 1958년 등이 있는데 그 중에 네 번째가 1898년이다.

　〈제왕연회기〉 이외에 수록된 작품은 한시와 한글 가사를 포함할 뿐만 아니라, 심지어 만사까지 수록되어 있다. 그러나 이 가운데 유명한 작품은 하나도 없는 것으로 보아 이들 작품이 모두 필사자 본인이나 주변 지인의 희작(戲作)인 것으로 추정할 수 있다.

3. 국박B본 서지 개관

국립중앙박물관에 〈금화사몽유록〉과 〈금산사몽유록〉의 한문 이본 2 종이 소장되어 있다. 하나는 〈금화사몽유록〉(購4480)인데, 이를 본서에서 는 '국박A본'으로 지칭한다. 또 하나는 〈제왕연회기(帝王宴會記)〉(청구번호 : 購 004481)로 본서에서는 '국박B본'으로 지칭한다. 국박A본은 본서에서 다루 지 않으므로 여기에서는 국박B본의 서지 사항만 살펴보고자 한다. 국박B 본의 서지 사항은 다음과 같다.

[표6] 국박B본 서지 사항

文獻標題		帝王宴會記
責任表示		未詳
版本事項		筆寫本(朝鮮)
發行事項	發行地	未詳
	刊寫者	未詳
	刊寫年	未詳
形態事項	卷冊	不分卷 1冊 46張(91面)(그 중에 〈帝王宴會記〉는 21張(41面))
	邊欄	無界
	半郭	(없음)
	界線	(없음)

形態事項	行款	半葉 12行 20字	
	注釋	(없음)	
	象鼻	(없음)	
	魚尾	(없음)	
	長廣	23.0×20.5cm(세로×가로)	
註記事項	表題	黃理經(내표제 : 帝王宴會記)	
	印記	(없음)	
	序題	(없음)	
	版心	(없음)	
	原跋	(없음)	
	卷末	(없음)	
	寫記	(없음)	
	內容	帝王宴會記, 洛律, 契序	
	裝訂	未詳	
	紙質	未詳	

　국박B본은 불분권(不分卷) 1책의 필사본이고 장광(長廣)은 세로 23.0cm, 가로 20.5cm이다. 전체 분량은 46장(91면), 반엽(半葉) 12항 20자로 대략 2만 2천자 정도인데, 그 중에 〈제왕연회기〉는 21장(41면)으로 대략 1만자 정도 이다. 표제(表題)는 '황리경(黃理經)'이다. 〈제왕연회기〉 이외에 〈낙률(洛律)〉과 〈계서(契序)〉 등의 작품도 수록되어 있다. 후대 소장자가 다시 장정(裝幀)하 였기 때문에 원래의 장정(裝訂) 방식은 파괴되어 정확하게 파악할 수 없다.

　책의 표지를 보면 원래는 〈황리경〉과 〈제왕연회기〉 두 편이 합철된 것 으로 보이지만, 실제로 뒤의 내용을 보면 〈황리경〉은 없고, 〈낙률〉만 있다. 그리고 〈제왕연회기〉가 종결된 후 연이어 〈낙률〉을 필사한 것이 아니고, 각자의 표지가 따로 있다. 표지가 마멸된 정도를 보면 분명히 후대 사람에 의하여 본래 서로 상관없는 두 책을 함께 묶은 것을 알 수 있다. 표지의 상태를 보아 이 책은 원래 합철본(合綴本)이 아니고 단지 〈황리경〉의 표지를 가지고 〈제왕연회기〉를 다시 장정하였을 뿐이다. 〈낙률〉은 1책 20장 38면이 있고, 율시(律詩)를 수록한 시집인데 책의 맨뒤에 〈계서〉 한 편이 첨부되어 있다.

4. 김광순본 서지 개관

〈만고제왕연(萬古帝王宴)〉은 〈금산사몽유록〉의 한 이본으로 본서의 연구 대상이다. 김광순(金光淳)이 개인 소장한 이본의 영인본은 『(김광순소장 필사본) 한국고소설전집』에 수록되어 있다. 본서에서는 '김광순본'으로 지칭한다. 김광순본의 서지 사항은 다음과 같다.

[표7] 김광순본 서지 사항

文獻標題		萬古帝王宴
責任表示		未詳
版本事項		筆寫本(朝鮮)
發行事項	發行地	未詳
	刊寫者	未詳
	刊寫年	未詳
形態事項	卷冊	不分卷 1冊 19張(37面)(未完)
	邊欄	四周單邊[5]

---

5   흑백 영인본으로 사란(絲欄) 종류를 확인할 수 없다.

形態事項	半郭	未詳
	界線	有界
	行款	半葉 10行 20字
	注釋	(없음)
	象鼻	(없음)
	魚尾	(없음)
	長廣	未詳
註記事項	表題	金山寺記
	印記	(없음)
	序題	(없음)
	版心	(없음)
	原跋	(없음)
	卷末	(없음)
	寫記	(없음)
	內容	(없음)
	裝訂	未詳
	紙質	未詳

김광순본은 불분권(不分卷) 1책의 사주단변(四周單邊) 미완(未完)한 필사본
이다. 전체 분량은 19장(37면), 반엽(半葉) 10항 20자로 대략 7천자 정도이다.
책의 표지에는 '금산사기(金山寺記)'라는 표제(表題)와 함께 '만고제왕연'이라
는 제목도 적혀 있다. 필사의 용지인 사주단변에 계선이 있는 인찰지로 보
면, 이 사본의 필사 시기는 비교적 후대인 것으로 짐작할 수 있다. 본 자료
의 원본을 확인하지 못한 관계로 서지 사항을 충분히 조사하지 못하였다.

5. 연세B본 서지 개관

연세대학교에 〈금화사몽유록〉과 〈금산사몽유록〉의 한문 이본 2종이 소
장되어 있다. 하나는 〈몽유록(夢遊錄)〉(청구번호 : 고서(II) 811.939 6)으로 본서에
서 '연세A본'으로 지칭한다. 또 하나는 〈금산사창업연의(金山寺創業演義)〉(청
구번호 : 고서(II) 811.939 1)로 본서에서 '연세B본'으로 지칭한다. 연세A본은 본
서에서 다루지 않으므로 여기에서는 연세B본의 서지 사항만 살펴보고자
한다. 연세B본의 서지 사항은 다음과 같다.[6]

[표8] 연세B본 서지 사항

文獻標題		九雲夢 金山寺創業演義 丁香傳
責任表示		未詳
版本事項		筆寫本(朝鮮)
發行事項	發行地	未詳
	刊寫者	未詳
	刊寫年	未詳
形態事項	卷冊	不分卷 1冊 116張(232面)(그 중에 〈金山寺創業演義〉는 184페이지부터 218까지 18張(35面))
	邊欄	無界
	半郭	(없음)
	界線	(없음)
	行款	半葉 11行 36字 內外
	注釋	(없음)
	象鼻	(없음)

---

6   연세대학교 도서관에 등록된 정보를 참고하여 일부를 수정하고 좀 더 구체적으로 보완하
     였다.

形態事項	魚尾	(없음)
	長廣	未詳
註記事項	表題	九雲夢(내표제 : 金山寺刱業演義)
	印記	(없음)
	序題	(없음)
	版心	(없음)
	原跋	(없음)
	卷末	(없음)
	寫記	歲在庚子秋謄於藍田書室
	內容	九雲夢(작자 金萬重), 金山寺創業演義, 丁香傳
	裝訂	五針線裝
	紙質	未詳

연세B본은 오침선장(五針線裝)한 불분권(不分卷) 1책의 필사본이다. 전체 분량은 116장(232면), 반엽(半葉) 11항 36자 내외로 대략 4만6천자 정도이며, 그 중에 〈금산사창업연의(金山寺創業演義)〉는 18장(35면)으로 대략 1만4천자 정도이다. 표제(表題)는 '구운몽(九雲夢)'이고, 사기(寫記)는 '세재경자추(歲在庚子秋) 등어남전서실(謄於藍田書室)'이다. 〈금산사창업연의〉 이외에 〈구운몽(작자 김만중)〉과 〈정향전(丁香傳)〉 등의 작품도 수록되어 있다.

권말에 '세재경자추 등어남전서실'의 필사기가 있는데, 책을 필사한 시기는 '경자년 가을'인 것을 알 수 있다. 그리고 경자년은 곧 1660년, 1720년, 1780년, 1840년, 1900년 중 어느 해이다. '남전서실'은 누구의 서재(書齋)인지 확인할 수 없으므로 정확한 필사 시기도 알 수 없다.

6. 국도D본 서지 개관

국립중앙도서관에 〈금화사몽유록〉과 〈금산사몽유록〉의 한문 이본 4종이 소장되어 있다. 각기 〈금화사기〉(청구번호 : 古3636-81), 〈금화사몽유록〉(청구번호 : 한古朝48-175), 〈성생전(成生傳) 금산사몽회록(金山寺夢會錄)〉(청구번호 : 古3738-1), 〈금산사몽유록〉(청구번호 : BA2707-15) 등이며 본서에서는 각각 '국도A본'과 '국도B본', '국도C본', '국도D본' 등으로 지칭한다. 국도A본과 국도B본, 그리고 국도C본은 본서에서 다루지 않으므로 여기에서 국도D본의 서지 사항만 살펴보고자 한다. 국도D본의 서지 사항은 다음과 같다.[7]

[표9] 국도D본 서지 사항

文獻標題		金山寺夢遊錄
責任表示		未詳
版本事項		筆寫本(朝鮮)
發行事項	發行地	未詳
	刊寫者	未詳
	刊寫年	未詳
形態事項	卷冊	不分卷 1冊 33張(66面)
	邊欄	無界
	半郭	(없음)
	界線	(없음)
	行款	半葉 12行 22字
	注釋	註雙行
	象鼻	(없음)

---

7   국립중앙도서관에 등록된 정보를 참고하여 일부를 수정하고 좀 더 구체적으로 보완하였다.

形態事項	魚尾	(없음)
	長廣	24.3×21.7cm(세로×가로)
註記事項	表題	金山寺夢遊錄
	印記	(없음)
	序題	(없음)
	版心	(없음)
	原跋	(없음)
	卷末	金山寺夢遊錄終
	寫記	(없음)
	內容	(없음)
	裝訂	五針線裝
	紙質	未詳

국도D본은 오침선장(五針線裝)한 불분권(不分卷) 1책의 필사본이고, 장광 (長廣)은 세로 24.3cm, 가로 21.7cm이다. 전체 분량은 33장(66면), 반엽(半葉) 12항 22자로 대략 1만7천자 정도다. 표제(表題)는 '금산사몽유록'이고, 권말 은 '금산사몽유록종'이다.

7. 장서D본 서지 개관

한국학중앙연구원 장서각에 〈금화사몽유록〉과 〈금산사몽유록〉의 한문 이본 4종이 소장되어 있다. 각기 〈금화사기〉(청구번호 : K4^6879), 〈금화사몽 유록〉(청구번호 : D7C^21), 〈금산사몽유록〉(청구번호 : D7C^14), 〈금산사창업연 록(金山寺創業宴錄)〉(청구번호 : 卷 D7C 96) 등이며 본서에서는 각각 '장서A본'과 '장서B본', '장서C본', '장서D본' 등으로 지칭한다. 이외에 〈왕회전〉(청구번

호 : D7C 72)이라는 개작도 소장하고 있다. 장서A본과 장서B본, 그리고 장서 C본은 본서에서 다루지 않으므로 여기에서는 장서D본의 서지 사항만 살펴보고자 한다. 장서D본의 서지 사항은 다음과 같다.[8]

[표10] 장서D본 서지 사항

文獻標題		金山寺創業宴錄
責任表示		未詳
版本事項		筆寫本(朝鮮)
發行事項	發行地	未詳
	刊寫者	未詳
	刊寫年	未詳
形態事項	卷冊	1張(未完)
	邊欄	無界
	半郭	(없음)
	界線	(없음)
	行款	339行 30字 內外
	注釋	(없음)
	象鼻	(없음)
	魚尾	(없음)
	長廣	33.9×360.0cm(세로×가로)
註記事項	表題	(없음)
	印記	1개, 판독 불가
	序題	(없음)
	版心	(없음)
	原跋	(없음)

---

8   한국학중앙연구원 도서관에 등록된 정보를 참고하여 일부를 수정하고 좀 더 구체적으로 보완하였다.

註記事項	卷末	(없음)
註記事項	寫記	뒷면에 上謝書 필사하였음(원문 생략) 上謝書 뒤에 景福宮營建時願納錢伍兩 乙丑七月二十二日廣平大君十七代孫幼學□□(두 글자의 이름은 지워졌음) 景福宮營建時願納錢伍兩 乙丑五月十九日廣平大君十七世孫幼學李□□(두 글자의 이름은 지워졌음) 景福宮營建時願納錢兩參兩 乙丑五月十九日廣平大君十七世孫幼學李□□(두 글자의 이름은 지워졌음)
	內容	(없음)
	裝訂	(없음)
	紙質	(없음)

장서D본의 형태는 매우 독특하며 한 권의 책이 아니라, 세로 33.9cm, 가로 360.0cm인 한 장의 종이로 되어 있다. 한 면에 〈금산사창업연록(金山寺創業宴錄)〉의 내용을 필사하고, 다른 한 면에는 상사서(上謝書)를 필사하였다. 작품의 전체를 모두 필사하지 않은 미완본으로 전체 분량은 1장(1면), 339항 30자 내외로 대략 1만자 정도다. 제명 아래 장서인(藏書印)이 하나 있으나 판독할 수 없다.

뒷면에 경복궁 영건에 관련된 상사서 등 수적(手迹)이 두루 있다. 경복궁 영건의 역사는 고종 시기의 사건이므로 상사서 중의 을축(乙丑)은 곧 고종 2년인 1865년을 가리키는 것이다. 종이 양면의 내용을 비교해 보면, 사실 〈금산사창업연록(金山寺創業宴錄)〉은 상사서의 뒷면에 필사했다고 해야 한다. 그래서 작품의 전체를 필사하지 못하고 종이의 크기 대로 작품의 절반 정도만 필사하였다. 그래서 장서D본의 필사 시간을 정확하게 알 수 없으나 1865년 이후로 추정할 수 있다.

8. 익선D본 서지 개관

임형택(林熒澤) 개인은 〈금화사몽유록〉과 〈금산사몽유록〉의 한문 이본 4
종을 소장하고 있는데, 그것은 각기 〈금화사기〉 2종과 〈금화사몽유록〉 및
〈금산사창업연록(金山寺刱業宴錄)〉이다. 본서에서 임형택의 서재인 익선재(益
善齋)의 이름으로 이상의 자료 4종을 지칭하여 각각 '익선A본'과 '익선B본',
'익선C본', '익선D본' 등으로 지칭한다. 익선A본과 익선B본, 그리고 익선C
본은 본서에서 다루지 않으므로 여기에서 익선D본의 서지 사항만 살펴보
고자 한다. 익선D본의 서지 사항은 다음과 같다.

[표11] 익선D본 서지 사항

文獻標題		金山寺刱業宴錄
責任表示		未詳
版本事項		筆寫本(朝鮮)
發行事項	發行地	未詳
	刊寫者	未詳
	刊寫年	未詳
形態事項	卷冊	不分卷 1冊 25張(50面)
	邊欄	四周單邊 烏絲欄
	半郭	未詳
	界線	無界
	行款	半葉 12行 24字
	注釋	(없음)
	象鼻	(없음)
	魚尾	(없음)
	長廣	18.6×16.7cm(세로×가로)

註記事項	表題	金山寺刱業宴錄
	印記	(없음)
	序題	(없음)
	版心	(없음)
	原跋	(없음)
	卷末	金山寺刱業宴錄終
	寫記	歲在甲午五月十七日南陽洪愚齋謹稿 이 외에 현대 소장자가 파란색 볼펜으로 쓴 흔적도 있음(天地爲橐藏萬物 江海作帶束書山 □□郡□□面花山里閑村洪正吏)
	內容	(없음)
	裝訂	五針線裝
	紙質	未詳

익선D본은 사주단변(四周單邊) 오사란(烏絲欄) 무계(無界)의 오침선장(五針線裝)한 불분권(不分卷) 1책의 필사본이고, 장광(長廣)은 세로 18.6cm, 가로 16.7cm이다. 전체 분량은 25장(50면), 반엽(半葉) 12항 24자로 대략 1만5천자 정도이다. 표제(表題)는 '금산사창업연록(金山寺刱業宴錄)'이고, 권말은 '금산사창업연록종(金山寺刱業宴錄終)'이며, 아울러 '세재갑오오월십칠일(歲在甲午五月十七日) 남양홍우재근고(南陽洪愚齋謹稿)'라는 사기(寫記)가 있다.

홍우재(洪愚齋)는 17세기 말 18세기 초의 사람이고, 생졸년은 확인할 수 없다.[9] 그러나 그의 사위는 덕수 이씨 이수해(李壽海)이다. 이수해의 생졸년은 1693년부터 1745년까지이다. 그렇다면 홍우재의 생년은 대략 1670전후로 상정할 수 있다. 그래서 필사기 중의 갑오(甲午)는 1714년으로 본다. 그래서 익선D본은 곧 1714년 음력 5월 17일에 필사한 것이다.

---

9 네이버 블로그 덕수 이씨 계본 찾기(https://blog.naver.com/munjunggong/120055098498, 2018.8.22.).

9. 존경C본 서지 개관

존경각에 〈금화사몽유록〉과 〈금산사몽유록〉의 한문 이본 3종이 소장되어 있다. 각기 〈금화사기〉(청구번호 : B16FB-0208), 〈금화사기〉(청구번호 : D07C-0206), 〈금산사몽유록〉(청구번호 : D07C-0213) 등이며 본서에서 각각 '존경A본'과 '존경B본', 그리고 '존경C본' 등으로 지칭한다. 존경A본과 존경B본은 본서에서 다루지 않으므로 여기에서는 존경C본의 서지 사항만 살펴보고자 한다. 존경C본의 서지 사항은 다음과 같다.[10]

[표12] 존경C본 서지 사항

文獻標題		金山寺夢遊錄
責任表示		未詳
版本事項		筆寫本(朝鮮)
發行事項	發行地	未詳
	刊寫者	未詳
	刊寫年	未詳
形態事項	卷冊	不分卷 1冊 40張(80面)(그중에 〈金山寺夢遊錄〉은 26張(51面))
	邊欄	無界
	半郭	(없음)
	界線	(없음)
	行款	半葉 12行 35字 內外
	注釋	(없음)
	象鼻	(없음)
	魚尾	(없음)
	長廣	21.0×10.4cm(세로×가로)

---

10   존경각에 등록된 정보를 참고하여 일부를 수정하고 좀 더 구체적으로 보완하였다.

	表題	金山寺夢遊錄
	印記	인기 1개 '呂印'
	序題	(없음)
	版心	(없음)
註記事項	原跋	大抵一篇首尾, 明華夷之名分, 論治平之要務, 講都邑之形勢. 論勛業, 則以漢高為主, 論才德, 則以孔明為尤. 其評品君德, 次第人物, 皆自先儒說話中山來, 甚的論也. 　如漢之文帝·宣帝, 宋仁宗·孝宗, 固當高武於其會. 如周亞父·趙克周之將才, 蘇武之忠節, 謝安之雅望, 亦宜翺翔乎其中, 而俱以中葉見漏. 　且孔明當褒貶時出二令, 有得子路鄉射之意, 使不義不廉, 如英布·賈充·刘文静·侯君集·僕固·怀恩·馮道之徒, 嘗自揚〃稱雅, 而不敢匿瑕於當今. 　其有平於風教大矣. 雖裁以諧語, 而制治安民之方, 量才用人之法, 俱載於是, 豈可以稗說而小之哉? 　其士人, 逸其姓名, 不出於世, 若非神異之人, 夢裡精神何能与萬古英雄宜會? 而又焉能詳細錄出如次哉? 　盖當胡元之末, 天用剿絶其命, 固宜生聰明聖智之君, 以承正統, 則其氣數運會之預示符應者, 亦其理之有也. 　惜其時来之日, 以一匹夫, 能掃蕩胡元而有餘. 運去之後, 以萬乘国敵一自成而不足. 終至於腥膻滿目, 冠屨倒置. 與漢祖預料之言, 如合左契. 　則岂上天不卞別於衣冠·鱗介之族, 而欲其並生於天地之間也耶? 天其醉乎? 不醉乎? 又安知夫許多江南山寺中, 亦有五皇帝勛業宴耶? 　吁! 吾老矣, 顧安得長年度世, 如屈左徒之為也. 似望燕雲, 远洒慷慨之淚. 仍洗筆而為之書, 姓名與江東士人同逸之. 　維崇禎紀元後
註記事項	卷末	(없음)
	寫記	(없음)
	內容	
	內容	詔天下大索鐵椎客, 應侯席上說月滿則虧, 對樵客聞漢姓名改秦衣服, 畫紙(작자 金聲集), 成白玉樓遣緋衣使者召李長吉(작자 天火), 滁州不貪(작자 天火), 過投金津歎同舟皆愚氓(작자 天火), 贊宋德隆盛喜河南程氏兩夫子出(작자 天火), 范增之當

內容	在卿子於殺冠軍, 哭韓布語深井里攝政(작자 申史枏), 掩淚辞, 最先聞, 後篇復義仙(작자 金聲集), 為能復立楚之後, 作公子行歎不識農夫辛苦力, 對劉豫州語荊蓋圖(작자 天火), 令里中購求張耳陳餘(작자 仝 李觀海), 請箴陽壽趙王(작자 仝), 鞭撻黎庶令人悲, 仗劍從項梁別城下漂母, 待子不時需(작자 金聲集), 白龍潭舟中遇顧秀才感貴陽公旧事, 蒼茫問家室, 五袴謠(작자 金致默), 代楚魂鳥鳴起襄聖夢(작자 曹), 匿車中聽讓侯語, 金山寺夢遊錄, 十二月詩, 論秦襄公以義與師歎婦人亦無私怨	
裝訂	四針線裝	
紙質	楮紙	

존경C본은 사침선장(四針線裝)한 불분권(不分卷) 1책의 저지(楮紙) 필사본이고, 장광(長廣)은 세로 21.0cm, 가로 10.4cm이다. 전체 분량은 40장(80면), 반엽(半葉) 12항 35자 내외로 대략 3만3천자 정도이며 그 중에 〈금산사몽유록〉은 26장(51면)으로 대략 2만1천자 정도이다. 표제(表題)는 '금산사몽유록'이다. 본문 뒤에 발문도 첨부되어 있다.

〈금산사몽유록〉 이외에 〈조천하대색철추객(詔天下大索鐵椎客)〉, 〈응후석상설월만칙휴(應侯席上說月滿則虧)〉, 〈대초객문한성명개진의복(對樵客聞漢姓名改秦衣服)〉, 〈화지(畫紙)(작자 김성집(金聲集))〉, 〈성백옥루견비의사자소이장길(成白玉樓遣緋衣使者召李長吉)(작자 천화(天火))〉, 〈저주(滁州)(작자 천화(天火))〉, 〈과투금진탄동주개우맹(過投金津歎同舟皆愚氓)(작자 천화(天火))〉, 〈찬송덕륭성희하남정씨양부자출(贊宋德隆盛喜河南程氏兩夫子出)(작자 천화(天火))〉, 〈범증지당재경자어살관군(范增之當在卿子於殺冠軍)〉, 〈곡한포어심정리섭정(哭韓布語深井里攝政)(작자 신사수(申史枏))〉, 〈엄루사(掩淚辞)〉, 〈최선문(最先聞)〉, 〈후편복선선(後篇)〉, 〈위능복립초지후(為能復立楚之後)〉, 〈작공자행탄불식농부신고력(作公子行歎不識農夫辛苦力)〉, 〈대유예주어형개도(對劉豫州語荊蓋圖)(작자 천화(天火))〉, 〈영리중구구장이진여(令里中購求張耳陳餘)(작자 동(仝) 이관해(李觀海))〉, 〈청잠양수조왕(請箴陽壽趙王)(작자 동(仝))〉, 〈편달여서령인비(鞭撻黎庶令人悲)〉, 〈장검종항량별성하표

모(仗劍從項梁別城下漂母)〉, 〈대자불시수(待子不時需)(작자 김성집(金聲集))〉, 〈백룡담주중우고수재감귀양공구사(白龍潭舟中遇顧秀才感貴陽公旧事)〉, 〈창망문가실(蒼茫問家室)〉, 〈오고요(五袴謠)(작자 김치묵(金致默))〉, 〈대초혼조명기양성몽(代楚魂鳥鳴起襄聖夢)(작자 조(曹))〉, 〈익차중청양후어(匿車中聽讓侯語)〉, 〈십이월시(十二月詩)〉, 〈논진양공이의여사탄부인역무사원(論秦襄公以義與師歎婦人亦無私怨)〉 등의 작품도 수록되어 있다. 수록된 작품의 내용과 시제(詩題) 아래 작자의 서명(署名)을 보면 이 책은 필사자가 시우(詩友)들의 작품을 두루 모아서 편집한 문집이 아닌가 싶다.

10. 이우목본 서지 개관

이우목본은 이우목(李愚穆) 개인이 소장한 이본이다. 이우목본의 서지 사항은 다음과 같다.

[표13] 이우목본 서지 사항

文獻標題		金山寺創業宴錄
責任表示		未詳
版本事項		筆寫本(朝鮮)
發行事項	發行地	未詳
	刊寫者	未詳
	刊寫年	未詳
形態事項	卷冊	全體는 未詳이지만, <金山寺創業宴錄>은 45張(90面)
	邊欄	四周雙邊
	半郭	未詳
	界線	有界

形態事項	行款	半葉 10行 20字
	注釋	(없음)
	象鼻	(없음)
	魚尾	(없음)
	長廣	未詳
註記事項	表題	洛渚遺稿 秋(내표제 : 金山寺創業宴錄)
	印記	인기 1개, 판독 불가
	序題	(없음)
	版心	(없음)
	原跋	跋 今此文勢, '記其顚末, 以示人'. 以上當爲初夢時所作, 人以爲狂也, 下當爲夢之後, 續宴之前事也, 洪武以後追記之事也. 大抵辨華夷爲御區宇之大統, 用賢才爲致治平之要務, 定都邑爲恊規模之大本, 是書尤以是眷〃焉. 人君, 則以漢高爲主, 賢臣, 則孔明爲尤. 其次第人材, 評品君道, 皆的論也. 如漢之文帝·宣帝, 宋之仁宗·孝宗, 當高武於盟壇. 如周亞父·趙充國之將才, 蘇武之節, 謝安之從容, 亦宜翶翔乎元勳, 而皆中業不敢. 可嘆. 且孔明當筵之二令, 有得於子路鄕射之儀, 使不義不廉之輩知退. 如黥布之勇, 賈充之謀, 其他劉文靜·侯君集·馮道·僕固·懷恩之徒·常自揚〃稱催, 而不敢望風筵末. 其有關於風敎大矣. 雜以該語, 而不出成治安民之方, 識時用人之法, 其可不以稗說而少之哉!
	卷末	(없음)
	寫記	(없음)
	內容	金山寺創業宴錄, 詞場白戰誌
	裝訂	五針線裝
	紙質	未詳

이우목본은 오침선장(五針線裝)한 불분권(不分卷) 1책의 필사본이다. 전체 분량은 미상이지만, 〈금산사창업연록(金山寺創業宴錄)〉은 45장(90면) 반엽(半

葉) 10항 20자로 대략 1만8천자 정도이다. 표제(表題)는 '낙저유고(洛渚遺稿) 추(秋)'이다. 본문 첫 면에 장서인 하나가 있으나 판독할 수 없다. 본문 뒤에 발문도 첨부되어 있다.

〈낙저유고〉로서의 이우목본은 조선 문인 이주천(李柱天)의 작품집인데[11], 이주천의 생졸년을 통해 원고를 필사한 시간을 대략적으로 추정할 수 있다. 이주천의 출생과 사망 시간은 각 1662년과 1711년이다. 그래서 이우목본의 원고는 늦어도 1711년 이전에 이미 완성되었다. 그러나 현전하는 자료에 괄호 같은 현대 부호까지 사용하는 것을 감안할 때 절대로 이주천의 원고로 볼 수 없다. 그리고 이 사본의 필사 시기를 추정할 근거가 전혀 없으므로 현전하는 이 이본의 필사 시기를 알 수 없다.

이상 각 이본의 현황을 세부적으로 검토하였다. 더불어 제명과 필사 시기 등에 대한 검토를 통해, 〈금산사몽유록〉의 전체 서지적 특징을 파악하였다. 각 이본의 표제와 필사 시기를 표로 정리하면 다음과 같다.

[표14] 이본 서지 사항 정리

이본	표제	필사 시기	비고
이우목본	洛渚遺稿秋(내표제:金山寺創業宴錄)	1711년 이전	원본 일실
익선D본	金山寺刱業宴錄	1714년 음력 5월 17일	
장서D본	(없음)	1865년 이후	미완본
동국B본	金山寺夢遊錄	1898년 음력 4월	
전북대본	帝王宴會記	1898년 음력 7월	
국도D본	金山寺夢遊錄	미상	
국박B본	黃理經(내표제:帝王宴會記)	미상	

---

11   정용수, 앞의 논문(2011).

김광순본	金山寺記	미상	미완본
연세B본	九雲夢(내표제:金山寺刱業演義)	미상	
존경C본	金山寺夢遊錄	미상	

〈금산사몽유록〉의 이본의 제명은 주로 '금산사몽유록', '제왕연회기', '금산사기', '금산사창업연의', '금산사창업연록' 등 5가지이다. 그 중에 '금산사몽유록'이라는 제명을 그대로 가진 이본은 3종인데, 곧 동국B본과 국도D본, 그리고 존경C본이 그것이다. 뒤에서 논의하겠지만, 국도D본과 존경C본의 내용은 동국B본과 큰 차이가 있다. 그럼에도 불구하고 국도D본과 존경C본의 개작자가 자신의 개작을 여전히 〈금산사몽유록〉의 1종으로 생각한다.

이와 반대로 전북대본과 국박B본은 완전히 다른 제명, 곧 '제왕연회기'로 기록하고 있다. 이는 제명이 강조한 중점이 작품의 양식인 몽유록으로부터 점점 작품의 내용인 제왕의 연회로 바뀐 것에 그 이유가 있다. 그리고 전북대본과 국박B본을 제외하고, 대부분 이본들은 다른 작품과 합철되거나 한 권의 책으로 독립적으로 유통되다가 모두 〈금화사몽유록〉과 뚜렷하게 구분된 제명으로 명백하게 '금산사'라는 서사 공간을 제시해주고 있다.

또한 필사 시기를 보면, 전체 이본을 3가지로 나눌 수 있는데, 첫째는 시기 미상의 이본, 곧 국도D본, 국박B본, 김광순본, 연세B본 그리고 존경C본 등이다. 둘째는 18세기의 이본, 곧 익선D본과 이우목본이다. 셋째는 19세기의 이본, 곧 동국B본, 전북대본, 그리고 장서D본 등이다. 이렇게 볼 때 〈금산사몽유록〉은 주로 18, 19세기에 유행했던 이본 계열이라고 할 수 있다.

그리고 〈영조실록〉 영조 31년(1755년)의 기록과 〈승정원일기〉 건륭 20년

(1755년)의 기록에 모두 '금산사창업연기'를 언급하고 있다.[12] 그래서 '금산사 계열'은 최소한 1755년 이전에 이미 나왔고, 이러한 전제로 볼 때 익선D본과 이우목본이 모두 18세기 초의 이본으로 추정된 것은 충분히 신빙성이 있다. 그래서 '금산사 계열'의 이본은 최소한 1711년 이전에 이미 나왔다는 결론을 내릴 수 있다.

후대 계열인 '금산사 계열'이 18세기 초에 이미 나왔다는 사실을 감안할 때 학계에서 보편적으로 동의하고 있다시피 '금화사 계열'은 17세기에 나왔을 가능성도 상당히 큰 것으로 보인다. 동시에 〈금화사몽유록〉을 18세기 중기의 작품으로 보는 관점도 분명히 틀린 것으로 생각한다.

한편, 모든 이본 중에 존경C본과 이우목본만 발문이 있다. 그리고 이 두 이본 발문의 일부 내용이 완전히 똑같다. 발문에 대한 고찰을 통해 이우목본은 존경C본과 같은 저본을 사용하고, 존경C본은 원본과 더욱 가깝다는 것을 짐작할 수 있다. 두 이본의 관계는 뒤에서 내용에 대한 대비로 더욱 자세히 논의하게 될 것이다.

12　『英祖實錄』卷84, 31年 乙亥 5月. "刑推後更推, 鼎衍供, 金山寺創業宴記, 只見諺冊矣. 勑使來接處, 有慕華館弘濟院, 故南別宮則不能卽對矣. 臣之恐怵之狀, 俄聞匿名投書事, 心膽戰慄, 自然如此矣. 蓋凶書辭意, 似創業宴記, 且擧南別宮爲言, 故初以汝曾見此記與否及勑使接待何處爲問, 而供稱曾見其記. 至於南別宮, 則不擧情狀, 尤極可疑, 故再問而所供如此." 『承政院日記』, 乾隆 20年 乙亥, 五月 初二日. "領府事金在魯, 領敦寧李天輔, 左議政金尙魯入侍時, 上曰, 凶書辭語, 萬萬凶慘, 有加於戊申之辱矣. 擧論朝廷, 無一人餘存者矣. 文體則恰似金山寺創業宴記矣. 在魯等曰, 今始初聞其凶書之入, 而辭語全不知如何, 以下敎觀之, 其凶慘從可知也. 上曰, 沈鼎衍素是何許人耶. 在魯等曰, 此是成衍之弟也. 上曰, 親受下敎若何, 而尙無皂白, 事之寒心, 莫此爲甚."

제3장

〈금산사몽유록〉의
서사 단락과
이본의 계열

〈금산사몽유록〉 각 이본의 관계를 파악하기 위해 먼저 계열을 구분하고자 한다. 계열을 구분할 때 주로 각 이본의 서사 단락을 고찰하겠다. 그리고 존경C본과 이우목본의 본문 뒤에는 발문이 있는데, 계열의 특징을 밝힐 때 참고할 가치가 있으므로 서사 단락 외에 발문도 고찰할 것이다. 또한 서사 단락과 발문에 대한 비교에 이어 각 이본의 표현에 대한 고찰로 각 계열의 선본(善本)을 선별하고자 한다.

1. 공통 서사 단락

각 이본의 서사 내용을 비교하기 위해 우선 각 이본의 서사 단락을 개괄적으로 정리할 필요가 있다. 이 부분에서는 각 이본의 서사 단락 내용을 표로 일일이 제시하였다. 그리고 이본의 서사 단락을 정리할 때 주로 서사 단락의 주요 인물과 주요 사건을 핵심적 내용으로 요약하고 또한 서사 단락을 쉽게 이해할 수 있도록 각 단락에 소제목을 붙였다. 그리고 뒤에서 밝히겠지만, '금산사 계열'의 전체 이본의 선본(善本)으로 보는 동국B본을 기준으로 각 단락의 분량을 개략적으로 제시하겠다.

[표15] 공통 서사 단락 정리

번호	단락	주요 인물	주요 사건	글자 수
1	夢遊者 紹介	夢遊者	몽유자에 대한 소개	50
2	金山의 遊覽	夢遊者	금산을 유람하며 금산사에 투숙	50
3	金山寺 入夢	夢遊者	금산사에서 피곤하여 잠듦	40
4	宴會의 準備	夢遊者 仙官	꿈에서 연회 개최의 사연을 엿들음	130
5	創業主 登場	漢高祖 唐太宗 宋太祖 明太祖	창업주들이 차례로 등장	130
6	明太祖 辭讓	明太祖 漢高祖	명태조가 창업주의 자리를 사양	90
7	文武臣 登場	歷代 文武臣	역대 신하들이 나라별로 등장	190
8	宴會의 序幕	漢高祖	한고조가 연회의 시작을 선포	100
9	漢代 創業談	漢高祖 唐太宗	한고조가 창업의 과정을 회고	130
10	漢代 功臣談	唐太宗 漢高祖	한고조가 한대의 공신을 칭찬	210
11	唐代 功臣談	唐太宗	당태종이 당대의 공신을 칭찬	120
12	宋代 功臣談	宋太祖 漢高祖	송태조가 송대의 공신을 칭찬	140
13	漢代 冊立談	宋太祖 漢高祖	송태조가 한나라 태자의 책립을 질문	180
14	明代 功臣談	漢高祖 明太祖	명태조가 명대의 공신을 칭찬	120
15	中興主 登場	唐太宗 光武 昭烈 肅宗 高宗	중흥주들과 신하들이 차례로 등장	250
16	張良의 提議	張良 漢高祖 樊噲	장량이 신하의 반열을 정할 것을 제의	130
17	諸葛亮 當選	長孫無忌 漢高祖 唐太宗 宋太祖 明太祖	명태조가 제갈량을 추천	250
18	宋太祖 辨明	趙普 宋太祖	송태조가 제갈량의 공적을 열거	140
19	諸葛亮 辭讓	漢高祖 諸葛亮	제갈량이 사양하나 허락을 받지 못함	120
20	不請客 挑發	漢高祖 宋太祖 諸葛亮 魏徵	제갈량이 불청객의 도발을 해결	130
21	秦始皇 登場	秦始皇 晉武帝 隋文帝 諸葛亮 李斯	제갈량이 진시황을 동루로 보냄	220

22	楚霸王 登場	楚霸王 劉裕 柴榮 魏徵 桓楚 諸葛亮	제갈량이 초패왕을 서루로 보냄	410
23	不請客 退治	漢高祖 諸葛亮 唐太宗 李密 魏徵	제갈량이 여타 불청객을 퇴치	490
24	功業主 登場	漢武帝 唐憲宗 晉元帝 宋神宗 陳勝 曹操 孫策	공업주들과 신하들이 차례로 등장	180
25	入侍의 名臣	諸葛亮	제갈량이 입시의 명신을 간택(언급 순서 : 장량(張良) 위징(魏徵) 조보(趙普) 유기(劉基) 모초(茅焦) 동중서(董仲舒) 등우(鄧禹) 방통(龐統) 장화(張華) 왕도(王導) 고경(高潁) 이비(李泌) 한유(韓愈) 정호(程顥) 호전(胡銓))	520
26	相業의 次等	諸葛亮 項莊	제갈량이 승상의 차등을 품평하고 항장이 질문(언급 순서 : 제일은 소하(蕭何) 곽광(霍光) 사마광(司馬光), 제이는 조참(曹參) 방현령(房玄齡) 한기(韓琦), 제삼은 장완(蔣琬), 이 외에 공손홍(公孫弘) 범증(范增) 순욱(荀彧))	360
27	将帥의 次等	諸葛亮	제갈량이 장수의 차등을 품평(언급 순서 : 제일은 한신(韓信) 이정(李靖) 왕전(王箭), 제이는 서달(徐達) 몽념(蒙恬) 장감(章邯) 하약필(賀若弼), 제삼은 위청(衛青) 곽거병(霍去病) 등애(鄧艾) 종회(鍾會) 조위(曺瑋) 유기(劉琦))	230
28	忠烈의 次等	諸葛亮	제갈량이 충렬의 차등을 품평(언급 순서 : 제일은 기신(紀信) 주개(周凱) 한성(韓成), 제이는 소무(蘇武) 관우(関羽) 안고경(顏杲卿) 장순(張巡) 허원(許遠), 제삼은 악비(岳飛) 남제운(南霽雲) 주란(周蘭) 환초(桓楚) 우자기(虞子期))	240

29	智略의 次等	諸葛亮	제갈량이 지략의 차등을 품평(언급 순서 : 제일은 진평(陳平) 범증(范增) 주유(周瑜), 제이는 이사(李斯) 순욱(荀彧) 곽가(郭嘉) 육손(陸遜), 제삼은 역이기(酈食其) 비의(費褘) 유문정(劉文靜) 이선장(李善長))	180
30	勇力의 次等	諸葛亮	제갈량이 용력의 차등을 품평(언급 순서 : 제일은 팽월(彭越) 가복(賈復) 조운(趙雲), 제이는 번쾌(樊噲) 장비(張飛) 마초(馬超) 허저(許褚) 위지경덕(尉遲敬德), 제삼은 잠팽(岑彭) 마무(馬武) 상우춘(常遇春) 호대해(胡大海))	210
31	姜維의 呼訴	姜維 諸葛亮	제갈량이 강유의 호소를 대변함	190
32	諸王의 合席	漢高祖 楚霸王 秦始皇	역대 제왕들이 한 자리에 합석	60
33	歷代 興亡談	漢高祖 楚霸王 秦始皇	한고조가 역대의 흥망을 한탄	280
34	秦漢 快事談	漢高祖 秦始皇	한고조와 진시황이 쾌사를 회고	280
35	明帝의 悲懷	明太祖 漢高祖	명태조가 선친을 추모하여 슬퍼함	80
36	唐宋 快事談	唐太宗 宋太祖	당태종과 송태조가 쾌사를 회고	170
37	曹操 快事談	曹操 漢高祖	조조가 자신의 쾌사를 회고	130
38	漢帝의 提議	漢高祖 明太祖	한고조가 제왕을 품평하자고 제의	140
39	帝王 氣像談	明太祖 漢高祖	명태조가 제왕의 기상을 품평(언급 순서 : 진시황(秦始皇) 한무제(漢武帝) 한광무(漢光武) 당태종(唐太宗) 한소렬(漢昭烈) 송태종(宋太宗) 당헌종(唐憲宗) 송신종(宋神宗) 초백왕(楚伯王) 수문제(隋文帝) 한고조(漢高祖) 주세종(周世宗) 진헌종(晉憲宗) 송고종(宋高宗) 당숙종(唐肅宗) 진승(陳勝) 손책(孫策) 조조(曹操))	310

40	帝王 得失談	明太祖 秦始皇 宋太祖	명태조가 제왕의 득실을 품평(언급 순서 : 진시황(秦始皇) 한고조(漢高祖) 한무제(漢武帝) 한광무(漢光武) 당태종(唐太宗) 송태조(宋太祖) 한소렬(漢昭烈) 진무제(晉武帝) 송신종(宋神宗) 당헌종(唐憲宗) 주세종(周世宗) 진원제(晋元帝) 수문제(隋文帝) 송고종(宋高宗))	620
41	楚伯王 罪目	楚伯王 明太祖	명태조가 초백왕의 죄목을 열거	150
42	明代 定都談	明太祖 漢高祖	한고조가 금릉을 수도로 추천	210
43	功臣의 歌舞	漢高祖 蕭何 韓信 紀信 陳平 彭越 霍光 王翦 周苛 范增 賈復 司馬光 李靖 韓成 周瑜 趙雲	역대 공신들이 노래를 부름(등장 순서 : 제일대는 소하(蕭何) 한신(韓信) 기신(紀信) 진평(陳平) 팽월(彭越), 제이대는 곽광(霍光) 왕전(王翦) 주가(周苛) 범증(范增) 가복(賈復), 제삼대는 사마광(司馬光) 이정(李靖) 한성(韓成) 주유(周瑜) 조운(趙雲))	440
44	東方朔 付職	漢武帝 漢高祖 東方朔	동방삭이 역대 명신에게 부직	590
45	韓愈의 頌詩	漢高祖 韓愈	한유가 명을 받아 송시를 지음	50
46	蠻夷의 退治	元世祖 宋高祖 漢高祖 秦始皇 耶律楚材 明太祖	명태조가 만이를 퇴치	320
47	帝王의 豫言	楚霸王 漢高祖 明太祖	한고조가 명태조에게 당부	70
48	夢遊者 覺夢	夢遊者	선비가 깨어나서 꿈을 기록	60
합계	/	/	/	9890

[표15]와 같이, 〈금산사몽유록〉의 모든 이본이 공유하고 있는 서사 내용을 48개 서사 단락으로 정리했다. 작품의 전체 분량은 1만자 정도이다.

2. 이본별 서사 단락 대비

이본의 계열을 확정하기 위하여 [표15]의 서사 단락 정리의 결과를 참고하여 각 이본의 서사 단락과 단락의 내용을 비교해 보고자 한다. 구체적인 비교 결과는 다음의 [표16][1]과 같다.

[표16] 이본별 서사 단락 대비

번호	서사 단락	동국 B본	김광 순본	전북 대본	국박 B본	연세 B본	존경 C본	이우 목본	익선 D본	국도 D본	장서 D본
1	夢遊者 紹介	○	○	○	○	○	○	○	○	○	○
2	金山의 遊覽	○	○	○	○	○	○	○	○	○	○
3	金山寺 入夢	○	○	○	○	○	○	○	○	○	○
4	宴會의 準備	○	○	○	○	○	○	○	○	○	○
5	創業主 登場	○	○	○	○	○	○	○	○	○	○
6	明太祖 辭讓	○	○	○	○	○	○	○	○	○	○
7	文武臣 登場	○	○	○	○	○	○	○	○	○	○
8	宴會의 序幕	○	○	○	○	○	○	○	○	○	○
9	漢代 創業談	○	○	○	○	○	○	○	○	○	○
+	漢高祖 解明	/	/	/	/	/	/	/	+	+	+
10	漢代 功臣談	○	○	○	○	○	○	○	○	○	○
11	唐代 功臣談	○	○	○	○	○	○	○	○	○	○
12	宋代 功臣談	○	○	○	○	○	○	○	○	○	○
13	漢代 冊立談 (明代 功臣談)	○	○	○	○	○	○	○	◎	◎	◎

---

[1] 각 이본간 서사가 완전히 동일하면 '○'로, 서사가 변개가 있으면 '◎'로 표시한다. 서사 내용이 추가될 때는 '+'로, 서사 내용이 삭제될 때는 '-'로 표시한다. 서사 내용이 전혀 존재하지 않은 경우는 '/'로 표시한다. 해당 내용이 낙장된 경우는 '×'로 표시한다.

14	明代 功臣談 (漢代 冊立談)	○	○	○	○	○	○	○	◎	◎	◎
+	皇室 人倫談	/	/	/	/	/	/	/	+	+	+
+	中興主 品評	/	/	/	/	/	/	/	+	+	+
15	中興主 登場	○	○	○	○	○	○	○	○	○	○
16	張良의 提議 (玉帝의 下敎)	○	○	○	○	○	○	○	◎	◎	◎
17	諸葛亮 當選	○	○	○	○	○	○	○	○	○	○
18	宋太祖 辨明	○	○	○	○	○	○	○	○	○	○
19	諸葛亮 辭讓	○	○	○	○	○	○	○	○	○	○
◎	(功業主 登場)	/	/	/	/	/	/	/	◎	◎	◎
◎	(入侍의 名臣)	/	/	/	/	/	/	/	◎	◎	◎
20	不請客 挑發	○	○	○	○	○	○	○	○	○	○
21	秦始皇 登場	○	○	○	○	○	○	○	○	○	○
+	晉武帝 登場	/	/	/	/	/	/	/	+	+	+
22	楚霸王 登場	○	○	○	○	○	○	○	○	○	○
23	不請客 退治	○	○	○	○	○	○	○	○	○	○
24	功業主 登場	○	○	○	○	○	○	○	/	/	/
25	入侍의 名臣 (儒臣의 題品)	○	○	○	○	○	○	○	+	+	+
26	相業의 次等	○	○	○	○	○	○	○	○	○	○
27	将帥의 次等	○	○	○	○	○	○	○	○	○	○
28	忠烈의 次等	○	○	○	○	○	○	○	○	○	○
29	智略의 次等	○	○	○	○	○	○	○	○	○	○
30	勇力의 次等	○	○	○	○	○	○	○	○	○	○
31	姜維의 呼訴	○	○	○	○	○	○	○	○	○	○
+	題品의 補充	/	/	/	/	/	+	+	/	/	/
32	諸王의 合席	○	○	○	○	○	○	○	○	○	○
33	歷代 興亡談	○	○	○	○	○	○	○	○	○	○

34	秦漢 快事談	○	○	○	○	○	○	○	○	○	○
+	唐帝 快事談	/	/	/	/	/	/	/	+	+	+
35	明帝의 悲懷	○	○	○	○	○	○	○	○	○	○
36	唐宋 快事談 (宋帝 快事談)	○	○	○	○	○	○	○	◎	◎	◎
37	曹操 快事談	○	×	○	○	○	○	○	○	○	×
+	閻王의 登場	/	×	/	/	/	/	/	+	+	×
+	罪人의 定罪	/	×	/	/	/	/	/	+	+	×
+	董卓의 反駁	/	×	/	/	/	/	/	+	+	×
38	漢帝의 提議	○	×	○	○	○	○	○	○	○	×
39	帝王 氣像談	○	×	○	○	○	○	○	○	○	×
40	帝王 得失談	○	×	○	○	○	○	○	○	○	×
41	楚伯王 罪目	○	×	○	○	○	○	○	○	○	×
+	治國 經驗談	/	×	/	/	/	+	+	/	/	×
42	明代 定都談	○	×	○	○	○	○	○	○	○	×
+	帝王의 歌舞	/	×	/	/	/	+	+	/	/	×
43	東方朔 付職	○	×	○	○	◎	◎	◎	○	○	×
44	功臣의 歌舞	○	×	○	○	◎	◎	◎	○	○	×
45	韓愈의 頌詩	○	×	○	○	○	○	○	-	-	×
+	蠻夷의 攻擊	/	×	/	/	+	+	+	/	/	×
+	歷代의 蠻夷	/	×	/	/	+	+	+	/	/	×
46	蠻夷의 退治	○	×	○	○	○	○	○	○	○	×
+	頌詩의 內容	/	×	/	/	+	-	-	/	/	×
47	帝王의 豫言	○	×	○	○	○	○	○	○	○	×
48	선비의 覺夢	○	×	○	○	○	○	○	○	○	×

이상 10종의 이본을 비교한 결과, 모든 이본을 4개 계열로 구분할 수 있다.

첫째 동국B본 계열이다. 이 계열의 4종 이본이 서사 단락이 일치할 뿐만 아니라, 서사 단락의 세부 내용도 같은 것을 알 수 있다. 그리고 필자의 검토로 김광순본의 36개 서사 단락이 동국B본과 전북대본, 국박B본의 서사 단락 가운데 1번부터 36번까지의 서사 단락과 내용이 동일하다. 그래서 김광순본은 동국B본과 같은 계열로 묶을 수 있을 것이다.

둘째, 연세B본 계열이다. 연세B본의 경우는 다른 어느 이본과도 일치하지 않으므로 독립된 계열로 보는 것이 타당하다. 서사 단락을 보면, 동국B본 계열보다 내용이 많고, 익선D본 계열과 존경C본 계열보다 내용이 적다. 특히, '송시의 내용'과 같은 연세B본이 유일하게 보유하고 있는 서사 단락도 존재하므로 다른 계열과 묶을 수 없다. 더불어 뒤에서 자세히 다루겠지만, 연세B본의 표현도 다른 이본과 비슷한 구절을 찾아볼 수 없을 정도로 큰 차이가 있다. 따라서 연세B본은 두 말할 필요 없이 독립된 계열로 인식해야 한다. 물론 향후 새 이본의 발굴에 따라 연세B본 계열에 새 이본을 더 보충시킬 수 있다면 이 계열은 더 확대될 수도 있다.

셋째, 익선D본 계열이다. 이 계열의 3종 이본은 서사 단락이 일치할 뿐만 아니라, 서사 단락의 세부 내용도 같은 것을 알 수 있다. 장서D본의 서사 단락은 국도D본과 익선D본의 서사 단락 중에 1번부터 36번(그 중간에 추가된 서사 단락도 포함)까지의 서사 단락과 내용이 동일하다. 따라서 장서D본은 국도D본과 같은 계열로 묶을 수 있는 것이다. 국도D본의 서사 단락은 익선D본의 서사 단락 중에 1번부터 55번(그 중간에 추가된 서사 단락도 포함)까지의 서사 단락과 내용이 동일하다. 그러므로 국도D본은 익선D본과 같은 계열로 묶을 수 있는 것이다.

넷째, 존경C본 계열이다. 서사 단락의 비교를 통해 이 계열의 2종 이본의 서사 단락이 일치할 뿐만 아니라, 서사 단락의 세부 내용도 동일한 것을 알 수 있다. 특히 서지면에 모두 발문이 첨부된 점도 중요시해야 한다. 이를 다음 절에서 자세히 분석하도록 하겠다.

3. 계열별 특징

이본들의 계열별 특징을 살펴볼 때 주로 앞의 내용을 이어서 서사면의 특징을 검토하겠다. 그리고 서문과 발문 같은 글은 비록 서지 분야에서 다루어야 할 내용이지만, 작품 내용과의 관련성을 고려해볼 때 역시 이본의 내용을 검토하는 중에 함께 검토해야 한다. 그래서 계열별 서사면의 특징을 살펴볼 때 발문에 대한 분석도 함께 하기로 한다.

위의 서사 단락의 내용에 대한 비교에 따라 모든 이본을 4개 계열로 묶을 수 있다. 바로 동국B본을 비롯한 48개 서사 단락의 계열, 연세B본의 51개 서사 단락의 계열, 존경C본을 비롯한 53개 서사 단락의 계열, 익선D본을 비롯한 56개 서사 단락의 계열이 바로 그것이다. 이 4개 계열의 서사 단락을 함께 대비하면 다음과 같다.

[표17] 계열간 서사 단락 대비

번호	동국B본	번호	연세B본	번호	존경C본	번호	익선D본
1	夢遊者 紹介	1	夢遊者 紹介	1	夢遊者 紹介	1	夢遊者 紹介
2	金山의 遊覽	2	金山의 遊覽	2	金山의 遊覽	2	金山의 遊覽
3	金山寺 入夢	3	金山寺 入夢	3	金山寺 入夢	3	金山寺 入夢
4	宴會의 準備	4	宴會의 準備	4	宴會의 準備	4	宴會의 準備
5	創業主 登場	5	創業主 登場	5	創業主 登場	5	創業主 登場
6	明太祖 辭讓	6	明太祖 辭讓	6	明太祖 辭讓	6	明太祖 辭讓
7	文武臣 登場	7	文武臣 登場	7	文武臣 登場	7	文武臣 登場
8	宴會의 序幕	8	宴會의 序幕	8	宴會의 序幕	8	宴會의 序幕
9	漢代 創業談	9	漢代 創業談	9	漢代 創業談	9	漢代 創業談
	(없음)		(없음)		(없음)	10	漢高祖 解明
10	漢代 功臣談	10	漢代 功臣談	10	漢代 功臣談	11	漢代 功臣談
11	唐代 功臣談	11	唐代 功臣談	11	唐代 功臣談	12	唐代 功臣談

12	宋代 功臣談	12	宋代 功臣談	12	宋代 功臣談	13	宋代 功臣談
13	漢代 冊立談	13	漢代 冊立談	13	漢代 冊立談	14	明代 功臣談
14	明代 功臣談	14	明代 功臣談	14	明代 功臣談	15	漢代 冊立談
	(없음)		(없음)		(없음)	16	皇室 人倫談
	(없음)		(없음)		(없음)	17	中興主 品評
15	中興主 登場	15	中興主 登場	15	中興主 登場	18	中興主 登場
16	張良의 提議	16	張良의 提議	16	張良의 提議	19	玉帝의 下教
17	諸葛亮 當選	17	諸葛亮 當選	17	諸葛亮 當選	20	諸葛亮 當選
18	宋太祖 辨明	18	宋太祖 辨明	18	宋太祖 辨明	21	宋太祖 辨明
19	諸葛亮 辭讓	19	諸葛亮 辭讓	19	諸葛亮 辭讓	22	諸葛亮 辭讓
	(없음)		(없음)		(없음)	23	功業主 登場
	(없음)		(없음)		(없음)	24	入侍의 名臣
20	不請客 挑發	20	不請客 挑發	20	不請客 挑發	25	不請客 挑發
21	秦始皇 登場	21	秦始皇 登場	21	秦始皇 登場	26	秦始皇 登場
	(없음)		(없음)		(없음)	27	晉武帝 登場
22	楚霸王 登場	22	楚霸王 登場	22	楚霸王 登場	28	楚霸王 登場
23	不請客 退治	23	不請客 退治	23	不請客 退治	29	不請客 退治
24	功業主 登場	24	功業主 登場	24	功業主 등장		(없음)
25	入侍의 名臣	25	入侍의 名臣	25	入侍의 名臣	30	儒臣의 題品
26	相業의 次等	26	相業의 次等	26	相業의 次等	31	相業의 次等
27	将帥의 次等	27	将帥의 次等	27	將才의 次等	32	将帥의 次等
28	忠烈의 次等	28	智略의 次等	28	智略의 次等	33	忠烈의 次等
29	智略의 次等	29	勇力의 次等	29	勇猛의 次等	34	智略의 次等
30	勇力의 次等	30	忠烈의 次等	30	忠烈의 次等	35	勇力의 次等
31	姜維의 呼訴	31	姜維의 呼訴	31	姜維의 呼訴	36	姜維의 呼訴
	(없음)		(없음)	32	題品의 補充		(없음)
32	諸王의 合席	32	諸王의 合席	33	諸王의 合席	37	諸王의 合席
33	歷代 興亡談	33	歷代 興亡談	34	歷代 興亡談	38	歷代 興亡談

34	秦漢 快事談	34	秦漢 快事談	35	秦漢 快事談	39	秦漢 快事談
	(없음)		(없음)		(없음)	40	唐帝 快事談
35	明帝의 悲懷	35	明帝의 悲懷	36	明帝의 悲懷	41	明帝의 悲懷
36	唐宋 快事談	36	唐宋 快事談	37	唐宋 快事談	42	宋帝 快事談
37	曹操 快事談	37	曹操 快事談	38	曹操 快事談	43	曹操 快事談
	(없음)		(없음)		(없음)	44	閻王의 登場
	(없음)		(없음)		(없음)	45	罪人의 定罪
	(없음)		(없음)		(없음)	46	董卓의 反駁
38	漢帝의 提議	38	漢帝의 提議	39	漢帝의 提議	47	漢帝의 提議
39	帝王 氣像談	39	帝王 氣像談	40	帝王 氣像談	48	帝王 氣像談
40	帝王 得失談	40	帝王 得失談	41	帝王 得失談	49	帝王 得失談
41	楚伯王 罪目	41	楚伯王 罪目	42	楚伯王 罪目	50	楚伯王 罪目
	(없음)		(없음)	43	治國 經驗談		(없음)
42	明代 定都談	42	明代 定都談	44	明代 定都談	51	明代 定都談
	(없음)		(없음)	45	帝王의 歌舞		(없음)
43	東方朔 付職	43	功臣의 歌舞	46	功臣의 歌舞	52	東方朔 付職
44	功臣의 歌舞	44	東方朔 付職	47	東方朔 付職	53	功臣의 歌舞
45	韓愈의 頌詩	45	韓愈의 頌詩	48	韓愈의 頌詩		(없음)
	(없음)	46	蠻夷의 攻擊	49	蠻夷의 攻擊		(없음)
	(없음)	47	歷代의 蠻夷	50	歷代의 蠻夷		(없음)
46	蠻夷의 退治	48	蠻夷의 退治	51	蠻夷의 退治	54	蠻夷의 退治
	(없음)	49	頌詩의 內容		(없음)		(없음)
47	帝王의 豫言	50	帝王의 豫言	52	帝王의 豫言	55	帝王의 豫言
48	夢遊者 覺夢	51	夢遊者 覺夢	53	夢遊者 覺夢	56	夢遊者 覺夢

　　모든 이본의 서사 단락을 합치면 모두 64개가 된다. 이 64개 서사 단락 중에 몽유자에 관한 서사 단락은 4개이다. 곧 1번부터 3번까지 입몽하는 부분과 마지막 각몽하는 부분이다. 그리고 '연회의 준비'부터 '제왕의 예

언'까지는 몽중의 서사 단락으로, 제왕과 신하에 관한 서사가 번갈아 진행
된다. 역대 제왕과 신하들이 등장하는 장면은 모든 이본에 아무 차이도 없
다. 그 다음 뒤에 가면 갈수록 서사면의 변화가 더 커지고 있다. 여러 이본
은 다양한 차이가 있지만, 주로 추가와 변개 두 가지이다. 동국B본 계열을
제외하고, 모든 계열은 독특한 서사 단락을 가지고 있다. 그리고 연세B본
은 분명히 배타적인 차이가 보인다.

먼저, 동국B본 계열의 특징을 요약하면 다음과 같다.

이 계열에 속하는 이본은 동국B본 〈금산사몽회록〉, 전북대본 〈제왕연
회기〉, 국박B본 〈제왕연회기〉, 김광순본 〈만고제왕연〉 등 4종의 이본이
다. 본 계열의 전체 내용은 모두 48개 서사 단락으로 나뉠 수 있으며 그 중
에 40번의 서사 단락인 '제왕 득실담'을 제일 긴 서사 단락으로 꼽을 수 있
다. 이 외에 22번 '초패왕 등장', 23번 '불청객 퇴치', 25번 '입시의 명신', 43
번 '공신의 가무', 44번 '동방삭 부직' 등의 서사 단락도 모두 작품에 큰 비
중을 차지하고 있다. 비교적 긴 서사 단락은 모두 6개인데, 그 중에 제왕과
신하에 관한 서사 단락이 각각 3개씩 있다. 그래서 이 긴 서사 단락을 통해
동국B본 계열의 서사 중점이 한쪽으로 치우치지 않고, 제왕과 신하가 거의
균등한 비중으로 나뉘는 것을 알 수 있다.

다음으로 연세B본 계열의 특징을 요약하면 다음과 같다.

이 계열에 속하는 이본은 연세B본 〈금산사창업연의〉 하나 밖에 없다.
연세B본의 전체 내용은 51개 서사 단락으로 정리할 수 있다. 그 중에 40번
서사 단락인 '제왕 득실담'이 제일 긴 서사 단락이고, 22번 '초패왕 등장',
23번 '불청객 퇴치', 25번 '입시의 명신', 26번 '상업의 차등', 39번 '제왕 기
상담', 43번 '공신의 가무' 등의 서사 단락도 모두 작품에 큰 비중을 차지하
고 있다. 비교적 긴 서사 단락은 모두 7개인데, 그 중에 제왕에 관한 서사
단락은 22번 '초패왕 등장', 39번 '제왕 기상담', 40번 '제왕 득실담' 등 3개

만 있다. 그래서 연세B본 계열의 서사 중점은 신하에 치중하고 있는 것으로 보인다.

이어서 익선D본 계열의 특징을 요약하면 다음과 같다.

이 계열에 속하는 이본은 국도D본 〈금산사몽유록〉, 장서D본 〈금산사창업연록〉, 익선D본 〈금산사창업연록〉 등 3개의 이본이다. 익선D본 계열의 전체 내용은 모두 56개 서사 단락으로 나뉠 수 있다. 그 중에 49번 서사 단락인 '제왕 득실담'을 제일 긴 서사 단락으로 꼽을 수 있다. 이 외에 17번 '중흥주 품평', 26번 '진시황 등장', 28번 '초패왕 등장', 38번 '역대 흥망담', 53번 '공신의 가무', 56번 '몽유자 각몽' 등의 서사 단락도 모두 작품에서 큰 비중을 차지하고 있는 서사 단락이다. 비교적 긴 서사 단락은 모두 7개 있으며, 그 중에서 제왕에 관한 서사 단락은 17번 '중흥주 품평', 26번 '진시황 등장', 28번 '초패왕 등장', 38번 '역대 흥망담', 49번 '제왕 득실담' 등 5개나 있다. 그래서 연세B본 계열의 서사 중점은 제왕에 치중한 것이 확실하다.

마지막으로 존경C본 계열의 특징을 요약하면 다음과 같다.

이 계열에 속하는 이본은 존경C본 〈금산사몽유록〉과 이우목본 〈금산사창업연록〉이다. 존경C본 계열의 전체 내용은 모두 53개 서사 단락으로 나뉠 수 있다. 그 중에 41번 서사 단락인 '제왕 득실담'을 제일 긴 서사 단락으로 꼽을 수 있다. 이 외에 20번 '불청객 도발', 21번 '진시황 등장', 22번 '초패왕 등장', 25번 '입시의 명신', 32번 '제품의 보충', 34번 '역대 흥망담', 39번 '한제의 제의', 44번 '명대 정도담', 46번 '공신의 가무', 47번 '동방삭 부직', 50번 '역대의 만이', 51번 '만이의 퇴치' 등의 서사 단락도 모두 작품에 큰 비중을 차지하고 있는 서사 단락이다. 비교적 긴 서사 단락은 모두 13개이며, 그 중에 제왕에 관한 서사 단락은 21번 '진시황 등장', 22번 '초패왕 등장', 34번 '역대 흥망담', 39번 '한제의 제의', 41번 '제왕 득실담', 44번 '명대 정도담', 50번 '역대의 만이', 51번 '만이의 퇴치' 등 8개나 있다. 그래서 존경C본 계열의 서사 중점은 제왕에 치중하고 있는 것이 자명하다.

계열의 특징을 살펴볼 때 주로 서사면의 특징을 검토하겠지만, 이것에 덧붙여 서사 내용과 깊은 관련이 있는 서지면의 특징, 곧 서문과 발문도 살펴보고자 한다. 전체 10종의 이본 중에 오직 존경C본과 이우목본만이 본문 뒤에 발문을 첨부하였다. 그리고 이 두 발문은 모두 온전한 한 편의 글이다. 작품의 발문은 작가나 필사자의 작품에 대한 이해와 평가를 직접적으로 표출하는 역할을 하고 있다. 따라서 작품을 이해하는 데도 큰 도움이 되리라 생각한다. 따라서 여기에서 특별히 이 두 이본의 발문을 자세히 살펴볼 것이다.

그리고 이 두 이본의 발문은 많은 공통점을 가지고 있다. 즉 두 발문의 대부분의 내용은 자구 출입을 간과하면 거의 완전히 똑같다. 단지 이우목본은 존경C본보다 절반 정도의 내용이 생략되어 있다. 그래서 두 편의 발문을 서로 비교하면서 그 내용을 고찰하고자 한다. 이 두 이본 발문의 차이를 밑줄로 표시하였다.

大抵一篇首尾, 明華夷之名分, 論治平之要務, 講都邑之形勢. 論勳業, 則以漢高為主, 論才德, 則以孔明為尤. 其評品君德, 次第人物, 皆自先儒說話中出來, 甚的論也.

如漢之文帝·宣帝, 宋仁宗·孝宗, 固當高武[2] 於其會. 如周亞父[3]·趙克周之將才, 蘇武之忠節, 謝安之雅望, 亦宜翱翔乎其中, 而俱以中葉見漏.

---

2   원문의 '고무(高武)'는 '고무(鼓舞)'의 오기이고, 여기에서는 '연회에 참석한다'는 뜻을 문학적으로 표현하는 것이다.

3   '주아부(周亞父)'는 '주아부(周亞夫)'의 오기이다.

且孔明當褒貶時出二令, 有得子路鄕射之意,[4] 使不義不廉, 如英布·賈充·刘文靜·侯君集·僕固·怀恩·馮道之徒, 嘗自揚 〃 稱雅, 而不敢匿瑕於當今.

其有平[5]於風教大矣. 雖栽[6]以諧語, 而制治安民之方, 量才用人之法, 俱載於是, 岂可以稗說而小之哉?

其士人, 逸其姓名, 不出於世, 若非神異之人, 夢裡精神何能与萬古英雄宜會? 而又焉能詳細錄出如次[7]哉?

盖當胡元之末, 天用剿絕其命, 固宜生聰明聖智之君, 以承正統, 則其氣數運會之預示符應者, 亦其理之有也.

惜其時来之日, 以一匹夫, 能掃蕩胡元而有餘. 運去之後, 以萬乘国敵一自成而不足. 終至於腥膻滿目, 冠屦倒置. 與漢祖預料之言, 如合左契.

則岂上天不下別於衣冠·鱗介之族, 而欲其並生於天地之間也耶? 天其醉乎? 不醉乎? 又安知夫許多江南山寺中, 亦有五皇帝刱業宴耶?

吁! 吾老矣, 顧安得長年度世, 如屈左徒之爲也. 似望燕雲, 远洒慷慨之淚. 仍洗筆而爲之書, 姓名與江東士人同逸之.

維崇禎紀元後[8]

4　『공자가어(孔子家語)』중의 「관향사(觀鄕射) 제이십팔(第二十八)」의 내용을 가리키는 말이다.

5　원문의 평(平)자는 관(關)의 약자인 관(关)자의 오기이다.

6　'재(載)'의 오기인 듯하다.

7　'여차(如次)'는 '여차(如此)'의 오기이다.

8　필자의 번역 : 대개 작품의 시작부터 끝까지 중화(中華)와 이적(夷狄)의 구분을 밝히고, 태평성대를 다스리는 요점을 논의하고, 도읍의 지리를 강론한다. 창업을 논의하는 데 주로 한고조(漢高祖)를 중심으로 하고, 재주를 논의하는 데 제갈량(諸葛亮)을 최고로 본다. 임금의 덕행과 인물의 차등을 품평할 때 주로 선학의 주장을 인용하였으므로 모두 심히 정확한 논의다.

跋

今此文勢, '記其顚末, 以示人'.[9] 以上當為初夢時所作, 人以為

狂也, 下當為夢之後, 續宴之前事也, 洪武以後追記之事也.

大抵辨華夷為御區宇之大統, 用賢才為致治平之要務, 定都邑

한나라의 문제(文帝)와 선제(宣帝), 송나라의 인종(仁宗)과 효종(孝宗)은 연회에 참석해야 하고, 주아부(周亞夫)와 조극주(趙克周)가 장수의 재능으로, 소무(蘇武)가 충절로, 사안(謝安)이 명망으로 반드시 연회에 참석해야 하는데 작품에서는 이들이 모두 중간 세대의 인물인 관계로 빠뜨렸구나.

그리고 제갈량(諸葛亮)이 인물을 품평할 때 두 가지 명령을 내리는 것은 자로(子路)가 향사(鄕射)에서 하는 말의 의도와 같은 것으로 본다. 이 두 가지 명령으로 영포(英布), 가충(賈充), 유문정(劉文靜), 후군집(侯君集), 복고(僕固), 회은(怀恩), 풍도(馮道)와 같은 의리가 없고 청렴하지 않은 인물로 하여금 그전에 득의양양하게 스스로 영웅으로 자부하더라도 이 연회에서 자신의 잘못을 숨기지 못하게 하였다.

이 글은 풍교와 큰 상관이 있다. 비록 패설(稗說)과 같은 경박한 말로 서술하였지만, 천하를 다스리고 백성을 안정시키는 수단과 인재를 품평하고 사람을 채용하는 방법이 모두 내포되어 있다. 어찌 패설로 무시할 수 있겠는가?

그 선비는 이름도 모르고 출세도 하지 않은 사람이었다. 신이한 사람이 아니라면 그가 어찌 꿈에서 역대의 영웅과 만날 수 있었을까? 또한 어찌 이렇게 자세히 기록할 수 있을까? 아마 원나라 말년에 하늘은 그의 국운을 쇠락시키려 하여 총명하고 현명한 임금을 탄생시키고 중화의 정통을 계승하게 한 것이다. 그래서 그의 운수가 예측과 서로 부합하는 것, 그것이 도리에 마땅하다.

아쉬운 것은 명나라가 천명을 받았을 때 한 명의 평범한 사람을 통해 원나라를 멸망시키고도 남을 힘이 아직 남아 있었으나, 천명을 잃었을 때에는 막강한 대국일지라도 이자성(李自成) 한 명을 대적하는 힘도 부족하고, 마침내 오랑캐가 온 나라를 차지하여 옷과 신발을 거꾸로 쓰는 지경이 되어버렸다. 이는 한고조(漢高祖)가 예측하는 말과 부합한다.

설마 하늘이 중화와 이적의 차이를 가리지 않고 세상에 공존하게 하려고 하는 것인가? 하늘이 술취한 것인가? 그렇지 않은 것인가? 또한 그 수많은 강남의 사찰(寺刹)에서 또 5위 황제의 연회를 하는 것을 어찌 알 수 있을까?

아이구. 내가 늙었구나. 어찌 오래 살며 굴원(屈原)처럼 행동할까? 연경을 바라보고 멀리서 의분의 눈물을 흘리는구나. 그래서 붓을 씻어 명나라를 위해 이 이야기를 기록한다. 내 이름도 그 강동의 선비와 함께 잊혀지자. 유 숭정 기원 후.

9 '기기전말(記其顚末), 이시인(以示人)'은 잘못 필사한 내용이다.

為勦規模之大本, 是書尤以是眷〃焉. 人君, 則以漢高為主, 賢臣, 則孔明為尤. 其次第人材, 評品君道, 皆的論也.

如漢之文帝·宣帝, 宋之仁宗·孝宗, 當高武於盟壇. 如周亞父[10] 趙充國之將才, 蘇武之節, 謝安之從容, 亦宜翶翔乎元勳, 而皆中業不敢. 可嘆.

且孔明當筵之二令, 有得於子路鄉射之儀, 使不義不廉之輩知退. 如黥布之勇, 賈充之謀, 其他劉文靜·侯君集·馮道·僕固·懷恩之徒·常自揚〃稱雄, 而不敢望風筵末.

其有關於風教大矣. 雜以該語,[11] 而不出成治安民之方, 識時用人之法, 其可不[12]以稗說而少之哉![13]

이우목본

---

10 존경C본과 같이, '주아부(周亞父)'는 '주아부(周亞夫)'의 오기이다.

11 '해어(該語)'는 '해어(諧語)'의 오기.

12 '불(不)'자는 괄호로 표시됐다.

13 필자의 번역 : 발문
지금 이 글의 문맥은 '그 전체를 기록하여 남에게 보이려고' 위의 내용은 처음 꿈을 꾸었을 때 쓴 것이고, 아래의 내용은 꿈을 깬 후에 연회 전의 일이 이어지는 것이다.
대저 중화(中華)와 이적(夷狄)을 구분하여 중화를 천하를 다스리는 정통으로 삼으며, 현명한 인재를 채택하여 인재를 태평성대를 다스리는 요점으로 삼고, 도읍을 정하여 그곳을 건국의 기본으로 삼는 것이다. 이 책은 특별히 이런 주제를 강조하는 것이다. 임금을 논의하면, 주로 한고조(漢高祖)를 중심으로, 현신을 논의하면 제갈량(諸葛亮)을 최고로 본다. 인물의 차등과 왕도의 품평은 모두 심히 정확한 논의다.
한나라의 문제(文帝)와 선제(宣帝), 송나라의 인종(仁宗)과 효종(孝宗)은 회맹에 참석해야 하고, 주아부(周亞夫)와 조극주(趙克周)는 장수의 재능으로, 소무(蘇武)는 충절로, 사안(謝安)은 풍치로 역시 연회에 참석해야 하네. 이들이 원훈이나 중간 세대의 인물로 언급되지 않으므로 어찌 한탄하지 않겠는가?
그리고 제갈량(諸葛亮)이 인물을 품평할 때 두 가지 명령을 내리는 것은 자로(子路)가 향사(鄉射)에서 하는 말의 의도와 같아서 의리 없거나 청렴하지 않은 인물을 물리치는 것이다. 용력으로 유명한 경포(黥布), 모략으로 유명한 가충(賈充), 그리고 유문정(劉文靜), 후군집(侯君集), 풍도(馮道), 복고(僕固), 회은(懷恩) 등과 같은 사람은 자주 득의양양하게 스스로 영웅으로 자부하는 인물로 이들로 하여금 이 연회 마지막의 자리도 감히 바라지 못하게 하였다.

우선, 위에서 제시한 바와 같이, 두 이본의 발문의 상당한 내용이 완전히 동일하고, 일부 구절은 표현상 서로 다르지만, 의미는 매우 유사하다. 예컨대 존경C본에서는 '明華夷之名分, 論治平之要務, 講都邑之形勢', '論勛業, 則以漢高爲主, 論才德, 則以孔明爲尤' 등과 같이 대구법을 사용하여 구절간에 서로 호응하고 문맥이 유창하다. 한편, 이우목본에서는 '辨華夷, 爲御區宇之大統, 用賢才, 爲致治平之要務, 定都邑, 爲勛規模之大本'과 '人君, 則以漢高爲主, 賢臣, 則孔明爲尤' 등의 구절들이 표현상 약간 다르나 대구법을 사용하여 비슷한 의미를 나타냈다. 그래서 두 이본의 문장 의미는 비슷하고 그 수준은 막상막하라고 평가할 수 있다. 그래서 어느 이본이 원본과 더욱 가까운지 판단하기 어렵고 단지 같은 저본을 사용한 것으로 추정할 수 있다.

그러나 존경C본의 발문 분량은 이우목본의 두 배이고, 두 이본 각각이 보유하고 있는 내용도 있다. 이우목본은 '今此文勢, 記其顚末, 以示人, 以上當爲初夢時所作, 人以爲狂也, 下當爲夢之後, 續宴之前事也, 洪武以後追記之事也'라는 말로 발문이 시작되자 이 작품을 두 부분으로 나누어 보고, 앞부분의 내용이 애초 창작한 것이되 뒤 부분의 내용은 홍무 연간 이후 추가로 쓴다고 지적하였다. 여기에서 필사자가 작품 본문 중의 '記其顚末, 以示人, 人以爲狂也'라는 말을 잘못 필사하여 여기에 놓으므로 문장 원래의 뜻을 파괴하였지만, 다행히 원문의 뜻은 짐작할 수 있다.

존경C본은 이우목본보다 한 단락의 내용이 더 있다. 앞에서는 작품의 내용에 대한 소감을 말하고 이어서 나라의 흥망과 자신의 운명까지를 한탄하게 되었다. 앞뒤 내용의 관계로 보면, 존경C본의 내용이 원본이다. 특

이 글은 풍교와 큰 상관이 있다. 비록 해학의 말로 서술하였지만, 천하를 다스리고 백성을 안정시키는 수단과 시세를 보고 인재를 채용하는 방법만 말한다. 그래서 패설(稗說)로 무시하지 말아야 하겠구나.

히, 존경C본 단락 결말에 필사자가 '吁! 吾老矣, 顧安得長年度世, 如屈左從之爲也. 似望燕雲, 远洒慷慨之淚.'라는 자신의 운명에 대한 한탄과 '仍洗筆而爲之書, 姓名與江東士人同逸之, 維崇禎紀元後.'라는 필사기까지 충실히 남긴 것을 보면, 존경C본의 단락 구조가 훨씬 온전하다. 그래서 거의 존경C본의 발문은 원본과 일치하고, 이우목본의 발문은 누락과 변개가 있다고 단언할 수 있다.

이어서 발문의 내용을 자세히 보기 위해 존경C본의 발문과 이우목본의 발문의 내용을 비교하여 [표18]로 제시하면 다음과 같다.

[표18] 발문 내용 대비

번호	존경C본	이우목본	내용
1	(없음)	작품의 구조	각몽을 기준으로 두 부분으로 구분
2	작품의 주제	작품의 주제	중화 의식을 고취, 역대 인물을 품평
3	인물의 탈락	인물의 탈락	일부 역사 인물을 빠드림
4	플롯의 출처	플롯의 출처	〈공자가어〉의 〈관향사 제이십팔〉에서 발췌
5	작품의 가치	작품의 가치	풍화와 큰 상관이 있음
6	작품의 작자	(없음)	이름이 없고 출세하지 않은 선비
7	명나라 건국	(없음)	명나라가 천명을 얻어 원나라를 멸망시키고 건국
8	명나라 멸망	(없음)	명나라가 천명을 잃어 망국하고 청나라로 교체
9	망국의 한탄	(없음)	수많은 사람들이 멸망한 명나라를 추억
10	필사의 동기	(없음)	명나라를 위해 이 작품을 필사

우선 두 발문의 공통점은 다음과 같다. 존경C본이나 이우목본은 모두 4가지 문제를 언급하였는데, 곧 '작품의 주제', '인물의 탈락', '플롯의 출처', '작품의 가치' 등의 4가지다. 작품의 주제를 분석할 때 두 이본의 표현은 약간 다르지만, 의미상 차이가 거의 없다. 발문의 작자는 〈금산사몽유록〉

한문본 금산사몽유록 연구

의 주제를 3가지로 해석하였다. 첫째는 중화와 이적의 차이를 분명히 부각시키고, 중화의 정통성을 강조하였다. 존경C본은 '중화와 이적의 구분을 밝히고'라는 말로 중화와 이적의 차이를 강조하고 있으나 도대체 그 사이에 무슨 차이가 있는지, 즉 중화는 정통이며 이적은 비정통성이라는 점을 명확하게 지적하지 않고 있다. 반대로 이우목본은 '중화와 이적을 구분하여 중화는 천하를 다스리는 정통으로 삼고'라는 표현을 통해 직설적으로 중화의 정통성을 제기하였다.

둘째는 나라를 다스릴 때의 요점, 곧 인재를 채용하는 것을 지적하였다. 존경C본은 '태평성대를 다스리는 요점을 논의하고'라는 말을 했지만, 역시 그 요점이 도대체 무엇인지 설명하지 않고 있다. 그러나 이우목본은 '현명한 인재를 채택하여 인재를 태평성대를 다스리는 요점으로 삼고'라고 하여 인재야말로 태평성대를 다스리는 요점이라는 주장을 명시하였다. 셋째는 도읍의 지리를 강론하면서 나라를 세울 때 기본적으로 알아두어야 할 것을 강조하였다. 존경C본은 '도읍의 지리를 강론한다'라고 하면서 지리의 중요성을 인정하지만, 구체적으로 그 중요성을 설명하지 않고 있다. 그렇지만, 이우목본은 '도읍을 정하여 그곳을 건국의 기본으로 삼는 것이다'라는 말로 도읍을 올바르게 정해야만 나라의 기본을 탄탄하게 만들 수 있다는 것을 나타내고 있다.

그 다음에 이 두 발문은 공통적으로 작품의 부족한 점을 제시하였다. 즉 발문의 작자가 중요시한 인물은 〈금산사몽유록〉에서는 아예 언급되지도 않았다. 두 이본은 똑같은 인물을 얘기할 뿐만 아니라, 이들 인물을 빠뜨리는 이유도 같은 것으로 분석하였다. 이어서 두 이본은 모두 제갈량이 두 가지 명령을 내리는 이야기 전개 구성의 출처를 밝혔다. 이 이야기 전개의 출처는 곧 〈공자가어(孔子家語)〉 중 자로(子路)가 향사례(鄕射禮)에 참석한다는 내용이다. 마지막으로 두 이본은 모두 '이 글은 풍교와 큰 상관이 있다'라는 말로써 작품의 가치를 높이 평가하였다. 또한 이 작품의 장르가 패설인 이유로 무시하면 안된다고 강조하였다. 그리고 이 평가는 또한 〈금산사몽유록〉, 내지 〈금화사몽유록〉이 조선 시대에 광범위하게 유행한 이유를 밝혔다고 생각한다.

다음으로 두 이본 각각의 독특한 내용을 살펴보겠다. 우선 이우목본의 독특한 내용이다. 이우목본은 작품의 주제를 분석하기 전에 먼저 작품 구조를 분석하였다. '위의 내용이 처음 꿈을 꾸었을 때 쓴 것이고'와 '아래의 내용이 꿈을 깬 후에 연회 전의 일이 이어지는 것이다'라는 두 마디로 작품의 전체를 두 부분으로 나누었다. 각몽을 기준으로 몽중의 내용을 한 부분으로 보고, 뒤에 각몽의 내용을 입몽의 내용과 함께 한 부분으로 보았다. 이런 구조에 대한 분석은 무척 단순하지만, 몽유록 작품으로서의 특징을 정확하게 지적하였다.

이어서 존경C본의 독특한 내용이다. 이 내용은 분량이 많아서 논의의 핵심에 따라 5부분으로 나눌 수 있다. 즉 '작품의 작자', '명나라 건국', '명나라 멸망', '망국의 한탄', '필사의 동기' 등이다. 이 가운데 '작품의 작자'와 '필사의 동기'에 관한 논의를 제외하고, 모두 명나라에 관한 내용이다. 다음에 이를 순차적으로 살펴보고자 한다.

존경C본의 발문은 작품의 가치를 높이 평가한 뒤 이어서 또 작가의 능력을 평가하고 있다. 그러나 작자를 비평할 때 작품의 진정한 작자를 대상으로 논의하는 것이 아니라, 단지 작품 중의 몽유자를 작품의 실제 작자로 인식하여 몽유자의 경험을 바로 작가가 실제로 작품을 창작하는 과정으로 보았다. 이 단락의 내용은 작자에 대한 참다운 평가라기보다는 선행 평가에 이어 작자를 평가하는 방식이며, 다시 작품의 흥미와 관련하여 그 의미를 평가한 것으로 생각한다.

그리고 몽유자에 대한 칭찬에서 작품의 시대 배경까지 화제로 전환하였다. 그 이하는 모두 명나라에 관한 논의이다. 발문의 작자는 명나라의 건국을 천명을 받은 것으로 인식하여 '한 평범한 사람으로서 원나라를 멸망시킨 것이 아니냐'고 인식하고, 또한 명나라가 망한 것을 천명을 잃은 것으로 보아서 '막강한 대국으로서 이자성(李自成) 한 명을 대적할 수 없는 것이 아니냐'고 논의하고 있다. 나라의 흥망을 모두 천명으로 이해하는 것은 중국에서 유래한 천명론의 영향을 받은 것이 분명하다. 그리고 또한 명·청교체의 사실도 무력감으로 귀결되어서는 안 된다고 하고 있다.

명나라의 건국을 이야기한 것은 주로 천명론을 제기하여 명나라의 망국을 논의하기 위한 준비로 볼 수 있다. 결국은 명나라에 관한 논의의 중점은 역시 망국에 대한 한탄에 집중하였다. 명나라의 망국에 대하여 객관적으로 그 이유를 분석하지 못하고, 단지 천명론에 근거하여 '하늘이 중화와 이적의 차이를 가리지 않고'라고 인식하였다. '하늘이 술취한 것인가? 그렇지 않은 것인가?'라는 말로 작자 자신의 불만과 울분을 생생하게 나타내고 있다. 그리고 '그 수많은 강남의 사찰에서 다섯 황제의 연회가 다시 열린 것을 어찌 알 수 있을까?'라는 질문으로 중국에서 수많은 선비들이 작품 중의 몽유자처럼 중화의 정통을 추모하며 명나라의 망국을 한탄한 사실을 지적하였다.

마지막 단락은 발문 작자 본인에 관한 이야기이다. 작가는 우선 자신이 늙은 것을 한탄하였다. 그리고 자기가 나이가 많아서 굴원처럼 나라를 위해 강물에 투신하지 못하는데, 오직 중국의 땅을 멀리 바라보고 '의분의 눈물을 뿌린다'만 할 수 있다는 것이다. 그래서 자신의 원통함과 통탄함을 풀지 못해도 일단 작품 중의 선비를 위해 그의 꿈을 기록하여 이로 명나라의 역사를 되돌아 보기로 한다는 것이다. 마지막으로 자신의 이름을 적지 않고, 다만 필사 시간을 기록하면서도 특정한 개인을 나타내지 않고 있는데, 이것은 수많은 선비가 같은 심정을 가지고 있었음을 암시해준다. 특히, 필사 시기를 기록할 때 '유 숭정 기원 후'라는 말로 아직 '숭정'의 연호를 쓰고 있는 것을 보여주어 명나라에 대한 애정을 다시 강조하였다.

이상의 내용이 이우목본에서는 모두 삭제되었다. 우선 앞뒤 내용이 자연스럽게 이어지는 것을 보면, 존경C본에 추가한 것이 아니라, 이우목본에서 삭제한 것으로 단정할 수 있다. 특히 존경C본의 발문의 결말에 작품의 내용으로부터 자신의 신세까지 한탄하면서 자신의 이름과 필사 시간 등의 정보까지 적어놓고 온전하게 한 편의 글을 완성하였다. 이와 반대로 이우목본의 발문은 아무 징조 없이 글을 쓰다가 갑자기 끊겨버려서 발문의 일반적인 양식과 크게 다르다.

그러면 이우목본이 왜 이 부분의 내용을 대폭 삭제했을까? 일단 단순히 지면이 부족하기 때문에 일부 내용을 삭제했을 가능성을 제외할 수 없다. 더 나아가 존경C본이 뚜렷하게 숭명(崇明) 태도를 표시하는 것과 반대로 이우목본은 이 작품을 단지 재미거리로 삼아 필사했을 가능성이 크기 때문에 정치적 분위기가 진한 부분을 삭제했을 가능성도 있다.

이상의 두 발문의 내용에 대한 구체적인 비교를 바탕으로 다음과 같은 몇 가지 결론을 내릴 수 있다. 첫째, 존경C본이 이우목본보다 명나라의 망국에 대하여 논의하여 작자의 통한을 표출하였다. 둘째는 두 발문은 모두 작품의 가치를 높이 평가하였다. 셋째, 두 발문은 원래는 같은 저본을 보고 필사했을 가능성이 높으나, 이우목본은 내용의 절반이 삭제되어 있다.

앞에서 연구사를 검토했을 때 말한 것처럼, '금화사 계열'은 선행 계열이다. 그리고 '금산사 계열' 전체는 '금화사 계열'보다 서사 내용이 훨씬 풍부하다. 그래서 '금화사 계열'부터 '금산사 계열'까지 발전하는 과정 또한 서사 내용이 점점 많아지는 과정으로 볼 수 있다고 생각한다. 그래서 서사 단락의 수량에 따라 '금산사 계열' 각 이본의 선후 관계를 정리할 수 있다.

위의 전체 이본의 서사 단락에 대한 대비 결과에 따라 동국B본 계열은

〈금산사몽유록〉의 선본(先本) 계열이다. 그 다음에는 이 계열에서 두 가지 계열이 발전해 왔다. 하나는 '만이의 공격', '역대의 만이', '송시의 내용' 등 서사 단락 세 개를 추가하여 연세B본 계열이 되고, 하나는 '한고조 해명', '황실 인륜담', '중흥주 품평', '진무제 등장', '유신의 제품', '당제 쾌사담', '염왕의 등장', '죄인의 정죄', '동탁의 반박' 등의 서사 단락을 추가하여 서사 단락 '한유의 송시'를 삭제하여 익선D본 계열이 되었다. 또 하나는 연세B본 계열에서 '제품의 보충', '치국 경험담', '제왕의 가무' 등의 서사 단락을 추가하고 서사 단락 '송시의 내용'을 삭제하여 존경C본 계열이 나왔다. 이 과정을 도식으로 표시하면 다음의 [그림1]과 같이 할 수 있다.

[그림1] 전체 이본의 계열

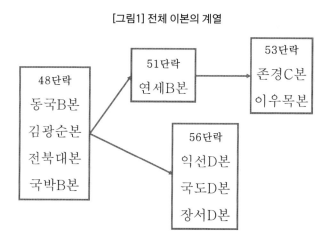

4. 계열별 선본(善本)

다음으로 각 계열 내부의 이본간의 차이를 더욱 자세히 살펴보도록 하겠다. 앞에서 서사 단락에 대한 검토 결과에 따라 전체 이본을 4개 계열로 나누었다. 즉, '동국B본 계열'(이본 4종)과 '연세B본 계열'(이본 1종), '익선D본 계열'(이본 3종)과 '존경C본 계열'(이본 2종)로 나누어 검토하겠다. 그러나 연세B본 계열에는 이본이 하나밖에 없기 때문에 표현 방식의 차이를 대비할 수 없다. 따라서 '연세B본 계열'에 대한 고찰은 생략하기로 한다. 같은 이유로 존경C본 계열에도 이본 2종밖에 없기 때문에 역시 하위 계열을 분석할 수 없다.

말하자면, 표현상의 차이는 주로 그 일치성과 충실성을 의미하는 것으로 일치성은 같은 계열 안에 여러 이본간의 공통점을 뜻하는 것이다. 충실성은 각각 이본이 원본을 계승할 때, 그 충실 여부를 뜻하는 것으로 구체적으로는 누락, 개작, 오류, 비문 등에 대한 고찰을 말한다. 일단 표현 방식에 대한 고찰로 위에서 분류하였던 계열을 재확인하겠다. 그리고 표현 방식에 따라 각각 이본 계열 안에 하위 계열의 존재 여부도 확인할 수 있게 된다. 표현 방식을 대비할 때 의미상의 차이점이 있는 구절에만 논의를 집중하고 의미상 큰 차이 없는 사소한 자구 등의 출입은 간과하도록 하겠다. 표현 방식을 제시할 때 위에서 제시한 서사 단락을 단위로 진행하겠다.

4.1. 표현의 일치성

다음에는 각 계열 내부의 이본간의 서로 다른 표현을 제시하고, 그것을 여타 이본과 비교하면서 각 이본이 계열 내부의 다른 이본과 유사한 정도, 곧 배타적인 차이를 살펴보도록 하겠다.

4.1.1. 동국B본 계열

먼저 동국B본 계열의 각각의 이본 표현의 일치 여부를 살펴보자. 이 계열에 속하는 이본은 동국B본 〈금산사몽회록〉, 전북대본 〈제왕연회기〉, 국박B본 〈제왕연회기〉, 김광순본 〈만고제왕연〉 등 4종 이본이다. 모든 이본 간 일치 여부를 나타내는 문장의 차이를 표로 정리하면 다음과 같다.

[표19] 동국B본 계열 표현의 일치성 대비

번호	단락	전북대본	국박B본	동국B본	김광순본
3	金山寺 入夢	而諸僧避亂虛而無人	而諸僧避乱虛而無人	諸僧避亂而去寺中空虛	諸僧避亂而去寺中空虛
5	創業主 登場	其一 隆準龍顔而美鬚髥 此乃創四百年之漢高祖也	其一 隆準龍顔而美鬚髥 此乃創四百年之漢高祖也	其元 隆準龍顔左股有七十二黑子 此乃創四百年之漢高祖	其一 隆準龍顔左股有七十二黑子 此乃創四百年之漢高帝也
9	漢代 創業談	座中歛膝而對曰唯〃	座中歛膝而對曰唯〃	座中歛膝致敬	座中歛膝致敬
17	諸葛亮 當選	長孫無忌曰 今使人〃不必自稱其將相之材 忠智之分 勇畧之判 別出公平之人 評論諸人已行之蹟 褒貶莘苐 次乥其坐則可無相爭之心也	長孫无忌曰 今使人〃不必自稱其将相之材 忠智之分 勇畧之判 別出公平之人 評論諸人已行之蹟 褒貶莘苐 次乥其坐則可无相爭之心也	長孫無忌出班奏曰 今使人〃我有將相之才 又多忠智勇各自進坐 則是不以禮待臣也 願擇諸人中 兼得相才 又多忠智公正之人 使論諸人已行之績 褒貶莘苐以坐 則庶無相爭之心矣	長孫無忌出奏曰 今使人人我有將相之才 我有多忠智者於此 有誰特使公正之人 論其行蹟 褒貶等苐 以乥坐次 庶無相爭之患矣
22	楚霸王 登場	乃直上法堂	乃直上法堂	不覺長歎 直上法堂	不覺長歎 直上法堂

29	智略의 次等	又揖趙雲曰 當陽長坂 匹馬衝突 保匣裏之幼主 漢水陣前 一揮長槍 却百萬之操兵 君等三人 當為勇力一等	又揖趙雲曰 當陽長坂 匹馬衝突 保匣裡之幼主 汉水陣前 一揮長鎗 却百萬之操兵 君等三人 當為勇力一等	又揖趙雲曰 當陽匹馬 保甲裡之幼主 漢水一鎗 却百萬之眾 君等三人 當為勇力一等	又揖趙雲曰 當陽匹馬 保匣裏之幼主 漢水一鎗 却百萬之操兵 君等三人 當為勇力一等
34	秦漢 快事談	此時秋風揚起 白雲騰飛 有似乎天地一家 風雲一堂之氣像也 飲酒而歌咏 此豎快事也	此秋風揚起 白雲騰飛 有似乎天地一家 風雲一堂之氣像也 飲酒而歌咏 此暫快事也	此時秋風颯〃 掃開萬里浮雲 有似乎我之氣像 仍飲酒咏歌 此暫快也	此時秋風起 開萬里浮雲 有似呼我之氣像 飲酒歌詠 此暫快事也
38	漢帝의 提議	今襃貶古事 誠非好事	今襃貶古事 誠非好事	襃貶古事 法善懲非 顧不善歟	낙장
40	帝王 得失談	① …… 故二世而亡 …… ② 規模宏遠 輕士善罵 ……	① …… 故二世而亡 …… ② 規模宏遠 輕士善罵 ……	① …… 故不傳三世 …… ② 規模弘遠 而為事鹿率 輕士慢罵 ……	낙장
43	功臣의 歌舞	① 紀信歌曰 將與周苛 游洛水兮 今日遇聖主 …… ② 范增歌曰 白骨紅塵 何不求 君王不從 奈何〃〃	① 紀信歌曰 将与周苛 游洛水兮 今日遇聖主 …… ② 范增歌曰 白骨红尘 何不求 君王不從 奈何奈何	① 紀信歌曰 長與周苛 遊洛水兮 今日逢君 中心悲兮 …… ② 范增歌曰 白首風塵 何所求 君臣不從 可奈何	낙장

3번의 서사 단락 '금산사 입몽'은 선비가 금산사에 들어온 뒤 너무 피곤하여 잠들었다는 내용이다. 3번에 제시된 인용문은 금산사 환경에 대한 묘사이다. 동국B본은 '諸僧避亂而去 寺中空虛', 김광순본은 '諸僧避亂而去 寺中空虛', 전북대본은 '而諸僧避亂 虗而無人', 국박B본은 '而諸僧避乱 虛而

　　　한문본 금산사몽유록 연구

無人'이다. 4종의 이본에서 의미상의 차이는 없지만, 그 표현을 보면, 동국
B본과 김광순본의 표현상의 일치성, 그리고 전북대본과 국박B본의 표현
상의 일치성을 확인할 수 있다. 이런 일치성은 뒤에 나오는 다른 서사 단락
에서도 계속해서 재확인할 수 있다.

　5번의 서사 단락 '창업주 등장'은 창업주들이 차례로 등장하는 내용이
다. 이 인용문은 한고조에 대한 묘사이다. 동국B본은 '左股有七十二黑子',
김광순본은 '左股有七十二黑子', 전북대본은 '而美鬚髯', 국박B본은 '而美
鬚髯'이다. 이 예문을 통해서도 동국B본과 김광순본이 일치하고, 전북대본
과 국박B본이 일치한다는 사실을 확인할 수 있다.

　9번의 서사 단락 '한대 창업담'은 한고조가 창업의 과정을 회고하는 단
락이다. 인용문은 한고조가 명태조를 칭찬한 이후에 이어지는 다른 제왕
들의 반응이다. 동국B본은 '座中斂膝致敬', 김광순본은 '座中斂膝致敬', 전
북대본은 '座中斂膝而對曰 唯〃', 국박B본은 '座中斂膝而對曰 唯〃'이다.
이 예문을 통해 동국B본과 김광순본이 일치하고, 전북대본과 국박B본이
일치한다는 사실이 재확인된다.

　17번의 서사 단락 '제갈량 당선'은 장손무기의 제의로 여러 제왕들이 품
평의 임무를 맡길 사람을 추천하는데, 마침내 명태조가 제갈량을 추천하
는 내용이다. 인용문은 장손무기의 말이다. 동국B본과 김광순본은 조금 다
르지만, 중간에 '各自進坐 則是不以禮待臣也'라는 말을 제외하면 매우 비
슷하다. 전북대본은 '長孫無忌曰 今使人〃不必自稱其將相之材 忠智之分
勇畧之判 別出公平之人 評論諸人已行之蹟 褒貶等苐 次之其坐 則可無相爭
之心也', 국박B본은 '長孫无忌曰 今使人〃不必自称其将相之材 忠智之分 勇
畧之判 別出公平之人 評論諸人已行之蹟 褒貶等苐 次之其坐 則可无相爭之
心也'이다. 이 예문을 통해 전북대본과 국박B본이 일치한다는 사실을 확인
할 수 있다.

22번의 서사 단락 '초패왕 등장'은 초패왕이 등장하여 법당으로 들어가려고 하지만, 제갈량이 초패왕의 공적을 평가하고 그를 서루로 보낸다는 내용이다. 인용문은 초패왕의 등장이다. 동국B본은 '不覺長歎 直上法堂', 김광순본은 '不覺長歎 直上法堂', 전북대본은 '乃直上法堂', 국박B본은 '乃直上法堂'이다. 이 예문을 보면, 동국B본과 김광순본이 서로 일치한다는 것을 확인할 수 있다.

29번의 서사 단락 '지략의 차등'은 제갈량이 지략의 차등을 품평하는 내용이다. 인용문은 제갈량의 조운에 대한 평가이다. 동국B본은 '又揖趙雲曰 當陽匹馬 保甲裡之幼主 漢水一鎗 却百萬之眾 君等三人 當為勇力一等', 김광순본은 '又揖趙雲曰 當陽匹馬 保匣裏之幼主 漢水一鎗 却百萬之操兵 君等三人 當為勇力一等', 전북대본은 '又揖趙雲曰 當陽長坂 匹馬衝突 保匣裏之幼主 漢水陣前 一揮長槍 却百萬之操兵 君等三人 當為勇力一等', 국박B본은 '又揖趙雲曰 當陽長坂 匹馬衝突 保匣裡之幼主 汉水陣前 一揮長鎗 却百萬之操兵 君等三人 當為勇力一等'이다. 이본 4종이 두 가지 표현 방식을 취하지만, 사실은 동일한 역사 이야기를 서술한 것이다. 그래서 이 예문을 통해 한번 더 전북대본과 국박B본의 일치성을 재확인하였다.

34번의 서사 단락 '진한 쾌사담'은 한고조와 진시황이 쾌사를 회고하는 내용이다. 인용문은 한고조가 하는 말 중의 일부이다. 동국B본은 '掃開萬里浮雲 有似乎我之氣像', 김광순본은 '萬里浮雲 有似呼我之氣像', 전북대본은 '白雲騰飛 有似乎天地一家 風雲一堂之氣像也', 국박B본은 '白雲騰飛 有似乎天地一家 風雲一堂之氣像也'이다. 이 예문을 통해 동국B본과 김광순본 간에 표현상의 일치성, 그리고 전북대본과 국박B본 간에 표현상의 일치성을 확인할 수 있다.

38번의 서사 단락 '한제의 제의'는 한고조가 제왕을 품평하자고 제의하는 내용이다. 인용문은 한고조가 명태조에게 하는 말이다. 동국B본은 '法

善懲非 顧不善歟', 김광순본은 낙장이고, 전북대본은 '誠非好事', 국박B본은 '誠非好事'이다. 이 예문을 통해 전북대본과 국박B본의 일치성을 재확인할 수 있다.

40번의 서사 단락 '제왕 득실담'은 명태조가 제왕의 득실을 품평한다는 내용이다. 인용문 ①은 진시황의 득실에 대한 평가이다. 동국B본은 '故不傳三世', 김광순본은 낙장이며, 전북대본은 '故二世而亡', 국박B본은 '故二世而亡'이다. ②는 한고조의 득실에 대한 평가이다. 동국B본은 '規模弘遠而爲事鹿率 輕士慢罵', 김광순본은 낙장이며, 전북대본은 '規模宏遠 輕士善罵', 국박B본은 '規模宏遠 輕士善罵'이다. 이 예문을 통해 전북대본과 국박B본의 일치성을 확인하였다.

43번 서사 단락 '공신의 가무'는 역대 공신들이 노래를 부르면서 자신의 인생을 한탄하거나 제왕의 공적을 극찬하는 장면이다. 여기에도 두 군데의 차이점이 있다. ①은 기신의 노래이다. 동국B본은 '紀信歌曰 長與周苛 遊洛水兮 今日逢君 中心悲兮', 김광순본은 낙장이며, 전북대본은 '將與周苛 游洛水兮 今日遇聖主', 국박B본은 '紀信歌曰 将与周苛 游洛水兮 今日遇聖主'이다. ②는 범증(范增)의 노래이다. 동국B본은 '白首風塵 何所求 君臣不從 可奈何', 김광순본은 낙장이며, 전북대본은 '白骨紅塵 何不求 君王不從 奈何〃〃', 국박B본은 '范增歌曰 白骨红尘 何不求 君王不從 奈何奈何'이다. 세 이본을 보면, 내용이 거의 똑같고 다만 자구의 출입이 약간 있을 뿐이다. 그리고 이 예문을 통해 전북대본과 국박B본이 일치한다는 것을 확인할 수 있다.

위의 내용을 [표20][14]으로 간략히 정리하면 다음과 같다.

---

14 이상 이본 4종은 주로 2가지로 나눌 수 있는데, 한 가지는 '❶'로, 다른 한 가지는 이와 반

[표20] 동국B본 계열 표현의 일치성 정리

번호	단락	전북대본	국박B본	동국B본	김광순본
3	金山寺 入夢	◑	◑	◐	◐
5	創業主 登場	◑	◑	◐	◐
9	漢代 創業談	◑	◑	◐	◐
17	諸葛亮 當選	◑	◑	◐	◗
22	楚霸王 登場	◑	◑	◐	◐
29	智略의 次等	◑	◑	◐	◐
34	秦漢 快事談	◑	◑	◐	◐
38	漢帝의 提議	◑	◑	◐	×
40	帝王 得失談	◑	◑	◐	×
43	功臣의 歌舞	◑	◑	◐	×

그래서 전북대본과 국박B본은 한 하위 계열로 나눌 수 있고, 동국B본과 김광순본도 한 하위 계열로 나눌 수 있다는 것을 알 수 있다.

4.1.2. 익선D본 계열

다음은 익선D본 계열 각 이본 표현의 일치성을 살펴보고자 한다. 이 계열에 속하는 이본은 국도D본 〈금산사몽유록〉과 장서D본 〈금산사창업연록〉, 익선D본 〈금산사창업연록〉 등 이본 3종이다. 모든 이본간의 일치성을 나타내는 표현상의 차이를 표로 정리하면 다음과 같다.

대로 '◐'로 표시한다. 그리고 이상 두 가지 중에서 '◐'와 유사하지만, 완전히 똑같은 것이 아닌 경우는 '□'로 표시한다. 낙장은 앞에서 표시한 것처럼 '×'로 표시한다.

　　　　　　　　　　　　　　　　한문본 금산사몽유록 연구

[표21] 익선D본 계열 표현의 일치성 대비

번호	단락	익선D본	국도D본	장서D본
1	夢遊者 紹介	金山寺在江東縣 寺之刱未知何代何年 而其結構之精嚴 殆甲於天下 蒼竜四圍 山執最高 上蟠于天 而靈异之著 盖已久矣	金山在江東縣 寺之刱未知何代何年 而其結構之精嚴 殆甲於天下 蒼龍四衛 山執最高 淸淑之氣 上幡于天 而靈異之著 盖已久矣	(해당 내용 없음)
5	創業主 登場	爲首 隆準龍顔 此漢太祖高皇帝 次 龍鳳之姿 天日之表 器宇堂〃 英彩羨越 次唐太宗 次 龍顔鳳目 方面大耳 此宋太祖 龍姿鳳質 氣像嚴偉 此大明洪武皇帝	爲首 隆準龍顔 此漢太祖高皇帝 次 龍鳳之姿 天日之表 氣宇堂〃 英彩拔越 此唐太宗 次 龍顔鳳目 方面大耳 此宋太祖 次 龍鳳姿質 氣像嚴偉 此大明洪武皇帝	苐一 隆準龍顔 左股有七十二黑子 此創業大漢之赤帝子 苐二 天日之表 龍鳳之姿 氣宇堂〃 英彩拔越 此創業唐室之天可汗 苐三 龍顔鳳目 方面大耳 此創業大宋之香孩兒 苐四 龍姿鳳質 氣像嚴威 此洪武聖人
8	宴會의 序幕	① 若天道恒久 人事不変 秦始皇必傳之无窮 漢皇雖有大德 豈能得天下乎 …… ② 於是蓬萊仙官進樂器 閬苑仙子舞霓裳 勻天廣樂 以次而奏 淸歌遏行雲 妙舞起香風 緱山道人橫玉笛 齊楚小娘弄鳳笙	① 若天道恒久 人事不變 秦之始皇必傳之無窮 漢皇雖有大德 豈能得天下乎 …… ② 於是蓬萊伶官進樂器 琅苑仙子舞霓裳 鈞天廣樂 以次而奏 淸歌遏行雲 妙舞起香風 緱山道士橫玉笛 齊楚小娘弄鳳笙	① 萬一世道不遷移 人事未変兮 顔淵所謂 상구치之樂矣 齊景公豈享千乘之富業乎 …… ② 命下 而鳳笙龍管 一時迭奏 五音八佾 次苐以進
9	漢代 創業談	宋祖遭遭値主愚國危之時 陳橋一夜 醉睫朦瞳之中 黃袍自加於身	宋祖遭値主愚國危之時 陳橋一夜 醉睫朦瞳之間 黃袍自加於身	宋帝則陳橋驛一夜之醉夢朦朧中 黃袍加身

17	中興主 品評	① 而昭烈能再吹漢火 之巴蜀 明大義 以繼絕祠者 四十餘年 其功不少 ...... ② 金奴将卒聞岳爺之軍聲 便皆喪胆 而誤旺奸臣 惟恐其成功 ...... ③ 杞梓有数尺之朽 不棄全木 綿繡以一端之污 不棄全段	① 而昭烈能再吹漢火 之巴蜀 明大義 以繼絕嗣者 四十餘年 其功不小 ...... ② 金奴将卒聞岳飛之軍聲 便皆喪膽 而誤國奸臣 惟恐其成功 ...... ③ 杞梓有数尺之朽 不棄全木 綿繡有一改之朽 不棄全疋	① 淨炎将殘 無一寸之兵與 無一尺之地 而記實巴蜀敗 大戰於天地 継純血食于四十餘年 其功不小 ...... ② 金虜聞岳爺之軍聲 則輒失魂也 唯成其功 ...... ③ 良材不以数寸之朽棄其全
18	中興主 登場	為首 光武皇帝 处士嚴光 及功臣二十八 将侍 次 昭烈皇帝 雲臺所画諸葛亮 龐統 関羽 張飛 等 二十餘人侍之	為首 光武皇帝 處士嚴光 及功臣二十八 将 侍之 次 昭烈皇帝 雲臺所畫諸葛亮 龐統 関羽 張飛 等 二十餘人侍之	為元 光武皇帝 隆准日角 氣度洒落 後從者處士嚴光 與雲基畫圖之功臣二十八 次則 昭烈皇帝 手垂過膝 自顧見其耳 氣像寬厚 後侍諸葛亮 龐統 関羽 張飛 等 十餘人
19	玉帝의 下教	① 言未已 遙聞九霄之間 有笙篲之聲 頃之 紫微仙官一貟 駕黃鶴從雲間而下 請見漢帝 命侍臣迎之上殿 ...... ② 論千古帝王經綸之業 講四海蒼生拯済之事 ...... ③ 且論列歷代誤旺之姦 弑逆之罪	① 言未已 遙聞九霄之間 有笙篲之聲矣 頃之 紫微仙官一員 駕黃鶴從雲間而下 請見漢帝 命侍臣迎之上座 ...... ② 論千古帝王經綸之業 講四海蒼生済拯之事 ...... ③ 且論列歷代誤國之奸 弑逆之罪	① 言未畢 笙篲之聲聞之矣 有傾 紫微仙官一人 羽衣霞履 乘黃鶴 金童玉女奉绛節 而自雲間從下 陛下請見于諸皇帝 漢帝命侍臣導而上殿 ...... ② 话開千年洪業 極億萬神灵之事業 ...... ③ 且論列歷代亂国之小人 弑君之權臣 莘罪惡 ......

19	玉帝의 下敎	④ 漢帝驚問曰 上帝降此明命 朕等雖无才德 惟謹无違 但烈士忠臣 乱臣賊子 代各有之 而不知始於何代	④ 漢帝駕問曰 上帝降此明命 朕等雖無才德 惟謹奉無違 但烈士忠臣 乱臣賊子 代各有之 而不知始於何代	④ 漢帝故問曰 上帝下明命 未知始於何代 而終於何代乎
20	諸葛亮 當選	及命下 或以蕭何爲可 或以李靖爲可 或薦趙普 或薦郭子仪 議論紛〃 久不能之	及命下 或以蕭何爲可 或以李靖爲可 或薦趙普 或薦郭子儀 論議紛〃 久不能定	漢帝顧三帝曰 誰可當乎 唐帝曰 蕭何何如 漢帝曰 未爲將也 李靖何如 未爲相也 趙普似宜乎 宋帝曰 郭子儀似當矣 如此而議 久不定 紛紜耳
22	諸葛亮 辭讓	…… 有如此之才德備具之人 ……	…… 有才德備具之人 ……	…… 其高行秀於凡數 非所比於才德之五者 ……
24	魏徵의 提議	① 帝曰 俞 …… ② 陸賈 周勃 陪漢高帝 …… ③ 歐陽修 狄青陪宋神宗 叔孫通 虞世南爲左右謁者	① 帝曰 唯 …… ② 陸賈 周勃 陪漢高祖 …… ③ 歐陽脩 狄青陪宋神宗 叔孫通 虞世南爲左右謁者	① 皆許諾之 ② 太中大夫陸賈 首着陳玄冠 手執象牙笏而侍于漢高帝前 绛侯周勃 身被黃金料腰 帶白羽笏 而侍于後 …… ③ 歐陽修 狄青侍于宋神宗前後 將帥之服色似绛侯 儒臣之服色如陸賈矣 以叔孫通 虞世南爲左右謁者

27	晉武帝 登場	懷愍着青衣行酒杯 如是而自伐過百年 不亦苟且乎	懷愍着青衣行酒杯 如是而過百年 不亦 苟且乎	懷愍着青衣行酒杯 福尘于子孫之後 一 片江南牛哥之兒 奉 司馬氏之祭祀 萬里 中原浸於胡塵 而矜 一統天下滿百年 最 是苟且矣
30	儒臣의 題品	① 漢帝促孔明 先選 隱逸之德邵 儒臣之 行高者 於是文武数 十人拱手四圍 …… ② 孔明向天曰 諸葛 亮才乏識淺 濫受皇 命 高下英雄 如有一 分私譽私毀 降之以 秋 …… ③ 严子陵 光武之故 人也 物色求之 藐視 萬乘 加足帝腹 天上 之客 星桐江之主人 一絲扶鼎 千古播芬 先生之風 山高水長 …… ④ 李長源 白衣山人 佐天子 乞儲君 脑藏 經綸之才 外托神仙 之術 亦子房之倫 …… ⑤ 刘伯倫 胷盤化機 心通神術 望氣金陵 預知十年後天子	① 漢帝促孔明 先選 隱逸德邵 儒臣之行 高者 於是文武數千 人拱手四衛 …… ② 孔明向天曰 諸葛 亮才乏識淺 濫受皇 命 高下羣雄 如有一 份私譽私毀 降之以 禍 …… ③ 嚴子陵 光武帝之 故人 物色求之 藐視 萬乘 加足帝腹 天子 之客 星桐江之主人 一絲扶鼎 千載播芬 先生之風 山高水長 …… ④ 李長 白衣山人 佐天子 乞諸侯 脑藏 經綸之才 外托神仙 之術 亦子房之倫 …… ⑤ 劉伯溫 脑盤化機 心通仙術 望氣金陵 預知千年後天子	① 漢帝促孔明 先抄 有隱逸之德 而高儒 行者 孔明右手舉玉 盃 左手執象笏立于 中 文武数千拱手而 圍四面 …… ② 孔明長揖曰 文武 中心懷不忠 而有犯 上作亂者 不入此堂 也 往者十餘人 又揖曰 文武中有見 義不勇 見利不廉 者 不入此堂也 去者 二十餘人 孔明焚香酹酒于王 盞而向天誓之曰 諸 葛亮才短識無 猥奉 皇命 高下英雄 若以 私情譽之 不若以私 嫌毀之一分 則伏願 皇天后土降殃禍焉 …… ③ 漢光武時嚴子陵 諫議 以光武之故人 為物色訪之 心棲白 雲 跡入紅塵 張目而 藐視萬乘 舉足而加 於帝腹 天上客星吐 清光 桐江清風動釣 竿 美哉先生之風度 山高水長

30				…… ④ 唐肅宗時李章元 鄴侯 白衣山人 佐天子 以少荒萱過臣保儲君 奇怪經綸之才 外托仙術 子房之徒 …… ⑤ 明太祖時刘伯溫 誠意 竒蟠造化之機 眼明神通之術 望氣於金陵 預知十年後 真天子出大功 庶幾成思保身之策
31	相業의 次等	① …… 杖策軍門 定天下大計 任用諸人 各當其力 身為元勳 各垂竹帛 …… ② 唐朝三百年基業也 …… ③ 龍起洛波 衛卒手額一	① …… 杖策軍門 乞天下大計 任用諸人 各當其才 身為元勳 名垂竹帛 …… ② 唐朝三百年基業也 …… ③ 龍起洛波 衛卒受額一	① …… 其后杖策詣軍门而相謁 以数語乞天下大計 任用諸將 各當其才 身為元勳 名垂竹帛 …… ② 唐朝三百餘年基業 同心恊力治 海内房杜之名不朽於后世 …… ③ 洛水清波之龍起 侍衛之軍士皆加手於額上
32	将帥의 次等	王翦 脑藏万甲 韓魏齊楚 定如草谷	王剪 脑藏萬甲 韓魏齊楚 乞如草薙	且揖王剪 竒藏萬甲 而時祖能 韓魏齊趙 艾如草芥 以六十萬眾 平燕楚黃金臺 無沒圭圖院蕭瑟
33	忠烈의 次等	① 汲黯 性禀戇直 社稷之臣 器度严重 儒者之風 忠言則折公孫弘之奸計 大義則折淮南王之逆謀 ……	① 汲黯 性禀戇直 社稷之臣 器度嚴重 儒者之風 忠言斥公孫弘之奸謀 大義祈淮南王之逆謀 ……	① 天品正大 社稷之臣 氣度嚴重 直士之風 以直言摧淮南王之逆謀 ……

33	忠烈의 次等	② 明烛達旦 壯哉雲長 ...... ③ 逆龍鱗 犯雷霆 生為人鑒 生垂芳名 ...... ④ 岳飛 涅背表忠 委身許旺 料敵制勝 以正以奇 盜賊畏之 莫不褫魄	② 明燭達朝 壯哉雲長 ...... ③ 逆龍鱗 犯雷霆 生為人鑑 死垂芳名 ...... ④ 岳飛 涅背表忠 委身許國 料敵制勝 以正以奇 盜賊畏之 莫不褫魄	② 明燭達旦 雲長之大節 萬軍之中刺顏良 壯哉雲長之身 ...... ③ 逆龍鱗 犯雷霆 前後七十餘度 皆切正直 生則為人之鑑 死則垂芳名焉 ④ 揖岳飛曰 涅背竪忠心 為國許死之 用兵似神 賊恐如虎
34	智略의 次等	龐统 德公餘韵 鳳雛殊姿 計出連環 胆破老瞞 赤壁騰煙火之色 益州成拾芥之功 身雖委於落鳳 功則垂於汗牛 范增 七十抱奇 一言說楚 山東群雄 咸趨下風 劝立怀王 義聲可观 三舉玉玦 智謀亦裕	龐通 德公餘韵 鳳雛秀姿 計出連環 膽破老瞞 赤壁乘烟火之色 益州成拾芥之功 身雖委於落鳳 名則垂於汗牛 范增 七十抱奇 一言說楚 山東羣雄 咸移下風 勸立懷王 義聲可觀 三舉玉玦 智謀亦裕	揖龐通曰 入則懷鳳雛之華 出則事機之速 以連環計 破曹阿瞞之膽 赤壁江山火光染楓葉 南池明月 烏鵲齊飛 平定益州 燒出漢火 身雖棄於落風坡 名有光於青史中 揖范增曰 居巢老人 論機勢 山東羣雄隨下風 順人心而立懷王 盡智謀事楚猴
35	勇力의 次等	賈復 折衝千里 身被百槍 腸胃流出 裹之以羅 鏖戰不已 終樹大功	賈復 折衝千里 身被百鎗 腸胃流出 裹之以羅 鏖戰不已 終樹大功	詞揖賈復曰 中鎗腸出 以線裹之 而猶戰 終成大功

1번의 서사 단락은 몽유자에 대한 소개이다. 그러나 장서D본과 달리, 국도D본과 익선D본은 몽유자를 소개하기 전에 먼저 금산사를 소개하였다. 그리고 이 두 이본의 표현을 보면, 금산사에 대한 소개는 완전히 똑같다. 국도D본은 '金山在江東縣 寺之刱未知何代何年 而其結構之精嚴 殆甲於天下 蒼龍四衛 山執最高 清淑之氣 上幡于天 而靈異之著 盖已久矣', 장서D

본은 해당 내용이 없고, 익선D본은 '金山寺在江東縣 寺之刱未知何代何年 而其結構之精嚴 殆甲於天下 蒼竜四圍 山勢最高 上蟠于天 而靈异之著 盖已 久矣'이다. 이는 두 가지의 가능성을 말한다. 하나는 두 이본이 같은 자료 를 참고하여 원문에 금산사에 대한 소개를 추가한 것이거나 다른 하나는 장서D본만 해당 내용이 누락된 것일 수도 있다. 그러나 금산사에 대하여 다른 계열의 이본에서는 모두 이와 비슷하게 금산사를 소개하는 내용이 없다. 그리하여 이 내용도 국도D본과 익선D본이 가지고 있는 한 가지 일 치성이자 특징으로 꼽을 수 있다.

5번의 서사 단락 '창업주 등장'은 창업주들이 차례로 등장하는 모습을 묘사하였다. 인용문은 한고조, 당태종, 송태조, 명태조에 대한 묘사이다. 국 도D본은 '爲首 隆準龍顔 此漢太祖高皇帝 次 龍鳳之姿 天日之表 氣宇堂〃 英彩拔越 此唐太宗 次 龍顔鳳目 方面大耳 此宋太祖 次 龍鳳姿質 氣像嚴偉 此大明洪武皇帝', 장서D본은 '第一 隆準龍顔 左股有七十二黑子 此創業大 漢之赤帝子 第二 天日之表 龍鳳之姿 氣宇堂〃 英彩拔越 此創業唐室之天可 汗 第三 龍顔鳳目 方面大耳 此創業大宋之香孩兒 第四 龍姿鳳質 氣像嚴威 此洪武聖人', 익선D본은 '爲首 隆準龍顔 此漢太祖高皇帝 次 龍鳳之姿 天日 之表 器宇堂〃 英彩羮越 次唐太宗 次 龍顔鳳目 方面大耳 此宋太祖 龍姿鳳 質 氣像嚴偉 此大明洪武皇帝'이다. 이 예문을 통해 국도D본과 익선D본의 표현상의 일치성을 확인할 수 있다. 장서D본은 여타 2종의 이본과 완전히 다르다. 한고조, 당태종, 송태조, 명태조를 말할 때 직접 부르지 않고, 각자 의 특징을 참고하여 특별한 호칭으로 완곡하게 불렀다. 이런 방법으로 작 품의 흥미를 더할 뿐만 아니라 개작자의 현학적 목표를 함께 나타냈다고 할 수 있다.

8번의 서사 단락 '연회의 서막'은 한고조가 역대의 흥망과 나라의 교체 를 한탄하고 역대 창업의 공적을 기념하는 연회의 시작을 선포한다는 내용이다. 인용문①은 한고조의 말이다. 국도D본은 '若天道恒久 人事不變 秦之始皇必傳之無窮 漢皇雖有大德 豈能得天下乎', 장서D본은 '萬一世道不遷移 人事未変兮 顏淵所謂 상구치[15]之樂矣 齊景公豈享千乘之富業乎', 익선D본은 '若天道恒久 人事不変 秦始皇必傳之无窮 漢皇雖有大德 豈能得天下乎'이다. ②는 연회의 성황에 대한 묘사이다. 국도D본은 '於是蓬萊伶官進樂器 琅苑仙子舞霓裳 鈞天廣樂 以次而奏 清歌遏行雲 妙舞起香風 縱山道士橫玉笛 齊楚小娘弄鳳笙', 장서D본은 '命下 而鳳笙龍管 一時迭奏 五音八佾次第以進', 익선D본은 '於是蓬萊仙官進樂器 閬苑仙子舞霓裳 勻天廣樂 以次而奏 清歌遏行雲 妙舞起香風 縱山道人橫玉笛 齐楚小娘弄鳳笙'이다. ①의 경우, 장서D본은 한문 가운데 한글도 사용하였는데, 이는 필사할 때 얼마나 성급하게 하였는지 짐작할 수 있게 한다. 그리고 나머지 두 이본을 보면, 표현이 거의 똑같다. 그래서 장서D본이 원문을 고쳤을 가능성이 크다. ②의 경우, 국도D본과 익선D본은 표현이 완전히 일치하고, 음악과 춤에 대한 묘사도 자세하고 충실한 편이다. 이에 반해 장서D본의 묘사는 지나치게 간략하다. 이상의 예문으로 어느 이본이 원본과 같은지는 알 수 없으나, 국도D본과 익선D본의 통일성은 재확인할 수 있다.

9번의 서사 단락 '한대 창업담'은 한고조가 역대 창업의 과정을 회고하는 내용이다. 인용문은 한고조가 송나라의 건국을 회고하는 말이다. 국도D본은 '宋祖遭值主愚國危之時 陳橋一夜', 장서D본은 '宋帝則陳橋驛一夜', 익선D본은 '宋祖遭遭值主愚國危之時 陳橋一夜'이다. 이 예문을 통해 국도D본과 익선D본이 같은 표현을 사용하는 것을 확인할 수 있다.

17번의 서사 단락 '중흥주 품평'은 창업주들이 역대의 중흥주를 품평하고 초청 여부를 상의하는 내용이다. 인용문①은 당태종이 유비를 평가하

---

15 한문 가운데 갑자기 한글로 필사된 내용이 나왔다. 원문 그대로 제시한다.

　　　　　　　　한문본 금산사몽유록 연구

는 말이다. 국도D본은 '而昭烈能再吹漢火 芝巴蜀 明大義 以繼絕嗣者 四十餘年 其功不小', 장서D본은 '淨炎將殘 無一寸之兵與 無一尺之地 而記實巴蜀敗 大戰於天地 継純血食于四十餘年 其功不小', 익선D본은 '而昭烈能再吹漢火 芝巴蜀 明大義 以繼絕祠者 四十餘年 其功不少'이다. ②는 송태조가 송고종을 평가하는 말이다. 국도D본은 '金奴將卒聞岳飛之軍聲 便皆喪膽 而誤國奸臣 惟恐其成功', 장서D본은 '金虜聞岳爺之軍聲 則輒失魂也 唯成其功', 익선D본은 '金奴將卒聞岳爺之軍聲 便皆喪胆 而誤旺奸臣 惟恐其成功'이다. ③은 한고조가 당숙종과 송고종 대신 당태종과 송태조에게 용서를 구하고 당숙종과 송고종을 초청하자는 말이다. 국도D본은 '杞梓有数尺之朽 不棄全木 綿繡有一改之朽 不棄全疋', 장서D본은 '良材不以数寸之朽 棄其全', 익선D본은 '杞梓有数尺之朽 不棄全木 綿繡以一端之污 不棄全段'이다. 이상의 예문으로 국도D본과 익선D본의 일치성의 재확인이 가능하다. 그리고 국도D본과 익선D본보다 장서D본은 필자의 의도에 따라 때로는 추가하는 내용도 있으며, 때로는 삭제하는 내용도 있다.

18번의 서사 단락 '중흥주 등장'은 중흥주들과 신하들이 차례로 등장하는 모습을 묘사하는 것이다. 인용문은 광무제와 소열제가 등장하는 장면이다. 국도D본은 '為首 光武皇帝 處士嚴光 及功臣二十八將 侍之 次 昭烈皇帝 雲臺所畫諸葛亮 龐統 関羽 張飛 䓁 二十餘人侍之', 장서D본은 '為元 光武皇帝 隆准日角 氣度洒落 後從者處士嚴光 與雲基畫圖之功臣二十八 次則昭烈皇帝 手垂過膝 自顧見其耳 氣像寬厚 後侍諸葛亮 龐統 関羽 張飛 䓁十餘人', 익선D본은 '為首 光武皇帝 处士嚴光 及功臣二十八將侍 次 昭烈皇帝 雲臺所画諸葛亮 龐統 関統 張飛 等 二十餘人侍之'이다. 역시 국도D본과 익선D본은 일치하고, 장서D본은 다르다.

19번의 서사 단락 '옥제의 하교'는 옥제가 자미선관을 통해 한고조에게 역대 명신을 품평하라고 하교를 내리는 내용이다. 인용문 ①은 선관이 노란 학을 타고 하늘에서 내려와 한고조를 뵙는 장면이다. 국도D본은 '言未已 遙聞九霄之間 有笙簫之聲矣 頃之 紫微仙官一員 駕黃鶴從雲間而下 請見漢帝 命侍臣迎之上座', 장서D본은 '言未畢 笙簫之聲聞之矣 有傾 紫微仙官一人 羽衣霞履 乘黃鶴 金童玉女奉绛節 而自雲間從下 陛下請見于諸皇帝 漢帝命侍臣導而上殿', 익선D본은 '言未已 遙聞九霄之間 有笙簫之聲 頃之 紫微仙官一員 駕黃鶴從雲間而下 請見漢帝 命侍臣迎之上殿'이다. ②와 ③은 선관이 한고조에게 말하는 내용이다. 국도D본은 '② 論千古帝王經綸之業 講四海蒼生濟拯之事 …… ③ 且論列歷代誤國之奸 弑逆之罪', 장서D본은 '② 话開千年洪業 極億萬神灵之事業 …… ③ 且論列歷代亂国之小人 弑君之權臣 等罪惡', 익선D본은 '② 論千古帝王經綸之業 講四海蒼生拯済之事 …… ③ 且論列歷代誤旺之姦 弑逆之罪'이다. ④는 한고조의 질문이다. 국도D본은 '漢帝駕問曰 上帝降此明命 朕等雖無才德 惟謹奉無違 但烈士忠臣 乱臣賊子 代各有之 而不知始於何代', 장서D본은 '漢帝故問曰 上帝下明命 未知始於何代 而終於何代乎', 익선D본은 '漢帝驚問曰 上帝降此明命 朕等雖无才德 惟謹无違 但烈士忠臣 乱臣賊子 代各有之 而不知始於何代'이다. ①에는 장서D본이 다른 이본보다 '金童玉女奉绛節'라는 구절이 더 있고, ②와 ③은 완전히 다른 표현이고, ④는 장서D본이 국도D본과 익선D본보다 짧은 표현인데, 국도D본과 익선D본에도 포함된 내용이다. 그래서 ④의 경우는 장서D본이 누락된 것이다. 물론 이 단락으로도 국도D본과 익선D본의 유사성을 확인할 수 있다.

20번의 서사 단락 '제갈량 당선'은 명태조가 제갈량에게 역대 명신을 품평하는 임무를 맡기는 내용이다. 인용문은 여러 제왕들이 품평의 임무를 맡길 인선을 상의하는 장면이다. 국도D본은 '及命下 或以蕭何為可 或以李靖為可 或薦趙普 或薦郭子儀 論議紛〃 久不能定', 장서D본은 '漢帝顧三帝曰 誰可當乎 唐帝曰 蕭何何如 漢帝曰 未為將也 李靖何如 未為相也 趙普似

宜乎 宋帝曰 郭子儀似當矣 如此而議 久不定 紛紜耳', 익선D본은 '及命下或以蕭何爲可 或以李靖爲可 或薦趙普 或薦郭子儀 議論紛〃 久不能㝎'이다. 장서D본은 여러 제왕의 대화로 의논하는 장면을 표현한다. 그러나 국도D본과 익선D본은 작자의 서술로 의논하는 과정을 보여주었다. 어느 표현 방식이 원본과 같은지는 알 수 없지만, 국도D본과 익선D본의 일치성을 확인할 수 있다.

22번의 서사 단락 '제갈량 사양'은 제갈량이 역대 제왕이 자신에게 맡긴 역대 신하를 품평하는 임무를 거절하지만, 끝내 허락을 받지 못하는 내용이다. 인용문은 제갈량이 먼저 은일한 고사(高士)를 품평하고자 하는 내용이다. 국도D본은 '有才德備具之人', 장서D본은 '其高行秀於凡数 非所比於才德之五者', 익선D본은 '有如此之才德備具之人'이다. 이 예문을 통해 국도D본과 익선D본의 일치성을 확인할 수 있다.

24번의 서사 단락 '위징의 제의'는 위징의 제의로 입시 신하를 선별하는 내용이다. 인용문은 입시의 신하에 대한 소개이다. 국도D본은 '陸賈 周勃 陪漢高祖', 장서D본은 '太中大夫陸賈 首着陳玄冠 手執象牙笏而侍于漢高帝前 絳侯周勃 身被黃金料腰 帶白羽笏 而侍于後', 익선D본은 '陸賈 周勃 陪漢高帝'이다. 예문은 국도D본과 익선D본의 일치성을 분명하게 증명한다.

27번의 서사 단락 '진무제 등장'은 제갈량이 진무제를 동루로 보내는 내용이다. 그리고 이 단락은 익선D본 계열에만 있는 서사 단락이다. 인용문은 제갈량의 말이다. 국도D본은 '如是而過百年 不亦苟且乎', 장서D본은 '福塵于子孫之後 一片江南牛哥之兒 奉司馬氏之祭祀 萬里中原浸於胡塵 而矜一統天下滿百年 最是苟且矣', 익선D본은 '如是而自伐過百年 不亦苟且乎'이다. 이 예문을 통해 국도D본과 익선D본이 일치하는 것을 재확인할 수 있다.

30번의 서사 단락 '유신의 제품'은 제갈량이 유신 10명의 제품을 하는 내용이다. 주의해야 할 것은 제갈량이 10명을 품평하지만 작가는 이 단락의 결말에 제갈량이 9명을 제품한다고 말한 것이다. 이를 보면, 개작자가 이 부분을 쓸 때 깊이 생각하지도 않고, 심지어 품평하는 사람의 인수도 잘못 썼다. 그렇지 않다면 후대 필사자가 한 인물을 더 추가하였기 때문에 이런 오류가 생기게 되었을 가능성도 있다. 인용문 ①은 제갈량이 품평하기 전의 장면이고, ②부터 ⑤까지는 제갈량이 유신을 평가하는 내용이다. 예를 들면 ⑤는 국도D본은 '劉伯溫 脑盤化機 心通仙術 望氣金陵 預知千年後天子', 장서D본은 '明太祖時刘伯溫誠意 瞀蟠造化之機 眼明神通之術 望氣於金陵 預知十年後真天子出大功 庶幾成思保身之策', 익선D본은 '刘伯倫 瞀盤化機 心通神術 望氣金陵 預知十年後天子'이다. 우선 이상의 예를 통하여 국도D본과 익선D본의 일치성을 확인 가능하다. 그리고 이 단락의 차이들을 전체적으로 보면 장서D본은 여타 2종의 이본보다 내용이 훨씬 많다. 그렇지만, 아쉽게도 장서D본은 미완본으로 작품의 거의 절반이 낙장되어 전체의 분량을 알 수 없다.

31번의 서사 단락 '상업의 차등'은 제갈량이 상업의 차등을 품평하는 내용이다. 인용문은 제갈량의 말이다. 예컨대 국도D본은 '杖策軍門 之天下大計 任用諸人 各當其才', 장서D본은 '其后杖策詣軍门而相謁 以数語之天下大計 任用諸將 各當其才', 익선D본은 '杖策軍門 定天下大計 任用諸人 各當其力'이다. 이 예문을 통해 국도D본과 익선D본의 표현상의 일치성을 확인할 수 있다.

32번의 서사 단락 '장수의 차등'은 제갈량이 장수의 차등을 품평하는 내용이다. 인용문은 제갈량의 말이다. 예컨대 국도D본은 '王剪 脑藏萬甲 韓魏齊楚 之如草薙', 장서D본은 '且揖王剪 瞀藏萬甲 而時祖能 韓魏齊趙 艾如草芥 以六十萬眾 平燕楚黃金臺 無沒圭圖院蕭瑟', 익선D본은 '王翦 脑藏万甲 韓魏齊楚 定如草谷'이다. 이 예문을 통해 국도D본과 익선D본의 표현상의 일치성을 확인 가능하다.

33번의 서사 단락 '충렬의 차등'은 제갈량이 충렬의 차등을 품평하는 내용이다. 인용문은 제갈량의 말이다. 예를 들면 국도D본은 '逆龍鱗 犯雷霆 生為人鑑 死垂芳名', 장서D본은 '逆龍鱗 犯雷霆 前後七十餘度 皆切正直 生則為人之鑑 死則垂芳名焉', 익선D본은 '逆龍鱗 犯雷霆 生為人鑒 生垂芳名'이다. 이 예문을 통해 국도D본과 익선D본이 거의 똑같다는 사실을 확인할 수 있다.

34번의 서사 단락 '지략의 차등'은 제갈량이 지략의 차등을 품평하는 내용이다. 인용문은 제갈량의 말이다. 예컨대 국도D본은 '范增 七十抱奇 一言說楚 山東羣雄 咸移下風 勸立懷王 義聲可觀 三舉玉玦 智謀亦裕', 장서D본은 '揖范增曰 居巢老人論機勢 山東羣雄隨下風 順人心而立懷王 盡智謀事楚猴', 익선D본은 '范增 七十抱奇 一言說楚 山東群雄 咸趨下風 劝立怀王 義聲可观 三举玉玦 智謀亦裕'이다. 이 예문을 통해 국도D본과 익선D본의 표현상의 일치성을 알 수 있다.

35번의 서사 단락 '용력의 차등'은 제갈량이 용력의 차등을 품평하는 내용이다. 인용문은 제갈량의 말이다. 국도D본은 '賈復 折衝千里 身被百鎗 腸胃流出 裏之以羅 鏖戰不已 終樹大功', 장서D본은 '詞揖賈復曰 中鎗腸出 以線裏之 而猶戰 終成大功', 익선D본은 '賈復 折衝千里 身被百槍 腸胃流出 裏之以羅 鏖戰不已 終樹大功'이다. 이 예문을 통해 국도D본과 익선D본의 일치성을 재확인할 수 있다.

위의 내용을 [표22][16]로 간략히 정리하면 다음과 같다.

---

16   이상의 이본 3종은 주로 2가지로 나눌 수 있는데, 한 가지는 '◐'로 표시하고, 다른 한 가지는 이와 반대로 '◑'로 표시한다. 그리고 해당 내용이 없는 경우는 앞에서 표시한 것처럼 동일하게 '/'로 표시한다.

[표22] 익선D본 계열 표현의 일치성 정리

번호	단락	익선D본	국도D본	장서D본
1	夢遊者 紹介	◑	◑	/
5	創業主 登場	◑	◑	◔
8	宴會의 序幕	◑	◑	◔
9	漢代 創業談	◑	◑	◔
17	中興主 品評	◑	◑	◔
18	中興主 登場	◑	◑	◔
19	玉帝의 下敎	◑	◑	◔
20	諸葛亮 當選	◑	◑	◔
22	諸葛亮 辭讓	◑	◑	◔
24	魏徵의 提議	◑	◑	◔
27	晉武帝 登場	◑	◑	◔
30	儒臣의 題品	◑	◑	◔
31	相業의 次等	◑	◑	◔
32	将帥의 次等	◑	◑	◔
33	忠烈의 次等	◑	◑	◑
34	智略의 次等	◑	◑	◔
35	勇力의 次等	◑	◑	◔

그래서 익선D본과 국도D본은 하나의 하위 계열로 나눌 수 있고, 장서D본은 또 다른 하나의 하위 계열로 나눌 수 있다는 것을 알 수 있다.

4.2. 표현의 충실성

앞에서는 각 계열 내부 이본간의 일치성을 살펴보았고, 이제는 표현의 대비를 통해 각 이본의 충실성을 비교하고자 한다.

4.2.1. 동국B본 계열

먼저 동국B본 계열을 살펴보고자 한다. 이 계열에 속하는 이본은 동국B본 〈금산사몽회록〉, 전북대본 〈제왕연회기〉, 국박B본 〈제왕연회기〉, 김광순본 〈만고제왕연〉 등 4종의 이본이다. 모든 이본의 충실성을 나타내는 표현상의 차이를 [표23]으로 정리하면 다음과 같다.

[표23] 동국B본 계열 표현의 충실성 대비

번호	단락	전북대본	국박B본	동국B본	김광순본
10	漢代 功臣談	黥布礪威於前 彭越助勢於後 張耳造兵器 周勃掌軍粮 王陵 有任將之略 樊噲有推鋒之勇	黥布砺威於前 彭越助勢於後 張耳造兵器 周勃掌軍粮 王陵 有任将之略 樊噲有推鋒之勇	黥布勵威於前 彭越助勢於後 張耳造兵器 周勃掌軍粮 王陵 有任将之略 樊噲有推鋒之勇	王陵 有任將之略 樊噲有推鋒之勇 黥布勵威於前 彭越助勢於後 張耳造兵器 周勃運軍糧
19	諸葛亮 辭讓	真是三代上人物也 来伏法堂下	真是三代上人物也	真三代上人物也 来伏堂下	真三代上人物也 来伏堂下
21	秦始皇 登場	其三隋文帝 後隨高穎 蘇威 張孫平 楊素 賀若弼 韓擒虎 高勵 崔冲方 荅 秦始皇直上法堂	其三隨文帝 後隨高穎 蘇威 張孫平 楊素 賀若弼 韓擒虎 高勵 崔冲方 荅	其三隋文帝 後隨高穎 蘇威 長孫平 楊素 賀若弼 韓擒虎 高勵 崔冲方 等 秦始皇直上法堂	其三隋文帝 後隨高穎 蘇威 長孫平 楊素 賀若弼 韓擒虎 高勵 崔冲方 等 秦始皇直上法堂
21	秦始皇 登場	孔明曰 陛下未能創業 暫往東樓 始皇曰 朕滅六國 豈非創業乎	秦始皇曰 朕滅六國 豈非創業耶	孔明曰 陛下未成㓛業 暫往東樓 始皇曰 朕滅六國 豈非創業乎	孔明曰 陛下未成創業 請往東樓 始皇怒曰 朕滅六國 豈非創業乎

23	不請客 退治	孔明揖而呼曰 文武中有作亂 犯上者 誤國戕 賢者 不參於此 中 去者二十餘人	孔明揖而呼曰 文武中有作乱 犯上者 誤國戕 賢者 不參於此 中 去者二十餘人	孔明長揖而呼 曰 文武中有作 乱犯上日誤国伐 賢者 不參此中 去者十餘人 又揖曰 若有放 倒廉義嗜利無 恥者 不預於此 中 去者二十餘人	孔明揖而呼曰 文武中有作亂 犯上誤国戕賢 者 不參於此中 去者十餘人 又揖而呼曰 若 有放倒禮儀嗜 利無恥者 亦不 預於此中 去者又二十餘 人
25	入侍의 名臣	宋神宗朝 有程 明道灝 継周公 之道統 任一代 之矜式 氣像如 春風 學文如顔 子 此孔孟後一 人	宋神宗朝 有程 明道顯 継周公 之道統 任一代 之務式 氣像如 春風 學文如顔 子 此孔孟後一 人	宋神宗朝 有程 明道 繼周孔之 道統 任一代之 矜式 氣像如春 學問如顔子 此 孔孟後一人	宋神宗朝 有明 道程先生顯 承 周公之道統 任 一代之矜式 得 遺經倡絕學 辨 異端闢邪說 氣 像如春風 學問 如瑞日 此孔孟 後一人
26	相業의 次等	…… 以立桓帝 又揖司馬光曰 ……	…… 以立桓帝 又 司 馬 光 曰 ……	…… 立漢代之 規模 又揖霍光曰 受 周公負成王之 圖 以輔昭帝 法華尹廢太甲 之事 以立宣帝 忠誠不愧於古 人功業 弟一於 獜閣 又揖司馬光曰 ……	…… 立漢代之 規模 又揖霍光曰 受 周公負成王之 圖 以輔昭帝 法伊尹廢太甲 之事 以立宣帝 此忠誠不愧於 古人功業 第一 於猍麟閣 又揖司馬光曰 ……
27	将帥의 次等	又揖王翦曰 滅 趙國 虜楚王 数千里山河 一 戰而乞	又揖王剪曰 滅 趙国 虜楚王 数千里山河 一 戰而乞	又揖李靖曰 太 公六韜 子獨傳 奇 陣成六花 名高将壇	又揖王翦曰 越 趙国 虜楚王 數山河 一戰而 乞

27	将帥의 次等	又揖李靖曰 太公六韜 子獨傳奇 陣成六花 名高將坍 君䓂三人 當為將帥一等	又揖李靖曰 太公大韜 子独傳奇 陣成六花 名高将坍 君䓂三人 當為将師一等	又揖王箭曰 滅趙国 虜楚王 數千里山河 一戰而之 君䓂三人 當為将師一等	又揖李靖曰 太公六韜 子獨傳奇 陣成六韜 名高將冊 君等三人 當為將帥一等
28	忠烈의 次等	又揖韓成曰 君等當為忠節一等	又揖韓成曰 漏闕 君等三人 當為忠節一等	又揖韓成曰 賊船蟻附 黃髮赴碧流 而誑賊 豈專美於古人 君䓂三人 當為忠烈一等	又揖韓成曰 天啓大明 運值危急 一死報國 名流百世 君等三人 當為忠節一等
31	姜維의 呼訴	…… 雖良平何為 後人護議 尋常愧恨	…… 雖良平何為 後人護議 尋常愧恨	…… 雖良平何為 後世護議 心常愧恨	…… 雖良平何為 心常愧恨
35	明帝의 悲懷	漢帝曰 此日之宴 雖不足以慰懷 如是悲傷 何也	汉帝曰 此日之宴 雖不足以慰依 如是悲傷 何也	漢帝問曰 今日之宴 千古帝王之盛舉 足以暢敘壯懷 而如此之悲 何也	漢帝曰 此日之宴 雖不足以慰懷 如此悲意 何也
36	唐宋 快事談	正如我心內 非則外以窺見而治心 此甦快事也	正如我心內 非則外以窺見而治心 此甦快事也	正如我心內 非則外人得以窺見 以此暫快也	正如我心 雖未足稱 亦為暫快耳
39	帝王 氣像談	① 明帝曰 風勢震動 波浪泅湧 秦始氣像 秋霜凜冽 峰巒聳出 漢武帝之氣像 烈日照耀 雷聲震動 漢光武之氣像 ……	① 明帝曰 風聲震動 波浪泅湧 秦始皇之氣像也 烈日照曜 雷聲震動 漢光武之氣像也 ……	① 明帝曰 風聲震動 波浪泅湧 秦始皇之氣像也 秋霜凜烈 峯巒聳出 汉武帝氣像也 烈日照曜 雷聲震動 汉光武之氣像也 ……	낙장

39	帝王 氣像談	② 明帝對日 非敢然也 山則 我知其高 河則 我知其深 而至 於海莫測其深 淺 鷹則知其 勇 虎則知其 猛 而至於龍 難度其變化矣	② 明帝對日 非敢然也 山則 我知其高 河則 我知其深 而至 於海莫測其深 淺 鷹則我知其 勇 虎則我知其 猛 而至於 難 度其變化矣	② 明帝對日 非敢然也 山則 我知其高矣 江 則我知其深淺 鷹則我知其勇 矣 虎則我知猛 而至於龍 則難 度其變化	
44	東方朔 付職	① 左丞相 同 平章事富弼 …… ② 鎮西將軍尉 遲敬德 龍驤將 軍馬超	① 左丞相同平 章事富弼 …… ② 鎮西将軍尉 遲敬德 龍驤将 軍馬超	① 左丞相蕭何 右丞相霍光 左 僕射房玄齡 右 僕射杜如晦 太 尉曹參 侍中長 孫無忌 門下侍 郎韓琦 同平章 事富弼 …… ② 鎮西将軍尉 遲敬德 鎮南将 軍常遇春 鎮北 将軍胡大海 龍 驤将軍馬超	낙장
46	蠻夷의 退治	忽然山外塵埃 蔽天	将欲賦詩 忽然 山外尘埃蔽天	将欲賦詩 忽然 山外塵頭蔽天	낙장

　10번의 서사 단락 '한대 공신담'은 한고조가 한대의 공신을 칭찬하는 장면이다. 인용문은 경포를 비롯하여 6명을 칭찬하는 말이다. 전북대본과 국박B본, 동국B본에는 왕릉에 대한 평가는 모두 경포, 팽월, 장이, 주발에 대한 평가 뒤에 나온다. 그러나 김광순본에는 왕릉에 대한 평가는 모두 경포, 팽월, 장이, 주발에 대한 평가 앞에 나온다. 이본 4종 중에 오로지 김광순본의 순서가 다르므로 이 이본이 틀린 것으로 볼 수 있다.

　19번의 서사 단락 '제갈량 사양'은 제갈량이 역대 명신을 품평한 것을 사양하나 허락을 받지 못한다는 장면이다. 인용문은 제갈량의 등장에 대한 묘사이다. 동국B본은 '眞三代上人物也 来伏堂下', 김광순본은 '眞三代上人物也 来伏法堂下', 전북대본은 '眞是三代上人物也 来伏法堂下', 국박B본은 '眞是三代上人物也'이다. 이본 4종 중에 3종이 비슷하고, 단지 국박B본의 표현 방식만이 다르다. 따라서 이 예문을 통해 국박B본의 '来伏法堂下' 5글자를 누락한 것을 알 수 있다.

21번의 서사 단락 '진시황 등장'은 진시황이 등장하고 법당으로 들어가려고 하지만, 제갈량이 진시황의 공적을 평가하고 그를 동루로 보낸다는 내용이다. 인용문은 진시황의 등장과 제갈량의 말이다. 동국B본은 '秦始皇直上法堂 孔明曰 陛下未成刱業 暫往東樓', 김광순본은 '秦始皇直上法堂 孔明曰 陛下未成創業 請往東樓', 전북대본은 '秦始皇直上法堂 孔明曰 陛下未能創業 暫往東樓', 국박B본은 해당 내용이 없다. 다른 3종의 이본과의 비교를 통해 국박B본이 등장 인물의 대화 2마디가 누락된 것을 확인할 수 있다.

23번의 서사 단락 '불청객 퇴치'는 제갈량이 여타 불청객을 퇴치하는 내용이다. 인용문은 제갈량이 간신과 국적을 내쫓는 말이다. 동국B본은 '去者十餘人 又揖曰 若有放倒廉義嗜利無恥者 不預於此中 去者二十餘人', 김광순본은 '去者十餘人 又揖而呼曰 若有放倒禮儀嗜利無恥者 亦不預於此中 去者又二十餘人', 전북대본은 '去者二十餘人', 국박B본은 '去者二十餘人'이다. 앞에서 존경C본과 이우목본의 발문을 분석했을 때 알 수 있었던 바는 제갈량이 두 가지 명령으로 일부 인물을 물리치는 것이 〈공자가어〉에서 기록한 자로(子路)의 행동을 본보기로 한 것이라는 것이다. 여기에 다른 이본에도 비슷한 장면이 나왔는데, 제갈량이 말한, 참석하지 못한 인물들이 모두 두 부류가 있다. 그래서 여기는 동국B본과 김광순본은 일치할 뿐만 아니라 원본과 같은 내용이지만, 전북대본과 국박B본은 제갈량의 말이 누락되었다.

25번의 서사 단락 '입시의 명신'은 제갈량이 입시의 명신을 간택하는 내용이다. 인용문은 제갈량이 송나라 정호에 대한 평가이다. 동국B본은 '氣像如春 學問如顏子', 김광순본은 '得遺經倡絕學 辨異端闢邪說 氣像如春風 學問如瑞日', 전북대본은 '氣像如春風 學文如顏子', 국박B본은 '氣像如春風 學文如顏子'이다. 김광순본에는 다른 이본에는 전혀 없는 구절이 나오는 데, 이 4구절의 내용을 보면 앞뒤 말보다 더욱 구체적으로 정호의 공적을 설명하고 있다. 이 한 단락만 보면, 과연 김광순본의 내용이 원본과 일치할 까, 아니면 다른 3종의 이본의 내용이 원본과 일치할까를 단언할 수 없으 나 나머지 이본들의 일치성을 고려해 볼 때, 김광순본이 원본을 수정한 것 으로 여겨진다.

26번의 서사 단락 '상업의 차등'은 제갈량이 상업의 차등을 품평하고 항 장이 질문하는 내용이다. 인용문은 제갈량의 곽광에 대한 품평이다. 동국B 본은 '立漢代之規模 又揖霍光曰 受周公負成王之圖 以輔昭帝 法華尹廢太甲 之事 以立宣帝 忠誠不愧於古人功業 第一於猗閣', 김광순본은 '立漢代之規 模 又揖霍光曰 受周公負成王之圖 以輔昭帝 法伊尹廢太甲之事 以立宣帝 此 忠誠不愧於古人功業 第一於猗麟閣', 전북대본은 '以立桓帝', 국박B본은 '以 立桓帝'이다. 상업의 일등은 모두 3명이지만, 전북대본과 국박B본은 단지 2명만 소개하였다. 그래서 굳이 다른 이본과 비교하지 않아도 일부 내용이 누락된 것을 알 수 있다. 그러나 역시 이 예문을 검토해야 누구에 대한 어 떤 평가가 누락되었는지 알 수 있다. 그리고 동국B본과 김광순본이 표현상 의 일치성을 지닌다는 것을 다시 한 번 더 확인하였다.

27번의 서사 단락 '장수의 차등'은 제갈량이 장수의 차등을 품평하는 내 용이다. 인용문은 제갈량의 동작과 말이다. 4종의 이본의 차이는 곧 왕전 과 이정의 순서이다. 동국B본만 이정이 앞에 있고, 김광순본과 전북대본과 국박B본은 모두 왕전이 앞에 있다. 동국B본을 제외한 여타 3종의 이본이 모두 동일하게 왕전을 먼저 평가한 것을 보면, 동국B본의 순서가 틀린 것을 알 수 있다.

28번의 서사 단락 '충렬의 차등'은 제갈량이 충렬의 차등을 품평하는 내용이다. 인용문은 제갈량이 한성에 대한 평가이다. 동국B본은 '賊船蟻附 黃髮赴碧流 而誑賊 豈專美於古人', 김광순본은 '天啓大明 運値危急 一死報 國 名流百世', 전북대본은 해당 내용이 없고, 국박B본은 '漏闕'이라고 한다. 동국B본과 김광순본은 서로 다르고, 전북대본은 해당 내용이 없으며, 국박 B본은 아예 '이 부분을 누락한다'고 밝히고 있다. 그러므로 동국B본과 김 광순본은 필사자가 누락된 것을 발견하고, 자신이 내용을 작성하여 채운 것이 아닌가 한다. 그리고 전북대본과 국박B본이 누락되었다는 것을 분명 히 알 수 있었으면서도 그대로 놓아 둔 것은 저본의 모습을 충실하게 계승 하려는 의도가 있었으리라 생각할 수 있다. 다시 말하자면, 이 부분의 누락 은 이 4종의 이본의 문제가 아니라, 저본의 문제이다.

31번의 서사 단락 '강유의 호소'는 제갈량이 강유의 호소를 대변하는 내용이다. 인용문은 강유가 자신의 한탄을 설명할 때 하는 말이다. 동국B본 은 '後世譏議 心常愧恨', 김광순본은 '心常愧恨', 전북대본은 '後人譏議 尋 常愧恨', 국박B본은 '後人譏議 尋常愧恨'이다. 이 예문을 보면, 전북대본과 국박B본이 일치하는데, 그것은 모두 오기인 것이다. 그리고 김광순본은 아 예 해당 내용이 누락되었다.

35번의 서사 단락 명제의 비회는 명태조가 진시황과 한고조의 쾌사를 듣고 자신의 선친을 추모하여 슬퍼하는 내용이다. 동국B본은 '漢帝問曰 今 日之宴 千古帝王之盛擧 足以暢敍壯懷 而如此之悲 何也', 김광순본은 '漢帝 曰 此日之宴 雖不足以慰懷 如此悲意 何也', 전북대본은 '漢帝曰 此日之宴 雖不足以慰懷 如是悲傷 何也', 국박B본은 '汉帝曰 此日之宴 雖不足以慰依 如是悲傷 何也'이다. 인용문은 한고조가 명태조가 우는 모습을 보고 질문 하는 내용이다. 이 예문을 보면, 이본 3종이 완전히 일치한다. 따라서 동국

B본은 원본을 고친 것으로 여겨진다.

　36번의 서사 단락 당송 쾌사담은 당태종과 송태조가 쾌사를 회고하는 내용이다. 인용문은 송태조의 말이다. 동국B본은 '非則外人得以窺見', 김광순본은 '雖未足稱', 전북대본은 '非則外以窺見而治心', 국박B본은 '非則外以窺見而治心'이다. 김광순본을 제외한 여타 3종의 이본이 모두 그 내용이 일치하는 것으로 보아 김광순본은 원본을 고친 것으로 보인다.

　39번의 서사 단락 '제왕 기상담'은 명태조가 제왕의 기상을 품평하는 내용이다. 한 단락 안에 2가지의 차이점이 있다. 인용문 ①은 진시황, 한무제, 광무제의 기상에 대한 묘사이다. 동국B본은 '秋霜凜烈 峯巒聳出 汉武帝氣像也', 김광순본은 낙장이며, 전북대본은 '秋霜凜冽 峰巒聳出 漢武帝之氣像', 국박B본은 해당 내용이 없다. ②는 명태조가 한고조의 질문에 답변한 내용이다. 동국B본은 해당 내용이 없고, 김광순본은 낙장이며, 전북대본은 '而至於海莫測其深淺', 국박B본은 '而至於海莫測其深淺'이다. 예문 ①을 보면, 등장하는 제왕의 순서대로 평가할 때 해당 순서에서 한무제를 평가해야 한다. 이것이 국박B본에서는 누락된 것이다. ②도 역시 다른 두 이본을 참고하면, 동국B본은 이것이 누락된 것을 알 수 있다.

　44번의 서사 단락 '동방삭 부직'은 동방삭이 한고조의 명을 받아 역대 명신에게 부직한다는 내용이다. 인용문 ①과 ②는 모두 동방삭의 말이다. ①의 경우 동국B본은 '左丞相蕭何 右丞相霍光 左僕射房玄齡 右僕射杜如晦 太尉曹參 侍中長孫無忌 門下侍郎韓琦', 김광순본은 낙장이며, 전북대본과 국박B본은 해당 내용이 모두 없다. ②의 경우는 동국B본은 '鎮南將軍常遇春 鎮北將軍胡大海', 김광순본은 낙장이며, 전북대본과 국박B본은 해당 내용이 모두 없다. 이 예문을 보면, 동국B본이 온전하다는 것을 더욱 알 수 있다. 동방삭이 부직할 때 모든 명신에게 관직을 하나만 부여하는 것이다. 그러나 전북대본과 국박B본에 부필의 관직은 모두 '左丞相 同平章事'로 되어, 곧 한 사람에게 두 개의 관직을 부여하는 것으로 다른 사람의 경우와 완전히 다르다. 동국B본을 보면, 좌승상은 사실 소하의 관직인데, 그 뒤 몇 구절이 누락되어 있다. 따라서 전북대본과 국박B본이 동일하게 누락된 것을 알 수 있다. 이 문제는 저본의 문제로 생각된다.

46번의 서사 단락 '만이의 퇴치'는 원세조가 만이를 이끌고 공격해오자 명태조가 만이를 퇴치하는 내용이다. 인용문은 만이 군대의 등장에 대한 묘사이다. 동국B본은 '將欲賦詩', 김광순본은 낙장이며, 전북대본은 해당 내용이 없고, 국박B본은 '將欲賦詩'이다. 이 예문을 보면, 전북대본은 이 부분이 누락된 것이다.

위의 내용을 [표24][17]로 간략히 정리하면 다음과 같다.

[표24] 동국B본 계열 표현의 충실성 정리

번호	단락	전북대본	국박B본	동국B본	김광순본
10	漢代 功臣談	◑ 일치 표현	◑ 일치 표현	◗ 유사 표현	틀리다
19	諸葛亮 辭讓	◑ 일치 표현	누락	◑ 일치 표현	◑ 일치 표현
21	秦始皇 登場	◑ 일치 표현	누락	◑ 일치 표현	◑ 일치 표현
23	不請客 退治	일치 누락	일치 누락	◑ 일치 표현	◑ 일치 표현
25	入侍의 名臣	◑ 일치 표현	◑ 일치 표현	◗ 유사 표현	추가
26	相業의 次等	일치 누락	일치 누락	◑ 일치 표현	◑ 일치 표현
27	将帥의 次等	◑ 일치 표현	◑ 일치 표현	순서 변개	◗ 유사 표현
28	忠烈의 次等	일치 누락	일치 누락	서로 다르다	서로 다르다
31	姜維의 呼訴	◑ 일치 표현	◑ 일치 표현	◗ 유사 표현	누락

17 이상 이본 4종은 주로 2가지로 나눌 수 있는데, 같은 것은 '◑'로 표시하고, 다른 것은 '◗'로 표시한다. 그리고 이상 두 가지 중에서 '◗'와 유사하지만, 완전히 똑같은 것이 아닌 경우는 '◗'로 표시한다. 나머지의 복잡한 차이는 각각 짧은 설명으로 표시한다.

35	明帝의 悲懷	◐ 일치 표현	◐ 일치 표현	추가	유사 표현
36	唐宋 快事談	◐ 일치 표현	◐ 일치 표현	◑ 유사 표현	변개
39	帝王 氣像談	① 누락 ······ ② 일치	① 누락 ······ ② 일치	① 온전 ······ ② 누락	낙장
44	東方朔 付職	① 누락 ······ ② 누락	① 누락 ······ ② 누락	① 온전 ······ ① 온전	낙장
46	蠻夷의 退治	누락	온전	온전	낙장

그래서 전북대본과 국박B본은 동일한 계열로 나눌 수 있고, 이와 다른 동국B본과 김광순본은 또 다른 하위 계열로 나눌 수 있다는 것을 알 수 있다. 그리고 위의 비교를 통해 이 4종의 이본 가운데 동국B본의 내용이 비교적으로 온전하다는 것을 알 수 있다.

4.2.2. 존경C본 계열

다음은 존경C본 계열을 살펴보고자 한다. 이 계열에 속하는 이본은 존경C본 〈금산사몽유록〉과 이우목본 〈금산사창업연록〉 두 종밖에 없다. 두 이본만 가지고 어느 이본의 내용이 원본과 일치하는지를 판단하는 것은 거의 불가능하다. 그래도 서사와 표현을 함께 고찰할 때, 한 군데 정도의 누락을 밝힐 수 있다. 여기에서는 이 누락된 부분을 살펴보고자 한다.

[표25] 존경C본 계열 표현의 충실성 대비

번호	단락	존경C본	이우목본
25	入侍의 名臣	隋文帝朝有王文仲通 獻十二条經廓之策 作累千篇法聖之書 鼓琴而慕南薰之歌 作述而追西河之學 真間世之才也	隋文帝朝有臣焉 王文仲通 志籠王伯 才抱經綸 時務

25	入侍의 名臣	唐肅宗朝有李衡山泌 以一介山容 耒友萬乘天子 白衣宰相 暗佐黃屋聖人真瑞世之珍也	著於十二策 可見措之如是 古經屬於百代聖 方知大而非
		亦粵 在唐憲宗朝 有韓昌黎先生 上佛骨表 以斥異端 作原道篇 以明道学 精誠能開衡山之雲 文詞能逐鱷魚之悍 其閑聖闢異之功 不在禹下 可謂斯文之宗匠	
		亦越 宋神宗朝曰 若程明道先生 承孔孟相傳之心法 發前聖未發之奧旨 氣象則和風慶雲 學問則陋巷顏子 三代以後 独任斯文之重者也	
		宋高宗朝 有若胡澹庵銓 天生衛國忠貞業傳名 父書中探春秋之奧旨 痛奸桧之主和 一纸封章罷却百萬之師 此陸仲連東蹈海之節也	
		孔明既讚畢 遍揖十五人 而進之曰 諸先生自此升矣	
		十五人始皆謙讓 末乃入侍	
		皇帝咸曰 善 諸葛亮之論人也	
		乃促之班列	
26	相業의 次等	孔明於紅旗下揖蕭何 坐於東南角曰 知人則國士無雙 理民則戶口日增 發縱之功 衡一之法 能創大漢規模	督諸臣 三年成關中之勳業 經營制度之重恢 宜為雲基之首 考定紀綱之復覩 可見華袞之手 三君皆為相業之一等
		次揖霍光曰 托六尺孤 而天下不疑 總萬機之繁 而掌上可運 效伊呂之放 捫心則無愧 追元聖之復辟 明煥獜閣	
		又揖鄧禹曰 杖策佑真主 乏天下之規模 假鉞督諸臣 成管仲之勳業 經營中興之業 合為雲台之首 此三人當為相業之第一	

25번의 서사 단락 '입시의 명신'은 제갈량이 입시의 명신을 간택하는 내용이다. 인용문은 제갈량이 명신을 평가하는 내용이다. 존경C본은 순차적으로 장량, 위징, 진단, 유기, 모초, 동중서, 등우, 방통, 장화, 주의, 왕통, 이비, 한유, 정호, 호전 등 15명을 소개하고 평가하였다. 그러나 이우목본은 왕통에 대한 평가가 다르고, 그 뒤의 인물에 대한 평가는 아예 누락하였다. 26번의 서사 단락 '상업의 차등'은 제갈량이 상업의 차등을 품평하고 항장이 질문하는 내용이다. 인용문은 제갈량이 명신을 평가하는 말이다. 존경

C본은 소하, 곽광, 등우 등 3명을 일등으로 평가하였다. 그러나 이우목본은 등우에 대한 평가의 일부만 있다. 작품 전체의 서사 구성과 각 단락의 내용을 고려하면, 이 부분에 있어서 분명히 이우목본이 대폭 누락되었다. 그러나 누락된 위치를 보면, 바로 앞의 한 장의 끝부터 뒤의 한 장의 머리까지가 누락되어 있다. 따라서 이러한 누락은 내용의 누락이 아니라, 책이 낙장된 것이 아닌가 짐작할 수 있다. 이는 향후 자료에 대한 보다 자세한 조사를 통해 재확인되어야 한다.

위의 내용을 [표26]으로 간략히 정리하면 다음과 같다.

[표26] 존경C본 계열 표현의 충실성 정리

번호	단락	존경C본	이우목본
25	入侍의 名臣	온전	대폭 누락
26	相業의 次等	온전	대폭 누락

위의 비교를 통해 존경C본의 내용이 비교적으로 온전하다는 것을 알 수 있다.

4.2.3. 익선D본 계열

이어서 익선D본 계열을 살펴보고자 한다. 이 계열에 속하는 이본은 국도D본 〈금산사몽유록〉, 장서D본 〈금산사창업연록〉, 익선D본 〈금산사창업연록〉 등 3종의 이본이다. 모든 이본의 충실성을 나타내는 표현상의 차이를 [표27]로 정리하면 다음과 같다.

[표27] 익선D본 계열 표현의 충실성 대비

번호	단락	익선D본	국도D본	장서D본
4	宴會의 準備	荅曰 漢太祖高皇帝慨然今世之濁乱 籲告上帝 命濠州朱氏 盡除醜類 刱建明國	荅曰 漢太祖以豁達大度 乘二七際之運 基四百年之國	其人荅曰 漢太祖高皇帝愀然當之世亂 白于上帝 命湖州朱氏 掃除戎狄 創業明國
7	文武臣 登場	宋 曹彬 石守信 王全斌 傅彦卿 錢若水 等 三十餘人	(해당 내용 없음)	宋 曹彬 石守信 李漢通 王全斌 曹偉 符彦瓊 錢若水 等 三十餘人
11	漢代 功臣談	灌嬰長將於騎兵 張耳長將於步兵 彭越 黥智勇兼全	灌嬰長於騎兵 彭越黥布智勇全兼	灌嬰善將騎兵 黥布 彭越智勇兼全
13	宋代 功臣談	朕之時 陳博神通玄妙 朕事之 趙普才畧過人 刱業時第一功臣	朕之時第一功	朕之代 有陳摶玄妙神通 故朕以師事之 趙普以微時之幕寮 兼以才畧之過人 故為創業時第一功臣
16	皇室 人倫談	比如捽當猛虎 如示恐怯之色 則徒增兇獰之氣而已 無益於救済之道 故以人子所不忍之言折彼之氣 如无項伯之救 則必未兑天地間難容之罪人 何獨薄於父子之情	此如卒當猛虎 如示恐怯之色 徒增兇獰之氣 如無項伯之救 則朕必未免天地間難容之罪人 何足薄於父子之情乎	則比如逢對虎 而返見懼怯之色 徒增函獰之氣勢而已 無有益於救傷之道 故以人子而不忍之言 折其氣 然若非項伯之救 則朕為天地不容之罪人矣 豈薄於父子之情而然乎 非如此則事機違而恐大業之不成也
20	諸葛亮 當選	而命曰 成賢相之業者 坐於紅旗下 立良將之功者 坐於黑旗下 忠烈堂	而命曰 成賢相之業者 坐於紅旗之下 智謀出眾者 坐於青旗之下 勇力	下令曰 致贤相之業者 坐於紅旗下 智謀出眾者 坐於青旗下 勇力絕人

20	諸葛亮 當選	堂者 坐於黃旗下 智謀出众者 坐於 青旗下 勇力絶人 者 坐於白旗下 三顧三呼 众人相 顧莫出	絶人者 坐於白旗 之下 三皷三呼 眾人相 顧欲出	者 坐於白旗下 立 名將之功者 坐於 黑旗下 忠烈堂堂 者 坐於黃旗下也 三打皷三高呼 而 眾人相看無應者
26	秦始皇 登場	① 晋武帝 張華 裴 頠 羊祜 杜預 鄧艾 王濬 等 從之 ...... ② 始封非子於秦 為諸侯 自孝公強 盛 ...... ③ 而陛下之魂魄 未能制焉	① (해당 내용 없음) ...... ② 始封非子於秦 為諸侯 自孝公強 ...... ③ 陛下之魂魄 未 能制焉 項王麾下 軍士毀拆驪陵 擧 出寒骸 而陛下之 精靈 亦不得禁焉	① 次則 晋武帝 後 隨張華 裴偉 羊祜 杜預 鄧艾 王濬 ...... ② 始封非子於秦 為諸侯 其后遇上 帝辞時 而割鶉首 宜賜秦 自孝公時 漸〃強盛 ...... ③ 階下之魂魄不 能制 項王麾下軍 士掘驪陵 暴出骨 階下之精灵 不能 禁
28	楚霸王 登場	魏徵曰 田父之詒 陷於大 澤	魏徵曰 大王非刱 業之主 暫往西樓 項王曰 我平生不 惧劉季 弟見田父 之紿陷於大澤	魏徵曰 大王未為 創業 暫往西楼也 項王曰 我平生不 懼刘季矣 但遭田 父之紿陷大澤 ......
38	歷代 興亡談	豈不虛且可笑乎 朕之得天下	豈不虛且可笑乎 始皇得天下 雖期 於萬世 身纔終而 子孫滅亡 宗社傾 覆 是亦天命 予之 得天下	낙장
42	宋帝 快事談	漢武帝微笑曰 朕 之一生行事 与始 皇彷彿 快事何殊 众皆大嘆	(해당 내용 없음)	낙장

한문본 금산사몽유록 연구

| 56 | 夢遊者 覺夢 | (445자나 긴 내용이 더 있음) | (해당 내용 없음) | 낙장 |

4번의 서사 단락 '연회의 준비'는 선비가 금산사에서 선관들의 대화를 엿듣고, 연회 개최의 사연을 알게 된다는 내용이다. 인용문은 선관의 연회 사연에 대한 설명이다. 국도D본은 '荅曰 漢太祖以豁達大度 乘二七際之運 基四百年之國', 장서D본은 '其人荅曰 漢太祖高皇帝愀然當今之世亂 白于上帝 命湖州朱氏 掃除戎狄 創業明國', 익선D본은 '荅曰 漢太祖高皇帝慨然今世之濁乱 籲告上帝 命濠州朱氏 盡除醜類 刱建明國'이다. 여기에서 세 이본이 큰 차이가 있음을 알 수 있다. 장서D본과 익선D본은 그 내용이 일치하지만, 모두 주로 명나라 건국을 축하하고 겸하여 당나라와 송나라의 창업 공적을 기념하는 의미로 연회를 베푸는 것으로 설명되어 있는 데 반해, 국도D본은 주로 한나라 400년의 태평성대를 추억하는 의미와 함께 당나라, 송나라, 명나라의 건국도 함께 추억하는 것으로 설명하고 있다. 단순히 이 단락만 볼 때, 어느 이본이 원본과 가까운지 판단하기 어렵다. 그러나 다른 단락의 표현을 보면, 국도D본과 익선D본은 그 내용이 항상 일치한다. 그런데 이 예문의 경우는 장서D본과 익선D본도 동일하다. 그래서 이 두 이본의 일치 내용은 원본의 내용으로 판단할 수 있다. 그러나 국도D본은 그 내용이 다르므로 개작한 것으로 여겨진다.

7번의 서사 단락 '문무신 등장'은 한나라, 당나라, 송나라, 명나라 신하들이 나라별로 차례로 등장한다. 국도D본은 해당 내용이 없고, 장서D본은 '宋 曹彬 石守信 李漢通 王全斌 曹偉 符彦瓊 錢若水 等 三十餘人'이고, 익선 D본은 '宋 曺彬 石守信 王全斌 傅彦卿 錢若水 等 三十餘人'이다. 인용문은 송나라의 신하들이 등장하는 내용이다. 장서D본과 익선D본도 서로 글자의 차이는 있지만, 대략적으로 같은 내용을 공유한다. 그러나 국도D본은 한나라, 당나라, 명나라의 신하를 모두 소개하지만, 다만 송나라 신하에 대한 언급은 아예 없다. 그래서 국도D본은 확실히 이 부분이 누락된 것이다.

11번의 서사 단락 '한대 공신담'은 한고조가 한대의 공신을 칭찬하는 내용이다. 인용문은 한고조의 말이다. 국도D본은 '灌嬰長於騎兵 彭越 黥布智勇全兼', 장서D본은 '灌嬰善將騎兵 黥布 彭越智勇兼全', 익선D본은 '灌嬰長將於騎兵 張耳長將於步兵 彭越 黥智勇兼全'이다. 위에서 수차례 살펴본 것처럼, 국도D본과 익선D본은 일정한 유사성을 지닌 이본이다. 그러나 이 예문을 보면, 국도D본과 장서D본은 같은 표현을 사용하고 있다. 얼핏 보면, 익선D본은 장이에 관한 서술을 추가한 것 같지만, 실제로 작품의 다른 부분을 보면, 장이라는 인물은 자주 언급된 인물이다. 그래서 여기에서도 익선D본이 추가된 것보다 국도D본과 장서D본이 누락되었을 가능성이 더 높다.

13번의 서사 단락 '송대 공신담'은 송태조가 송대의 공신을 칭찬하는 내용이다. 인용문은 송태조가 제일 공신을 판단하는 내용이다. 국도D본은 '朕之時第一功', 장서D본은 '朕之代 有陳摶玄妙神通 故朕以師事之 趙普以微時之幕寮 兼以才畧之過人 故為創業時第一功臣', 익선D본은 '朕之時 陳博神通玄妙 朕事之 趙普才畧過人 刱業時第一功臣'이다. 국도D본은 내용이 없는 것이나 마찬가지이며 다른 이본과 비교할 수 없을 정도로 누락된 것을 알 수 있다. 장서D본과 익선D본은 각기 다른 표현을 사용했으나, 모두 진단과 조보를 제일 공신으로 평가한 점이 동일하다. 그러나 국도D본은 진단과 조보에 대한 평가가 누락된 것이 분명하다.

16번의 서사 단락 '황실 인륜담'은 한고조가 자신과 아버지, 송태조의 형제 관계를 이야기하면서 황실의 인륜을 의논한다는 내용이다. 다른 계열의 이본에서도 이와 비슷한 내용을 찾을 수 있지만, 분량이 적어서 한 단락으로 분류하지 않는다. 인용문은 자신의 아버지가 항우에게 잡힐 때 자신이 구조하지 않는 이유를 설명하는 말이다. 국도D본은 '徒增兇獰之氣 如無項伯之救', 장서D본은 '徒增兇獰之氣勢而已 無有益於救傷之道 故以人

子而不忍之言 折其氣 然若非項伯之救', 익선D본은 '則徒增兇獰之氣而已
無益於救済之道 故以人子所不忍之言折彼之氣 如无項伯之救'이다. 앞에서
말한 것처럼, 국도D본과 익선D본은 보통 같은 표현을 사용한다. 여기에서
장서D본과 익선D본이 같은 표현을 쓰는 것을 보면, 원본을 그대로 수용
한 것으로 본다. 그러나 국도D본의 일부 내용이 다른 것은 그 내용이 누락
된 것임을 알 수 있다.

20번의 서사 단락 '제갈량 당선'은 명태조가 제갈량에게 역대 명신을 품
평하는 임무를 맡기는 내용이다. 인용문은 번쾌가 5가지 품평의 기준을 소
개하는 말이다. 국도D본은 '而命曰 成賢相之業者 坐於紅旗之下 智謀出眾
者 坐於青旗之下 勇力絕人者 坐於白旗之下 三鼓三呼 眾人相顧欲出', 장서
D본은 '下令曰 致贤相之業者 坐於紅旗下 智謀出眾者 坐於青旗下 勇力絕人
者 坐於白旗下 立名將之功者 坐於黑旗下 忠烈堂堂者 坐於黃旗下也 三打鼓
三高呼 而眾人相看無應者', 익선D본은 '而命曰 成賢相之業者 坐於紅旗下
立良將之功者 坐於黑旗下 忠烈堂堂者 坐於黃旗下 智謀出众者 坐於青旗下
勇力絕人者 坐於白旗下 三顧三呼 众人相顧莫出'이다. 품평의 기준으로 5가
지가 있는 것은 작품 여러 군데의 내용에서 확인할 수 있다. 그래서 확실히
국도D본은 몇 구절이 누락된 것을 알 수 있다.

26번의 서사 단락 '진시황 등장'이다. 이 단락은 진시황이 직접 법당에
들어가려고 할 때 제갈량이 진시황을 막고 동루로 보낸다는 내용이다. 인
용문 ①은 진시황을 따라온 진무제와 그의 신하를 소개하는 것이다. 국도
D본은 해당 내용이 없고, 장서D본은 '次則 晉武帝 後隨張華 裴偉 羊祜 杜
預 鄧艾 王濬', 익선D본은 '晋武帝 張華 裴頠 羊祜 杜預 鄧艾 王濬 等 從之'
이다. ②와 ③은 제갈량이 진시황을 평가하는 내용이다. 국도D본은 '② 始
封非子於秦為諸侯 自孝公強 …… ③ 陛下之魂魄 未能制焉 項王麾下軍士毀
拆驪陵 舉出寒骸 而陛下之精靈 亦不得禁焉', 장서D본은 '② 始封非子於秦

為諸侯 其后遇上帝辞時 而割鷄首宜賜秦 自孝公時 漸"強盛 …… ③ 階下之魂魄不能制 項王麾下軍士掘驪陵 暴出骨 階下之精灵 不能禁', 익선D본은 '② 始封非子於秦為諸侯 自孝公強盛 …… ③ 而陛下之魂魄 未能制焉'이다. 앞뒤 문맥을 보면, ①의 경우 분명히 국도D본은 해당 내용이 누락되었고, 장서D본과 익선D본은 그 내용이 일치하며, 원본의 내용을 그대로 수용한 것이다. ②는 국도D본과 익선D본이 일치하고, ③은 국도D본과 장서D본이 일치한다. 이런 착종의 현상은 각 이본이 모두 원본의 일부 내용을 누락한 것으로 해석된다.

28번의 서사 단락 '초패왕 등장'이다. 이 단락은 초패왕이 등장하고 법당으로 들어가려고 할 때 제갈량이 초패왕을 서루로 보내는 내용이다. 인용문은 위징과 초패왕의 대화이다. 국도D본은 '魏徵曰 大王非刱業之主 暫往西樓 項王曰 我平生不惧劉季 弟見田父之絀陷於大澤', 장서D본은 '魏徵曰 大王未為創業 暫往西楼也 項王曰 我平生不懼刘季矣 但遭田父之絀陷大澤', 익선D본은 '魏徵曰 田父之詒 陷於大澤'이다. 다른 두 이본과 비교하면, 익선D본은 일부 내용이 누락되어 문맥이 통하지 않는다.

38번의 서사 단락 '역대 흥망담'은 한고조가 역대의 흥망함을 한탄하는 내용이다. 인용문은 한고조의 말이다. 국도D본은 '豈不虛且可笑乎 始皇得天下 雖期於萬世 身纏終而子孫滅亡 宗社傾覆 是亦天命 予之得天下 ……', 장서D본은 낙장이고, 익선D본은 '豈不虛且可笑乎 朕之得天下 ……'이다. 장서D본은 낙장이기 때문에 참고할 수 없다. 그래서 두 이본만을 가지고 비교할 때 무엇이 누락된 것인지 추가한 것인지 명확하게 판단할 수 없다. 그러나 문맥으로 보면 익선D본은 누락된 것이다.

42번의 서사 단락 '송제 쾌사담'은 송태조와 한무제가 쾌사를 회고하는 내용이다. 인용문은 한무제의 말이다. 국도D본은 해당 내용이 없고, 장서D본은 낙장이고, 익선D본은 '漢武帝微笑曰 朕之一生行事 与始皇彷彿 快

事何殊 众皆大嘆'이다. 〈금화사몽유록〉이나 〈금산사몽유록〉 어느 이본에
도 한무제가 평생의 쾌사를 회고하는 내용이 없는 것으로 보아 익선D본은
그 내용을 추가한 것이다.

56번의 서사 단락 '몽유자 각몽'은 선비가 깨어나서 꿈을 기록하는 내
용이다. 이 부분이 낙장된 장서D본을 제외하고, 국도D본과 익선D본은 큰
차이를 보인다. 즉 익선D본은 국도D본보다 445자나 긴 내용이 더 추가되
어 있다. 이런 차이는 국도D본의 누락으로 봐야 할까, 아니면 익선D본의
추가로 봐야 할까에 대하여 쉽게 결론을 내리기 어렵다. 그러나 여기에서
익선D본의 내용이 국도D본보다 더 풍부하다는 사실만은 부정할 수 없다.
그러나 익선D본에서 이 부분의 내용은 선비의 각몽이라는 서사 단락의 일
부로서 익선D본의 특이한 내용이 아니다. 존경C본과 이우목본에서도 이
와 비슷한 내용을 볼 수 있다. 이를 고려해 볼 때 이 부분의 내용을 해당 계
열, 즉 익선D본과 존경C본 계열의 원본의 내용으로 생각할 수 있다.

위의 내용을 [표28][18]로 간략히 정리하면 다음과 같다.

[표28] 익선D본 계열 표현의 충실성 정리

번호	단락	익선D본	국도D본	장서D본
4	宴會의 準備	◖유사 표현	개작	◗유사 표현
7	文武臣 登場	◖유사 표현	누락	◗유사 표현
11	漢代 功臣談	온전	누락	누락

---

18 이상 이본 4종은 주로 2가지로 나눌 수 있는데 한 가지는 '◖'로 표시하고, 다른 한 가지는
    이와 반대로 '◗'로 표시한다. 그리고 이상 두 가지 중에서 '◖'와 유사하지만, 완전히 똑같
    은 것이 아닌 경우는 '◖'로 표시하고, '◗'와 유사하지만, 완전히 똑같은 것이 아닌 경우는 ◗
    로 표시한다. 나머지의 복잡한 차이는 각각 짧은 설명으로 표시한다.

13	宋代 功臣談	◀ 유사 표현	누락	▶ 유사 표현
16	皇室 人倫談	◀ 유사 표현	누락	▶ 유사 표현
20	諸葛亮 當選	◀ 유사 표현	누락	▶ 유사 표현
26	秦始皇 登場	① 온전 …… ② ◑ 일치 표현 …… ③ 누락	① 누락 …… ② ◑ 일치 표현 …… ③ ◀ 유사 표현	① 온전 …… ② 추가 …… ③ ▶ 유사 표현
28	楚霸王 登場	누락	◀ 유사 표현	▶ 유사 표현
38	歷代 興亡談	누락	온전	낙장
42	宋帝 快事談	추가	충실	낙장
56	夢遊者 覺夢	풍부	빈약	낙장

위 표에서 익선D본과 국도D본은 한 하위 계열로 나눌 수 있고, 장서D본은 또 다른 한 하위 계열로 나눌 수 있다는 것을 알 수 있다. 이 비교를 통해 익선D본의 내용이 비교적으로 온전하다는 것을 알 수 있다.

[표20]에서 이본간의 일치성에 대한 대비를 통해 동국B본 계열 안에 전북대본과 국박B본은 같은 하위 계열로 분류할 수 있고, 동국B본과 김광순본은 다른 한 하위 계열로 분류할 수 있다는 것을 확인하였다. [표24]에서 이본간의 충실성에 대한 대비를 통해 동국B본 계열에 동국B본이 누락과 오류가 적고, 다른 이본보다 원본과 훨씬 가까운 것으로 판단하였다. 그래서 동국B본은 이 계열의 선본(善本)이다.

연세B본 계열은 이본 하나 밖에 없으므로 대비할 대상이 없어 다시 분석할 필요가 없다.

존경C본 계열은 비록 두 이본이 서로 다른 부분이 많지만, 이우목본이 대폭 누락이 있다는 점만 봐도 존경C본 만큼 온전하지 않았다는 사실을 알 수 있다. [표26]에서 이본간 충실성에 대한 대비를 통해 존경C본의 내용이 비교적으로 누락이 적고 충실하다고 할 수 있으므로 존경C본을 본 계열의 선본(善本)으로 삼기로 한다.

[표22]에서 이본간 일치성에 대한 대비를 통해 익선D본 계열 안에 국도D본과 익선D본은 같은 하위 계열로 분류할 수 있다는 것을 알 수 있다. [표28]에서 이본간 충실성에 대한 대비를 통해 익선D본 계열에 익선D본의 내용이 가장 온전하고 풍부하다고 확인할 수 있다. 익선D본은 비록 추가한 내용이 많이 있지만, 누락이 많은 국도D본보다 원문의 모습을 더욱 충실하게 계승하였다고 생각한다. 그래서 익선D본을 본 계열의 선본(善本)으로 판단한다.

그래서 표현에 대한 분석 결과에 따라 앞에서 분석한 이본 계열을 더욱 구체적으로 다음의 [그림2]와 같이 나타낼 수 있다.

[그림2] 이본 계열의 하위 계열

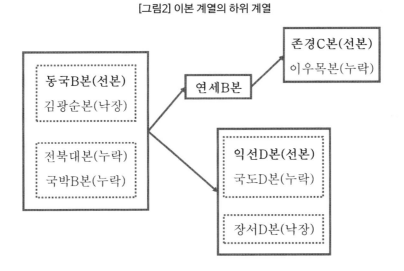

제4장

〈금산사몽유록〉
계열의 형성과
전승

앞에서 모든 이본을 4개 계열, 즉 동국B본과 연세B본, 익선D본, 존경C 본 계열로 나누었고, 각 계열의 표현상의 차이를 자세히 비교하여 각 계열 의 선본(善本)을 추정하였다. 다음은 주로 각 계열의 독특한 서사 단락에 대한 고찰로 각 계열의 내용상의 특징을 구체적으로 살피고 동시에 〈금산사 몽유록〉의 전승 양상을 재구성하도록 하겠다.

1. 〈금화사몽유록〉과 〈금산사몽유록〉의 비교

동국B본 계열은 48개 서사 단락이 있으며 모두 〈금산사몽유록〉의 다른 이본과 공유하는 서사 단락이다. 달리 말하자면, 동국B본 계열의 내용은 〈금산사몽유록〉 작품군의 가장 기본적인 내용인 셈이다. 48개 서사 단락 중 몽유자에 관한 서사 단락은 4개이고, 나머지는 몽중의 서사 단락으로 44개이다. 이 가운데 제왕에 관한 서사 단락은 26개이고, 신하에 관한 서사 단락은 18개이다. 따라서 서사의 진행으로 보면, 동국B본 계열이 신하보다는 주로 제왕을 중심으로 사건이 전개되고 있다.

앞에서 설명한 것처럼, 〈금산사몽유록〉은 〈금화사몽유록〉의 한 이본이다. 그래서 〈금산사몽유록〉의 특징을 살펴보기 위해서는 반드시 〈금화사몽유록〉의 내용과 함께 비교해야 한다. 필자가 현재까지 〈금화사몽유록〉

의 이본 44종을 확인하였고, 이들 이본들 중의 대부분은 서사면에 큰 차이가 없다. 그래서 〈금산사몽유록〉과 〈금화사몽유록〉을 비교할 때 〈금화사몽유록〉의 특정한 한두 이본만을 가지고 비교하는 것이 아니라 '금화사 계열'의 대부분의 이본들이 일반적으로 공유하는 서사 단락을 가지고 비교하고자 한다. 두 작품의 서사 단락에 대한 비교를 [표29]로 정리하면 다음과 같다.

[표29] 〈금화사몽유록〉과 동국B본의 서사 단락 대비

번호	금화사몽유록	번호	동국B본
1	夢遊者 紹介	1	夢遊者 紹介
2	金山의 遊覽	2	金山의 遊覽
3	金山寺 入夢	3	金山寺 入夢
	(없음)	4	宴會의 準備
4	創業主 登場	5	創業主 登場
5	明太祖 辭讓	6	明太祖 辭讓
6	文武臣 登場	7	文武臣 登場
7	宴會의 序幕	8	宴會의 序幕
8	漢代 創業談	9	漢代 創業談
9	漢代 功臣談	10	漢代 功臣談
10	唐代 功臣談	11	唐代 功臣談
11	宋代 功臣談	12	宋代 功臣談
	(없음)	13	漢代 冊立談
12	明代 功臣談	14	明代 功臣談
13	中興主 登場	15	中興主 登場
14	張良의 提議	16	張良의 提議
15	諸葛亮 當選	17	諸葛亮 當選
16	宋太祖 辨明	18	宋太祖 辨明

17	諸葛亮 辭讓	19	諸葛亮 辭讓
18	不請客 挑發	20	不請客 挑發
19	秦始皇 登場	21	秦始皇 登場
20	楚霸王 登場	22	楚霸王 登場
21	不請客 退治	23	不請客 退治
22	功業主 登場	24	功業主 登場
23	入侍의 名臣	25	入侍의 名臣
24	相業의 次等	26	相業의 次等
25	将帥의 次等	27	将帥의 次等
26	忠烈의 次等	28	忠烈의 次等
27	智略의 次等	29	智略의 次等
28	勇力의 次等	30	勇力의 次等
29	姜維의 呼訴	31	姜維의 呼訴
30	諸王의 合席	32	諸王의 合席
31	歷代 興亡談	33	歷代 興亡談
32	秦漢 快事談	34	秦漢 快事談
33	明帝의 悲懷	35	明帝의 悲懷
34	唐宋 快事談	36	唐宋 快事談
35	曹操 快事談	37	曹操 快事談
36	漢帝의 提議	38	漢帝의 提議
37	帝王 氣像談	39	帝王 氣像談
38	帝王 得失談	40	帝王 得失談
39	楚伯王 罪目	41	楚伯王 罪目
40	明代 定都談	42	明代 定都談
41	功臣의 歌舞	43	功臣의 歌舞
42	東方朔 付職	44	東方朔 付職
43	韓愈의 頌詩	45	韓愈의 頌詩
44	蠻夷의 退治	46	蠻夷의 退治

| 45 | 帝王의 豫言 | 47 | 帝王의 豫言 |
| 46 | 夢遊者 覺夢 | 48 | 夢遊者 覺夢 |

〈금화사몽유록〉은 46개의 서사 단락이 있는 데 반해, 〈금산사몽유록〉은 48개의 서사 단락이 있다. 1번부터 3번까지는 몽유자가 입몽하는 과정이다. 이 부분은 구체적인 서사 내용이 조금은 다르지만, 서사 단락의 구성을 보면 거의 완전히 일치한다. 그러나 다음 서사 단락, 곧 동국B본의 4번의 서사 단락부터 두 이본이 달라지기 시작하였다. 〈금화사몽유록〉은 4번의 서사 단락에만 연회를 참석하러 오는 창업주들이 등장하는 장면을 묘사한 반면 〈금산사몽유록〉의 4번은 '연회의 준비', 5번은 〈금화사몽유록〉의 4번과 같이 '창업주 등장'이다. 그리고 몽유자가 선관들의 대화를 엿듣는 것으로 연회가 열리는 목적을 소개하였다. 이 두 단락이 끝나면 다시 이 두 이본의 내용이 일치하게 된다.

〈금산사몽유록〉의 5번부터 14번까지는 창업주들이 등장하고 한나라, 당나라, 송나라, 명나라의 창업을 회고하는 내용이다. 〈금산사몽유록〉의 서사 단락 구조는 거의 〈금화사몽유록〉과 똑같지만, 송나라와 명나라의 공신을 칭찬하는 두 단락 가운데 송태조가 한고조에게 황태자를 어떻게 책립할 것인지를 질문하는 단락이 하나 추가되었다. 추가된 구체적인 내용은 뒤에서 분석하겠다. 이 단락이 끝나면 다음 단락부터 두 이본의 모든 서사 단락 구조가 다시 일치하게 된다.

이상의 비교를 통하여 〈금산사몽유록〉은 〈금화사몽유록〉의 모든 내용을 수용하였고 서사 단락 2개, 곧 4번의 서사 단락과 13번의 서사 단락을 더 추가하였음을 알 수 있다. 다음은 추가된 두 단락의 내용이다.

1.1. 연회의 준비

〈금화사몽유록〉에서는 몽유자가 꿈에 입몽하자마자 제왕들이 등장할 때 요란한 소리를 듣게 되는 것과 달리, 〈금산사몽유록〉에서는 제왕들이 등장하기 전에 선관들이 먼저 와서 잔치의 장소를 청소하고 장식한다는 내용이 서술된다. 그래서 먼저 이 부분의 내용, 곧 연회가 시작하기 전에 추가된 서사 단락의 내용을 살펴보자.

> 꿈 속에서 들으니 한 사람이 일컬었다.
> "한나라, 당나라, 송나라, 명나라 황제들이 왔다."
> 어떤 사람이 물었다.
> "어떤 까닭으로 여기에 왔는가?"
> 그 사람이 대답하였다.
> "한고조는 세상이 어지러움을 근심하여 옥황상제께 고하였습니다. 곧 호주(濠州)의 朱 씨에게 명하여 오랑캐를 소멸시키고 명나라를 건국하라 명하였습니다. 그리고 한나라, 당나라, 송나라의 세 황제들도 창업의 공적이 있으니 이들에게도 창업의 연회를 베풀게 하였습니다. 그러므로 금산의 여러 신들도 모두 와서 기다리고 있습니다."
> 선비가 이 말을 듣고 마음 속으로 몹시 의아하게 생각하였다.
> 그 뒤 홍의선관(紅衣仙官)이 수십여 명을 데리고 와서 법당을 청소하고 화려한 비단 장막을 배설하며 일월병풍(日月屏風)을 진열하고 북쪽에 의자 4개를 배설하고 동남쪽에 등롱과

화촉을 늘어 놓고 모든 문루마다 좌석을 배치하였다.[1]

　선비가 자다가 두 사람의 대화를 들었다. 한 사람이 한나라, 당나라, 송나라, 명나라 황제 네 분이 왔다고 알려주었다. 이에 다른 한 사람은 황제들이 왜 오는지 물었다. 그래서 처음에 말한 그 사람이 황제들이 어떻게 오는지, 또한 잔치를 하는 이유는 무엇인지 알려주었다. 두 사람의 대화를 서술하다가 또 선비가 의아해 하는 반응을 묘사하였다. 그리고 뒤이어 선관들이 어떻게 오고, 어떻게 연회 장소를 준비하는지 자세히 서술하였다.

　이 부분은 우선 두 사람이 직설적으로 연회를 베푸는 목적을 해명하는 대화 내용이다. 한고제가 세상이 혼란스러운 것을 고민하여 상제에게 말을 올리고 호주의 주원장으로 하여금 원나라를 제거하고 명나라를 창업하게 하였다. 그리고 한나라, 당나라, 송나라 황제 세 명 역시 창업한 공적으로 초대를 받고 함께 연회에 참석하고 명나라 황제를 기다린다. 그리고 연회의 목적을 밝히면서 명나라 황제에 대한 극찬도 함께 하였다. 특히 '옥황상제께 고하였다'나 '그러므로 금산의 여러 신들도 모두 와서 기다리고 있다'라는 말로 하늘의 뜻을 받들고 연회를 베풀고 금산의 신선들도 와서 기다린다는 것을 강조하여 연회의 신성성을 강조하고 있다. 마지막으로 '화려한 비단 장막을 배설하며 일월병풍(日月屛風)을 진열하고 북쪽에 의자 4개를 배설하고 동남쪽에 등롱과 화촉을 늘어 놓고'는 연회의 화려한 장식을 세세히 묘사하여 연회의 화려함을 보여주었다.

1　夢中聞之, 有一人謂曰: "漢·唐·宋·明四皇帝來." 或問曰: "何故來此?" 其人答曰: "漢高帝悶洒世亂, 告于上帝, 命濠州朱氏, 掃除胡元, 創開大明. 而漢·唐·宋三皇帝, 曾有創業之功, 使之設宴於此, 以待明帝. 故金山百神亦皆來侯." 秀才聞之, 心甚恠訝. 俄而, 紅衣官率數十人而來. 掃洒法堂, 設錦繡帳, 展日月屛, 設四榻於北壁, 羅燈燭於東南, 門樓皆設宴席.(원문의 誤脫字 및 異體字를 수정하지 않고 그대로 입력한다. 이하 동일.)

〈금화사몽유록〉은 잔치를 베푸는 이유를 작품의 시작 부분이 아니라, 작품의 후반 부분인 항우가 찾아오는 서사 단락에서 제갈량의 입으로 자연스럽게 소개하였다. 다시 말하자면, 〈금화사몽유록〉의 작가는 특별히 연회를 베푸는 이유를 강조할 생각이 없었던 것으로 생각된다. 그러나 〈금산사몽유록〉의 작가는 작품이 시작되자마자 제일 먼저 연회의 목적을 밝혔다. 왜냐하면 연회의 목적은 곧 작품의 주제와 깊은 관련이 있다고 인식하였기 때문이다. 이것은 연회의 목적을 강조한 것으로 결과적으로는 〈금화사몽유록〉보다 명나라를 숭배하는 태도를 더욱 뚜렷하게 보여주었다. 그리고 하늘의 뜻을 받아 연회를 베푼다는 것을 강조한 것도 같은 맥락에서 이해할 수 있다.

1.2. 한대 책립담

〈금화사몽유록〉에서는 한고조를 비롯한 황제들이 각자 자신의 공적에 대하여 모두 신하 덕분에 성취한 것으로 겸손하게 말하였다. 그다음에 중흥주를 초청하는 서사 단락으로 이어져간다. 〈금산사몽유록〉에서도 이와 비슷한 순서로 같은 내용이 나온다. 단지 송태조가 자신의 신하를 칭찬하는 서사 단락과 명태조가 자신의 신하를 칭찬하는 서사 단락 사이에서 한나라 태자 책립 문제에 관한 논의가 나왔다.

> 송태조가 말했다.
> "우연한 일일 뿐인데 어찌 칭찬을 받을 만하리오? 그런데 한고조의 여러 아들 중에서 한문제가 제일 현명하다고 하는데, 어찌 일찍 태자로 책봉하지 않고 오히려 여씨(呂氏)의 화를 일으키게 하였습니까?"
> 한고조가 말했다.

"연배를 보면 아우이고, 나이를 보면 어린 것이니, 먼 곳에 안치하여, 여시의 음해를 피하게 하고, 훗날에 태평성대의 군주가 될 것을 바라네."

송태조가 또 말하였다.

"그럼 여의(如意)를 책립하여 참화를 당하게 하는 것은 무슨 까닭입니까?"

한고조가 말하였다.

"이는 곧 백성들이 태자를 어찌 보고 있는지를 알아보려고 하기 때문이지. 아니면 어째서 사호(四皓)의 말을 기다리겠느냐? 대저 나라를 다스리는 도리는 우선 장자를 책립한 뒤에 성패를 하늘에게 맡길 따름이다. 그리고 천하를 다스리는 자는 사사로움에 구속 받지 않고, 큰 일을 하는 자는 사소한 일에 신경 쓰지 않는다. 제왕의 기량으로 어찌 구구한 규칙에 구속 받겠느냐? 그러나 이런 일들은 후세 사람이 항상 쉽게 처치하지 못하는 변이 있으니 염려할 만하구나."

말을 하고 나서 옆의 사람들을 훑어보았다. 당태종은 부끄러운 표정이고, 조보는 안색이 흙빛과 같았다.[2]

한고조는 송태조의 '배주석병권(杯酒釋兵權)'의 지혜를 칭찬하였는데, 송태조가 이것은 우연한 일이라 대답하였다. 그리고 송태조는 이 기회를 틈

---

2 宋帝曰: "此乃適然, 何足稱善? 帝之諸子中, 文帝最賢, 何不早達太子, 致有呂氏之禍?" 漢帝
日: "序爲弟, 年且幼, 故置遠地, 以避呂氏之毒, 使他日太平之主." 宋帝又曰: "然則欲立如意
以取慘禍, 何也?" 漢帝曰: "此乃欲試人心之何如於太子故也. 不然豈待四皓之言乎? 大凡爲
國之道, 先立長子, 然後成敗付之天數而已. 且爲天下者不顧私事, 成大事者不拘小節. 帝王
之度量, 豈守區區之法? 然而此等事, 後世多有難處之變, 是可慮也." 乃顧眄左右, 唐帝面有
慚色, 趙普顏色如土.

타서 한고조에게 왜 여러 아들 중에 제일 현명한 문제(文帝)를 태자로 책립하지 않아서 훗날의 재앙을 불어오게 하느냐고 물었다. 이에 한고조가 문제는 나이가 어려 곧 연배가 낮기 때문에 먼 곳에 보내 훗날의 제왕이 되기를 바랐기 때문이라고 대답하였다. 그래서 송태조가 또 왜 여의를 책립하려다가 결국 피해를 당하게 하느냐고 물었다. 한고조가 이것은 태자가 인심을 얻었는지를 시험하려고 하였기 때문이라고 대답하였다. 그리고 이 사건을 예로 들어 한고조가 이어서 황실에서 책립하는 원칙을 논의하였다. 곧, 일단 원칙적으로 적장자를 책립하는 것이 옳지만, 나중에 현군이 될 수 있는지에 대해서는 완전히 하늘의 뜻을 알아보겠다는 것이다. 그런데 이 말을 한 뒤, 또한 제왕과 같은 큰 일을 할 사람이 사소한 일에 구속받지 않고, 정해진 규칙을 지키지 않아도 된다고 주장하였다. 이와 아울러 후대 사람들이 이런 문제에 대하여 많이 고민한다는 것은 걱정할 만하다고 한탄하였다. 그리고 말을 다한 뒤에 옆의 사람들을 둘러보았다. 당태종은 자괴하는 모습이고, 조보는 안색이 사색이 되었다.

이 부분의 내용은 주로 태자 책립의 문제를 토론한 것이다. 한나라 초에 한고조가 처음에 태자를 책립하고 나서 또 적장자 대신 셋째 아들인 유여의를 책립하려는 사건이 있었다. 비록 결국에는 태자를 다시 책립하지 않았지만, 후대 사람에게 왜 그렇게 하였는지의 의문점을 남겨주었다. 특히 명나라에서는 영락제가 건문제를 폐위시키고 그 대신 황제가 되는 '정난지역(靖難之役)'이 있듯이 조선에서도 '단종 폐위' 사건이 있었다. 한나라의 책립에 대한 논의는 명나라와 조선에서 일어난 비슷한 사건을 연상할 수밖에 없다. 여기에서 작가가 한고조의 입을 빌려 적장자를 우선 책립해야 한다는 원칙을 제시함과 더불어 '성패를 하늘에게 맡길 따름이다'라는 말로 태자의 공업 성패 여부는 운명에 따른다는, 소극적인 태도를 표시하였다. 게다가 '큰 일을 하는 자는 사소한 일에 신경 쓰지 않는다. 제왕의 기량으로 어찌 구구한 규칙에 구속 받겠느냐'는 말로 제왕이 되려는 자는 굳이 예법의 구속을 받지 않아도 된다는 견해를 나타내었다. 이는 실제적으로 다른 황실이나 왕실 성원이 태자를 폐위시킬 수 있다는 것을 묵인하는 셈이다.

〈금화사몽유록〉에서는 책립 문제를 전혀 언급하지 않았다. 즉 등장 인물 개인에 관한 역사에만 집중하고, 등장 인물에게만 관심을 두었다. 그렇지만 〈금산사몽유록〉에서는 한고조, 송태조, 당태종과 조보 등 역사 인물 4명을 동원하여 한나라 태자의 책립 문제에 대한 태도를 직간접적으로 표현하였다. 여기에서 중화의 정통을 상징하는 한고조는 모든 사람 중의 권위자이고 작가 태도를 지지하는 대변자이다. 한고조의 입을 통해서 작가의 책립의 준칙을 알려주지만, 이외의 경우, 즉 훌륭한 임금이라면 굳이 이 원칙을 따라 행동하지 않아도 된다는 의사를 표현하였다. 이 예를 통해 〈금산사몽유록〉의 특징 한 가지를 파악할 수 있다. 즉 등장인물에게만 집중하는 것이 아니라, 이들 등장 인물을 통해 작가가 관심을 가지고 있는 역사 사건에 대하여 언급하는 것이다. 따라서 〈금화사몽유록〉보다 〈금산사몽유록〉이 더욱 명확한 작가 의식을 표출하였다고 할 수 있다.

2. 〈금산사몽유록〉 계열의 전승 양상

2.1. 연세B본 계열의 전승 양상

연세B본 계열은 51개 서사 단락이 있고, 그 중에 하나인 '송시의 내용'은 연세B본 계열이 가지고 있는 독특한 내용이다. 그리고 '만이의 공격'과 '역대의 만이' 두 서사 단락은 존경C본 계열과 공유하는 서사 단락이고,

'동방삭 부직'과 '공신의 가무' 두 서사 단락은 다른 모든 이본과 공유하지만, 순서는 존경C본 계열과만 일치하고, 다른 계열과는 다르다. 달리 말하자면, 연세B본 계열의 내용은 〈금산사몽유록〉 작품군의 가장 기본적인 내용을 포함하고 있지만, 독특한 서사 내용으로 인해 모든 이본 중에서도 독특한 자료로서의 가치를 가지고 있다.

51개 서사 단락 중 몽유자에 관한 서사 단락은 4개가 있고, 나머지 몽중의 서사 단락은 47개가 있다. 이 가운데 제왕에 관한 서사 단락은 29개가 있고, 신하에 관한 서사 단락은 18개가 있다. 그래서 서사의 진행으로 보면, 연세B본 계열이 신하보다는 주로 제왕을 중심으로 사건을 전개시켰다. 연세B본 계열은 동국B본 계열과 제일 유사하고 가깝기에 이 두 계열의 대비로 연세B본 계열의 전승 방식을 살펴보겠다.

[표30] 동국B본 계열과 연세B본 계열의 서사 단락 대비

번호	동국B본	번호	연세B본
1	夢遊者 紹介	1	夢遊者 紹介
2	金山의 遊覽	2	金山의 遊覽
3	金山寺 入夢	3	金山寺 入夢
4	宴會의 準備	4	宴會의 準備
5	創業主 登場	5	創業主 登場
6	明太祖 辭讓	6	明太祖 辭讓
7	文武臣 登場	7	文武臣 登場
8	宴會의 序幕	8	宴會의 序幕
9	漢代 創業談	9	漢代 創業談
10	漢代 功臣談	10	漢代 功臣談
11	唐代 功臣談	11	唐代 功臣談
12	宋代 功臣談	12	宋代 功臣談

13	漢代 冊立談	13	漢代 冊立談
14	明代 功臣談	14	明代 功臣談
15	中興主 登場	15	中興主 登場
16	張良의 提議	16	張良의 提議
17	제갈량 當選	17	諸葛亮 當選
18	宋太祖 辨明	18	宋太祖 辨明
19	諸葛亮 辭讓	19	諸葛亮 辭讓
20	不請客 挑發	20	不請客 挑發
21	秦始皇 登場	21	秦始皇 登場
22	楚霸王 登場	22	楚霸王 登場
23	不請客 退治	23	不請客 退治
24	功業主 登場	24	功業主 登場
25	入侍의 名臣	25	入侍의 名臣
26	相業의 次等	26	相業의 次等
27	将帥의 次等	27	将帥의 次等
28	忠烈의 次等	28	智略의 次等
29	智略의 次等	29	勇力의 次等
30	勇力의 次等	30	忠烈의 次等
31	姜維의 呼訴	31	姜維의 呼訴
32	諸王의 合席	32	諸王의 合席
33	歷代 興亡談	33	歷代 興亡談
34	秦漢 快事談	34	秦漢 快事談
35	明帝의 悲懷	35	明帝의 悲懷
36	唐宋 快事談	36	唐宋 快事談
37	曹操 快事談	37	曹操 快事談
38	漢帝의 提議	38	漢帝의 提議
39	帝王 氣像談	39	帝王 氣像談
40	帝王 得失談	40	帝王 得失談

41	楚伯王 罪目	41	楚伯王 罪目
42	明代 定都談	42	明代 定都談
43	東方朔 付職	43	功臣의 歌舞
44	功臣의 歌舞	44	東方朔 付職
45	韓愈의 頌詩	45	韓愈의 頌詩
	(없음)	46	**蠻夷의 攻擊**
	(없음)	47	**歷代의 蠻夷**
46	蠻夷의 退治	48	蠻夷의 退治
	(없음)	49	**頌詩의 內容**
47	帝王의 豫言	50	帝王의 豫言
48	夢遊者 覺夢	51	夢遊者 覺夢

[표30]에서 보듯이 동국B본 계열은 48개 서사 단락이 있고 연세B본 계열은 51개 서사 단락이 있다. 1번부터 45번까지는 두 이본이 거의 똑같다. 그러나 다음 서사 단락부터 두 이본이 차이점이 나타나기 시작한다. 동국B본 계열은 원세조가 오랑캐들을 거느리고 공격하러 오자마자 한족 제왕들이 그들을 퇴치하고 전쟁에 이긴다는 내용이다. 연세B본 계열은 역시 오랑캐에 관한 서사 내용이 나와 있지만, 동국B본 계열보다 내용이 더욱 풍부하며 이를 3 단락으로 나눌 수 있다. 우선 오랑캐들이 사자를 보내어 격서를 보내왔다. 그 다음 유기와 한고조의 말로 역대 오랑캐의 역사를 짤막하게 회고하였다.

한족 임금들의 승리를 뒤이어 동국B본 계열은 직접 연회 폐막의 장면을 서술하였다. 그러나 연세B본 계열은 그 앞에 한유의 시를 삽입하였다. 원래 〈금산사몽유록〉 중에 한유가 시를 지으려고 하던 참에 오랑캐들이 바로 공격해 와서 한유가 시를 짓지 못하였다. 그러나 연세B본 계열은 이와 많이 다르다. 일단 한유가 오랑캐의 공격으로 인하여 시를 짓지 못하는 것은 똑같다. 그런데 동국B본 계열은 오랑캐와의 전쟁담 뒤에 아무 말이 없지만 연세B본 계열은 다시 한유가 시를 짓는 장면으로 되돌아가서 한유의 시 전체를 보여주었다. 시의 내용에 대한 분석은 다음장에서 논하기로 한다.

이상의 비교를 통해 연세B본 계열이 동국B본 계열의 전체 내용을 수용하였고 서사 단락 3개, 곧 연세B본의 46번과 47번, 49번의 서사 단락을 더 추가하였음을 알 수 있다. 아래에서 46번과 47번의 서사 단락의 내용을 살펴보겠다.

2.1.1. 만이의 공격

동국B본에서는 한유가 미처 시를 짓기도 전에 오랑캐들이 갑자기 함께 공격해 왔기 때문에 찬시를 짓는 일을 그만 둘 수밖에 없다. 다행히 명태조가 군신을 거느리고 원태조를 비롯한 오랑캐들을 모두 내쫓았다. 이 부분에서 군담의 성격을 띠는 내용은 동국B본에서 비교적 간략하게 서술되었지만, 연세B본에서는 이것을 대폭 확장하였다. 우선 오랑캐들이 등장하는 장면부터 내용이 많이 추가되었다.

송시를 쓸 참인데, 갑자기 문 밖에서 먼지가 구름처럼 피어오르고 북 소리가 요란하게 울리면서 말을 탄 기병 수백 명이 달려오고 있다. 그리고 깃발에는 '천가한(天可汗) 원태조(元太祖) 철목진(鐵木眞) 황제(皇帝)'라는 글이 크게 쓰여 있다.

이때 사자가 문으로 들어와 원태조의 말을 전하였다.

"짐도 창업의 공적이 많은데, 오늘 이 잔치에 오직 짐을 초대하지 않은 것은 짐에게 결례이고 무시하는 것이라, 이제 흉노(匈奴), 돌궐(突厥), 원(元)나라, 위(魏)나라, 요(遼)나라, 금(金)나라의 군사를 데려와서 이 잔치에 참석하는 여러 황제와 겨루고자 하노라.”

말이 몹시 거칠었다. 한고조가 물었다.

“선봉 장수는 누구냐?”

사자가 대답하였다.

“원태조는 스스로 중군을 인솔하고, 유유와 석륵이 선봉이며, 부견은 우장군으로서 왕맹과 모용수를 데리고 있고, 척발규는 후군으로서 최호와 장손숭을 데리고 있으며, 완안 태조는 좌장군으로서 점한간리불과 올출을 데리고 있고, 야률간보기는 돌궐과 토번을 거느리고 있는데, 모돈과 흉노는 후원군입니다.”

송고종은 기가 죽고 무서워서 말하였다.

“차라리 화친하는 게 낫겠네.”

한문제가 꾸짖어 말하였다.

“이 금산사는 어찌하여 항주처럼 수많은 금백이 있느냐? 그리하면 차라리 진회를 불러 항복의 뜻을 전달하고 그쪽을 인질로 보내리라.”

고종이 말하였다.

“짐은 어리석은데, 더 말할 나위도 없다. 그러나 옛날에 호걸의 군주는 사방의 임금으로도 7일이나 포위를 당하고 공주로 화친하여 흉노와 장인과 사위가 되려는 자도 많았네. 싸우려면 싸우지, 하필 굳이 남의 단점을 꾸짖느냐?”

한무제가 묵묵히 말을 하지 않았다.[3]

---

3   方欲題詩矣, 忽見门外騰尘滿天, 鉦鼓震山. 铁騎数百, 崩騰蹴踏, 擁野而至. 大書於旗面曰 “天可汗元太祖铁木真皇帝”. 俄而, 使者至门, 傳元太祖之言曰: “寡人亦多有勋业之功, 而今日之宴, 独不邀請, 是慢我也, 輕我也. 今朕領匈奴·突厥·胡元·魏·遼金之兵, 與諸帝決戰.”

한유가 시를 지으려고 할 때, 문 밖에 천군만마가 갑자기 다가왔다. 군대의 깃발에 '천가한(天可汗) 원태조(元太祖) 철목진(鐵木眞) 황제(皇帝)'라고 쓰여 있는 것을 보면, 원태조가 이끄는 군대가 분명하다. 잠시 후에 사자는 잔치를 베푸는 장소에 들어와서 원태조의 말을 전하였다. 초청을 받지 못하였기에 화가 나서 이제 곧 다른 오랑캐 군대를 거느리고 함께 공격해 온다는 것이다. 한고조가 누가 선봉이냐 묻자, 사자가 오랑캐 연합군 가운데서 각 오랑캐 수령을 일일이 나열하였다. 송고종은 이 말을 듣고 겁이 나서 황망히 화친의 주장을 제기하였다. 이에 한무제가 무척 화가 나서 송고종을 꾸짖었다. 송고종이 한무제에게 지적을 받자마자 송고종은 당장 한나라의 화친의 예를 들어 반박하였다. 한무제가 이 말을 듣고 끝까지 묵묵히 있으며 말을 하지 못하였다.

이 부분의 내용은 오랑캐의 기세를 고취하는 동시에 한족 황제의 내분을 묘사한 것으로, 한나라 때의 사건을 예로 들어 한족의 정통 왕조의 굴욕적인 추억을 되돌아보게 하였다. 동국B본에서는 오랑캐의 공격을 간략히 서술하고 한족 황제의 승리로 시원하게 끝맺는 것과 달리, 여기에서는 한족 황제 중 한무제와 같은, 전쟁을 잘하는 황제가 있다는 사실을 인정하고, 오랑캐와의 전쟁을 한족의 승리로 끝을 맺는다고 하여 맹목적으로 한족의 실력을 과장하고 극찬하지 않는다. 그 대신 한나라도 굴욕적 화친이 있었다는 사실을 지적하면서, 이른바 중화의 정통성이나 신성성을 부정하는 태도를 보여주었다. 특히, 오랑캐의 역사적 인물을 나열하는 것 자체나,

---

言辞殊甚悖慢. 沃帝问於使者曰: "先鋒将誰也?" 对曰: "元太祖自為中軍, 刘裕·石勒為先鋒, 苻堅率王猛, 慕容垂為右将軍, 跖跋珪率崔浩, 長孫崇為後軍, 完顔太祖率粘汗·幹離不, 兀尤為左将軍, 耶律斡保機率突厥·吐蕃, 冒頓率匈奴為後援." 宋高宗沮戰栗曰: "不如和親. 何不召秦桧乞和?" 沃武帝叱曰: "金山寺中有杭州湧泉之金帛乎? 何不召秦桧乞和? 以兄為質乎?" 高宗曰: "寡人庸夫, 不足道也. 昔有豪傑之君, 為四海之主, 而或七日被圍, 或裕以公主與匈奴為翁婿者亦多矣. 戰則戰, 何其喜言人之短処耶?" 沃武帝默然.

원태조의 사자의 말로 오랑캐를 칭찬하는 것이나 모두 오랑캐에게 관심을 보이고 그들을 인정한다는 것을 암시하고 있다.

2.1.2. 역대의 만이

동국B본에서는 오랑캐들이 공격해 온 장면을 간략히 서술한다. 원태조를 초대에서 제외할 뿐 아니라 어떤 오랑캐의 인물이 연합군에 포함되어 있는지를 전혀 소개하지 않았다. 그러나 연세B본에서는 이들 오랑캐의 인물을 소개한 뒤에, 오랑캐 나라들의 역사도 다시 한번 상기시켰다. 구체적인 내용은 다음과 같다.

> 한고조가 유기에게 물었다.
> "저 오랑캐들이 어떠냐?"
> 유기가 대답하였다.
> "옛날에 진무제가 곽흠의 말을 듣지 않아서 여러 오랑캐가 중원에 처들어오는 일까지 저질렀습니다. 오호(五胡)의 난 시절에 이르러 유문은 문무의 재조를 겸비하여 중국에서 반란을 일으켜 한왕이 됐습니다. 유유는 용감하고 용맹하니 한나라를 쳐서 조왕이 되었습니다. 그 후에 석륵과 싸워서 패배하였기에 죽음을 당하였습니다. 그자가 죽은 후에 참객씨는 연나라를 세웠습니다. 그 후에 연나라가 망하고 포홍이 부씨가 되어 스스로 진왕으로 불렀습니다. 또 요장에게 소멸되고 요장이 스스로 진왕이 되었습니다. 그 후에 송나라에게 멸망하고, 척발규가 위나라를 세웠습니다. 주수 때까지 망하였습니다. 돌궐은 당나라 때에 이르러 흥하기 시작하였는데, 오대 시절에 계단은 제일 강하고 국호는 요라고 하여 금나라

때 망하였습니다. 금나라는 북송을 함락시켰지만, 원나라가 또한 금나라를 함락하였습니다. 이리하여 남송은 망하였습니다. 그래서 여러 오랑캐들이 오랫동안 중국에 피해를 끼쳤습니다. 원나라에 이르러서야 마침내 중국 천하를 통일하였습니다. 인재가 배출되는 것 또한 알 수 있습니다. 척발씨가 나라를 다스릴 때는 옛날 사람을 스승으로 섬기었습니다. 중국에서 오랑캐의 말과 옷차림을 금지하고, 부모가 죽으면 삼 년 동안 거상해야 했습니다. 최고와 역신의 지혜와 충성은 중국 옛날 사람 중에서도 쉽게 볼 수 있는 것이 아니고, 왕맹은 진나라의 관중과 같고, 올출점한은 금나라의 염파와 같습니다. 그리고 원나라의 인재도 특별히 많은 편입니다. 야률초재의 지혜는 왕맹보다 뛰어나고, 백안은 소하와 비슷하고, 사천보는 곽자의와 같은데, 나머지 인재들은 역시 셀 수 없을 정도로 많습니다."

한고조가 말하였다.

"하늘의 뜻도 알 수 없구나. 후세가 실덕하여 양은 음을 이길 수 없으며 중화는 오랑캐를 제어할 수 없네. 견용은 왕조산을 죽이고, 그 후에 중국을 침략하였는데, 이때부터 오랑캐의 침략이 끊임없이 계속되었지. 요나라와 금나라는 천하의 절반을 차지하고 원나라는 천하를 아예 통일시켰소. 원나라의 부유함과 강대함을 보면, 하늘도 취하였나 보네. 어찌하리오? 어찌 하리오? 그때야 하늘이 비로소 후회하기 시작하여 진정한 임금을 점지하고 명태조의 현명과 위엄으로 반드시 오랑캐를 없애버리고 오랑캐의 땅을 중화의 땅으로 만들리라. 혹은 그때부터 중화에서 더 이상 반역이 없을지도 모르겠네. 저자들이 공격해 오면 우리는 꼭 대적해야 하니 누가 먼저 나와서 용기를 내며 저 흉악한 오랑캐를 죽일 수 있겠느냐?"[4]

한고조가 사자의 말을 듣고, 오랑캐의 힘을 제대로 판단할 수 없는데, 명나라의 모신인 유기에게 오랑캐의 힘이 과연 어떤지 물었다. 이에 유기가 한고조에게 대답하여 오랑캐의 역사를 세세히 서술하였다. 옛날 한무제가 신하의 말을 듣지 않고, 여러 오랑캐들이 중국에서 반란을 일으키게 하였다. 이때부터 오랑캐의 반란이 중국의 왕조의 교체에 따라 끊임없이 발생해 왔다. 처음에는 한 오랑캐의 나라가 반란을 일으키면 얼마 안되어 곧 다른 오랑캐에게 대체되고 그 후에 또 다시 새로 일어난 오랑캐에게 정복을 당했다. 이리하여 오랑캐가 드디어 송나라를 멸망시켰다. 그 후에 원나라가 중국을 통일시키고, 그때에 많은 인재를 등용하였다. 그리고 유기는 오랑캐 나라의 인재를 한족 왕조의 인재와 비교하여 오랑캐, 특히 원나라의 인재를 극찬하였다. 이상의 설명을 들은 후에 한고조가 중화 왕조의

4 　沃高祖闻刘基曰: "彼群胡何如?" 苔曰: "昔晋武帝不听郭欽之言, 致雜胡於中国. 及至五胡之乱, 刘闻有文武之才, 遂叛中国为沃王. 刘裕勇而且猛, 遂取沃为赵王. 後與石勒戰, 兵敗見殺. 及其亡也, 参客氏为燕. 〃亡, 蒲洪始为苻氏, 自称秦王, 为姚萇所滅. 姚萇称秦王, 後为宋所滅. 跖跋珪为魏, 至周修而衰. 突厥至唐而盛, 五代時契丹最盛, 国号曰'遼', 至金而亡. 金破北宋, 元取金. 南宋遂亡, 群胡之为中国患久矣. 而至元, 乃混一天下. 人才之盛, 亦可知也. 跖跋氏治国也, 以古为師, 禁胡語·胡服於中国. 父母亡, 服三年丧. 崔高历臣之才智忠誠, 雖求於中国, 古人未易多得. 王猛·秦管仲·尢尤·粘汗, 金之廉颇. 元之人才, 尤有盛焉. 耶律楚材之智, 過於王猛. 伯顏似蕭何, 史天保似郭子仪. 其餘人才不可勝数矣. 沃帝曰: "天意亦不可知. 後世失德, 陽不勝陰, 華不制夷. 犬戎弑王驪山, 其後侵奪中国, 相續不絕. 遼金有天下之半, 元拠有四海. 拡其富強, 上帝亦醉. 奈何! 〃〃! 天心始悔, 蒿生真吏. 以明帝之聖明威武, 必淨掃腥穢, 变戎为華. 或者自此而往, 无復有亂華之患耶? 彼来侵我, 〃为应兵. 誰能先出鼓, 而取彼凶残也?"

흥폐를 하늘의 뜻으로 해석하고 하늘의 뜻을 헤아리기가 어렵다고 한탄하였다. 그리고 명나라가 하늘의 뜻을 받아 원나라를 쫓아 내고 영원히 중화의 땅을 평안케 한다는 기원을 하였다.

이상의 내용은 겉으로 보면, 한고조가 응전하기 위해 유기를 통해 오랑캐의 상황을 알아보는 것 같지만, 실제로는 유기의 입을 빌려 오랑캐에 대한 인식을 소개하는 것이다. 우선 오랑캐의 역사를 서술하기 전에 오랑캐들이 중국에 들어오는 이유를 알려 주었다. 작가가 그 이유를 분석할 때 '옛날에 진무제가 곽흠의 말을 듣지 않아서 여러 오랑캐가 중원에 쳐들어오는 것까지 당하게 되었습니다' 거침없이 한무제가 신하의 말을 듣지 않은 것을 지적하였다. 역사 사실이 어떤 것인지 관계없고, 일단 여기에서 작가는 한무제의 행동을 부정하는 것으로 표현하였다. 그리고 '드디어 원나라에 이르러서야 천하를 통일시켰습니다. 인재가 배출되는 것도 역시 알 수 있습니다'라고 하는 것처럼, 원나라가 중국을 통일하게 된 것은 비단 오랑캐로서 중국을 차지한 것을 잘못된 것으로 보지 않고, 오히려 중국을 통일해 주어 다행이었다는 뜻을 은근히 표현하였다. 특히, 뒤이어 원나라 인재가 얼마나 많은지 상상할 수 있다는 말로, 인재가 많은 원나라가 중국을 통일한 것에 합리성을 부여해 주기도 하였다. 또한 원나라의 인재를 한족 왕조의 인재와 함께 비교하는 것은 거의 오랑캐와 중화를 동일시하는 것이다. 이런 점에서 볼 때 연세B본은 동국B본보다 분명히 오랑캐를 더욱 높이 평가하고 있다.

동국B본에서는 오랑캐에 대한 묘사나 설명은 거의 없다. 이는 동국B본이 〈금화사몽유록〉처럼 한족 황제와 명신만 작품의 주인공으로 삼고 있기 때문이다. 그러나 연세B본은 동국B본을 계승하는 것에 만족하지 않고, 한 걸음 더 나아가, 한족 황제의 잔치를 방해하는 오랑캐도 마치 작품의 주인공처럼 중요시하고, 오랑캐의 역사를 회고하여 오랑캐 인물의 재능까지도

인정해 주기까지 하였다. 이는 조선 후기에 와서 중화주의에 대한 인식이 점점 약해지면서 원나라로 대표되는 오랑캐 나라의 공적을 비교적 객관적 시각을 가지고 보려는 자세를 보여준다. 물론 아무리 한족 왕조와 오랑캐에 대한 태도의 변화가 있다고 하더라도 역시 중화주의의 의식에서 완전히 벗어날 수 없다. 그래서 이 부분의 결말에서 작가는 한고조를 통해서 명나라가 한족의 정권을 회복한 뒤 영원히 중국을 통치한다는 희망을 표현하고 있다.

2.1.3. 송시의 내용

'송시의 내용'은 한유가 연회의 성황을 기록하는 것이다. 원래 〈금화사몽유록〉에서 송시의 내용을 수록하였지만, 동국B본에서는 삽입시의 내용을 전부 삭제하였다. 그래서 동국B본 이후의 모든 〈금산사몽유록〉의 이본에는 원래 〈금화사몽유록〉의 송시를 모두 수록하지 않았다. 그러나 〈금산사몽유록〉의 모든 이본 중에 예외가 하나 있다. 곧 연세B본이다. 〈금산사몽유록〉의 모든 이본 중에 오직 연세B본만이 송시의 내용을 제시하였다. 그러나 여기에서 주의해야 할 점은 이 송시의 내용은 〈금화사몽유록〉의 송시와 전혀 다르다는 데 있다.

　　이리하여 한문제가 한유를 보고 말하였다.
　　"그대의 시는 아직 끝내지 못했는데, 마침 승전의 소식이 전해오니 다시 붓을 들어 오늘의 성황을 기록하는 것이 어떠냐?"
　　한유가 두 번 절을 올리고 이십운의 배율로 된 시 한 수를 짓고 엎드려 황제 넷에게 드렸다.
　　시의 내용은 다음과 같다.

임금은 하늘에서 내려오는데, 운명이 속절없고 덧없네.

때가 되면 성현이 나오고 운이 없어지면 악인이 생기네.

곤경의 끝에 운수가 돌아오고 흥하면 조만간 또 망하겠네.

한고조가 사악한 진시황을 대신하고 황후가 역시 상서롭네.

법을 정하여 민폐를 제거하고 나라의 흥성을 길이 빌겠네.

한나라의 후손이 촉나라에 가고 당나라의 황제가 건국하네.

덕화는 백성에게 끼치고 위엄이 여러 오랑캐를 굴복시키네.

주나라의 백성이 덕치를 숭상하고 송나라가 길이 흥하네.

유학을 숭상하여 학자들이 모이고 나라의 모든 일이 형통하네.

명나라가 정통을 계승하여 국운이 계속하여 흥하네.

성주가 공격의 명을 내리면 오랑캐들이 반드시 패배하네.

흥망은 원래 끝이 없고 운수가 스스로 오르락 내리락하네.

공적이 천년이나 기록되고 영령이 한 자리에 모이게 되네.

황금 의자가 옛날과 같지만 백옥의 술잔에 새 술을 붓네.

대단한 창업을 함께 하였으나 연회의 즐거움은 우리만 누리네.

좌석 앞에 장상이 천여 명 있고, 법당 안에 황제가 여럿 있네.

바람과 구름이 서로 어울리는데, 해와 달의 빛도 희미하네.

수많은 깃발들이 휘날리고 종소리와 북소리가 낭랑하게 울리네.

저 오랑캐들이 어찌 기세를 부릴 수 있느냐?

승전의 첩보가 더욱 기쁘고 성덕이 온 세상에 넘치네.

황제 네 명이 모두 돌려 보며, 칭찬하여 말하였다.

"옛날 사람들은 이렇게 글을 중요시하는구나."[5]

    한유가 시를 지으려고 할 때 오랑캐들이 갑자기 공격해왔다. 그래서 부득이 시 짓기를 그만 두었다. 그러나 진시황, 한고조, 명태조 등은 오랑캐들을 즉시 퇴치하였다. 그래서 연회도 다시 시작되었다. 이에 한고조가 한유보고 다시 시를 쓰라고 하였다. 이리하여 한유가 연회의 성황과 전쟁의 승리를 기록하는 시를 지었다. 시의 내용은 대략 천명을 한탄하고, 중화 왕조의 공업을 칭송한 것이었다.

    하늘의 뜻이 덧없는데 운이 오면 성인이 태어나고, 운이 가면 오랑캐가 중화에 피해를 끼치네. 악운의 끝에 행운이 찾아오고, 흥할 때가 있으면, 곧 망할 때도 있는 것이지. 한고조가 진시황 대신 태평성대를 열어놓네. 백성을 위해 해를 제거하지만, 국운이 길지 않아서, 후손이 결국 서촉에 갔고, 그 후에 당나라가 흥하였다. 당나라의 통치는 대단하고, 주변 오랑캐 나라에 교화를 베풀었다. 당나라에 이어서 송나라가 일어나네. 송나라가 유교를 숭상하고, 나라의 모든 면이 제대로 발전되었네. 그 후에 명나라가

---

5   仍顧謂韓愈曰: "君詩未就, 捷音適至. 可揮已濡之笔, 以記今日之盛事, 可乎?" 愈再拜, 遂作二十韻排律, 跪進之四帝榻前. 詩曰: 於赫天臨下, 昭〃命靡常. 時来生聖智, 運去殄猖狂. 極否旋回泰, 方興必有亡. 高皇曾代虐, 神母亦呈祥. 為法除民害, 貽謨享国長. 孱孫終在蜀, 真吏遂興唐. 惠化覃群庶, 威聲服眾羌. 周民飯有德, 宋業慶无疆. 重道諸儒集, 图治庶事康. 大明承統緒, 巡運属休昌. 聖主方屑命, 残胡取負强. 興衰元袞〃, 陟降自洋〃. 功烈符千載, 精灵会一場. 黃金仍旧榻, 白玉献新觞. 赫業同开册, 斯遊獨主張. 席前千将相, 堂上几皇王. 密勿風雲契, 依稀日月光. 旌旗看晻靄, 鍾鼓听鏗鏘. 慕尔彼群醜, 胡為更■梁. 捷音益喜氣, 聖德溢穹蒼. 四帝一時傳看, 嘖〃嗟賞曰: "古人重文章以此也."

정통을 계승하는데, 명나라의 국운을 빌겠네. 한족의 왕조들이 매우 훌륭하고, 이 잔치에 모든 인재가 모여서 창업의 연회를 하네. 오랑캐들이 공격해오지만, 역시 한족 황제들이 승리를 얻었네.

　이상의 시는 주로 세 부분으로 구성된다. 첫째 부분은 한나라, 당나라, 송나라, 명나라의 역사를 되돌아 보고 극찬만 한다. 둘째 부분은 연회의 성황을 묘사한다. 마지막 부분은 전쟁의 승리를 노래한다. 먼저 '곤경의 끝에 운수가 돌아오고 흥하면 조만간 또 망하겠네'라는 말로 작가의 역사관을 제시해 주며 시의 기조를 잡았다. 그다음에 왕조의 교체를 순서대로 서술하였다. 한나라를 평가할 때 '법을 정하여 민폐를 제거하고'로, 진시황 대신 새 나라를 건립한 공적을 인정하였다. 당나라를 평가할 때 주로 '덕화는 백성에게 끼치고 위엄이 여러 오랑캐를 굴복시키네'라는 시구로 당나라의 주변 오랑캐 나라에 대한 영향을 강조하였다. 그리고 송나라를 이야기할 때 '유학을 숭상하여 학자들 모이고 나라의 모든 일이 형통하네'라는 말로 송나라의 특징과 발전을 드러냈다. 그리고 '명나라가 정통을 계승하여 국운이 계속해서 흥하네'라고 하여, 명나라의 정통성을 강조하며 명나라의 국운이 오래 가기를 빌었다.

　〈금화사몽유록〉의 송시는 오랑캐를 퇴치하는 전쟁이 일어나기 전에 지은 것이기 때문에 단순히 한, 당, 송, 명의 역사를 서술하고 연회의 성황을 칭찬한 것과 달리, 연세B본의 송시는 오랑캐를 퇴치하는 전쟁에서 이긴 후에 지은 것이기 때문에 〈금화사몽유록〉 송시 중의 두 가지 내용을 제외하고 대신 전쟁을 이긴 기쁨이 담겨 있다. 그리고 시의 내용을 보면, 모든 시구가 〈금화사몽유록〉과 완전히 다르지만, 창작 의식 면에서는 큰 차이가 없다.

2.2. 존경C본 계열의 전승 양상

존경C본의 계열은 53개 서사 단락이 있고, 그 중에 '제품의 보충', '치국경험담', '제왕의 가무' 등 3개는 존경C본 계열이 가지고 있는 독특한 내용이다. 그리고 앞에서 말한 것처럼, '만이의 공격'과 '역대의 만이' 두 서사 단락은 연세B본 계열과 공유하는 서사 단락이고, '동방삭 부직'과 '공신의 가무' 두 서사 단락은 다른 모든 이본과 공유하지만, 그 순서는 연세B본 계열과 일치하고, 다른 계열과 다르다.

존경C본 계열은 비록 연세B본 계열과 이러한 배타적인 차이가 있지만 연세B본 계열의 송시의 내용을 수록하지 않았다. 이는 존경C본이 작품의 흥미성을 중요시하는 데 기인한 것으로 보인다. 송시의 내용은 서사적 측면에서는 연회의 분위기를 더해주는 역할이고, 또 주제적 측면에서는 한나라를 비롯한 중화의 왕조를 극찬하는 역할이다. 그러나 후대에 가면 작가는 작품의 흥미에만 관심을 가지고 숭명배청의 주제 의식에는 전혀 관심을 두지 않았기 때문에 송시의 내용을 삭제한 것이 아닌가 한다. 물론 단순히 지면이 부족한 관계로 송시를 생략할 수도 있다.

달리 말하자면, 존경C본 계열의 내용은 〈금산사몽유록〉 작품군의 가장 기본적인 내용을 포함하고 있지만, 독특한 서사 내용으로 모든 이본 중에 독특한 자료로서 그 가치를 가지고 있다. 그리고 존경C본 계열과 연세B본 계열의 서사상의 공통점도 무시할 수 없다. 53개 서사 단락 중 몽유자와 관련한 서사 단락은 4개이고, 나머지 몽중의 서사 단락은 49개이다. 이 가운데 제왕에 관한 서사 단락은 30개이고, 신하에 관한 서사 단락은 19개이다. 그래서 서사의 진행으로 보면, 존경C본 계열도 역시 신하보다는 주로 제왕을 중심으로 사건을 전개시키고 있다. 서사 단락에 대한 것을 비교해 보면 존경C본 계열은 동국B본 계열로부터 연세B본 계열을 거쳐 전승해온 것이다. 존경C본 계열을 동국B본 계열과 연세B본 계열을 함께 비교하여 그 내용을 [표31]로 제시한다.

[표31] 동국B본 연세B본 존경C본 계열간 서사 단락 대비

번호	동국B본	번호	연세B본	번호	존경C본
1	夢遊者 紹介	1	夢遊者 紹介	1	夢遊者 紹介
2	金山의 遊覽	2	金山의 遊覽	2	金山의 遊覽
3	金山寺 入夢	3	金山寺 入夢	3	金山寺 入夢
4	宴會의 準備	4	宴會의 準備	4	宴會의 準備
5	創業主 登場	5	創業主 登場	5	創業主 登場
6	明太祖 辭讓	6	明太祖 辭讓	6	明太祖 辭讓
7	文武臣 登場	7	文武臣 登場	7	文武臣 登場
8	宴會의 序幕	8	宴會의 序幕	8	宴會의 序幕
9	漢代 創業談	9	漢代 創業談	9	漢代 創業談
	(없음)		(없음)		(없음)
10	漢代 功臣談	10	漢代 功臣談	10	漢代 功臣談
11	唐代 功臣談	11	唐代 功臣談	11	唐代 功臣談
12	宋代 功臣談	12	宋代 功臣談	12	宋代 功臣談
13	漢代 冊立談	13	漢代 冊立談	13	漢代 冊立談
14	明代 功臣談	14	明代 功臣談	14	明代 功臣談
	(없음)		(없음)		(없음)
	(없음)		(없음)		(없음)
15	中興主 登場	15	中興主 登場	15	中興主 登場
16	張良의 提議	16	張良의 提議	16	張良의 提議
17	諸葛亮 當選	17	諸葛亮 當選	17	諸葛亮 當選
18	宋太祖 辨明	18	宋太祖 辨明	18	宋太祖 辨明
19	諸葛亮 辭讓	19	諸葛亮 辭讓	19	諸葛亮 辭讓
	(없음)		(없음)		(없음)
	(없음)		(없음)		(없음)

한문본 금산사몽유록 연구

20	不請客 挑發	20	不請客 挑發	20	不請客 挑發
21	秦始皇 登場	21	秦始皇 登場	21	秦始皇 登場
	(없음)		(없음)		(없음)
22	楚霸王 登場	22	楚霸王 登場	22	楚霸王 登場
23	不請客 退治	23	不請客 退治	23	不請客 退治
24	功業主 登場	24	功業主 登場	24	功業主 등장
25	入侍의 名臣	25	入侍의 名臣	25	入侍의 名臣
26	相業의 次等	26	相業의 次等	26	相業의 次等
27	将帥의 次等	27	将帥의 次等	27	將才의 次等
28	忠烈의 次等	28	智略의 次等	28	智略의 次等
29	智略의 次等	29	勇力의 次等	29	勇猛의 次等
30	勇力의 次等	30	忠烈의 次等	30	忠烈의 次等
31	姜維의 呼訴	31	姜維의 呼訴	31	姜維의 呼訴
	(없음)		(없음)	32	題品의 補充
32	諸王의 合席	32	諸王의 合席	33	諸王의 合席
33	歷代 興亡談	33	歷代 興亡談	34	歷代 興亡談
34	秦漢 快事談	34	秦漢 快事談	35	秦漢 快事談
	(없음)		(없음)		(없음)
35	明帝의 悲懷	35	明帝의 悲懷	36	明帝의 悲懷
36	唐宋 快事談	36	唐宋 快事談	37	唐宋 快事談
37	曹操 快事談	37	曹操 快事談	38	曹操 快事談
	(없음)		(없음)		(없음)
	(없음)		(없음)		(없음)
	(없음)		(없음)		(없음)
38	漢帝의 提議	38	漢帝의 提議	39	漢帝의 提議
39	帝王 氣像談	39	帝王 氣像談	40	帝王 氣像談
40	帝王 得失談	40	帝王 得失談	41	帝王 得失談
41	楚伯王 罪目	41	楚伯王 罪目	42	楚伯王 罪目

	(없음)		(없음)	43	治國 經驗談
42	明代 定都談	42	明代 定都談	44	明代 定都談
	(없음)		(없음)	45	帝王의 歌舞
43	東方朔 付職	43	功臣의 歌舞	46	功臣의 歌舞
44	功臣의 歌舞	44	東方朔 付職	47	東方朔 付職
45	韓愈의 頌詩	45	韓愈의 頌詩	48	韓愈의 頌詩
	(없음)	46	蠻夷의 攻擊	49	蠻夷의 攻擊
	(없음)	47	歷代의 蠻夷	50	歷代의 蠻夷
46	蠻夷의 退治	48	蠻夷의 退治	51	蠻夷의 退治
	(없음)	49	頌詩의 內容		(없음)
47	帝王의 豫言	50	帝王의 豫言	52	帝王의 豫言
48	夢遊者 覺夢	51	夢遊者 覺夢	53	夢遊者 覺夢

　존경C본 계열은 53개 서사 단락이 있으며, 위의 3 계열 중에 서사 단락이 제일 많다. 존경C본 계열은 1번부터 31번까지는 여타 두 계열과 거의 똑같다. 그러나 다음 서사 단락부터 세 이본이 달라지기 시작하였다. 다른 두 계열은 강유가 자신의 억울함을 호소하는 장면 뒤에 바로 여러 제왕들이 자리를 함께 합하는 장면이다. 그런데 존경C본 계열은 여기에서 역대 신하를 제품하는 단락 뒤에 보충으로 몇몇 인물을 제품하는 내용이 더 추가되었다. 이 단락이 끝나면 세 이본의 내용이 또 다시 일치한다.

　작품의 후반부에 가면, 명태조가 나라의 수도를 어디에 정할지 물어보기 전에 일단 명태조가 역대 제왕에게 치국의 경험을 묻는 단락이 나왔다. 그리고 다른 계열과 달리, 공신이 노래를 부르기 전에 제왕들이 먼저 노래를 불렀다. 그다음에 오랑캐들이 공격해오고 오랑캐들을 퇴치하는 내용이 연세B본과 상당히 흡사하다. 이상의 비교에 따라 존경C본 계열이 연세B본의 송시를 제외한 내용을 전부 수용하였고 서사 단락을 추가하였음을 알 수 있다. 다음에서 '제품의 보충', '치국 경험담', '제왕의 가무' 등 추가된 3개 단락의 내용을 살펴보겠다.

2.2.1. 제품의 보충

동국B본은 〈금화사몽유록〉처럼, 명신을 다섯 가지로 나누고, 이를 일일이 품평하였다. 그러나 존경C본은 동국B본처럼 역대 명신을 품평하지만, 강유가 자신의 억울함을 호소한다는 내용 뒤에, 제갈량의 말을 추가하였다. 구체적인 내용은 다음과 같다.

제갈량이 순서를 정한 뒤에 자리를 한참 돌아보고 한탄하여 말하였다.

"사람들의 말이 옳습니다. 가시나무 숲에 있으면 봉황의 색깔도 어두워 보이고 진흙에 있으면 곤옥(崑玉)도 빛이 없답니다. 이리하여 처하는 곳을 고르지 않으면 안 됩니다."

다들 이유를 물었다.

제갈량이 말하였다.

"제가 유씨의 송나라에서 한 사람을 예를 들자면 곧 도잠(陶潛)입니다. 벼슬의 구속을 받지 않으며, 스스로 은일의 생활을 즐기고, 세상의 비바람을 맞아도 자연의 풍물을 감상하며 유유자적합니다. 〈귀거래혜사〉를 읊어 줄이 없는 거문고를 연주하고 북창에서 잠을 푹 잡니다. 봄날 바람이 꽃을 내쫓지 않아도 오히려 석두종을 건너갑니다. 참으로 남조의 대단한 선비이고, 은일하는 사람 중에서 제일로 봐야 합니다. 그리고 단도제(檀道濟)도 있습니다. 이 사람은 지혜롭고 충성스러우며 용맹하고 위엄이 있습니다. 노래를 부르고 모래를 헤아리니 강한 적수가 스스로 물러갔습니다. 정말로 만리장성이라고 부를 수 있고, 장수의 제일로 봐야 합니다. 왕경부(王景父)가 학을 대하여 수업하고, 진현달(陳懸達)의 미왕소지장하는 행실로 모두 송나라의 재상으로 삼을 만한 인물입니다. 오대 시절의 상유한(桑維翰)은 지략과 용력을 겸비하고, 왕언장(王彦章)은 위풍이 늠름하고, 장승엽(張承葉)의 충의와 왕박(王朴)의 지략은 모두 진(晋)나라, 당(唐)나라, 주(周)나라의 신하 중에서 뛰어난 편입니다. 그들이 임금을 따라 서루에 와 있는지 모르겠습니다."

사람을 시켜 확인해 보니 상, 단 두 장수와 풍도는 재상으로서 임금을 따라 참석하였다.

제갈량이 침을 뱉으며 말하였다.

"풍도는 문에 기대어 웃음을 파는 놈이고 한 평생 몇 번이나 재상을 하였기에, 어찌 이 잔치에 참석합니까?"

그래서 그를 내쫓아 버리고 도탕을 불러 장수의 이등으로, 유한을 장수의 삼등으로 이름을 쓰고 정전(正殿)에 붙였다.

한고조가 이를 보고 감탄하여 말하였다.

"신기하구나. 비록 하늘에 걸려 있는 옥으로 만든 거울로 바다의 물을 측량하고 보배의 거울로 해의 빛을 반사하여 태산의 나무를 구별해도, 어찌 간사함과 사악함이 하나도 틀리지 않고, 무거움과 가벼움이 전혀 헷갈리지 않을 수 있을까? 길고 짧음을 정확하게 평가하고 높고 낮음을 적당하게 의논하였네. 하늘 위로 올려 칭찬해도 사람의 의심을 받지 않고, 깊은 도랑 속으로 낮추어 말해도 사람의 원망을 받지 않겠지. 정직한 언사는 이 정도 되네. 아쉽게도 짐의 수명은 길지

않아서 제갈량의 재조를 발휘할 수 있는 기회를 마련해 주지
못하오."

　　주변 사람들에게 돌려 주며 보여 주는데, 진시황의 시기나
항우의 교활로도 감히 말을 한 마디도 못하였다.

　　한고조가 바로 옥잔에 술을 부어 하사하였다.[6]

　제갈량은 순서를 정한 뒤에 자리에 있는 모든 사람을 둘러보다가 말하
였다. 사람들의 말이 과연 틀리지 않으며 사람은 역시 살 곳을 골라야 한다.
모든 사람이 제갈량에게 그 이유를 물었다. 제갈량이 대답하면서 또 많은
인물들을 평가해 주었다. 이 부분의 평가는, 앞서 특별한 규칙에 따라 평가
한 것이 아니라, 단지 작가 본인이 가지고 있는 생각을 원문에 직접 삽입한
것이다. 이것은 앞뒤 내용과 관련 없이, 갑자기 삽입된 내용으로 〈금산사몽
유록〉의 또 하나의 특징을 보여준다. 즉, 〈금화사몽유록〉의 필사자들 대부
분이 원문의 내용을 충실하게 베끼는 태도와는 완전히 달리, 〈금산사몽유
록〉의 개작자들은 항상 단순히 작품의 내용을 그대로 필사하지 않고, 그 대

6　孔明序次畢, 環視座中良久而嘆曰: "信乎人之言! 處枳棘則鸞鳳減彩, 在污泥則崑玉無光. 若
是乎, 所居之不可不擇也." 滿座問其故. 孔明曰: "吾於劉家宋得一人焉, 即陶潛也. 不受奇奴
之圭組, 獨保典午之日月, 八荒風塵, 甘橘爲枳, 九秋霜風, 籬菊自芳, 長吟「歸去」之篇, 浪撫
無絃之桐, 北牕醉裡高臥, 羲皇之人, 五柳春風, 不遣飛花, 而過石頭种, 真是南朝高士也, 宜
爲隱逸之第一等. 又得檀道濟之人也, 智而忠, 勇而威, 唱籌量沙, 勁敵自退, 則可謂萬里長
城, 宜爲將坛之魁杰. 王景父之對鶴收業, 陳懸達之微王燒之庄, 皆宋室宰輔之選也. 若五代
之桑維翰智勇俱全, 王彦章威猛振世, 張承䒤之忠, 王朴之略, 皆晉唐周之傑也, 未知方隨其
主在於西樓否." 使人視之, 桑·檀二將及馮道以宰相隨来. 孔明唾曰: "道則倚門献笑之輩, 以
一身佩幾朝印綬, 此而直之, 則盛筵若況." 乃�榑去, 遂招入道·湯于將第二等, 維翰于將第三
等, 乃列書于正殿. 漢帝覽畢嘆曰: "奇哉! 雖王鏡懸空, 以稱瑤海之寶, 水鏡暎日, 以別泰山
之木, 焉有奸醜不差其毫釐, 輕重不混於錙銖乎? 使長短得處, 高下合宜, 升之九天之上而人
不疑, 墜之重淵之下而人不怒. 直正之言也, 如是哉. 只恨朕之祈命不永, 使此人不能展其末
分之才耳." 周而傳示之, 雖秦皇之猜忌, 項王之猾賊, 不敢出一言. 漢帝乃以玉盃賞之.

신 수시로 개인의 견해를, 어떤 등장인물의 입을 빌려 표현하였다. 이와 같은 개인 주장의 표시는 상당한 임의성을 갖고 있으며, 전체적으로 볼 때 〈금산사몽유록〉을 개작하는 의도를 보여줄 뿐만 아니라, 그 시대의 사회 사상의 변동도 함께 보여주었다.

2.2.2. 치국 경험담

〈금화사몽유록〉에서는 명태조가 한고조의 제의로 역대 제왕을 평가한 뒤에, 바로 한고조에게 건국한 뒤 도읍의 위치를 물어보았다. 동국B본도 이와 똑같다. 그러나 존경C본은 이 두 개 서사 단락 사이에 억지로 역대 제왕들이 치국의 경험을 논의하는 내용을 삽입하였다. 이 부분이 명태조의 말로 시작되는데, 명태조의 말 그 자체도 문맥상 자연스럽지 않다.

> 명태조가 말하였다.
> "과인이 말씀을 들어보겠습니다."
> 한고조가 말하였다.
> "당신의 총명함과 용감함으로 만고에 비길 만한 사람이 없는데, 천하를 통일한 뒤에 나라의 터를 먼저 정하기 바라네."
> 진시황이 말하였다.
> "원나라 임금이 나라를 다스릴 때 관용하였다고 자긍하지만, 실은 방종한 것 뿐이다. 임금과 신하의 구별은 하늘과 땅의 차이처럼 분명하게, 그리고 엄격하게 다스리기 바라네."
> 당태종이 말하였다.
> "나라를 다스릴 때 주로 패도를 실시하고 그 동시에 왕도를 베풀어야 하는데, 말세의 세상은 상고의 세상과 다르지."
> 송태조가 말하였다.

"나라의 근본을 공고하게 지키고, 적국이 우리를 엿보는
마음을 끊으며, 공신을 보전하고, 동맹을 확보하기 바라네."

한광무제가 말하였다.

"권력이 중앙에 집중하는 폐단이 생기지 않도록 삼공을 임
용하지 말고, 병력을 여러 성으로 나누어 외부의 근심을 예
방하기 바라네."

한무제가 말하였다.

"경전에 신경 쓰고 나라를 다스리는 기본을 삼기 바라네."

명태조가 읍하여 말하였다.

"삼가 가르치심을 받들겠습니다."[7]

명태조가 역대 제왕을 평가한 후에 다른 제왕에게 나라를 다스렸던 경
험을 물었다. 이에 역대 제왕들이 각자의 치국 경험으로 명태조에게 나라
를 다스리는 조언을 말해 주었다. 한고조는 명태조의 '총명함과 용감함'은
역대에 보기 드문 예라 칭찬하고 건국한 뒤 먼저 규모, 즉 도읍을 건설해야
한다고 조언하였다. 진시황은 임금과 신하의 차이를 뚜렷이 해야 한다고
조언하였다. 당태종은 치국하는 데 있어 주로 '패도(霸道)'를 실행하며 '왕
도(王道)'를 간혹 베푸는 것이 마땅하다고 조언하였다. 송태조는 나라의 근
본을 공고히 지키고 주변의 오랑캐를 방비하고 공신을 보존하라고 조언하
였다. 한나라의 광무제는 주로 '삼공을 임용하지 말고, 병력을 여러 성으로

---

7   明帝曰: "寡人願承敎." 漢帝曰: "帝之聰明英武, 萬古小匹, 混一之後, 願先之規模焉." 秦始
     皇曰: "元君號寬而實縱, 願嚴以治之, 使君臣之分截然如天地." 唐太宗曰: "治國當以伯道
     爲主, 而王道濟之, 末世非太古比也." 宋太祖曰: "願固守國本, 而絕窺覬之心, 保全功臣, 而
     堅帶礪之盟." 漢光武曰: "願勿任三公, 以致內重之弊, 分兵諸省, 以杜外重之患." 漢武帝曰:
     "必留心經傳, 以爲出治之本." 明帝拱手曰: "謹奉敎."

나누어 외부의 근심을 예방하기 바라네' 등 두 가지 건의를 하였다. 마지막 한무제는 유교 경서에 신경을 쓰고 나라를 다스리는 정책을 만드는 근거로 삼으라고 조언하였다.

겉으로 보면, 이 부분의 내용은 제왕들이 명태조에게 나라를 다스리는 조언을 하는 내용이지만, 실제로는 역대 한족 왕조의 특징을 개괄하는 내용이다. 진시황의 조언의 핵심 내용은 '엄격하게 다스리기'이다. 진나라의 법률이 몹시 가혹하고 진시황의 통치는 엄격하다는 것으로 유명하다. 그래서 진시황이 명태조에게 조언할 때도 역시 엄격하라고 건의하였다. 또 한무제의 조언의 핵심은 '경전에 신경 쓰고 나라를 다스리는 기본을 삼기'이다. 한나라, 특히 한무제가 통치할 때 다른 제자백가의 학문을 모두 이단으로 삼고, 오로지 유교의 이론을 수용하여 그 당시의 국교로 삼았다. 그래서 한무제가 명태조에게 조언할 때도 역시 유교를 숭상하라는 말로 당부하였다. 이상 역대 제왕의 대화는, 사실은 작가가 자신의 시각으로 역대 한족 왕조의 특징을 밝히는 것이라고 해석된다.

〈금화사몽유록〉 및 동국B본에서는 이러한 내용이 전혀 없는데도 불구하고, 존경C본은 왜 이런 내용을 추가하였을까? 앞에서 명태조가 역대 제왕을 평가하였을 때 이미 제왕들의 득실, 곧 장점과 단점을 일차로 요약하였다. 따라서 여기에서 다시 역대 제왕의 치국의 특성을 서술하는 것은 사실 앞의 내용과 일부 중복되기도 한다. 그러나 앞서 역대 제왕의 장점과 단점을 논의하는 것과 달리, 여기에서는 주로 역대 제왕의 장점에만 초점을 두어 논의하였다. 특히, 이런 모든 조언을 전부 명태조에게 하는 것에 주목해야 한다. 명나라는 한족 왕조의 마지막 왕조이다. 여기에서 작가가 역대 한족의 훌륭한 제왕들이 각자의 치국 경험을 나누어주는 것으로, 명나라로 하여금 모든 한족 왕조의 장점을 통합하여 역대 왕조 중 가장 막강한 나라가 되기를 바라는 소원을 나타낸 것이라고 생각한다. 곧 이 부분의 내용을 보면, 작가는 그야말로 중화주의의 우월성을 강조하고 싶었던 것이다.

2.2.3. 제왕의 가무

〈금화사몽유록〉에서 명나라 도읍의 위치를 선택하는 이야기가 끝난 뒤에 바로 역대 명신들이 노래를 부르는 서사 단락이 이어진다. 그리고 〈금화사몽유록〉에서나 동국B본 〈금산사몽유록〉에서는 모두 공신의 노래만 삽입하였으나 존경C본에서는 제왕의 노래도 삽입하였다.

> 한고조가 말하였다.
> "이때 어찌 노래가 없을 수 있겠소? 노래를 불러 마음의 회포를 풀기를 바랍니다."
> 한고조의 노래는 다음과 같다.
> "빨간 깃발을 갖고 하얀 뱀을 베고 천하를 집으로 삼아 통일을 하네."
> 진시황의 노래는 다음과 같다.
> "만리장성을 쌓고 여섯 왕을 잡고 동해의 동쪽에 안기생을 만나보네."
> 당태종의 노래는 다음과 같다.
> "삼척의 검을 들고 천하를 통일하고 오랑캐의 땅을 얻어 태평성대를 이루네."
> 송태조의 노래는 다음과 같다.
> "낮에 진교(陳橋)에서 목욕을 하고 말을 타고 황제의 옷을 입네"
> 수문제의 노래는 다음과 같다.
> "고생하여 천하를 통일하고, 羊車를 타고 곡물의 바다에

배를 띄우네."

송신종의 노래는 다음과 같다.

"옛사람을 경모하여 법도를 바꾸고 바위다람쥐 탓에 망하
네."

진무제의 노래는 다음과 같다.

"아침에 촉나라의 무용을 보고 저녁에 오나라의 노래를 들
으며 숲 속 개구리 소리 들어보네."

항우의 노래는 다음과 같다.

"8년 동안 동정서벌하고 한나라와 촉나라의 흥망이 다 옛
이야기 되네."

다른 황제들도 노래가 있지만, 모두 기록하지 못하였다.

명태조의 노래는 다음과 같다.

"오늘 저녁은 어떤 저녁인가? 이 승리의 잔치에 참석하네.
훗날에도 큰 공을 세우면 이런 잔치를 계속해야 하네.[8]

명제가 도읍의 위치를 묻고 난 뒤 한고조가 노래를 부르자고 제의하였
다. 이에 제왕들이 모두 각자의 생애를 소재로 삼아 노래를 지어 불렀다.
여기에서 노래를 부르는 황제들은 각기 한고조, 진시황, 당태종, 송태조,
수문제, 송신종, 진무제, 항우, 그리고 명태조이다. 이 대목에서 대략 시대
의 순서대로 제일 중요한 제왕들을 등장시켰다. 한고조는 자신이 하얀 뱀

---

8 高帝曰: "此间不可無乐, 願作歌言懷." 高帝歌曰: "有紅旗兮斬白蛇, 家四海兮致太和." 秦皇
歌曰: "城萬里兮收六王, 望安期兮東海東." 唐太宗歌曰: "提三尺兮臣萬方, 胡越為家兮仁化
昌." 宋太祖歌曰: "日邑澀於陳橋兮, 擁馬上兮加黃袍." 隋文帝歌曰: "嗟辛勤而混一區宇兮,
付畜生而積黍行舟." 宋神宗歌曰: "志慕古而更变兮, 付鼫鼠而致乱." 晋武帝歌曰: "朝看蜀
舞暮听吴歌兮, 不意萃林间乱蛙." 項王歌曰: "龍拏虎攫八年風雨兮, 漢楚興亡兩丘土." 他皇
帝亦皆有歌, 而不能盡記. 明帝歌曰: "今夕何夕兮逢此勝會, 功成他日兮庶續此事."

을 죽이고 한나라를 창업한 것을 노래하였다. 진시황은 만리장성을 만든 일을 자랑하였다. 당태종은 주변 나라를 조공하도록 한 일을 가지고 노래를 불렀다. 송태조는 자신이 진교에서 황포를 입고 황제가 된 것을 노래하였다. 수문제는 나라를 통일시킨 것을 노래하였다. 송신종은 자신이 개혁을 추진한 성과를 노래로 자랑하였다. 진무제는 촉나라와 오나라를 정복하고 삼국을 통일한 것을 노래하였다. 항우는 초한의 전쟁을 회고하며 한탄하였다. 마지막 명태조는 이 잔치의 성황을 칭송하였다. 대부분 황제들이 주로 통일의 공적을 자랑하였다.

이 부분의 내용은 〈금화사몽유록〉 중 공신들이 노래를 부르는 내용을 모방해서 제왕들이 노래를 부르는 내용을 서술하였다. 그러나 공신이 노래를 부르는 장면처럼, 노래를 부르는 사람에 대한 자세한 묘사는 없고, 단지 노래의 내용을 기록해 놓았을 뿐이다. 그리고 노래의 내용을 보면, 그저 각각 제왕의 생애를 소개하는 것이었다. 사실 노래의 내용은 앞에서 명태조가 각각 제왕을 평가한 내용과 겹치는 내용이 있어서 다소 중복된 것이다. 그리고 〈금화사몽유록〉의 공신들의 노래 형식은 비교적 다양한 편이지만, 존경C본의 노래 형식은 모두 두 구절 밖에 없으니 상당히 단조로운 편이라고 할 수 있다. 내용도 중복되고, 형식도 단조로운데, 왜 굳이 이 내용을 추가하였을까?

〈금화사몽유록〉은 원래 오랑캐에 대한 자세한 묘사나 서술은 없었고 동국B본도 이 특징을 계승하였다. 그러나 연세B본의 경우는 오랑캐가 공격해 오는 장면에서 오랑캐의 역사를 시대로 나열한 뒤에 원나라의 인재에 대한 칭찬도 아낌없이 서술하였다. 존경C본은 연세B본의 내용을 수용하여 좀더 세련되게 한 이본으로서, 작품 내용상 부득이하게 연세B본과 같은 내용이 있다. 예컨대 연세B본은 오랑캐의 역사에 대한 서술이 있는데, 존경C본도 비슷한 내용이 있다. 그렇지만, 존경C본은 연세B본의 내용을 수용하였다 하더라도 작품 주제적 측면에 있어서는 〈금화사몽유록〉처럼 중화주의에 치중하고 있다.

그래서 오랑캐에 대한 서술과 한족 제왕에 대한 서술의 균형을 유지하기 위하여, 그 앞에 한족 제왕들이 치국의 경험을 의논하는 장면도 추가하고, 더불어 한족 황제들이 노래를 부르는 장면도 추가하였다. 다시 말하자면, 연세B본은 중화주의의 주제에서 조금 벗어났다고 하면, 존경C본은 조금 벗어난 연세B본을 다시 원래의 주제로 바로잡았다. 그러나 오랑캐에 관한 내용을 직접 삭제하는 것이 아니라, 그 내용을 보유하면서 한족 황제에 관한 서술을 더 추가한 것으로 본다면, 이 시대의 작가는 중화주의의 정통과 오랑캐 사이에서 양자를 모두 고려하고 있다는 것을 알 수 있다. 이는 명청교체 시기에 조선 문인 사대부의 고민을 그대로 보여준 것이다.

2.3. 익선D본 계열의 전승 양상

마지막으로 익선D본 계열은 56개 서사 단락이 있고, 그 중에 '한고조 해명', '황실 인륜담', '중흥주 품평', '옥제의 하교', '진무제 등장', '유신의 제품', '염왕의 등장', '죄인의 정죄', '동탁의 반박' 등 9개는 모두 익선D본 계열이 가지고 있는 독특한 내용이다. 그리고 다른 이본의 한 단락인 '당송 쾌사담'을 두 단락으로 나누었다. 또한 익선D본 계열은 한유가 지은 송시의 내용을 생략하였을 뿐만 아니라, 한유가 송시를 지은 서사 단락 자체를 삭제하였다. 이는 앞에서 존경C본 계열의 비슷한 현상을 분석했을 때 이미 설명하였으므로 다시 중복하지 않겠다.

다시 말하자면, 익선D본 계열의 내용은 〈금산사몽유록〉 작품군의 가장 기본적인 내용을 포함하고 있고, 거의 6분의1의 분량은 새로운 내용이다. 56개 서사 단락 중 몽유자에 관한 서사 단락은 4개이고, 나머지 몽중의 서사 단락은 52개이다. 이 가운데 제왕에 관한 서사 단락은 31개이고, 신하에 관한 서사 단락은 21개이다. 그래서 서사의 진행으로 보면, 익선D본 계열은 주로 신하보다 제왕을 중심으로 사건을 전개시켰다. 익선D본 계열의 서사 단락은 연세B본 계열과 존경C본 계열에 비해 큰 차이가 있다. 따라서 후대 이본일 가능성이 제일 크다. 그래서 이를 다른 모든 이본 계열과 함께 비교하겠다.

[표32] 모든 계열간의 서사 단락 대비

번호	동국B본	번호	연세B본	번호	존경C본	번호	익선D본
1	夢遊者 紹介	1	夢遊者 紹介	1	夢遊者 紹介	1	夢遊者 紹介
2	金山의 遊覽	2	金山의 遊覽	2	金山의 遊覽	2	金山의 遊覽
3	金山寺 入夢	3	金山寺 入夢	3	金山寺 入夢	3	金山寺 入夢
4	宴會의 準備	4	宴會의 準備	4	宴會의 準備	4	宴會의 準備
5	創業主 登場	5	創業主 登場	5	創業主 登場	5	創業主 登場
6	明太祖 辭讓	6	明太祖 辭讓	6	明太祖 辭讓	6	明太祖 辭讓
7	文武臣 登場	7	文武臣 登場	7	文武臣 登場	7	文武臣 登場
8	宴會의 序幕	8	宴會의 序幕	8	宴會의 序幕	8	宴會의 序幕
9	漢代 創業談	9	漢代 創業談	9	漢代 創業談	9	漢代 創業談
	(없음)		(없음)		(없음)	10	漢高祖 解明
10	漢代 功臣談	10	漢代 功臣談	10	漢代 功臣談	11	漢代 功臣談
11	唐代 功臣談	11	唐代 功臣談	11	唐代 功臣談	12	唐代 功臣談
12	宋代 功臣談	12	宋代 功臣談	12	宋代 功臣談	13	宋代 功臣談
13	漢代 冊立談	13	漢代 冊立談	13	漢代 冊立談	14	明代 功臣談
14	明代 功臣談	14	明代 功臣談	14	明代 功臣談	15	漢代 冊立談
	(없음)		(없음)		(없음)	16	皇室 人倫談
	(없음)		(없음)		(없음)	17	中興主 品評
15	中興主 登場	15	中興主 登場	15	中興主 登場	18	中興主 登場

16	張良의 提議	16	張良의 提議	16	張良의 提議	19	玉帝의 下敎
17	諸葛亮 當選	17	諸葛亮 當選	17	諸葛亮 當選	20	諸葛亮 當選
18	宋太祖 辨明	18	宋太祖 辨明	18	宋太祖 辨明	21	宋太祖 辨明
19	諸葛亮 辭讓	19	諸葛亮 辭讓	19	諸葛亮 辭讓	22	諸葛亮 辭讓
	(없음)		(없음)		(없음)	23	功業主 登場
	(없음)		(없음)		(없음)	24	入侍의 名臣
20	不請客 挑發	20	不請客 挑發	20	不請客 挑發	25	不請客 挑發
21	秦始皇 登場	21	秦始皇 登場	21	秦始皇 登場	26	秦始皇 登場
	(없음)		(없음)		(없음)	27	晉武帝 登場
22	楚霸王 登場	22	楚霸王 登場	22	楚霸王 登場	28	楚霸王 登場
23	不請客 退治	23	不請客 退治	23	不請客 退治	29	不請客 退治
24	功業主 登場	24	功業主 登場	24	功業主 등장		(없음)
25	入侍의 名臣	25	入侍의 名臣	25	入侍의 名臣	30	儒臣의 題品
26	相業의 次等	26	相業의 次等	26	相業의 次等	31	相業의 次等
27	将帥의 次等	27	将帥의 次等	27	將才의 次等	32	将帥의 次等
28	忠烈의 次等	28	智略의 次等	28	智略의 次等	33	忠烈의 次等
29	智略의 次等	29	勇力의 次等	29	勇猛의 次等	34	智略의 次等
30	勇力의 次等	30	忠烈의 次等	30	忠烈의 次等	35	勇力의 次等
31	姜維의 呼訴	31	姜維의 呼訴	31	姜維의 呼訴	36	姜維의 呼訴
	(없음)		(없음)	32	題品의 補充		(없음)
32	諸王의 合席	32	諸王의 合席	33	諸王의 合席	37	諸王의 合席
33	歷代 興亡談	33	歷代 興亡談	34	歷代 興亡談	38	歷代 興亡談
34	秦漢 快事談	34	秦漢 快事談	35	秦漢 快事談	39	秦漢 快事談
	(없음)		(없음)		(없음)	40	唐帝 快事談
35	明帝의 悲懷	35	明帝의 悲懷	36	明帝의 悲懷	41	明帝의 悲懷
36	唐宋 快事談	36	唐宋 快事談	37	唐宋 快事談	42	宋帝 快事談
37	曹操 快事談	37	曹操 快事談	38	曹操 快事談	43	曹操 快事談
	(없음)		(없음)		(없음)	44	閻王의 登場

	(없음)		(없음)		(없음)	45	罪人의 定罪
	(없음)		(없음)		(없음)	46	董卓의 反駁
38	漢帝의 提議	38	漢帝의 提議	39	漢帝의 提議	47	漢帝의 提議
39	帝王 氣像談	39	帝王 氣像談	40	帝王 氣像談	48	帝王 氣像談
40	帝王 得失談	40	帝王 得失談	41	帝王 得失談	49	帝王 得失談
41	楚伯王 罪目	41	楚伯王 罪目	42	楚伯王 罪目	50	楚伯王 罪目
	(없음)		(없음)	43	治國 經驗談		(없음)
42	明代 定都談	42	明代 定都談	44	明代 定都談	51	明代 定都談
	(없음)		(없음)	45	帝王의 歌舞		(없음)
43	東方朔 付職	43	功臣의 歌舞	46	功臣의 歌舞	52	東方朔 付職
44	功臣의 歌舞	44	東方朔 付職	47	東方朔 付職	53	功臣의 歌舞
45	韓愈의 頌詩	45	韓愈의 頌詩	48	韓愈의 頌詩		(없음)
	(없음)	46	蠻夷의 攻擊	49	蠻夷의 攻擊		(없음)
	(없음)	47	歷代의 蠻夷	50	歷代의 蠻夷		(없음)
46	蠻夷의 退治	48	蠻夷의 退治	51	蠻夷의 退治	54	蠻夷의 退治
	(없음)	49	頌詩의 內容		(없음)		(없음)
47	帝王의 豫言	50	帝王의 豫言	52	帝王의 豫言	55	帝王의 豫言
48	夢遊者 覺夢	51	夢遊者 覺夢	53	夢遊者 覺夢	56	夢遊者 覺夢

익선D본 계열은 56개 서사 단락이 있으며, 이상 4개 계열 중에 서사 단락이 제일 많다. 1번부터 9번까지는 다른 계열과 똑같다. 10번 한고조가 해명하는 것을 추가한 뒤에 여러 가지 추가 및 변개 내용이 계속 나온다. 우선 명나라의 공신을 칭찬하는 단락과 한나라 황태자를 책립하는 문제를 다루는 단락의 순서가 바뀌었다. 뒤이어 다른 계열에서는 전혀 볼 수 없는 황실의 인륜 문제와 역대 중흥주에 대하여 평가하는 내용도 나왔다. 또한 진시황과 한무제가 등장하는 단락 가운데 진무제가 등장하는 단락 하나가 추가되었다.

아울러 앞에서 연회를 준비했을 때 선관들이 등장하는 것과 호응되게 뒤에는 염라왕이 죄인을 이끌고 등장하는 서사 단락 3개가 연이어 추가되었다. 이 부분에서는 명신을 품평하는 것을 모방하여 역대의 국적(國賊)도 일일이 비판하였다. 특히, 동탁(董卓)이 자신의 억울함을 호소하는 장면은 분명히 〈금화사몽유록〉에서 강유(姜維)가 자신의 억울함을 호소하는 장면을 모방한 것이다. 이상의 비교를 통해 익선D본 계열이 동국B본 계열의 내용을 전부 수용하였으나 연세B본과 존경C본 두 계열과의 차이를 보면, 이 두 계열이 확장된 연장선에서 나타난 계열이 아니라, 독립적으로 동국B본 계열의 내용을 수용하면서 발전해 온 계열임을 알 수 있다.

'한고조 해명', '황실 인륜담', '중흥주 품평', '옥제의 하교', '진무제 등장', '유신의 제품', '염왕의 등장', '죄인의 정죄', '동탁의 반박' 등 9개 서사 단락은 모두 익선D본 계열이 가지고 있는 독특한 내용이지만, 이 가운데 '한고조 해명'은 한나라 창업담의 보충이고, '황실 인륜담'은 책립 문제에 관한 논의의 보충이다. 그리고 '중흥주 품평'이나 '진무제 등장'은 모두 역대 제왕의 장단점을 품평하는 맥락에서 추가적으로 나온 내용이다. 또한 '유신의 제품'은 다른 이본의 '입시의 명신'의 서사 단락에서 평가하는 인물을 바꾸어 내용을 개작하였을 뿐이다.

그래서 이들 내용이 단순히 그전의 이본의 미진한 부분에 대한 보충으로 나타났기 때문에 주제 의식 면에서는 크게 벗어나지 않았다. 그리고 간신을 평가한 뒤의 '동탁의 반박'이라는 서사 단락은 공신을 평가한 뒤 강유가 자신의 억울함을 호소하는 것을 모방한 것이 분명하다. 그리하여 이상 5가지 내용에 대한 분석은 생략하였다. 그러나 '옥제의 하교', '염왕의 등장', '죄인의 정죄', 그리고 '동탁의 반박' 등 네 부분 내용은 완전히 개작자가 새로 창작한 것이기 때문에 다음에서 자세히 분석해 보도록 하겠다.

2.3.1. 옥제의 하교

〈금화사몽유록〉에서는 중흥주들이 신하를 데리고 등장한 뒤에 장량의
제의로 명태조가 제갈량을 추천하여 역대 명신의 반열을 정하였다. 동국B
본에서도 이와 비슷하게 서술하였다. 그러나 익선D본은 장량이 하는 일을
하늘에 있는 최고의 신인 옥황상제에게 맡겼다. 이 부분의 내용은 아래와
같다.

> 말을 다 끝내지 못한 사이 하늘 위로부터 생황과 퉁소의 소
> 리가 멀리서 들려왔다. 잠시 후에 한 자미선관(紫微仙官)은 노
> 란 학을 타고 구름 사이에서 내려와 한고조를 뵙기를 청하였
> 다. 한고조가 신하에게 명하여 선관을 마중하였다.
> 선관이 절을 하고 말씀을 올렸다.
> "옥황상제의 윤음을 받아 여러 황제께 말씀을 올리겠습니
> 다. 지금 역대 현명한 임금들이 한 자리에 모여서 역대 제왕
> 의 공적을 논의하고, 천하 백성을 구조함을 얘기하는데, 이
> 공적은 모든 왕의 위에 있고 이 덕화는 만세에 영향을 끼칩
> 니다. 하물며 충신은 숲의 나무처럼 많고, 맹장은 구름이 모
> 이는 것처럼 많으니 진짜 천하의 제일 좋은 연회이고, 정말
> 로 비길 수 없는 성황입니다. 훌륭한 재상과 장수는 나라의
> 기둥이고, 충의는 신하의 큰 절개이고, 지략과 용맹은 나라
> 의 보물이라고 생각합니다. 이 5가지로 역대의 신하를 평가
> 하여 인과응보의 도리를 신장하고 또 역대 나라를 망하게 한
> 간신의 죄를 의논하고 하늘이 복선화음의 도리를 밝혀주시
> 옵소서."
> 한고조가 놀라 말하였다.

"옥황상제는 이런 명을 내리셨는데, 저희는 비록 재주와 덕행이 없으나 삼가 명을 받자옵니다. 그런데 열사나 충신, 간신과 국적이 나라마다 많은데, 언제부터 품평해야 합니까?"

　　선관이 대답하였다.

　　"진나라와 한나라 이전에 공자님이 이미 역사를 기록하고 그 서술은 하늘과 땅처럼 공정하고 품평은 황제의 말씀이나 다름이 없습니다. 더 이상 의논할 만한 바가 없을 것입니다. 그러나 진나라와 한나라 이후부터 오늘까지의 인물에게 품평을 하고 화복을 주어야 합니다. 죄가 가벼운 사람들에게는 명부가 이미 죄를 주었고, 제일 크게 사악한 죄인들은 몇 명밖에 없으니 오늘 안에 모두 처리 할 수 있을 것입니다. 한편 역대의 인재는 5가지 기준을 가지고 평가하려면 하룻밤의 시간은 모자랄 것 같습니다. 오늘 잔치에 참석하는 신하부터 품평하고 나머지는 각자 댁에 들어가서 천천히 하면 됩니다."[9]

　　중흥주들이 등장한 뒤 창업주와 중흥주 간에 서로 인사하는 말을 다하지 못한 사이 하늘에서 음악 소리가 한바탕 들려왔다. 선관 한 명은 노란

9　言未已, 遙聞九霄之間, 有笙簫之聲. 頃之, 紫微仙官一員駕黃鶴從雲間而下, 請見漢帝. 命侍臣迎之上殿. 仙官拜礼畢. 告曰: "奉玉帝綸音, 仰籲於列皇帝, 今歷代聖君會于一堂, 論千古帝王經綸之業, 講四海蒼生拯済之事, 功冠百王, 德流万代. 況忠臣如林, 猛將雲集, 真天下之高會, 誠鮮匹之盛事. 窃惟良相·名將社稷之柱, 忠義人臣之大節, 智謀·用力旺家之宝. 以此五者, 題品群臣, 定百代之公論, 彰天道之報應. 且論列歷代誤旺之姦·弑逆之罪, 以明皇天补善秋淫之理矣." 漢帝驚問曰: "上帝降此明命, 朕等雖无才德, 惟謹无違. 但烈士忠臣, 乱臣賊子, 代各有之, 而不知始於何代?" 仙官対曰: "秦漢以前, 魯旺聖人作『春秋』, 筆法之公如天地, 褒列之严如袞鉞, 无復可論. 秦漢以後至于今日, 褒貶人物, 降之以秋以福. 罪之輕者, 地府已治之矣. 元惡大懟, 其数无限, 今日內庶可處断. 而歷代人才, 以五等選擇. 則其嚴不億, 一夜間似未及. 今日宴席, 所從臣僚, 始先題品. 其外各皈自府, 徐為之之矣."

학을 타고 구름 사이에서 내려왔다. 선관이 한고조에게 절을 하고, 옥황상제의 말씀을 전해 주었다. 오늘 역대의 훌륭한 제왕들과 명신들이 한 자리에 모인 것은 만고에 없는 대단한 일이다. 그래서 명신을 5가지로 나누어 품평하고 간신의 죄를 묻는 것으로, 하늘이 권선징악의 도리를 밝혀주어야 한다. 한고조가 이 말을 듣고 바로 승낙하지만, 역대 명신과 간신이 많기 때문에 언제부터 품평해야 하는가를 물었다. 선관이 이렇게 대답하였다. 진나라와 한나라 이전은 공자가 이미 〈춘추〉라는 책을 짓고 인물을 품평하였으며, 더 이상 말할 나위가 없을 것이다. 그래서 진나라와 한나라 때 이후부터 품평하면 된다. 그리고 역대 인물을 모두 평가하려면 하룻밤 사이에 못할 것 같으니 일단 잔치에 참석하는 신하만 품평하면 된다.

이상의 내용은 〈금화사몽유록〉이나 동국B본과 달리 두 가지의 현저한 차이가 있다. 하나는 역대 명신을 5가지로 나누어 품평하라는 제의는 원래 장량이 제기한 것이다. 하지만 익선D본은 신하인 장량이 이 제의를 간언하는 것이 아니라 천신인 옥황상제가 이 명령을 내렸다. 이러한 변개를 통하여 명신에 대한 품평에 신성성을 부여해 주었다. 다른 하나는 〈금화사몽유록〉과 동국B본은 충신들만 평가한다. 그렇지만 익선D본은 간신들에 대해서도 평가를 하였다. 작품 중의 말로는 '하늘이 복선화음의 도리를 밝혀주시옵소서', 곧 하늘이 권선징악의 뜻을 밝히라는 것을 제안하도록 개작한 것이다. 달리 말하자면, 조선 후기에 와서 〈금산사몽유록〉은 원래 중화주의의 주제의식에서 점차 벗어나 고전소설의 일반적 주제 중에 하나인 권선징악의 방향으로 그 평가가 변화되었다.

2.3.2. 염왕의 등장

동국B본에서는 한고조의 제의로 역대 제왕들이 각자의 쾌사를 말한다. 그 다음에 명태조가 제왕의 기상과 득실을 품평하였다. 그런데 익선D본에서는 제왕들의 쾌사담에 뒤이어 염라왕이 죄인들을 데리고 등장하여 잔치에 참석하였다. 구체적인 내용은 다음과 같다.

갑자기 염라왕인 포공이 옥황상제의 명을 받아 여러 죄인을 이끌고 밖에 도착했다는 소식이 전해왔다. 한고조가 노래와 춤을 그만 멈추게 한 뒤 포공을 들어오게 하라고 시켰다. 포공은 신하의 예절로 여러 황제들에게 인사를 드렸다.

한고조는 송태조가 이 자리에 계시기 때문에 포공이 신하로서 절을 올렸다고 말하였다.

송태조가 신하를 시켜 말씀을 전하게 하였다.

"인간 세상의 군신의 예절로 본다면 한나라 제왕들이 모두 한고조의 자손들이지만, 모두 한고조와 같은 좌석에 앉습니다. 한고조는 진나라의 백성이지만, 진시황과 같은 자리에 앉습니다. 하물며 당신은 하늘의 벼슬을 받아 왕의 자리에 올랐는데, 그 존귀의 정도는 인간 제왕들이 못 미치는 것입니다. 서로 읍하기만 하면 됩니다."

염라왕이 여러 번 사양하고 법당에 들어 절을 하였다. 선관들과 동서 양쪽으로 나누어 앉았다. 밝은 촛불과 넓은 정원에 역사와 야차는 호랑이와 이리처럼 용맹하였다. 그리고 우두(牛頭)와 마면(馬面) 등 선관이 여러 죄인을 몰아 차례로 들어왔는데 살기등등하고 음풍이 쌀쌀하였다.

한 무리는 한나라의 왕망과 동탁, 당나라의 안록산과 황소 등 수십여 인이고, 그들의 등에 모두 빨간색 글자로 '시역기군찬탈적신(弑逆其君簒奪賊臣)'이라고 써 있었다.

한 무리는 한나라의 양기, 당나라의 이림보, 송나라의 진회와 장돈과 채경과 가사도 등 칠십여 인이고, 그들의 등에 모두 '모해충신오국죄인(謀害忠臣誤旺罪人)'라고 써 있었다.

한 무리는 진나라의 조고, 한나라의 십상시, 당나라의 이보국과 전령근과 구사량, 송나라의 염문옹과 동관 등 백여 인이고, 그들의 등에 모두 '폐립기군란정환자(廢立其君乱政宦者)'라고 써 있었다.

죄인들은 청석으로 만든 차꼬와 수갑을 찼고 쇠사슬로 손과 발이 묶어져 있었다. 선관이 양떼를 모는 것처럼 죄인을 모는데 혹 걷기가 조금 느린 사람이 있으면 곧 철편으로 마구 쳤고 피는 온 몸에 흘러내렸고, 비명 소리는 하늘에 울려 퍼졌다.[10]

앞에서 옥황상제가 역대 죄인의 죄를 정하라는 명령을 내린 까닭에 염라왕이 죄인을 데리고 등장하였다. 염라왕은 원래는 송나라의 신하였는데 송태조가 자리에 있는 것을 보고, 하늘의 천신으로서 제왕들에게 절을 하는 것이 아니라 오히려 신하의 예절로 인사를 하였다. 송태조가 염라왕이 하늘에서 왕이 되었기 때문에 인간의 제왕보다 더욱 존귀하니 서로 동급

---

10 忽報, 閻羅鮑公奉玉帝命, 率諸罪人至外. 高皇帝命輟歌舞, 速請入鮑公於墀下. 請見以臣礼. 高皇帝顧見宋太祖曰: "此必為宋帝在坐." 宋帝使侍臣傳命曰: "論人世君臣之礼, 諸帝王乃漢朝君臣子孫, 而与高帝連榻. 高帝亦秦民, 而与始皇同塌. 況君受天爵, 登王者之位, 尊貴非人間帝王之比也." 促陞行相揖礼, 閻王再三讓. 陞殿礼畢, 与仙官分東西定坐. 明烛廣庭, 力士夜叉, 猛如虎狼. 而牛頭鬼馬面之卒, 驅众罪人以次而入. 殺氣騰〃, 陰風四圍. 一隊則漢朝王莽·董卓·唐朝安祿山·黃巢等数十人, 以彩字各書其背曰"弒逆其君篡奪賊臣". 一隊則漢朝梁冀·唐朝李林甫·宋朝秦檜·張敦·蔡京·賈似道等七十餘人, 書其背曰"謀害忠臣誤旺罪人". 一隊則秦國趙高·漢賊十常侍·唐賊李輔旺·田令近·仇士良·宋賊廉文翁·童貫等百餘人, 各書其背曰"廢立其君乱政宦者". 以青石作桎梏, 又以铁械鎖其手足. 驅之如群羊, 而有緩怠不疾行者, 以鐵鞭乱击, 腥血浪藉, 哀痛之聲, 遠徹雲霄.

의 절로 인사하자고 했지만, 염라왕이 계속 사양하였다. 그 다음에 죄인을 3 무리로 나누고 일일이 법당 안으로 데려왔다. 죄인을 재촉하는 선관이 그들을 막 때리고 죄인들은 끊임없이 비명을 질렀다. 한바탕 비참한 광경이다.

죄인의 등에 모두 글자가 있다. 이 세 무리가 각기 '시역기군찬탈적신 (弑逆其君簒奪賊臣)', '모해충신오국죄인(謀害忠臣誤旺罪人)', '폐립기군란정환자 (廢立其君乱政宦者)' 등으로 쓰여있다. 앞에서 말한 것처럼, 〈금산사몽유록〉은 여러 주제 의식 중에 하나인 권선징악을 말한다. 그래서 단순히 충신만 칭송하면 안되고, 곧 간신들에게 벌을 주어야 한다. 이들 간신은 주로 임금을 죽이고 반란을 일으킨 간신과, 충신을 죽이고 나라의 기반을 흔든 간신과, 임금을 폐위시키고 정치의 혼란을 일으킨 환관이다. 이들 죄인을 모두 부정적 역사 인물의 대표로 뽑고 그들의 비참한 모습에 대한 묘사를 통해 작품에서 말하는 '징악'의 목적을 실현하였다. 〈금화사몽유록〉이나 동국B본 등의 주제는 주로 중화주의에 치중하고 권선징악의 주제와 전혀 상관없는 것과는 달리, 익선D본은 권선징악을 중요한 주제 의식으로 삼아 대량의 편폭을 할애하여 악인을 징벌하는 것을 서술하였다.

2.3.3. 죄인의 정죄

앞에서 염라왕이 죄인을 데려오는 장면에 이어서 다음은 죄인들에게 벌을 주는 서사 단락이 시작된다. 이 부분은 앞에서 제갈량이 역대 명신들을 품평하는 장면에 호응하여 제갈량을 다시 등장시켜서 죄인들에게 죄목을 정하고 벌을 주게 하였다. 구체적인 내용은 다음과 같다.

한고조가 제갈량을 불러 죄인의 죄를 심판하게 하였다.
제갈량이 물러가서 역대 죄인의 기록을 자세히 살펴보고

말하였다.

"소신은 염라왕의 처단을 보았는데, 모두 바르고 공정합니다. 소신의 얕은 식견으로는 더 할 말이 없습니다. 단지 왕망과 동탁 등 여러 간신은 인간 세상에 있을 때 이미 머리를 베는 형벌을 받았고 명부에 왔을 때 또한 혹형을 당하였습니다. 천여 년이나 칠팔백 년의 형벌을 받았습니다. 하느님이 생명을 소중히 여기는 덕으로는 그들을 인간 세상에 보내고 장님이 되든지 발이 마비되든지, 길가에서 죽거나 비명횡사하거나, 세 번 생의 온갖 고통을 다 당한 뒤에 다시 보통 인간으로 환생시키면 됩니다. 그러나 조고와 장양과 조절은 소, 양, 개, 돼지가 되어 죽임을 당하게 하면 됩니다. 오로지 이림보와 진회는 하늘만큼 큰 죄를 지었으니 목을 자르는 형벌을 받고 초석으로 시체를 싸더라도 오늘까지 충신과 열사의 원통함을 풀지 못합니다. 다시 명부의 감옥으로 보내 피부를 깎고 뼈를 다지는 혹형을 받게 하고 영원히 다시 인간으로 태어나지 못하게 하기 바랍니다."

다들 허락하여 말하였다.

"좋습니다."

명령이 내려지자 수없는 선관들이 죄인을 몰고 나갔다.[11]

---

11 漢帝召孔明, 使之按罪則輕重之律. 孔明退, 詳見歷代罪人文案, 奏曰: "臣見閻羅處断, 所見剛明, 決断公正. 以小臣淺見, 無以加矣. 但莽·卓諸賊, 在世既受莫保首領之刑, 至入地府, 又被慘毒, 而或有至千餘年者, 有七八百年者, 罰已行矣. 以天地好生之德, 還到下界, 使之目盲·臂痿, 或死於道側, 或死於非命, 修三生之業, 然後復為平人. 而趙高·張讓·曹節則化為牛羊狗彘之身, 使被屠戮之秋. 惟李林甫·秦檜犯彌天之罪惡, 而身危刑戮, 卧席而死. 忠臣·烈士之憤恨, 至今填臆. 請還到於酆都獄, 剔皮碎骨, 備受酷刑, 雖歷億万劫, 永不出世." 僉曰: "諾." 命下無数鬼卒, 方驅出諸罪人.

한고조는 공명을 부르고, 죄에 따라 벌을 정하라고 하였다. 제갈량이 돌아가서 역대 죄인의 죄를 기록한 문서를 자세히 보고 말을 올렸다. 염라왕은 공평하고 정직한 왕이니 제갈량이 자신의 좁은 식견으로 더할 벌이 없다고 겸손하게 말하였다. 그러나 몇 명의 벌을 다시 정하였다. 예컨대 왕망(王莽)과 동탁(董卓)의 경우는 이미 명계에서 오래 벌을 받아왔으므로 이제 삼생의 고생을 더 겪고 다시 인간으로 환생시키어 죄를 용서하는 것으로 처리했다. 그렇지만 진회(秦檜) 같은 경우는 충신을 모함했기 때문에 죄를 더 엄혹하게 해주었다. 명령을 내리자 귀졸들이 죄인을 끌고 나갔다.

이 부분의 내용은 우선 앞에 공신을 품평한 내용에 호응한다. 단지 모든 공신이 전부 제갈량에게서 평가를 받는 것과 달리, 이 부분에서는 대부분의 죄인이 이미 염라왕에게서 벌을 받았다는 전제 아래 제갈량에게서 그 징벌의 타당 여부를 검토받는 것이다. 그래서 제갈량이 염라왕의 대부분의 징벌에 동의하면서 몇 명만 특별히 다시 벌을 주었다. 겉으로 보면, 이 부분의 내용은 제갈량이 염라왕이 정한 벌을 정정하는 것이지만, 실제로는 작가가 제갈량의 입을 빌려서 이들 역사적 인물에 대한 자신의 평가를 나타낸 것이다. 마지막으로 특별히 충신을 음해한 간신에게 벌을 더해주는 것으로 작가가 간신에 대한 통한을 직설적으로 표출하였다. 왜냐하면 이 부분의 내용 역시 앞에서 분석한 것처럼, 권선징악의 주제 의식에서 출발하여 창작한 것이기 때문이다.

앞에서 〈금화사몽유록〉과의 비교를 통해, 동국B본을 비롯한 〈금산사몽유록〉 이본들과 〈금화사몽유록〉 이본들과의 내용상의 차이를 자세히 분석하였고, 또한 '금산사 계열' 내부 여러 계열 사이에서 내용상의 차이를 구체적으로 분석하였다. 이어서 이본 계열 전승의 소설사적 의미를 살펴볼 것이다. 이를 위해 먼저 〈금산사몽유록〉의 전체 내용을 정리하겠다.

종합적으로 정리할 때 주로 서사 단락의 선후 관계와 등장 인물의 유형을 고려할 것이다.여러 이본간 서사 단락의 순서가 서로 일치하지 않을 때 대부분 이본 서사 단락의 순서를 참고하여 정리하겠다. 그리고 작품 중의 인물은 주로 3가지로 나눌 수 있다. 각각 몽유자, 역대 제왕, 그리고 역대 신하 등이 그것이다. 몽유자에 관한 서사 단락은 주로 입몽과 각몽의 과정에 해당하는 서사 단락이고, 나머지는 전부 서사 단락으로 제왕과 신하 두 가지로 나눌 수 있다. 그래서 전체 이본의 서사 단락을 종합하여 다음과 같은 [표33][12]으로 정리할 수 있다.

[표33] 〈금산사몽유록〉 작품군 서사 단락 종합

번호	몽유자 서사	제왕의 서사	신하의 서사	동국 B본계열	연세 B본계열	존경 C본계열	익선 D본계열
1	夢遊者 紹介			○	○	○	○
2	金山의 遊覽			○	○	○	○
3	金山寺 入夢			○	○	○	○
4		宴會의 準備		○	○	○	○
5		創業主 登場		○	○	○	○
6		明太祖 辭讓		○	○	○	○
7			文武臣 登場	○	○	○	○
8		宴會의 序幕		○	○	○	○
9		漢代 創業談		○	○	○	○
10		**漢高祖 解明**		/	/	/	+
11			漢代 功臣談	○	○	○	○

---

12 각 이본간 서사가 완전히 같으면 '○'로 표시한다. 서사가 변개가 있으면 '◎'로 표시한다. 서사 내용이 추가될 때는 '+'로 표시한다. 서사 내용이 전혀 존재하지 않은 경우는 '/'로 표시한다. 서사 단락 순서의 변개는 화살표로 표시하는데 앞으로 당긴 단락은 '↑'로 하고, 뒤로 옮긴 단락은 '↓'로 한다.

12			唐代 功臣談	○	○	○	○
13			宋代 功臣談	○	○	○	○
14		漢代 冊立談		○	○	○	○
15			明代 功臣談	○	○	○	○
16		**皇室 人倫談**		/	/	/	+
17		**中興主 品評**		/	/	/	+
18		中興主 登場		○	○	○	○
19			**張良의 提議 (玉帝의 下敎)**	○	○	○	◎
20			諸葛亮 當選	○	○	○	○
21			宋太祖 辨明	○	○	○	○
22			諸葛亮 辭讓	○	○	○	○
23		不請客 挑發		○	○	○	○
24		秦始皇 登場		○	○	○	○
25		**晉武帝 登場**		/	/	/	+
26		楚霸王 登場		○	○	○	○
27		不請客 退治		○	○	○	○
28		**功業主 登場**		○	○	○	◎
29			**入侍의 名臣 (儒臣의 題品)**	○	○	○	◎
30			相業의 次等	○	○	○	○
31			将帥의 次等	○	○	○	○
32			忠烈의 次等	○	○	○	○
33			智略의 次等	○	○	○	○
34			勇力의 次等	○	○	○	○
35			姜維의 呼訴	○	○	○	○
36			**題品의 補充**	/	/	+	/
37		諸王의 合席		○	○	○	○
38		歷代 興亡談		○	○	○	○

39		秦漢 快事談		○	○	○	○
40		**唐帝 快事談**		/	/	/	+
41		**明帝의 悲懷**		○	○	○	◎과
42		**唐宋 快事談 (宋帝 快事 談)**		○	○	○	◎
43		曹操 快事談		○	○	○	○
44			**閻王의 登場**	/	/	/	+
45			**罪人의 定罪**	/	/	/	+
46			**董卓의 反駁**	/	/	/	+
47		漢帝의 提議		○	○	○	○
48		帝王 氣像談		○	○	○	○
49		帝王 得失談		○	○	○	○
50		楚伯王 罪目		○	○	○	○
51		治國 經驗談		/	/	+	/
52		明代 定都談		○	○	○	○
53		帝王의 歌舞		/	/	○	○
54			**東方朔 付職**	○	↑	↑	○
55			**功臣의 歌舞**	○	↓	↓	○
56		韓愈의 頌詩		○	○	○	/
57		**蠻夷의 攻擊**		/	+	+	/
58		**歷代의 蠻夷**		/	+	+	/
59		蠻夷의 退治		○	○	○	○
60		**頌詩의 內容**		/	+	/	/
61		帝王의 豫言		○	○	○	○
62	夢遊者 覺夢			○	○	○	○

　　이상의 금산사 작품군 서사 단락에 대한 종합적 정리를 참고하여 앞에
서 만든 [그림2]인 〈금산사몽유록〉의 이본 계열 도식을 다음의 [그림3]과

같이 보완할 수 있다.

[그림3] 이본의 전승 양상

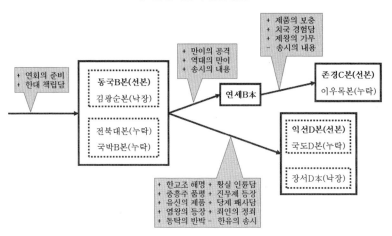

[그림3]을 통해 다음과 같은 몇 가지를 알 수 있다.

첫째, 〈금산사몽유록〉의 이본은 모두 10종 있는데, 이 가운데 동국B본을 비롯한 4종이 〈금화사몽유록〉과 제일 가깝기 때문에 〈금산사몽유록〉이본 중에서 가장 먼저 나온 것으로 짐작할 수 있다. 이 시기의 이본은 아직 〈금화사몽유록〉의 서사와 주제 의식에서 크게 벗어나지 않고, 단지 일부 내용에 대한 첨가로 작가가 나름대로의 관심사를 나타내며 내용을 더욱 풍부하게 개작하였다. 이 단계에서 나타난 이본들 중에 동국B본의 내용이 온전하고, 표현이 충실하다는 특징을 가지고 있는 까닭에 충분히 이 시기 이본의 선본(善本)으로 볼 수 있다.

둘째, 동국B본에서 또한 두 계열이 나왔는데, 하나는 연세B본 계열이고, 다른 하나는 익선D본 몽유자 서사 계열이라고 할 수 있다. 이 두 계열의 내용을 보면, 연세B본이 동국B본에 더욱 가깝다고 할 수 있다. 연세B본은 동국B본의 내용을 수용하면서 서사 단락 3개를 추가하였다. 연세B본에서 추가된 서사 단락을 보면, 주로 오랑캐에 관한 내용이다. 한편, 동국B본은 〈금화사몽유록〉 중에서 한유가 지은 찬시를 수록하지 않은 것을 아쉬운 점으로 보며, 다시 연회를 기록하는 찬시를 지어 삽입하였다. 연세B본은 작가의 오랑캐에 대한 관심과 중화 왕조에 대한 추모를 함께 보여주었다. 작품 중의 오랑캐와 한족 정관과의 대립은 조선 후기 청나라와 명나라의 대립의 상징으로 볼 수 있다. 이렇게 이해할 때 이 시기의 작가는 명나라를 잊지 못하면서, 동시에 청나라에 대한 관심도 갖게 되었을 것이다. 그리고 연세B본을 본받아 개작한 존경C본 계열은 원래 존재했던 서사 단락을 모두 수용하면서도 같은 맥락에서 새로운 내용을 더 추가하였다.

셋째, 위에서 언급한 것처럼, 동국B본에서 나온 두 계열 중의 또 다른 하나는 익선D본 계열이다. 익선D본 계열도 또한 하위 계열 두 개로 나눌 수 있는데, 그 중에 익선D본이 선본(善本)이다. 연세B본이 동국B본보다 내용을 조금 더 추가한 것과 달리, 익선D본은 내용을 대폭 추가하였다. 곧 서사 단락으로 계산할 때 무려 9개나 많은 단락을 추가하였다. 특히, 추가한 단락의 성격도 단순히 원래의 내용에 대한 보완에 그치는 것이 아니라, 과감하게 신선에 관한 새로운 내용을 추가하고 작품의 흥미성을 더욱 강조한 것으로 보인다. 이러한 서사는 옥황상제나 염라왕 등 신선을 등장시키고, 유교의 천명 사상과 도교의 세계관을 결합하기도 하고, 불교의 윤회 사상도 흡수하여 작품의 통속성을 강화하였다.

연세B본 계열은 〈금산사몽유록〉이 군담 편향의 흥미 위주로 발전해 가는 징표로 볼 수 있다면, 익선D본 계열은 〈금산사몽유록〉이 종교 편향의 통속적으로 발전해 가는 증거로 볼 수 있다. 이상의 분석을 통해 다음과 같은 전승의 특징을 알 수 있다. 곧 숭명배청의 의식은 후대로 가면 갈수록 희박해지고, 점차 작품의 문제 의식으로는 대두되지 않았다. 그리고 이 시기의 개작은 대중성과 통속성이 강한 영웅소설과 군담소설을 수용한 흔적이 매우 강하다. 그래서 〈금산사몽유록〉의 이본들이 점차 흥미를 고려하는 방향으로 가게 되었다는 사실을 알 수 있다.

제5장

〈금산사몽유록〉의 재조명

〈금산사몽유록〉 이본의 제명은 주로 '금산사몽유록', '제왕연회기', '금산사기', '금산사창업연의', '금산사창업연록' 등 5가지이다. 그 중에 '금산사몽유록'이라는 제명을 그대로 가지는 이본은 3종이 있다. 창작 시기에 따라 전체 이본을 3가지로 나눌 수 있다. 첫째는 시기 미상의 이본, 곧 국도D본, 국박B본, 김광순본, 연세B본 그리고 존경C본 등이다. 둘째는 18세기의 이본, 곧 익선D본과 이우목본이다. 셋째는 19세기의 이본, 곧 동국B본, 전북대본, 그리고 장서D본 등이다. 이렇게 볼 때 〈금산사몽유록〉은 주로 18~19세기에 유행했던 이본 계열이라고 할 수 있다.

서사 단락의 내용에 대한 비교와 발문에 대한 고찰에 따라 모든 이본을 모두 4개 계열로 묶을 수 있다. 바로 동국B본을 비롯한 48개 서사 단락의 계열, 연세B본의 51개 서사 단락의 계열, 존경C본을 비롯한 53개 서사 단락의 계열, 익선D본을 비롯한 56개 서사 단락의 계열이 그것이다.

동국B본 계열에 속하는 이본은 동국B본 〈금산사몽회록〉, 전북대본 〈제왕연회기〉, 국박B본 〈제왕연회기〉, 김광순본 〈만고제왕연〉 등 4종의 이본이다. 연세B본 계열에 속하는 이본은 연세B본 〈금산사창업연의〉 하나밖에 없다. 익선D본 계열에 속하는 이본은 국도D본 〈금산사몽유록〉, 장서D본 〈금산사창업연록〉, 익선D본 〈금산사창업연록〉 등 3종의 이본이다. 마지막으로 존경C본 계열에 속하는 이본은 존경C본 〈금산사몽유록〉과 이우목본 〈금산사창업연록〉이다. 동국B본 계열은 〈금산사몽유록〉의 기본 계열이다. 이 계열에서 두 가지 계열이 발전해 왔다. 하나는 연세B본 계열이고, 다른 하나는 익선D본 계열이다. 연세B본 계열에서 또한 존경C본 계열이 나왔다.

이본간의 일치성에 대한 대비를 통해 동국B본 계열 안에 전북대본과 국박B본은 같은 하위 계열로 분류할 수 있고, 동국B본과 김광순본은 같은 하위 계열로 분류할 수 있는 것을 확인하였다. 이본간 충실성에 대한 대비를 통해 동국B본 계열에 동국B본이 누락과 오류가 적고, 다른 이본보다 원본과 훨씬 가까운 것으로 판단하였다. 그래서 동국B본은 이 계열의 선본(善本)이다. 연세B본 계열은 이본이 하나 밖에 없으므로 대비할 대상이 없어 다시 분석할 필요가 없다.

존경C본 계열은 두 이본이 서로 다른 부분이 많지만, 이우목본이 대폭 누락이 있다는 점만 봐도 존경C본 만큼 완전하지 않다는 사실을 알 수 있다. 이본간 충실성에 대한 대비를 통해 존경C본의 내용이 비교적 누락이 적고 충실하다고 할 수 있으므로 존경C본을 본 계열의 선본(善本)으로 삼았다. 이본간 일치성에 대한 대비를 통해 익선D본 계열 안에 국도D본과 익선D본은 같은 하위 계열로 분류할 수 있다는 것을 알 수 있다. 이본간 충실성에 대한 대비를 통해 익선D본 계열에 익선D본의 내용이 가장 온전하고 풍부하다고 확인할 수 있다. 익선D본은 비록 추가한 내용이 많이 있지만, 누락이 많은 국도D본보다 원문의 모습을 더욱 충실하게 계승한다고 생각하였다. 그래서 익선D본을 본 계열의 선본(善本)으로 판단하였다.

〈금산사몽유록〉의 이본은 모두 10종 있는데, 이 가운데 동국B본을 비롯한 4종이 〈금화사몽유록〉과 제일 가깝기 때문에 〈금산사몽유록〉 이본 중에서 가장 먼저 나온 것으로 짐작할 수 있다. 이 시기의 이본은 아직 〈금화사몽유록〉의 서사와 주제 의식에서 크게 벗어나지 않고, 단지 작품의 내용을 더욱 풍부하게 개작하였을 뿐이다. 그리고 동국B본에서 또한 두 계열이 나왔는데, 하나는 연세B본 계열이고, 다른 하나는 익선D본 계열이라고 할 수 있다.

이 두 계열의 내용을 보면, 연세B본은 동국B본과 더욱 가깝다고 할 수 있다. 연세B본이 동국B본의 내용을 수용하면서 서사 단락 3개를 추가하였다. 이 시기의 작가는 명나라를 잊지 못하면서도 청나라에 대한 관심도 갖게 되었다. 그리고 연세B본을 본받아 개작한 존경C본 계열은 연세B본의 서사 단락을 모두 수용하면서 같은 맥락에서 새로운 내용을 더 추가하였다. 익선D본 계열은 서사 내용을 대폭 추가하였다. 서사 단락으로 계산할 때 무려 9개나 많은 단락을 추가하였다. 만약 연세B본 계열을 〈금산사몽유록〉이 군담 편향으로 흥미로움이 발전해 가는 징표로 볼 수 있다면, 익선D본 계열은 〈금산사몽유록〉이 종교 편향의 통속적으로 발전해 가는 증거로 볼 수 있다.

이상의 분석을 통해 다음과 같은 전승의 특징을 알 수 있다. 곧 숭명배청의 의식은 후대로 가면 갈수록 희박해져서 점차 작품의 문제 의식은 약화되었다. 그에 따라 이 시기의 개작은 대중성과 통속성이 강한 영웅소설과 군담소설을 수용하는 경향이 매우 분명해졌다. 〈금산사몽유록〉의 이본들이 점차 흥미 위주의 작품으로 바뀌어 가게 되었다.

참고문헌

1. 자료

강남대본: 江南大學校圖書館, 한실문고, 〈金華寺夢遊記〉.

강전섭본: 姜銓燮個人, 〈金華寺記〉.

강태영본: 姜泰泳個人(玄潭文庫), 〈金華寺夢遊錄〉.

경북A본: 慶北大學校圖書館, 古北 812.4 금96, 〈金華寺記〉.

경북B본: 慶北大學校圖書館, 古바 812.4 금96, 〈金華寺夢遊錄〉.

고려A본: 高麗大學校圖書館, 대학원 C14 A47, 〈金華寺創業宴記〉.

고려B본: 高麗大學校圖書館, 만송 C14 A68, 〈金山寺刱業宴記〉.

관서대본: 日本關西大學圖書館, L21**4*732, 〈金華寺記〉.

국도A본: 國立中央圖書館, 古3636-81, 〈金華寺記〉.

국도B본: 國立中央圖書館, 한古朝48-175, 〈金華寺夢遊錄〉.

국도C본: 國立中央圖書館, 古3738-1成生傳 , 〈金山寺夢會錄〉.

국도D본: 國立中央圖書館, BA2707-15, 〈金山寺夢遊錄〉.

국민대본: 國民大學校省谷圖書館, 古 814.5 금01, 〈金山寺夢會錄〉.

국박A본: 國立中央博物館, 購4480, 〈金華寺夢遊錄〉.

국박B본: 國立中央博物館, 購004481, 〈帝王宴會記〉.

국편위본: 國史編纂委員會, MF0001609, 〈金華寺夢遊錄〉.

규장A본: 奎章閣, 가람古 294.352-G336, 〈金華寺記〉.

규장B본: 奎章閣, 古 3478-2, 〈金華山記〉.

김광순본: 金光淳個人, 〈萬古帝王宴〉.

단국A본: 檀國大學校栗谷圖書館, 古 853.5 금3661ㄱ, 〈金華寺記〉.

단국B본: 檀國大學校栗谷圖書館, 古 853.5 금3661가, 〈金華寺記〉.

단국C본: 檀國大學校栗谷圖書館, 古 853.5 금3661, 〈金華寺夢遊錄〉.

단국D본: 檀國大學校栗谷圖書館, 古 853.5 금3662ㄱ, 〈金華寺太平宴記〉.

단국E본: 檀國大學校退溪圖書館, 813.5 금354, 〈金山寺夢遊錄〉.

덴리A본: 日本天理大學圖書館, 961147, 〈金華寺記〉.

덴리B본: 日本天理大學圖書館, 929.1-333, 〈金華寺夢遊錄〉.

동국A본: 東國大學校慶州圖書館, D 813.508 강25, 〈金華寺記〉.

동국B본: 東國大學校圖書館, 유동D 813.5 금51ㄱ, 〈金山寺夢會錄〉.

동아대본: 東亞大學校圖書館, (3):12:1 26, 〈金華寺慶會錄〉.

미국도본: 美國國會圖書館, K628 C47, 〈金華寺記〉.

서강대본: 西江大學校圖書館, 고서 수19, 〈金華寺夢遊錄〉.

연세A본: 延世大學校圖書館, 고서(II) 811.939 6, 〈夢遊錄〉.

연세B본: 延世大學校圖書館, 고서(II) 811.939 1, 〈金山寺創業演義〉.

영남A본: 嶺南大學校圖書館, 813.5 金華寺, 〈金華寺夢錄〉.

영남B본: 嶺南大學校圖書館, 813.5 金華寺, 〈金華寺慶會錄〉.

와세다본: 日本早稻田大學圖書館, 文庫19 F0193, 〈金華寺夢遊錄〉.

원광대본: 圓光大學校圖書館, 226.9 ㅂ948금, 〈金華寺記〉.

이우목본: 李愚穆個人, 〈金山寺創業宴錄〉.

익선A본: 林熒澤個人(益善齋), 〈金華寺記〉.

익선B본: 林熒澤個人(益善齋), 〈金華寺記〉.

익선C본: 林熒澤個人(益善齋), 〈金華寺夢遊錄〉.

익선D본: 林熒澤個人(益善齋), 〈金山寺刱業宴錄〉.

장서A본: 藏書閣, K4^6879, 〈金華寺記〉.

장서B본: 藏書閣, D7C^21, 〈金華寺夢遊錄〉.

장서C본: 藏書閣, D7C^14, 〈金山寺夢遊錄〉.

장서D본: 藏書閣, 卷 D7C 96, 〈金山寺創業宴錄〉.

전북대본: 全北大學校圖書館, 동 811.35 제왕연, 〈帝王宴會記〉.

정가당본: 日本靜嘉堂美術館, 17976 1 92 52, 〈金華寺記〉.

존경A본: 尊經閣, B16FB-0208, 〈金華寺記〉.

존경B본: 尊經閣, D07C-0206, 〈金華寺記〉.

존경C본: 尊經閣, D07C-0213, 〈金山寺夢遊錄〉.

종합대본: 金日成綜合大學, 己12-1:41 宋, 〈金華灵會〉.

중지도본: 日本中之島圖書館, 韓13-10, 〈金山寺刱業宴記〉.

충남대본: 忠南大學校圖書館, 고서경산 史.記錄類 2284, 〈錦山寺夢遊錄〉.

2. 저서

金光淳, 『金光淳所藏 筆寫本 韓國古小說全集 65』, 박이정, 2004, 499~536면.

金起東, 『韓國 古典小說 硏究』, 敎學社, 1981, 113면.

金貞女, 『조선후기 몽유록의 구도와 전개』, 2005, 4면, 23면, 32면, 53~54면, 85면, 131~132면, 146면, 159면.

申載弘, 『한국 몽유 소설 연구』, 역락, 2012, 72-73면.

申海鎭, 『금화사몽유록』, 역락, 2015, 7면.

梁彦錫, 『夢遊錄 小說의 敍述 類型 硏究』, 國學資料院, 1996, 248면.

柳鍾國, 『夢遊錄 小說 硏究』, 亞細亞文化社, 1987, 100~101면.

李來宗, 『사씨남정기』, 태학사, 1999, 222면.

張德順, 『國文學通論』, 新丘文化社, 1960, 290면.

張孝鉉 · 尹在敏 · 崔溶澈 · 池硯淑 · 李基大, 『校勘本 韓國漢文小說 夢遊錄』, 高麗大學校 民族文化研究院(寶庫社), 2007, 223~332면.

曹喜雄, 『한국 고전소설사 큰사전 7(금향정기-김유신전)』, 지식을만드는지식, 2018, 99면, 100면, 102면, 103면, 104면, 105면, 107면, 108면.

車溶柱, 『夢遊錄系 構造의 分析的 研究』, 創學社, 1981, 121~125면.

崔雄權 · 馬金科 · 孫德彪, 『17세기 한문소설집 『화몽집』 교주』, 소명출판, 2009, 235~270면.

3. 논문

姜俊哲, 「꿈 敍事樣式의 構造 研究」, 동아대학교 대학원, 박사학위논문, 1989, 73면.

權友苟, 「〈金山寺記〉 研究」, 효성여자대학교 대학원, 박사학위논문, 1991, 6면.

金侖秀, 「〈金山寺夢遊錄〉의 創作背景과 原作者 辨證」, 『寓言의 人文學的 地位와 現代的 活用의 可能性』, 韓國寓言文學會, 2005, 273~274면.

김정녀, 「朝鮮後期 夢遊錄의 展開 樣相과 小說史的 位相」, 고려대학교 대학원, 박사학위논문, 2002, 93면.

_____, 「〈金華寺夢遊錄〉의 異本 계열과 善本」, 『민족문화연구』 제41권, 고려대학교 민족문화연구원, 2004, 238~243면.

_____, 「〈金華寺夢遊錄〉 국문본의 유통 양상과 수용 층위」, 『우리文學研究』 제38권, 우리문학회, 2013.

金賢榮, 「〈王會傳〉의 서사적 특징과 그 의미 - 〈금화사몽유록〉과의 대비를 통하여-」, 『古小說研究』 제21집, 한국고소설학회, 2006, 368~369면.

申相弼, 「신자료 한문소설 〈金山寺大夢錄〉의 성격과 의미」, 『열상고전연구』 제33권, 열상고전연구회, 2015.

楊 攀, 「新資料 早稻田 漢文本 〈金華寺夢遊錄〉의 特徵과 意味」, 『語文研究』 제45권 제2호, 한국어문교육연구회, 2017.

李基大, 「19세기 漢文長篇小說 研究 : 創作 基盤과 作家意識을 중심으로」, 고려대학교 대학원, 박사학위논문, 2003.

林治均, 「〈王會傳〉 연구」, 『藏書閣』 제2집, 한국학중앙연구원, 1999, 72~73면.

張德順, 「夢遊錄 小考」, 『국어국문학』 제20권, 국어국문학회, 1959.

鄭容秀, 「〈金華寺慶會錄〉考 : 해제를 겸하여」, 『淵民學志』 제2집, 연민학지, 1994.

____, 「〈金山寺夢遊錄〉系의 創作背景과 主題意識」, 『古小說研究』 제10집, 한국고소설학회, 2000, 180~181면.

____, 「〈왕회전〉 연구」, 『동양한문학연구』 제14집, 동양한문학회, 2001.

____, 「북한본 『화몽집』 소재 〈금화령회〉에 대하여」, 『동남어문논집』 제19집, 동남어문학회, 2005, 431~432면.

鄭容秀, 「洛渚本 〈金山寺創業宴錄〉의 원전 비평과 그 이본적 특징」, 〈東洋漢文學研究〉 第33輯, 東洋漢文學會, 2011, 366면.

趙祥祐, 「愛國啓蒙期 漢文散文의 意識 志向 研究」, 고려대학교 대학원, 박사학위논문, 2002.

車溶柱, 「〈金山寺夢遊錄〉攷」, 『西原大學 論文集』 제2권, 서원대학, 1973, 56면.

____, 「金山寺夢遊錄」, 『韓國古典小說作品論』, 集文堂, 1990, 156면.

____, 「金華寺夢遊錄」, 『韓國漢文小說史』, 亞細亞文化社, 2006, 213면.

車充煥, 「〈五老峰記〉 研究」, 『語文研究』 제34권, 한국어문교육연구회, 2006, 319면.

하대빈, 「羅孫本 〈금산사몽유록〉의 내용 및 이본 계보 연구」, 단국대학교 교육대학원, 석사학위논문, 2010, 30면.

韓義崇, 「19세기 漢文中短篇小說 연구」, 경북대학교 대학원, 박사학위논문, 2011.

洪在烋, 「〈金山寺記〉攷 : 南平人 文後嘆 漢命 改正本」, 『國文學研究』 第9輯, 國語國文學會, 1986, 109면.

〈금산사몽유록〉
이본 원문 4종

金山寺夢會錄[1]

【1a】金山寺夢會錄

至正年間, 金陵有一秀才, 氣質豪邁, 腦襟洒落, 文武兼全, 百才具備, 人稱"奇男子"。然而不事生產, 放浪物外, 周遊四方, 以射獵為事。一日, 入金山洞口, 採藥洗溪, 貫弓追獸。盤桓山麓之際, 西日已頹, 烟迷雲暝, 虎嘯猿啼, 遠近黯然。莫知所適, 尋一條路去, 則乃金山寺也。

當是時, 盜賊蜂起, 萬民塗炭, 諸僧避亂而去, 寺中空虛。秀才不勝飢困, 無以糊口, 攀緩上樑, 曲肱而寐。夢中聞 【1b】 之, 有一人謂曰: "漢、唐、宋、明四皇帝來。"或問曰: "何故來此?"其人答曰: "漢高帝悶世亂, 告于上帝, 命濠州朱氏, 掃除胡元, 創開大明。而漢、唐、宋三皇帝, 曾有創業之功, 使之設宴於此, 以待明帝。故金山百神亦皆來侯。"秀才聞之, 心甚恠訝。

俄而, 紅衣官率數十人而來。掃洒法堂, 設錦繡帳, 展日月屏, 設四榻於北壁, 羅燈燭於東南, 門樓皆設宴席。既而自遠而呼曰: "四帝來矣。"秀才出門观之, 劍戟如雲, 警蹕若電。四帝鑾車, 次弟 【2a】 而來。星冠月佩, 奔走先後, 金燈玉燭, 羅列左右。無數仙官, 簇擁而上堂。其元, 隆準龍顏, 左股有七十二黑子, 此乃創四百年之漢高祖。其二, 天日之表, 龍鳳之姿, 此乃啓三百年之唐太宗。其三, 龍行虎步, 方面大耳, 此乃宋太祖。其四, 天威嚴肅,

---

1　동국대학교 도서관 유동D 813.5 금51ㄱ. 원문의 속자와 약자, 이체자 등을 모두 정자로 수정하지 않고 그대로 사용하는 것을 원칙으로 하며 입력할 수 없는 글자는 가급적으로 모양이 제일 비슷한 글자로 입력하겠다.

神彩動蕩, 此乃洪武聖人也。

漢、唐、宋三帝以次登榻, 而明帝讓而不坐。漢帝曰：“何讓之爲？” 明帝對曰：“此座乃創業之君所座也, 寡人則北有元帝, 西有陳友諒, 而徑登此座, 可乎？” 漢【2b】帝曰：“此二敵數月可除, 且今日之會爲帝而設, 願勿辭焉。” 明帝黽勉就座。

從來侍臣, 各皆就位。漢之從官, 張良、陳平、蕭何、酈食其、陸賈、隨何、叔孫通、韓信、黥布、彭越、王陵、周勃、灌嬰、夏后嬰、張耳、樊噲、張倉、紀信、周凱。唐之從官, 長孫無忌、魏徵、王珪、房玄齡、杜如晦、裴寂、劉文靜、褚遂良、虞世南、封德彝、李靖、尉遲敬德、李勣、柴紹、殷開山、薛仁貴、屈突通、高士廉、侯君集。宋之從官, 陳搏、趙普、范質、竇儀、王溥、李昉、宋琪、曹彬、石守【3a】信、潘美、劉光儀、王全斌、曹瑋、符彥卿、錢若水。明之從官, 劉基、李善長、宋濂、葉琛、宋訥、冷謙、韓成、徐達、常遇春、胡大海、湯和、花雲龍、李文忠、沐英、俞通海䓁。

漢帝曰：“時運有數, 英雄無限。昔我創漢之時, 不知何是唐, 何是宋, 又何是今日, 復有明乎？今日之夜, 清風徐来, 月色如畫, 江山風景既好, 歷代之君臣齊會, 可謂萬古勝會, 不可寂寞而度。設樂行酒, 以終今夕, 可乎？” 因奏五音八佾, 以次迭奏。玉液瓊漿, 塵世所未有。

酒至【3b】半酣, 漢帝歎曰：“昔起自泗上, 百戰而有天下。辛苦之極, 誰若寡人？唐帝一戰定関中, 宋帝之一夜得天下, 誠鴻毛遇順風。今明帝之功業, 又出吾三人之上, 深用為賀。” 座中歛膝致敬。

唐帝問於漢帝曰：“帝之入関也, 時極屯難, 而以三章反乱爲治, 何其神也？” 漢帝曰：“呂家之兒, 困悴生民, 故以吾岨峿之約, 粗效極救之策, 比如飢者易食。” 唐帝曰：“聞帝之用人如唐堯, 則哲之明若成湯, 立賢無方。平日所用人才可歷指而數歟？”

漢【4a】帝曰：“是可過贊則太濫。而寡人成功, 皆諸臣之力, 寡人何德之有？蕭何爲相治本, 韓信爲将禦外。叔孫通補禮儀, 酈食其論成敗。張倉之律令, 子房敎計策。陳平贊籌, 陸賈言治亂。曹參任野戰, 灌嬰用騎兵。黥布勵威於前, 彭越助勢於後。張耳造兵器, 周勃掌軍粮。王陵有任将之略, 樊噲有摧鋒之勇。以成寡人之功。而若無紀信、周凱之忠, 則寡人已爲滎陽之塵土。又無夏侯嬰之救太子, 則寡人後嗣豈不殆哉？此皆群臣【4b】之功, 願聞三皇之用人。”

唐帝曰：“寡人之時, 魏徵糾謬繩愆, 王珪進賢退邪。房玄岭善謀, 杜如晦善斷。長孫無忌有殉國之忠, 尉遲敬德有摧鋒之勇。李靖兼将相之才, 裴寂任經濟之策。殷開山、屈突通效忠爭死, 薛仁貴、侯君集戮力破陣。褚遂良有正直之操, 封德彝有勇斷之才。劉文靜謀猷深遠, 虞世南識見廣博。寡人成功, 皆賴此等。”

宋帝曰：“寡人之時, 陳博知玄妙, 故寡人爲師。趙普有能, 故寡人爲相。曹彬多退讓, 故寡【5a】人任征伐。竇儀善推步, 故任占侯。石信、王全斌有折衝千里之威, 劉光儀、符彦卿有掉蔽四方之能。李昉、范質輔文彩, 曹瑋、潘美任軍略。當此時, 不爲無才, 而祗緣寡人之無能, 臥榻之側亦容他人鼾睡。可謂創業乎？”

漢帝曰：“宋帝真有德之君, 寡人不能保全功臣, 深愧宋帝盃酒奪兵權之智。”宋帝曰：“此乃適然, 何足稱善？帝之諸子中, 文帝最賢, 何不早達太子, 致有呂氏之禍？”漢帝曰：“序爲弟, 年且幼, 故置遠地, 以避呂氏【5b】之毒, 使他日太平之主。”宋帝又曰：“然則欲立如意以取慘禍, 何也？”漢帝曰：“此乃欲試人心之何如於太子故也。不然豈待四皓之言乎？大凡爲國之道, 先立長子, 然後成敗付之天數而已。且爲天下者不顧私事, 成大事者不拘小節。帝王之度量, 豈守區區之法？然而此等事, 後世多有難處之變, 是可慮也。”乃顧眄左右, 唐帝面有慚色, 趙普顏色如土。

漢帝大笑, 仍問羣臣優劣於明帝。〃〃對曰:"寡人姑未成功, 羣臣之才未【6a】能盡試, 請以古人方之。劉基如張良, 徐遠如李靖, 韓成如紀信, 李善長如趙普, 常遇春如樊噲, 花雲龍如尉遲敬德, 沐英如薛仁貴, 宋濂如魏徵, 葉琛如叔孫通, 宋訥如陸賈, 湯和如周勃, 此外文武諸臣, 多有如古人者。寡人若如古之賢君, 則人才不為不多。"

唐帝曰:"今設此宴, 而只會吾四人, 極為寂寥, 並請中興之主, 何如?"座中皆許之。於是漢帝遣張良、随何召光武、昭烈, 唐帝遣虞世南召肅宗, 宋帝遣李昉召高宗。

俄【6b】而四君並來。其先, 日角隆準, 愛尚書, 通大義, 此乃光武皇帝。後随嚴光、鄧禹、馬援、卓茂、吳漢、寇恂、耿弇、馬武、賈復、岑彭、馮異、王霸、銚期。其二, 身長七尺二寸, 自顧其耳, 垂手過膝, 此乃昭烈皇帝。後随諸葛亮、龐統、蔣琬、費禕、法正、馬良、関羽、張飛、趙雲、馬超、黃忠、魏延、李嚴、姜維、関平。其三, 唐肅宗。後随李泌、顏真卿、顏杲卿、張巡、許遠、郭子儀、李光弼、王思禮、南霽雲、僕固、懷恩、李白、杜甫。其四, 宋高宗。後随胡銓、李綱、岳飛、韓世【7a】忠、宗澤、劉錡、張浚、吳玠、吳璘。皆上法堂, 謁於四帝, 即往東樓。

張良告曰:"歷代諸臣之坐次難之, 請分將、相、忠、智、勇五行以坐, 何如?"漢帝曰:"可。"於是命樊噲立五色旗於南門上, 擊鼓而呼曰:"萬古諸臣中, 有相材者, 坐於紅旗下。有将才者, 坐於黑旗下。有忠誠者, 坐於黃旗下。有智略者, 坐於青旗下。有勇力者, 坐於白旗下。"鼓三鳴而呼三次, 諸人相顧, 無一人進者。樊噲曰:"皇帝之命, 不可遲也。"

長孫無忌出班奏曰:"今使人【7b】〃我有将相之才, 又多忠智勇, 各自進坐, 則是不以禮待臣也。願擇諸人中兼将相才, 又多忠智, 公正之人, 使論諸人已行之績, 褒貶等第以坐, 則庶無相爭之心矣。"漢帝顧坐中曰:"誰當此任者?"唐帝曰:"蕭何當矣。"漢帝曰:"蕭何曾未爲将。"宋帝曰:"李靖何如？”唐帝曰：“此人曾未為相。趙普可堪。而不然則郭子儀最好。”

明帝曰：“若求彷彿之人，則代代有之。今當此任者，則必求隱居似傳說，三聘似莘尹，沈若呂尚，治國若管仲，【8a】輔幼君如周公，出為方叔、召虎之將帥，入為召公、畢公之宰相者，使褒貶萬古人物，必無誤也。豈易得哉？前日聞之，昭烈之臣諸葛亮，三代上人物，以此人任之，似為恰當。”坐中猛省曰：“此真其人。”命召孔明。

趙普奏曰：“諸葛亮雖多才能，曾無統一之功，未知何如？”宋帝叱曰：“汝勿妄言，若不論人之德，只論其功，則蘇秦、張儀反有賢於子思、孟子乎？孔明臥龍也，以不五萬之軍，破曹操十萬之兵。初無立錐之地，而終成三分之勢。【8b】六出祈山，司馬懿歎其神籌，七擒孟獲，南人服其天威。而出師未捷，將星先損，大凡謀事在人成事在天，豈以此為白玉之瑕乎？”叱退趙普，即召孔明。

孔明承命入。身長八尺，貌如白玉，眼如明鏡，眉帶江山秀氣，腦藏天地造化，飄飄有出世之表，昂昂有凌雲之志，真三代上人物也。来伏堂下。漢帝曰：“卿至南樓，褒貶諸臣，以之其次第。”孔明對曰：“臣無才能，何敢當此重任？”坐中曰：“非卿高才，誰能當此任也？”孔明不得已受【9a】命以退，以魏徵、胡銓為從事官。

正欲班次之除，忽一人来，言秦始皇率晋武帝、隋文帝而来，楚伯王率六朝五代諸君而来。孔明入告於漢帝。漢帝曰：“皆此不精類，閉門不納可也。”宋帝曰：“人来卻之非禮，不如因善遇之。”孔明曰：“臣有一計，使始皇入東樓，伯王入西樓，則無妨矣。”退與魏徵造大旗，書其上曰：“得天下不保百年者，不入法堂，不得正統者，不入東樓。”立其旗於門外。

俄而，秦始皇佩太阿釖而来，威嚴若天神，號【9b】令如雷霆。後随李斯、呂不韋、王綰、茅焦、蒙恬、王賁、王翦、章邯。其二，晋武帝。後随張華、裴頠、衛瓘、山濤、賈充、鄧艾、鍾會、羊祐、杜預、王濬。其三，隋文帝。

後隨高穎、蘇咸、長孫平、楊素、賀若弼、韓擒虎、高勵、崔冲方等。

秦始皇直上法堂。孔明曰："陛下未成剙業, 暫往東樓。"始皇曰："朕滅六國, 豈非創業乎？"孔明曰："秦自孝公強盛, 至昭王、惠王, 尤為昌大。滅周室、一六国, 陛下雖有中興之功, 實無剙業之功。如先王之功業, 則與中興之主【10a】同樂。而強欲自處剙業, 則何敢為塞乎？"李斯曰："亮言是誠, 陛下皈功於先王, 自處於中興, 似合道理。"始皇從其言往東樓。

俄而, 楚伯王騎烏雕馬而来。氣動天地, 威倒山岳。後隨范增、項伯、項莊、武涉、鍾难昧、龍且、周蘭、桓楚、虞子期等。宋高祖劉裕率齊、梁、陳三国君, 周世宗柴荣率梁、唐、晋、漢諸君而来。

項王立馬門外而問曰："此宴誰為主？"魏徵對曰："漢高帝設此宴, 以待唐、宋、明三君, 且慰萬古英雄, 今大王來臨, 萬幸。"項王仰【10b】天歎曰："天地間萬事不可預度, 今日之會, 豈料劉季為主, 而項籍為賓耶？"不覺長歎, 直上法堂。魏徵曰："創業諸君入法堂, 中興之主盡在東樓, 大王姑往西樓。"項王大怒, 張目叱曰："吾平生不畏劉季, 故曾彼大澤之欺。而壯志則尚今不屈, 吾視萬古英雄如蟻螺輩, 孰敢違我教者乎？"顧桓楚, 命取大鎗来。

孔明仰而進曰："昔者齊桓公科丘之會, 一有驕色而叛者九国。盖位高則視瞻眾, 名重則評論多。大王恃萬古無敵之【11a】勇, 而不思湯武屈身之德。不忍血氣之憤, 而罔念聖人讓德之戒。窃為大王不取也。且帝堯大聖而傳後嗣, 不如湯武。舜亦大聖而承祖宗, 不及成康。世間事豈可人力致之？今大王上弒義帝, 而不思其分, 欲與剙業之君爭列, 則江中之恥萬古難雪。"項王沉吟良久曰："寧為雞口, 無為牛後。今日我為西樓主人, 別設一宴, 更用鴻門招劉季之事, 仍入西樓。"

漢帝傳教孔明, 催定坐次。孔明以金冠玉帶當立中, 而文武諸臣【11b】數百人各備朝服, 分立左右。孔明長揖而呼曰："文武中有作乱犯上、誤国伐賢者, 不參此中。"去者十餘人。又揖曰："若有放倒廉義、嗜利無恥者, 不預於此中。"去者二十餘人。孔明焚香祝天曰："諸葛亮以薄才受命皇上, 褒貶萬古人物, 而今若以私褒一分, 以嫌貶一毫, 則皇天后土降之殃禍。"祝罷而退立。

忽四人入告曰："漢武帝言有報平城之功, 唐憲宗言有報平淮西之功, 晋元帝以為江左中興, 宋神宗以為思慕三代, 【12a】皆來請入。"漢帝曰："我孫及神宗意氣恣質非凡, 而曾有病国之過。只召元帝、憲宗何如?"唐帝曰："武帝、神宗皆英雄之主。豈以一墨之瑕, 棄白玉之美乎?並皆召入好矣。"此時羣英雄聞風来會, 高聲大呼曰："我等皆據地虎視, 而豈以成敗論英雄?"掖腕叩門。其首陳勝、公孫述、曹操、孫策、袁紹、袁術、李密、錢俶等諸人也。

漢帝曰："陳勝不起, 則我事遲矣。且彼起自田間, 稱王於十日之內, 此亦豪傑。曹操、孫策雖有乱天下之罪, 【12b】亦是天數。又有擊董卓、滅九姓之功, 只召陳勝、曹操、孫策可也。"於是李密等大呼曰："嘯聚叢林之陳勝, 欺人孤寡之曹操, 持鎗匹夫之孫策為英雄, 而我等以一時盟主、累世公侯, 反不及此乎?"魏徵叱曰："公孫子陽虎視三蜀而不支十年, 袁本初雄據四州而不保三子, 錢俶守吳越形地而弃若敝屣。況李密之信桃李之謳, 若袁術之信當塗之讖。汝等何如彼三人?"皆聞此言, 憤愧而去。

命之開門。則其一漢武帝, 神彩雄威, 真【13a】不世出之姿。後随董仲舒、霍光、汲黯、公孫弘、東方朔、蘇武、韓安國、李廣、衛青、霍去病、司馬遷。其二唐憲宗, 聰明飄逸。後随裴度、李绛、李吉甫、黄裳、裴垍、韓愈、武元衡、李愬。其三晋元帝, 眉如白毛。後随周凱、王導、陶侃、刘琨、祖逖、顧榮、瘐亮、卞壼。其四宋神宗, 氣度豪邁。後随程顥、程頤、司馬光、文彥博、韓琦、富弼、唐介、張載、歐陽修、王安石、蘇軾等, 入東樓。陳勝率吳廣、周武臣, 曹操率徇彧、郭嘉、曹仁、許褚, 孫策率周瑜、魯肅、陸遜、張昭【13b】等, 入於西樓。

漢帝傳教於孔明, 代〃選名臣壹人以為入侍。孔明起而承命, 舉笏而揖曰：“漢高祖朝有張太師, 貌如夫人, 心小萬古, 智滅秦楚, 晚追赤松遊, 此萬古人傑。唐太宗朝有魏侍郎, 仁義輔君, 言語卻敵, 天子致敬, 鶴死懷中, 生為人鑑, 死留芳名, 此萬古直臣。宋太祖朝有趙相国, 半部魯論, 坐致太平, 十条良策, 以安生民, 此稀世之才。明太祖朝有劉誠意, 望金陵路氣, 識真主興百代興亡, 如視掌物, 此呂尚之類。【14a】秦始皇朝有茅先生, 母后幽廢, 諫臣繼誅, 先生力爭, 母子如初, 此龍逄之友。漢武帝朝有董相國, 三年讀書, 克法聖人, 務義不謀其利, 正君以正四方, 此三代後真儒。漢光武朝有鄧司徒, 杖策追帝, 指天下圖, 智平四海, 功尊廿八, 此良平之儔。漢昭烈朝有龐元帥, 百日之政, 決於片時, 三分之策, 乞於一言, 此管樂之匹。晋武帝朝有張尚書, 手推文楸, 贊成神筭, 功尊沼吳, 業煥肇晋, 此子產之徒。晋元帝朝有王司徒, 新亭責【14b】圖復王室, 以大義蔑親, 推至誠任, 此真忠智之臣。隋文帝朝有高僕射, 推誠體國, 處物平當, 贊陳平之弘猷, 有宰相之識度, 此當代名臣。唐肅宗朝有李鄴侯, 白衣佐天子, 達中興之功, 青年為宰相, 保一身之榮, 此間世之才。唐憲宗朝有韓昌黎, 上《佛骨表》, 諫人君之好佛, 作《原道篇》, 啓後學之昏蒙, 此漢唐後名儒。宋神宗朝有程明道, 繼周孔之道統, 任一代之矜式, 氣像如春, 學問如顏子, 此孔孟後一人。宋高宗朝有胡【15a】太師, 諫和一疏, 凜若秋霜, 檜賊喪氣, 金虜歛凶, 此魯仲連蹈東海之氣節也。”孔明之擇十五人上殿入侍, 坐中稱贊不已。

孔明先持紅旗揖蕭何曰：“得韓信, 取天下, 治関中, 固根本, 取地圖, 識天下之形勢, 乞法制, 立漢代之規模。”又揖霍光曰：“受周公負成王之圖, 以輔昭帝, 法華尹廢太甲之事, 以立宣帝, 忠誠不愧於古人功業, 苐一於猻閣。”又揖司馬光曰：“作《資治通鑑》以繼春秋, 除安石新法以救生民, 惠澤拯溺, 望副加額, 【15b】君等三人, 當為相業一苐。”又揖曺參曰：“一遵何守, 法而勿失, 四海寧一, 百姓歌詠。”又揖房玄岭、杜如晦曰：“公苐二人, 或收採人物, 或參謀帷幄, 同心戮力, 共致太平。”又揖韓琦曰：“按節邊陲, 西賊破胆, 乞策兩朝, 国勢山岳, 當為相業二苐。蔣琬之治劇以閑, 郭子儀之滅賊興唐, 裴度之平淮西, 富弼之贊太平, 當為相業三等。公孫弘多智而不直, 卓茂量弘而識淺, 山濤勤而有俗態, 是以不參於等中。"以下數十人, 不能盡記。【16a】楚國項莊出曰:"次定萬古人物, 而獨不定西樓侍臣, 何也?"孔明荅曰:"西樓全才只有范增、荀彧, 而范增昧於天命, 不以仁義輔君, 何勘宰相之任?荀彧當初扶漢, 輔曹又至曹強, 飲藥而死, 漢之臣耶?曹之臣耶?更待公論可也。"

孔明又持黑旗揖韓信曰:"出漢中, 乞三秦, 趙代齊魏, 如刈草木, 垓下一戰, 終擒伯王, 叱咤重瞳, 如視小兒, 此萬古大將。"又揖李靖曰:"太公六韜, 子獨傳奇, 陣成六花, 名高將壇。"又揖王翦曰:"滅趙国, 虜【16b】楚王, 數千里山河, 一戰而乞。君等三人, 當為將帥一等。"又揖徐達曰:"用兵神機, 仿佛孫吳, 南征北伐, 平乞夷夏。"又揖蒙恬曰:"以十萬兵, 築萬里長城, 地分夷夏, 功及千秋。"又揖章邯曰:"誅項梁, 圍鉅鹿, 威振山東。"又揖賀若弼、韓擒虎曰:"長江天斬, 公能飛渡, 南北混并, 四海一家, 當為將帥二等。衛青、霍去病, 掃除漠南, 鄧艾、鍾會, 平乞西蜀, 曹瑋之防塞西胡, 劉琦之順昌殲賊, 當為將帥三等。"以下數十人, 不能盡記。

孔明又持【17a】黃旗揖紀信曰:"天為國家別生龍顏之姿, 值国家危急之日, 黃屋誑楚, 漢無将軍, 四百年邠業, 豈不難哉?"又揖周凱曰:"荣陽城中, 繼忠臣而死, 凛凛雙節, 萬古不絕。"又揖韓成曰:"賊船蟻附, 黃髮赴碧流而誑賊, 豈專美於古人?君等三人, 當為忠烈一等。"又揖蘇武曰:"北海牧羊, 漢節凋盡, 雁足傳書, 蒼髮皓白。"又揖関羽曰:"乞約降漢, 封金辞操, 五関斬将, 千里訪君。"又揖顏杲卿曰:"糾聚義兵, 為國討賊, 陷城被執, 比死不屈。"又【17b】揖張巡、許遠曰:"公等三人, 飲血裹鎗, 百計拒賊, 駢首效命, 願為厲鬼, 當為忠烈二等。岳飛之涅背報國, 南霽雲之咋指請兵, 周蘭、桓楚、虞子期之一時效死, 當為忠烈三等。"以下數十人, 不能盡記。

孔明又持青旗揖陳平曰:"貌如冠玉, 心如明鏡, 計奇六出, 功尊一統。"又揖范增曰:"一言得民心, 三年成伯業。"又揖周瑜曰:"受伯符托, 任外事重, 百萬曹兵, 一炬爝攸, 君等三人, 當為智畧一等。"又揖李斯曰:"馳韓盧而搏塞兔, 變古【18a】篆而作刻字。"又揖荀彧、郭嘉曰:"當曹操橫行天下, 二人之謀居多。"又揖陸遜曰:"以數萬孤軍, 拒猇亭雄兵, 當為智畧二等。酈食其智服諸侯, 費禕訏謀廊廟, 劉文靜贊開國之良謀, 李善長識天下之形勢, 當為智畧三等。"以下數十人, 不能盡記。

孔明又持白旗揖彭越曰:"眼如流星, 筋如鎗竿, 擊楚而項王難之, 叛漢而黥布驚之。"又揖賈復曰:"貌如天神, 勇如鷹鸇, 裹鎗却敵, 威振敵國。"又揖趙雲曰:"當陽匹馬, 保甲裡之幼主, 【18b】漢水一鎗, 却百萬之眾, 君等三人, 當為勇力一等。"又揖樊噲曰:"威如猛虎, 聲如弘鍾, 鴻門擁盾, 項王亦懼。"又揖張飛曰:"下邳奮勇, 呂布却走, 長坂一呼, 曹軍桃魄。"又揖馬超曰:"潼關一戰, 殆殺曹操。"又揖許褚曰:"渭橋大戰, 負探入舟。"又揖尉遲敬德曰:"匹馬赴敵, 身護主危, 當為勇力二等。岑彭、馬武昆陽殲賊, 常遇春、胡大海采石奮勇, 當為勇力三等。"以下數十人, 不能盡記。

孔明之已畢, 方欲退, 忽一人流涕而言曰:"先生何【19a】不識弟子? 我之降鍾會者, 非畏死貪生而然也, 欲得機會恢復漢室。若非腹痛之急, 則西蜀地圖豈入於司馬昭之手? 天不應之, 雖良、平何為? 後世譏議, 心常愧恨。今日先生不許忠貞, 嗟乎! 此心何日暴白?"孔明視之, 乃姜維也。孔明荅曰:"嗟呼! 我豈不知君心? 苐使他人當君之所遭, 則不如背城一戰而死。向使子胥不死於楚國, 而終無所成, 則誰知優於伍尚?"姜維長歎而去。

孔明盡修等第, 書諸冊子, 献之坐中。坐中覽【19b】之, 稱贊不已, 嘗之玉杯。於是張風樂會坐宴席。漢帝率創業諸帝坐於北壁, 秦帝率中興諸帝坐於東壁, 楚伯王率諸王坐於西壁, 魏王曹操、吳侯孫權坐於西壁末席。漢帝曰:"天地無窮, 世事易變。一興一亡, 理之難免。胡然而興, 胡然而廢。但使死後观之, 則一抔土而已。人君以仁聖享國長久, 則三代豈能繼唐虞而出? 将帥以勇力不亡, 則蚩尤豈敗於涿鹿乎? 是故歷年之長久, 國家之興亡, 都是天數。滿座不懷人間【20a】之慮, 同樂一盃之酒, 可乎?"

言罷, 西壁項王眼如炬、聲如雷, 長歎數聲曰：“昔日不應鴻門之玉玦, 長辭烏江空船, 至今爲遺恨, 不能忘也！”東壁始皇曰：“此亦命數, 恨之何爲？昔我晝寢, 偶得一夢。紅衣童子與青衣童子爭日而戰, 青衣童子連捷矣。紅衣人忽然用力打, 青衣人仆地, 而紅衣人抱日而去西北。覺来極以爲訝。望氣者云, ‘金陵有天子氣’。我作大墓, 以厭之。今日思之, 則紅衣人漢帝也, 青衣人伯王也。楚人之言曰, 天定亦能勝人。我安得【20b】長享天位？項莊之劍亦何能售？”

漢帝曰：“如念昔事, 則悲懷益新。前日勝敗, 言之無益。但言平生快事, 亦論治国之法, 使新来天子知之, 可也。”始皇曰：“秦国有三快事。我遣一将, 繫六王項, 跪於阿房陛下。收天下兵, 鑄金人十二, 立於門外。此一快事。遣童男、童女五百人, 使採三神山不死藥。鞭驅大石, 駕於東海, 與安期生飲酒, 而期三千年。此二快事也。使蒙恬發二千萬兵, 關山七百里, 築城萬里, 凶奴不敢望南天。此三快【21a】事也。欲聞漢帝之快事。”

漢帝對曰：“寡人十分勞苦, 以羣臣之力, 僅得成功, 何快之有？弟擊黥布而還至沛郡, 會父老而宴村翁、村嫗, 呼我旧字。雞犬之物, 皆若相知。此時秋風颯〃, 掃開萬里浮雲, 有似乎我之氣像, 仍飲酒咏歌, 此暫快也。又侍太公於南宮, 以玉盃獻壽。上皇曰, 昔日季之治農, 不若仲之勤, 今季反勝也。此人子之至樂也。”明帝聞此言, 泫然垂淚。漢帝問曰：“今日之宴, 千古帝王之盛舉, 足以暢敍壯懷, 而如此【21b】之悲, 何也？”明帝曰：“寡人孤露, 人生雖有秦皇之快事, 終無玉盃之至樂, 自不勝其感懷。”漢帝稱歎曰：“真孝友之君！”

因問唐帝之快事。唐帝對曰：“寡人別無快事, 而一日會朝, 而四方畢至, 舞突厥, 歌吐蕃, 月裳裳、交趾献鸚鵡, 大宛、西域貢駿馬。即位之初, 與魏徵三年勤政, 歲豐民和, 斗米價三錢, 四方無盜賊, 門不夜閉, 道不拾遺, 縱遣死囚, 趁期自來, 此暫快事也。”宋帝曰：“寡人功業未成, 海內未統一, 有何快事？弟作新【22a】舍, 門戶方整, 洞開九門八牕, 小無礙滯, 正如我心內, 非則外人得以窺見, 以此暫快也。"漢帝曰："真心工夫也。"他皇帝皆曰："我等別無可語也。"

魏王曹操出班奏曰："臣有一快事, 敢欲陳白。"漢帝使言之。曹操曰："臣昔日持一鎗破袁術, 生擒呂布、張繡。北擊匈奴, 西取隴蜀, 東收遼東, 南臨長江。舟亘千里, 旌旗蔽日, 手撫長鎗, 身坐大船。東望夏口, 南對柴桑, 西瞻武昌, 北通樊城。長江若羅, 明月如画, 星斗稀闊, 烏鵲南飛。臣於此【22b】時, 飲酒咏詩, 此暫快也。"漢帝大笑曰："聞君之言, 我心亦快也。"

仍命侍婢止行盃, 顧明帝曰："人非堯舜, 何能盡善？雖有明君, 亦有疵。我輩則已用之人, 而明帝則前程萬里。褒貶古事, 法善懲非, 顧不善歟？明帝智足以通古今, 明足以知人, 歷論前代之得失興亡, 坐中之願也。"明帝讓曰："寡人識見不及於聖人君子, 歷代帝王亦異於羣臣, 而乃敢褒貶優劣, 則後世譏議安可逃也？"漢帝再三勸之, 命移明帝之榻於堂中。

明帝【23a】不得已就座曰："先言氣像, 次論得失, 何如？"皆曰："諾。"明帝曰："風勢震動, 波浪汹湧, 秦始氣像。秋霜凜冽, 峰巒聳出, 漢武帝之氣像。烈日照耀, 雷聲震動, 漢光武之氣像。秋夜青凉, 月星揚揮, 唐太宗之氣像。浩汗長江, 或灘或湧, 漢昭烈之氣像。依微春雨, 或虹或雷, 宋太宗之氣像。唐憲宗若山上之鷹鸇, 宋神宗若海中之龍馬, 楚伯王若驟雨, 隋文帝若糜雪。"

漢帝笑曰："明帝可謂照人之鏡, 而獨不言寡人之氣像, 何也？不足言【23b】歟？"明帝對曰："非敢然也。山則我知其高矣, 江則我知其深淺, 鷹則我知其勇矣, 虎則我知猛。而至於龍, 則難度其變化。帝之氣像, 正如大海神龍之莫能形容。"漢帝暫笑曰："何能及此耶, 此則慰藉之言。"明帝又曰："周世宗若隋文帝之兄, 晉憲宗若唐憲宗之友。宋高宗似楚伯王, 唐肅宗類漢武帝。陳勝、孫策置於五代, 則當有勝負。曹操若霧中隱峰, 倘遇唐太宗、漢光武, 則必不為公孫述、竇建德之類."

又言得失曰:"秦始皇【24a】以英雄之姿, 取天下如探囊中物. 而何其英氣太過, 自用太甚, 失人心深, 故不傳三世. 後人言之曰, '作阿房費財力, 築長城擾民心'云. 又有甚於此者. 詩書若人君日月, 而焚之. 儒生實國家元氣, 而坑之. 太子國之根本, 而放殺扶蘇. 自為刑人奸惡之賊, 而親近趙高, 以此而安能享天下?" 始皇聞言, 面色如土, 而暫笑曰:"明言寡人之罪, 後悔何及."

明帝又曰:"漢祖規模弘遠, 而為事鹿率, 輕士慢罵, 不法古聖, 故不及三代之【24b】治. 漢武帝求神仙似秦皇, 作宮室似秦皇, 征四夷似秦皇, 廢太子似秦皇. 不幾於亡秦之續, 而崇儒好賢, 知所統守, 晚而悔過, 顧托得人. 此所以有亡秦之失, 而無亡秦之禍. 漢光武文明之治, 優於西漢, 而但不任三公, 為政無次. 唐太宗勵政圖治, 而根本不正. 宋太祖仁厚之君, 而徵唐室, 而易藩鎮, 棄洛陽, 都汴京, 趁宮女之眼而殺之, 非正大之事. 趙普之心若如王陵、霍光, 則德壽母子之命, 豈係晉王之手?" 宋帝愀然【25a】不合.

明帝又曰:"孟子有曰, '雖有智慧, 不如乘時'. 漢昭烈以英雄之姿, 得王佐之才. 而終不能削平僭偽、混一中原, 天實為之, 謂之奈何? 晉武帝初年儉朴, 而晚事驕逸. 乘羊車遊後宮, 宮女插竹葉于門, 洒盐以待, 并車所止, 耶留酣宴, 如此後縱, 而能享大位乎? 宋神宗英主而惑於安石之偏見, 卒乱天下. 唐憲宗不惑羣議, 削平猾逆. 而世乱漸平, 驕心日生, 金丹之藥方試, 而弘志之謀遂行. 周世宗粗有三代之風, 而有猜【25b】忌之病. 晉元帝有簡儉容直之量, 而無慨慷救時之志. 隋文帝躬行儉勤, 濟以刻薄, 專任小類, 不悅詩書, 豈為創業之主? 宋高宗既之撥乱之才, 又昧討賊之義, 惑於奸臣, 屈膝虜庭, 何足并稱於中興? 尤可悲者, 棄岳飛之忠, 埋於西湖, 墳上之草, 盡指南方. 南宋六君, 寧不愧其草乎? 五代六朝, 蜂蠆之君臣, 蟻螻之戰場, 何足與論於治天下之事?"

楚伯王忽然大聲曰:"歷論古今, 而獨不言吾者, 何也?" 明帝曰:"何不為言乎？大【26a】王之率降卒, 則一夜坑二十萬。待亡國, 則掘古君之塚。言軍法, 則斬上將於帳下。論忠義, 則弒義帝於江中。擇地理, 則棄咸陽都彭城。用人才, 則疎范增逐黥布。違忠言, 自棄智勇, 無道之極, 何至於此也？”項王慚歎無言。明帝言罷, 漢帝曰：“孔明之之群臣, 明帝之論諸君, 雖量之以金衡, 度之以玉尺, 安能如是之不差？”

明帝問曰：“寡人将欲之都, 當於何處之之？”漢帝曰：“我前日擊豨而入燕代之境, 伐黥布而观吳、越二國。金【26b】陵與翼州, 實南北之大地。試言天下之西, 即崑崙山。崑崙山之西, 則西域國, 我不可知。崑崙之東北一枝, 出中原之北, 長城之外, 止於遼東。其二枝, 出長城之內, 黃河之外, 東接碣石。堯都平壤, 舜都蒲坂, 禹都安邑, 湯都亳, 皆在於此。其三, 乃自長安經雍州、豫州為洛。其四枝, 自益州經荊州為金陵, 此實龍盤虎踞之勢。大凡地氣有盛襄, 三代以前, 帝王多出於河北, 漢唐以後, 都邑多在於河南。獨江南, 至今不用。明帝【27a】之意, 其在金陵耶？”明帝稱謝, 退就旧座。

漢帝傳教, 召五色旗一等三人, 使之歌舞。以蕭何、韓信、紀信、陳平、彭越為一隊, 霍光、王剪、周苟、賈復為二隊, 司馬光、李靖、韓成、周瑜、趙雲為三隊。雄壮風彩, 魁偉氣像, 昭然於遠近。蕭何歌曰：“起自刀筆兮, 元勳成。生逢聖主兮, 我何功？”韓信歌曰：“破楚楚怒兮, 歸漢漢疑。中心不暴兮, 一身無輝。”紀信歌曰：“長與周苟, 遊洛水兮。今日逢君, 中心悲兮。”陳平歌曰：“成太平兮, 四海一。今夕何夕【27b】兮, 君臣一席。”彭越歌曰：“立功乱世兮, 血肉為盐。恨結胸中兮, 不絕千載。”霍光歌曰：“周公聖人, 吾何敢望？終欲學之, 死後家亡。”王翦歌曰：“趙魏空基兮, 鄴郢寒灰。自求耕田兮, 一身無虞。”周苟歌曰：“一片孤城, 蟻援絕兮。幸與紀信, 遂雙節兮。”范增歌曰：“白首風塵, 何所求？君臣不從, 可奈何？”賈復歌曰：“男兒生世兮, 以身許國。功成名立兮, 昭揭竹帛。”司馬光歌曰：“青苗流毒兮, 赤子失所。太母明聖兮, 我功何有？”李靖歌曰：“叔寶御璧【28a】兮, 突厥獻馘。貌画凌閣兮, 名垂竹帛。"韓成歌曰:"紀信忠臣兮, 我何能追?君恩太山兮, 一死鴻毛。"周瑜歌曰:"丈夫生世兮, 遇知己主。天不假我兮, 功名未成。"趙雲歌曰:"魏賊尚強, 孫虜不滅。爵為先鋒, 何以報德?"歌破, 漢帝稱讚曰:"此中一人尚可乏天下, 今十五人同聚一席, 德星必聚於天上。"仍命賜酒曰:"在外群臣亦皆豪傑, 而未能召見, 皆以酒肉待之。"

漢武帝告曰:"臣之臣東方朔, 仙風道骨。曾偷西王母之桃, 謫降人間。【28b】故善知人, 使之群臣之職, 何如?"漢帝命召之, 東方朔入謁階下。漢帝曰:"卿善知人云, 歷代群臣相當之職次定而上。"方朔書諸冊子, 獻之曰:"太師程顥, 太傅董仲舒, 太保司馬光, 少師張良, 少傅諸葛亮, 少保劉基, 左丞相蕭何, 右丞相霍光, 左僕射房玄齡, 右僕射杜如晦, 太尉曹參, 侍中長孫無忌, 門下侍郎韓琦, 同平章事富弼, 中書令裴度, 尚書令李絳, 參知政事文彥博, 御史大夫汲黯, 御史中承茅蕉, 侍御史唐介, 諫議【29a】大夫魏徵, 中書舍人虞世南, 大鴻臚李綱, 吏部尚書李泌, 左侍郎王珪, 右侍郎褚遂良, 戶部尚書范增, 左侍郎鄧禹, 右侍郎蔣琬, 禮部尚書程頤, 左侍郎叔孫通, 右侍郎宋濂, 兵部尚書郭子儀, 左侍郎徐達, 右侍郎陸遜, 刑部尚書李斯, 左侍郎周勃, 右侍郎趙普, 工部尚書陳平, 左侍郎王導, 右侍郎裴寂, 京兆尹龐統, 太常卿歐陽修, 大理卿荀彧, 太學士蘇軾, 翰林學士李白, 翰林承旨竇儀, 國子祭酒張載, 國子司業韓愈, 國【29b】子博士宋訥, 太子洗馬葉琛, 太史令司馬遷, 司隸校尉王陵, 水陸兵馬大都督韓信, 大将軍王剪, 兵馬都督李靖, 水陸都督周瑜, 樞密使曹彬, 樞密副使岳飛, 執金吾関羽, 驃騎将軍章邯, 車騎将軍蒙恬, 前将軍賀若弼, 後将軍韓擒虎, 左将軍鄧艾, 右将軍鍾會, 征東将軍冠恂, 征西将軍李光弼, 征南将軍耿弇, 征北将軍姜維, 平虜将軍衛青, 征虜将軍霍去病, 破虜将軍馬援, 討虜将軍劉琦, 左先鋒樊噲, 右先鋒張飛, 左【30a】扈衛賈復, 右扈衛趙雲, 鎮東将軍彭越, 鎮西将軍尉遲敬德, 鎮南将軍常遇春, 鎮北将軍胡大海, 龍驤将軍馬超, 虎翊将軍許褚, 以嚴光為富春侯任漢代清風, 以陳博為萃山伯領宋朝白雲。"坐中看畢, 稱贊不已。

漢帝即召韓愈賦詩以記。愈受命賦之, 披荊州黑玉硯, 磨上黨碧烟墨, 把中山黃兔筆, 展會稽碧紋藤, 書題曰"金山寺刱業列帝宴會詩"。将欲賦詩, 忽然山外塵頭蔽天。出門观之, 則數萬甲兵、五色旌旗籠山【30b】蔽野而来。乃元世祖也。遣使言曰, "我曾有統一之功, 而今日之會不請我, 〃不勝其憤, 率凶奴、突厥、五胡、遼金以来, 汝苄速来投降"云。宋高祖聞之大懼, 不安於坐。漢帝罵曰:"以堂〃萬乘之君, 見小醜, 何若是劫也?"宋帝曰:"寡人之不足道也。昔日賢君, 〃臨四海, 而被圍於虜兵, 受辱於白登, 嫁公主單于, 仍為翁婿。胡不自反, 而如是見責?"秦始皇奮然出曰:"我當與漢武帝伐諸賊。"諸賊聞此言大懼, 回軍而走。元世祖問於【31a】楚材曰:"諸救兵皆去, 将奈何?"楚材對曰:"明君方图北京, 今與明君一戰, 以視勝負, 何如?"元帝從其言, 即移檄於明帝, 欲與爭雄。明帝大怒曰:"今不滅此賊, 何以定天下乎?"即以劉基為軍師, 徐達為大元帥, 胡大海為先鋒, 常遇春為合後, 起出戰。元世祖大敗, 望北而走。明帝大捷, 凱歌而還, 坐中大悅, 獻酒相賀。於是韓愈獻五言長篇一首, 坐中傳看, 稱贊不已。

楚霸王曰:"来已久矣, 我當先去。"諸中興主並皆從起, 獨四帝仍留【31b】從容談話。漢帝顧明帝曰:"看帝之氣像, 不久當一天下。定太平後, 設此宴下泉之人, 何?"明帝許之。仍奏罷筵曲, 四帝一時別去。

寺中一空, 寂無人跡。山鳥一聲, 東方盡白。秀才欠伸而覺, 乃南柯一夢也。帝王之容貌, 君臣之聲音, 昭〃在眼, 琅〃照耳。遂記夢事, 聊以傳世云〃。

歲維黃狗肇夏在芝齋書

金山寺夢遊錄終

金山寺觕業演義[1]

【184】金山寺觕業演義

元至正十三年, 江東縣有一介秀才。失其名, 志远而氣邁, 性豪而才富, 經天緯地之学, 屈右支左之法, 該而能焉。以時事艱吳, 干戈搶攘, 絕意功名。竹杖芒鞋, 雲遊四方, 訪水尋山, 惟自適而已。

聞金山景致殊絕, 逐往遊焉。或探灵芝, 洗泉而啗之。或抽繒矢, 射禽而戲之。搜奇選勝, 轉入幽境。不覚足之繭, 而日之晡矣。俄而宿雲飯壑, 暝靄栖林。生欲借於山寺, 沿幽涧, 陟絕巘, 徒一線而行。仰見仸殿歸然, 掩翳於烟蘿霧林之间。乃忙步而入, 则居僧皆避兵奔散, 寺中虚无人。一盂斋飯无從可致, 飢疲轉甚, 困惱莫展, 遂托身於空樑之上, 仍假寐焉。

梦中忽闻有一人自言曰:"沃皇帝将至矣。唐皇帝、宋皇帝、明皇帝何无消息耶?殊可怪也。"傍有一客问曰:"四位皇帝因何事而会?"其人荅曰:"沃皇帝闵天下之多艱, 傷万民之盡刘, 白于上帝, 命濠州朱氏掃群胡之醜類, 啓大明之洪業, 文明之運可寫立而待矣。猗歟四帝有觕業之大功, 故上帝特賜宴於此寺。金山之神, 皆祗候於此矣。生和眠而听其【185】言, 歷〃在耳, 心切駭之。

頃之, 火光照耀於林樾, 人聲夷輥於天地。有官貟数百餘人, 着红袍, 貫玉

---

1   연세대학교 도서관 고서(II) 811.939 1. 원문의 속자와 약자, 이체자 등을 모두 정자로 수정하지 않고 그대로 사용하는 것을 원칙으로 하며 입력할 수 없는 글자는 가급적으로 모양이 제일 비슷한 글자로 입력하겠다.

帯, 從容步入, 趁上法宮, 忙設御座於殿上。紅錦帳幕, 重〃四匝。金榻四座, 次第而設。圍日月之雲屏, 炳竜鳳之画烛。前殿及东西两楼, 亦設諸具, 一與法堂无異。瑞氣葱蘢, 異香芬馥, 況忽人间帝王之座矣。

搬設既畢, 有人自远而大呼曰：“四皇帝法駕已至矣。”轉眄之间, 警蹕如雷, 旌旗亘天, 羽衛煌〃, 隊仗井〃。威仪之严肅, 班序之整齐, 有不可勝言。四帝乘黃屋, 駕八竜至寺門之内。乃下輦, 金冠黃袍, 徐步上殿。第一, 隆準竜顔, 左股有七十二黑子, 即斬蛇應祥赤帝子也。第二, 天日之表, 竜鳳之姿, 即化家为国之唐太宗也。第三, 方面大耳, 英華介外, 即應天受禪之宋太祖也。第四, 天威严凝, 神彩動盪, 即代行天討之洪武聖人也。沃高祖坐上榻, 次唐太宗, 次太祖。明皇帝却立固讓, 不肯上座。沃高祖乃曰：“何讓之過也？”明皇帝曰：“是榻創業之君所坐也。寡补眇而德薄, 不能削平僭乱, 底定區宇, 北有元順帝, 西有陳友諒, 濫坐此榻不亦濫乎？”沃帝笑曰：“此兩賊数月之内自【186】可平芝。今日之会, 為帝献賀之宴也, 望帝須勿固辞。”明帝不得已上座。

四座侍臣各退而列坐。沃之文官, 蕭何、陳平、陸賈、叔孫通、張良、酈生、随何, 武臣, 韓信、曺参、黥布、彭越、王陵、周勃、灌嬰、夏侯嬰、張耳、樊哙、紀信。唐之文官, 長孫无忌、王珪、杜如晦、刘文静、魏徵、房玄岭、裴寂、褚遂良、吴世南、封德彝, 武臣, 李靖、蔚遅敬德、李勣、戴胄、柴紹、殷開山、屈突通、薛仁貴、高士廉、侯君集。宋之文臣, 陳搏、范質、竇儀、李昉、陶穀、鮑溥, 武臣, 曺彬、石守信、苗訓、王全斌、曺瑋、樊若水。明之文臣, 刘基、李善長、宋濂、方孝孺、冷謙, 武臣, 徐達、常遇春、湯化、刘通德、花雲竜、李文忠、沐英、胡大海。自殿上宣召張良、无忌、趙普、刘基, 使之入侍。

沃帝曰：“時運不常, 英雄有恨。我之始刱沃業也, 只知有沃, 豈知有唐？既不知有唐, 亦安知有宋乎？非独我也, 宋之為宋, 唐亦不知。明之為明, 宋亦不知。天運循環, 人事変嬗, 乃若是歟。推此言之, 則日後天地, 未知有幾沃、幾唐、幾宋、幾明。或【187】興而亡, 盛而衰。宇宙裒〃, 哀乐悠〃。不必撫往事而愴恨, 指前期而逆料。況故主旧臣, 同会一堂, 乐哉今夕, 不醉而何？"遂命左右, 鼓琴瑟, 進酒饌。於是众乐迭奏, 六律諧協, 肴羞交錯, 八味兼備, 縹緲若众仙之府矣。

酒半行, 沃帝歎曰："我起自沛上, 十載百敗, 幸賴群臣之力, 終成一戎之功。而積苦兵间, 夫誰如寡人哉？唐帝一戰而定關中, 宋帝一夕而有天下, 此誠鴻毛之遇順風。今明帝有折棰之威, 乘建瓴之勢, 其功業将出吾三人之上, 安得不奉卮而称賀乎？"遂命進一酌於明帝。〃〃曰："不敢當矣。"齊劝而後遂飲之。三帝一時皆謝。

宋帝問於沃帝曰："帝之入關也, 兵力微矣, 民心乱矣, 能以三章之法, 定万民之心, 敢问何道而然耶？"沃帝曰："呂家小兒殘虐百姓, 赤子嗷无所依飯。吾以岨峿之一約, 能服众心, 此所谓'飢餒之極, 粟飯亦飽'者也。"

唐帝曰："曾聞帝之知人善任, 如唐堯之明目達聰, 成湯之立賢无方。願聞帝之平日所用之人才。"沃帝曰："過情之譽, 心窃恥之。而終成帝業, 群策是賴, 寡人顧何德之称哉？然而蕭何為相, 治國家之根本, 韓信為将, 作國家之干城。叔孫制禮仪, 子房運籌策, 張倉之【188】律令, 酈生論成敗, 陳平畫謀計, 陸賈說治乱。随何有前对之才, 而傳寡人之命, 樊噲有勇銳之氣, 而衝寡人之身。曹參最善野鬥, 灌嬰能用騎士。黥布在前鋒, 而賈勇、彭越随後殿而助勢。張耳掌兵器, 周勃任餽餉, 王陵勇而且剛, 戰必成功。此皆一世之雄傑。寡人能用之, 此所以得其力也。至於紀信、周凱、夏侯嬰, 其功尤不草〃。當其困厄之於滎陽、成皐也, 微紀信、周凱之忠, 寡人之身, 终作尘土矣。當其危急於睢陽也, 夏侯嬰不能保太子, 則寡人之祀幾乎絕矣。寡人不過一木偶人也。輕士善罵, 溲溺儒冠, 自是寡人之病痛。既不能使臣以礼, 則為寡人之臣者, 誰肯以忠事君哉？惟其任之不二, 信之不疑, 此群臣所以乐而為用也。必有一代之賢臣, 然後能成一代之功業。願聞三帝之臣姓名、功業。"

唐帝曰: "人才不借於異代, 寡人之臣, 亦有一二可称者。无忌管攝機務, 綜理庶事。魏徵殫竭忠規, 以補闕遺。王珪進忠良而退奸邪, 以清君側。房玄岭善謀, 杜如晦善斷。綽有将相之才者, 李靖也。兼絕軍旅之事者, 李勣也。身冒矢石、摧至陷陣者, 蔚遲敬德、薛仁貴也。奮介忠勇、不知有身者, 殷開山也、屈突【189】通也。謀画推裴寂、刘文靜, 博通古今称吳世南, 能識時務封德彝, 爱君如親莫如褚遂良。寡人刱業實賴此輩也。"

沃帝暫笑, 问於宋帝曰: "帝之賢臣, 可歷數而言耶?" 宋帝曰: "才為世出, 国以賢興。才不才, 亦各言其臣也。陳搏学貫天人, 能識玄妙, 寡人事之以師。內事委於竇儀、宋摯, 而使李昉、范質助其文彩。外事皆属於王全斌、李沃超, 而使苗訓贊其勇力。不可謂任用之无人。而寡人素乏威德, 一榻之外, 既容他人之鼾眠, 則豈可謂創業之主乎?" 沃帝歎曰: "宋帝之德至矣。寡人不能厚待功臣, 多不能保全, 寡人心常愧恨。宋帝之以盃酒奪兵權, 终保其带砺之昆者, 非寡人所及也, 窃為敬服焉。然逆節已著, 則不可不治。秋孽已兆, 則不可不防。盖考其時, 則然矣。何得失之有哉?"

宋帝曰: "沃帝諸子中, 惟文帝最賢。何不早建為太子? 致有呂氏之秋耶?" 沃帝曰: "寡人非不知恒之賢也。以序則弟也, 以年則幼也, 故封於代山, 墾之遠地, 以避呂氏之毒, 使之為他日治平之主。此非寡人不明也。" 宋帝則: "此則既聞命矣, 帝之欲立趙王如意, 使被呂氏之慘禍, 何也?" 帝曰: "此則寡人只爱如意之穎慧, 且欲試人心之叛属太子否也。若使【190】寡人有必欲如意之心, 則豈以四翁之来, 而有所变改乎? 凡帝王家法, 必立長嗣, 而至於後日成敗, 付之天数而已。帝之立晋王, 豈不出於公天下之心哉? 畢竟不免有不好底景象, 处州之道, 自古難得其中矣。" 宋帝听罷, 大加傷感, 良久无言。沃帝慰之曰: "古語云, '寧人負我, 无我負人'。古今天下, 安有如帝之孝友者乎?" 因回顧左右, 唐帝低頭泯嘿, 紅暈滿面, 趙普面色如土矣。漢帝大笑曰："得天下者, 不顧細行, 成大事者, 不拘小節。帝王家处事不必屑〃匹夫為也。"此盖以慰唐太宗也。

仍问於明帝曰："帝之贤臣亦可得闻乎？"明帝答曰："寡人創業未半, 群臣之贤否未著, 雖未敢某也才、某也不才, 若比古人而論之, 則刘基似子房, 徐達似李靖, 花雲似周凱, 韓成如紀信, 李善長可比於趙普, 冷謙擬於陳搏, 常遇春樊唫之流也, 宋謙陸賈之比也, 沐英庶幾於薛仁貴, 葉琛彷彿於叔孫通, 章孟同於魏徵, 湯化方於周勃, 花雲竜亦有敬德之勇。文武諸臣, 大抵如此。未知諸臣果能終成古人之功。而若使寡人有古帝王之德, 有古帝王之明, 則今日人才不可謂寂寞矣。"

唐帝曰："四帝團会, 千古盛事。邀自古中興之主, 與之同乐, 未知如何？"三【191】帝齊應曰："諾。"於是沃帝送随何召光武及昭烈, 唐帝送吳世南召肃宗, 宋帝使李昉召高宗。移時皆至。第一行沃光武, 鄧禹、严光、馬援、吳沃、寇恂、耿弇、賈復、馮異、馬武侍立於後。第二行昭烈, 諸葛亮、龐統、蔣琬、法正、関羽、張飛、趙雲、馬超、黄忠、姜維侍立於後。第三行唐肃宗, 李泌、顏真卿、張鎬、張巡、郭子仪、李光弼、渾瑊、王思禮、南齊雲、僕固、怀恩侍立於後。第四行宋高宗, 岳飛、張浚、刘摯、吳玠侍立於後。四帝次弟上殿, 拜謁於刱業之帝, 既退皈於帳次。

張良入奏曰："歷代朝諸臣皆会於此, 而位次未定, 班序難分。請以将、相、忠、智、勇為目, 分五行定坐。"群帝曰："然。"即使樊唫持紅、白、青、黄、黑五旗, 就西樓上, 排五行而豎之。击鼓大呼曰："諸臣中有輔相之才者, 就坐於紅旗下。有将帥之才者, 就坐於黑旗下。忠者就坐於黄旗下, 智者就坐於青旗下, 勇者就坐於白旗下。"三撾鼓, 三唱拜, 众人相顧, 无一人出坐者。復呼曰："皇上之命, 不可稽緩也。"亦无動者。皆俟。

張良進前奏曰："若欲群臣自言曰, '我有将相才也', '我有忠智才也', '我有勇力才也', 自坐於標【192】旗之下, 則是犯自衛之嫌, 冒自躍之譏, 非所以禮待也。請择諸臣中才兼将相、俱忠智勇力、有識鑑、有公心者, 褒貶人物, 區以別之, 使各就列, 不使混淆。" 群帝曰："然誰當此任者？" 子房对曰："知臣莫如君。且列聖同坐, 自當鑑別。小臣賤見, 不敢妄陳。" 沃帝顧三帝曰："誰可使者？" 唐帝曰："蕭何〃如？" 帝曰："何未能為将。李靖如何？" 唐帝曰："靖未能為相。趙普似好矣。" 宋帝曰："非郭子儀不可。"

明帝曰："苟求其近似者, 人皆可任。必也物色而訪如傅說, 待聘而起如伊尹, 神謀如呂尚, 治国如管仲, 輔幼主、勤王室如周公, 出則方叔、仲山甫, 入則如召公、畢公, 而為宰相者, 方可以品題万古許多英雄, 各適其才, 无小差謬矣。此人豈可容易得哉？曾聞昭烈賢臣諸葛亮, 三代上人物, 歷職将相, 忠智過人, 可當此任矣。" 群帝曰："明帝得人矣。" 趙普奏曰："亮雖才高, 既蔑一統之功, 則亦可任此歟？" 宋帝責曰："毋妄言。謀事在於人, 成敗係於天数。設若不論其德, 而取其成功, 則蘇、張之辯, 反勝於君子人歟？孔明臥竜也, 以五百殘兵, 破曹操十万之兵。始无立錐之地, 而一隅巴蜀、三分天下, 帝業八九成矣。七縱七禽, 孟獲自服。非其才之不足, 【193】天不與也, 時不利也。豈可以功業之未成, 為白玉之微瑕乎？"

遂招孔明, 貌如温玉, 目如晓星, 眉聚江山之秀氣, 脑藏天地之造化, 真天仙也。祗謁於四帝榻前。沃帝曰："卿較才量, 能明其等苐, 使諸臣翕然无爭競之心。" 亮拜辞曰："此任甚重, 非小臣庸才所可承當, 恐有不称之刺矣。" 帝曰："卿无辞也。" 孔明不得已而承命, 拜謝而出, 以魏徵、胡銓、方孝儒、包庬為四館。

方欲分等坐定矣, 守門将忽報曰："秦始皇、晋武帝、隋文帝、西楚伯王及六朝五代之君方来会, 而檄文先至矣。" 孔明入告於高帝。〃〃曰："此輩甚不佳, 斥之可也。" 宋帝曰："来者不拒, 不如因善遇之。" 孔明曰："臣有計策, 使始皇处於東楼, 使項王居於西楼, 自可從容矣。" 即召王羲之, 操筆書于金旗曰, "雖得天下, 未享百年者, 不許入法堂。雖致帝位, 未承正統者, 不得上東楼."樹之门外而已。

秦始皇撫太阿之釰, 騎纖離之馬, 威風若天神, 号令若雷霆。李斯、王綰、鄭岳、王剪、王賁、茅焦、章邯随後。次晋武帝, 張華、衛瓘、山濤、鄧艾、鍾會、羊祜、杜預、王濬随後。次隋文帝, 王通、蘇威、申公、義鍔、楊素、賀若弼、韓擒虎、刘眺随後矣。秦始皇欲直入法堂, 孔明曰:"此乃刱業宴也。創【194】業之帝得参此宴於法堂, 中興之君会於東楼矣。"始皇曰:"我盡滅六国, 统一天下, 非刱業而何?"孔明曰:"曾聞秦自富公已富强, 至惠公而尤大焉。攻逼周室赧王, 八秦頓首献其邑三十六而已。大王本非刱業之主, 况又未享百年。会於東楼, 與列国諸王同乐可也。帝若以功德窃比三五, 居然自大, 則誰敢阻當?但千古聖帝明王皆会於此中, 帝宜反思惟務, 皈於至當之地。"李斯曰:"此言有理, 義不可强。陛下宜皈美於先王, 推以為刱業之君, 陛下則以中興自处焉。"於是始皇逐向東楼, 晋、隋二皇帝亦從往。

俄頃, 項王乃至。盖世之氣, 拔山之力, 凜〃若生矣。范增、項莊、武涉、鍾離昧、竜且、季布、桓楚、吳子期、周殷等接武而随之。朱高祖、刘裕、陳、梁諸君亦尾而從。項王叱咤而问曰:"何人主張此宴耶?"魏徵曰:"沃高祖皇帝特設大宴, 以待唐、宋及明三皇帝, 且以慰歷代之英雄矣。大王適臨, 誠不勝榮幸矣。"項王仰天嘆曰:"天地间万事无所不有。刘季為主人, 籍為冗客也。"言已, 即躡階級而上。魏徵曰:"大王初不能刱業, 暫往西楼與宴是可。"項王曰:"我平生視刘季如腋下嬰兒矣, 不幸失路於大澤, 飲恨於一釰, 天【195】也。奈何時移世变, 慷慨之氣猶在, 天荒地老, 激仰之心不已。我若一回頭, 則所謂'世上英雄', 若螻蟻羣聚於丘垤之下矣。疇敢拒我乎?"乃顧謂桓楚曰:"取我長槍来。欲試旧日手段矣。"孔明曰:"昔齊桓公会於葵丘, 有驕色, 叛者九国。位高則众目皆属, 名重則万口窃議。今大王挟万夫无敵之勇, 不思湯武, 此勢有異而時不同也。大王上奉義帝之尊, 下與刱業之君爭狠於一下之間, 則烏江之恥, 決不能湔雪於千秋之下矣。"項王良久曰："語云,‘寧為雞口, 无為牛後'。我寧作西樓主人, 以終今夕。復設一宴, 拉致刘季, 如鴻门之会矣。"瞋目奮臂, 怒氣騰〃, 強向西樓而去。

沃帝趣命孔明, 班次分乞。孔明正笏垂紳, 當中而立。众官数百, 環列四面, 拱手而向。孔明以左右手相揖曰："文武諸臣中, 如有不忠之心, 或犯上作乱者, 莫上此堂。"其中自去者八九人。孔明又揖曰："文武諸臣中, 如有見義不行, 見利忘廉者, 不入於此座。"自去者数千人。孔明焚香誓曰："諸葛亮才微識浅, 本无才長, 而猥受皇命, 高下群雄。或以私恩而褒一人, 或以私嫌而貶一人, 上而皇【196】天, 下以后土, 必降秋殃, 以懲私蔑公之罪。"四拜而起。

忽有四人, 顛倒来報曰："沃武帝自称有追報平城怨讎之功, 唐憲宗自称有平淮西之功, 晋元帝自称中興旧業, 宋神宗自称參效三代, 皆立於门外, 而不敢入矣。"沃帝笑："小孫及神宗志氣皆超越, 百王然不无病国之咎。只召憲宗、元帝, 如何？"唐帝曰："武帝、神宗皆英邁之主也, 豈以小訾掩其大体乎？皆许入, 可也。"時群雄众傑并立於外, 大聲疾呼曰："我等各拠州縣, 虎視天下, 豈可以成敗論英雄哉？"奮拳叩门, 聲若撞鍾。即陳勝、公孫述、曹操、袁紹、孫策、錢繆等百餘人。

沃帝闻喧呶之聲曰："若使陳勝不能先倡, 則寡人之功何由成乎？且彼起於畎畝, 十日之內偃然称王, 此亦一世之豪傑。曹操、孫策乘時起兵, 作乱天下, 其罪固大矣。然是亦数也。而誅董卓、滅黄巾之功, 有焉。此三人皆開门納之。"李密大呼曰："伏林薮而假鬼之陳勝, 挾挟天子狐媚篡国之曹操, 单槍匹夫之孫策, 皆得為英雄。而称以一時盟主, 累代王侯, 反不如彼三子者, 寧不冤乎？"方孝儒責之曰："公孫子陽, 雄拠白帝城, 奄有一方而終不能保身。袁紹拠守古邑, 士馬精強而一敗【197】塗地, 不能全其子。錢氏占吳越之形勢, 席富強之基業, 而一朝弃国如脱敝屣。如李密不足道也。花园之事,讖書之謀, 尤无謂也。雖欲比之於恒人, 尚不可得, 況擬之於三人乎？"皆憤怒而去。

沃帝即令曰："洞開大门。"沃武帝先入, 竜髯日表, 氣軒威凜。侍臣即董仲舒、霍光、汲黯、公孫弘、轅固、東方朔、韓安国、李庅、衛青、霍去病等也。唐憲宗聰明飄逸, 亦英主也。侍臣即裴度、李绛、李吉甫、黄裳、韓愈、武光衡、李光颜等也。晋元帝眼上有白毛, 誠異表也。侍臣即周凱、王導、恒彝、瘐亮、温嶠、殷浩、陶侃、祖逖、卞壺、王述等也。宋神宗图治之心, 尚在唐吴。侍臣即司馬光、文彥博、范仲淹、歐陽修、王安石、狄青、張方平等也。此四帝往東楼。陳勝率吳廣、武臣, 曹操率荀彧、夏侯惇, 孫策率周瑜、程普往西楼。

沃高命曰："極選事∥光显之, 使之入侍。"孔明執牙笏, 出班心奏曰："沃之諸臣中, 張太史, 貌類婦人, 心雄万夫。碎車浪沙, 大驚白帝之魂, 受書圯橋, 深得黄石之術。墟秦而報五世之恩, 馘楚而成一統之業。尊為帝師, 而不居富貴之乐, 托身赤松, 而自為保全之計。如其忠也, 如其智也, 此古今一人也。唐之諸臣中, 魏丞相以【198】仁義而輔君, 以言語而卻敵。天子視之如股肱, 待之如手足。生而為人鑑, 死而自撫碑文。此忠良直臣也。宋之諸臣中, 陳希夷闻太祖得天下, 不覺墮驴, 还入華山。百日牢眠, 神遊宇宙之外, 一身自適, 迹謝尘土之间。視天地盈虛之理, 而晰其微譽、陰陽、進退之機, 而得其妙。若使此人出為世用, 則可以為将相之臣, 可以為忠智之士, 勇力特。其餘事不足求於此等人也。明之諸臣中, 刘誠意仰金陵之瑞氣, 而識尘埃之天子。一許驅馳, 風期相合, 黑昼籌策, 而勳業逐著。百代後成敗存亡若烛照龟卜, 此則子牙之智也。秦之諸臣中, 茅先生當始皇之庎, 毋殺諫臣二十七人。而先生勇赴鼎鑊, 忘死極諫。使母子如初, 竜逄之忠也。武帝諸臣中, 董江都三年讀書, 学冠千人。先義後利, 尊主黜伯, 誠一代之真儒, 亦千古之師表, 此三代後一人也。光武諸臣中, 严諫议友万乘而加足於帝腹, 辞富贵而垂釣於波间。以一絲之微, 挼九重之昇。古人称其功業, 比之於寇、鄧。其清風高節, 豈心於激懦廉貪哉? 我昭烈皇帝諸臣, 〃皆帝之簡拔者。臣亮之外, 无非忠義才智之士, 而其中龐士元拔乎其萃。在兵而以連環之計却敵, 皈沃而為耒陽令, 百日公事, 片時盡決。【199】三分之計, 一舉而畫, 雖管仲、乐毅, 无以加也。晋武帝諸臣中, 惟張華推枰決策, 绤成平吴之功。及為宰相, 治国治民, 亦多有可称者。其才可比於鄭子產也。晋元帝諸臣中, 独周凱當王敦之拔扈, 入白王導, 忠誠而不使導知之。後至石頭城, 責奸賊之構乱, 甘自斃於凶鋒。其精忠烈氣, 猶至今不死, 豈不韙哉? 隋文帝諸臣中, 王文仲献太平十二策, 而其言剴切明白, 深得治国之道。究前聖之遺軌, 啓後学之群蒙。立言垂訓, 皆可謂後世法, 实间世之贤才也。唐肃宗諸臣中, 李山人以白衣佐天子, 成中興之業, 以宰相还故山, 不浼清高之節, 亦當代之名臣也。唐憲宗諸臣中, 韓昌黎学承前聖之緒, 文起八代之衰。諫憲宗之迎怫而斥異端, 折強藩之謀逆而戰凶孽。南海之灵感激於一丧, 鰐溪之鱼远徙於片言。此沃唐以来明儒也。宋神宗諸臣中, 程明道以春風之氣像, 承洙泗之嫡统。傳千載经傳之緯, 介前聖未介之旨。師表一世, 務式諸儒。实孟子後入室之儒宗也。宋高宗諸臣中, 胡澹庵痛夷狄之乱中夏, 斥宥壬之倡和议。一谏吶閤, 忠言炳〃。万里被遣, 神氣洋〃。其平日之所眷可見, 雖仲連蹈海, 何以過此?【200】語畢, 孔明揖十五人曰: "諸先生皆入侍于御座。" 十五辞不得已, 乃起入四帝之前。俯伏列侍, 众人皆噴〃賀其得人。

沃高祖促令定序班次。於是孔明持紅旗揖萧何而言曰: "公能進韓信而定三秦, 治関中而固根本。收地图使知天下之形勢, 明法令以定海内之人心。" 又揖霍光曰: "公受周公之图而輔幼君, 法伊尹之事而㡿昌邑。以迎先帝, 克昌旧業。功冠㟂阁之画, 名煥良史之笔。" 揖鄧禹而言曰: "杖策謁帝, 建中恢之大策。持斧總帥, 贊一戎之偉績。惟其有社稷之功, 足以称廊庙之器。此三人可謂相業之第一等。其餘, 房玄岭之善於謀画, 勤於政事, 趙普之應機立功,裴度之名闻外夷, 韩琦之再立国君, 可谓第二等。王旦之随事出計, 司馬光之立心以誠, 曺參之謹守法度, 蔣琬之劃煩理劇, 杜如晦憂国如家, 李綱之力図恢復, 李善長之贊成帝業, 可謂第三等。張華之有智而无実, 公孫弘之多謀而不直, 卓茂之寬厚而不能分辨事理, 山濤之勤幹而不能擺脫俗態, 王安石之性險而執拗, 可謂第四等。此外以為宰相、可以為百執事者, 不可勝数, 而不能尽記矣。"楚之項莊挺身突出曰："方論人之長短, 分人之優劣, 而独不及於西楼之侍臣, 何也？"孔明曰："西楼侍臣【201】皆无全才, 祗有范增、荀彧。而增也既不知天命之所在, 又不以仁義而輔主, 豈能當宰相之职乎？彧也本以沃臣事曹操, 及操强盛, 乃飲藥死。若謂沃家之臣, 則沃必不受。若謂曹家之臣, 則畢竟尤无可称。不如徐待後世公論而已。"

孔明復持黄旗揖韓信而言曰："公自沃中出, 降三秦, 滅齊燕魏, 如薙草芥, 喑哑叱咤, 若視嬰兒。"又揖王翦而言曰："公能擒禽韓王而郡其国, 数千里河東定矣。笑李信之伐楚, 乃用六十万人。"又揖李靖而言曰："公深得太公之法, 以六花陣大定天下。威振四海, 名高将坛。此三人可謂将帥之第一等。李光弼、韓擒虎、徐達可為第二等。曺彬、鍾離昧数十餘人, 皆不足数也。"

孔明復持青旗揖陳平而言曰："公貌如冠玉, 心若明鏡, 六出奇計, 一匡其功。"又揖李斯而言曰："公介踪示人, 搏諸侯如塞兔, 遣諜阉賊傳細作於後世。"又揖范增而言曰："公一言得民心, 怀王八関而若復生。三年成法, 項氏信讒而逐至亡。可謂智略之第一等。若馬援、長孫无忌、蒙恬、周瑜為第二等。耿弇等数百餘人不足記也。"

孔明復持白旗揖彭越而言曰："公星光其眸, 旗脚其筋。皈沃而黥布驚, 击楚而項王惧。"又揖賈復而言曰："天神之相, 胡鷹之【202】勇。自裹已決之腸, 即收全勝之功。"又揖趙雲而言曰："公任一釖於長坂, 斬刘壮而護阿斗, 揮長槍於沃中, 敵万軍而逐曹操。此可謂猛勇之第一等。若李廣、馬武等三十餘人不足記。”

孔明復持黃旗揖紀信而言曰：“天為旺家，挺出竜顔。公像惟肖，造化之妙。當危急時，黃屋左纛。魂逐烈焰，忠冠諸将。沃非将軍，何以創四百年之洪業乎？”又揖関羽而言曰：“封金掛印，謝曹公之厚恩。躍馬横槍，訪旧主於千里。明烛達朝，別嫌之義著矣。斬将建旗，敵愾之心烈矣。”又揖張巡而言曰：“公飲血裹瘡，冒死討賊。及其力盡而城陷，死為厉鬼，願吞讐賊。此三人可謂忠烈之第一等也。方孝儒之掩口而不顧九族，岳武穆之涅肖而欲報国恩，其餘数十餘人，〃〃如剛金鍊铁，事〃如烈日秋霜，吾莫不称揚敬服焉。”乃端拱而立。

忽有一介士舍淚大呼曰：“先生何不識弟子耶？我之降鍾仅，非畏死而貪生，欲乘機会，以復沃室也。若使脑膈之痛，不至於危急，得杀晋将，則西蜀之地，不歸於司馬之手。後主之車，不入於許都之尘矣。天不助順，計未成而事已誤。一片忠誠，復誰知之？只恨後世，无公論矣。今日相国亦不見許，哀我忠心，何日可暴？”孔明曰：“嗟乎！伯约君之誠心，我豈不知？若才不及於【203】君者，欲效君，則寧不知死於城下，若伍子胥死於昭関，則誰知其賢於伍尚乎？吾以君可任丈夫，豈其无意於君乎？”姜維歎息而去。孔明既定坐次，列書而上之。諸皇帝覽之曰：“孔明識見藻鑑果如是也。”命左右以玉盃酌花雲酒以賞之。

沃高帝與刱業君坐於北，秦始皇與中興之君坐於東，項王與諸王坐於西。各使大臣二人侍坐於殿上。金冠玉珮，交映相曳，威仪整〃，簮人瞻視。魏王操、吳侯策远坐西邊席末。孔明拱立昭烈座後。沃高祖曰：“天運之否泰相從，人事之乖迁迭代，一治一乱，一興一亡，理之常也，不可逃也。若以聖賢而長保其位，三代何以继唐吴而興？若以勇力而長守其業，蚩尤何以戰涿鹿而敗乎？凡人国家，无大无小，其歷年之或長或短，莫非数也。万乘之国，千乘之邦，家八荒而富四海者，及其失勢而亡也。衣冠文物烟消雾沉，坮殿城郭草没苔蝕。欲求向日之繁華, 已无迹矣。荒山一坏, 眾鬼淒涼。樵牧攀登, 烏鵲叫噪。若使精灵知之, 能不怨乎？願列帝諸王, 无以人世之得失哀乐, 置之於怀抱间, 幸甚！"皆曰："然。"

楚伯王時在西楼, 目光如炬, 怒聲如雷, 長歎而言曰："不應鴻门之玦, 枉辞烏江之舟, 此所以至今飲恨者也。"東壁下第一帝曰："伯王何為无益之【204】悲乎？其於天数何？寡人曾昼寝, 得一梦。两童子, 一着紅衣, 一着青衣, 争日而闘矣。紅衣童子心窃怪之。其後望氣者言, '金陵有天子氣', 寡人築高坮以壓之。以今日观之, 紅衣者如高帝, 青衣者如伯王。古人曰, '天定亦能勝人'。寡人之坮何能壓之？項莊之舞何能試乎？"

沃皇曰："雖天也, 雖人也, 旧日勝敗, 言之无益。先說平日快活事, 更論帝王治国之道, 使新天子知之, 可也。"秦始皇曰："寡人有三快事。遣猛士禽六国之王, 缚倒於阿房宮階下。盡收天下兵器, 銷為金人十二, 立於门外。此一快事也。遣童男童女五百人, 泛大舟入東海, 求不死之藥。鞭驅大石, 横駕滄津。與安期生飲酒而談, 三千年自期其壽。此二快事也。使蒙恬驅二十万之軍, 鑿七百里山, 築万里長城, 以界中国。於是匈奴膝縮震愢, 不敢南牧。此三快事也。願闻沃帝所快者何事。"

沃帝曰："寡人八年之间, 百戰而敗。喫盡艱難, 僅成功業, 有何快活事乎？弟寡人親击黥布, 一鼓而滅於班師之日, 歷過沛宮, 大設一宴, 召故旧親戚而乐之。南邻之嫗, 北里之翁, 扶携醉飽, 呼寡人少時之字。间巷间无知之雞犬, 似【205】若能解旧日之顔, 而纷〃来迎。適大風倏起, 卷却布空之雲, 氣像彷彿於即事, 寡人乐甚作歌而唱之, 击筑而娛之, 仍自起而舞, 尽飲而皈。此可謂快也。設宴於洛陽南宮, 陪太上皇, 躬奉玉卮, 献壽於席上。〃皇欣然而喜曰, '汝少時不勤稼穡, 吾以為不如仲也。今日方知, 季之勝也'。比悦親之事, 人子之願, 无過於此。〃亦可謂之快也。"明帝闻之："泫然流涕。"沃帝曰："何為作屑〃兒女子之悲耶？"明帝拭淚曰："寡人孤露餘生也。秦帝三快之事, 或可期也。沃帝之玉巵奉壽, 何可得？"沃帝亦愀然曰："明帝真大舜之達孝也。治天下如反掌也。"

仍问於唐帝曰："帝何无言耶？"唐帝曰："寡人別无他事, 一開會同之宴, 四方君長, 争呼万岁。突厥舞, 吐蕃歌, 越裳、交趾献鸚鵡, 大宛、西域貢驎馬。王会之图, 至今流傳, 可知其一時之盛事矣。且與魏徵論治国安民之術, 欲行仁政於民。封德彝曰, '世末矣, 不可行矣'。魏徵劝朕行之三年。民俗和平, 穀豐斗米三錢, 民有餘食。放送獄囚, 及期皈死。此行仁之效, 豈不快乎？"

宋帝曰："寡人雖參高位, 未能掃清河北, 混一天下, 豈有快心之事乎？但新造一殿, 門庭方整, 墙砌整齊。逐使左右洞開九門, 廣拓八憁, 四方軒豁, 无所陣蔽, 正如我心之正大。內既光明, 外人能見, 【206】寡人取則以為治心之法。此可乐也。"沃帝曰："此正心工夫也。"諸帝皆曰："寡人等別无可言者矣。"

曹操拜伏於前曰："臣平生有一快事, 請奏於前矣。"沃帝曰："試言之。"曹操对曰："臣以單槍一揮, 而破袁紹、袁術, 再揮而降張魯、張繡。手禽呂布, 如搏家豚。北击凶奴, 西得隴西, 南渡長江。泛万斛之竜舟, 駕千里之鯨濤。旌旗拂天, 鼓角殷地。手握槍柄, 高倚柁楼, 東望夏口, 南对潇湘。西指武昌, 北眺汴城。江波如練, 月色如昼, 烏鵲南飛。此時欣然乐甚, 酌酒賦詩, 斯非大丈夫得意处乎？"沃帝曰："汝且休矣。吾心亦快矣。"

因大笑, 仍命進酒。顧謂明帝曰："人非尧舜, 每事安得尽善？雖唐吴之至治, 政令之间不能无少疵。今日座中, 帝王凡幾何也？天下得失亦幾何？遭當時雖有諫官, 人主得失, 实難尽言。後世雖有史臣, 前代事迹, 亦難尽記。今我等已作局外之人, 前言往行, 闻之无用。明帝前程万里, 歷說前志, 評論古事, 善者為法, 不善者為戒, 豈非鑑戒之道乎？帝智足以知人, 明足以烛物。博考古史, 必有脑中涇渭。阅歷世变, 必知人事之得失。須忘一開口之劳, 論前世帝王之賢愚, 辨當日政令之是非, 即座中之願也。"

明帝辞曰："孔子以天縱之聖, 作一部春秋褒【207】貶諸侯。而猶曰, '罪我者, 春秋也'。今寡人非孔子之聖, 列帝非諸侯之比, 乃敢以愚昧之識, 穿鑿之見, 妄自評隲於其間, 褒之貶之, 无所顧忌, 則雖以犛帝乐闻過之大度, 不加僭妄之誅, 其於吾心之自愧, 後世之窃笑, 何哉？"沃帝曰："昔史佚司馬迁皆論列帝王, 或以為湯武, 或以為幽厉, 百世不能改。何必尊為天子而後方可以任褒貶之責乎？"命左右移明帝所座金榻, 設於坐之正中。

明帝不得已上座曰："尊教至此, 惟有奉承而已。何敢再瀆於尊严之前乎？請先言氣像, 次言得失, 可乎？"乃捏四眼顧、北沃帝、唐太宗、宋太祖、西秦始皇、沃武帝、光武、昭烈、晋武帝、元帝、隋文帝、唐肅宗、憲宗、宋神宗、高宗、東楚伯王、宋高祖刘裕、齊太祖蕭道成、梁武帝蕭衍、陳高祖陳伯先、梁太祖朱全忠、唐莊宗李存勗、晋高祖石敬唐、沃高祖刘知远、周世宗柴榮、曹操、孫策也。

明帝乃曰："大風震盪, 海波崩勃, 秦始皇氣象也。严霜凛烈, 山岳巉岩, 沃武帝之氣象也。暖日照烁, 雷霆時鳴, 沃光武之氣象也。秋風清冷, 星月照耀, 唐太宗之氣象也。沃昭烈之氣象, 如長江浩汗, 或激或湍。朱太祖之氣象, 如春雨依微, 雷掣虹亘。唐憲宗如尖峰秋【208】隼, 宋神宗如渥洼神馬, 項王驟雨之氣像也, 隋文帝霰雨之氣象也。"沃帝笑曰："可謂普照之明鑑。"仍曰："寡人之氣象, 独不提論, 不足論論歟？"

明帝对曰："未敢然也。山吾知其高也, 水吾知其深也。至於泰山, 不知其高幾丈也。至於大海, 不知其深幾尋也。帝之度量, 泰山也, 大海也, 人不敢測也。猛虎、豪鷹皆知其勇且疾也, 至於竜, 莫知其变化。帝之氣象, 其猶竜乎。"沃帝笑曰："何其過許也。願帝更言之。"

明帝曰："周世宗如隋文帝之兄, 晋元帝如唐太宗之友, 宋高宗彷彿項王者也。陳勝、孫策生於五代時, 則勝負未可知也。朱全忠、李存勗出於三国時, 則裕於為將矣。曹操烟霧靄菀之中潛形之高峰, 雖使之遇沃光武、唐太宗, 必不為公孫述、杜建德之類也。若論其得失, 則秦始皇以英雄之姿質, 取天下如探囊之物。都於咸陽, 欲傳万世。何其英氣太銳, 自用太過, 大失人心, 終於二世。议者或謂, 民擾於求仙, 財竭於築城。寡人以為不然。何則？詩書人君之日月, 始皇焚之。儒生国家之元氣, 始皇坑之。太子根本也, 斥扶蘇而疎之。神仙虛誕也, 取方士而親之。至於自高自是, 殘忍之賊, 而以趙高為心膂, 此五者皆足以亡国矣。"始皇歎曰："寡【209】人之失, 帝皆明知, 寡人实所甘心。然若使寡人不死, 則崤関之将, 豈受沛公之賂金？章邯之軍, 豈作項羽之前行乎？"

明帝又曰："沃武帝求神仙如秦, 击匈奴如秦, 弃太子如秦, 宜亡而不亡者, 佰好文而法古, 尊聖而重士。汾水秋風悔心萌, 輪坮一詔民情悅。未此, 幾乎秦矣。武帝亦可謂英明也。若大用董仲舒, 舉国而听, 則三代之治何難乎治之？沃光武匡復旧烈, 都於洛阳, 政事文明, 光於西京, 而不任三公, 政失其体, 豈非治世之疵乎？宋太祖誠仁厚孝友之主, 然戒於唐吳, 弱其兵力, 厭居洛陽, 而都于汴城。視燒德讓之齿。而其憤酷於刑罰, 潛乘宮女之昵, 而杀其身, 則欠於正大。亦有他人所難言者, 関係於国家甚重, 則安得不言？承順太后之旨, 亦一道也。金櫃之約, 何可不践？艾肌分痛, 同氣至情。安知彼心之異於我乎？佰使趙普若如霍光之心, 則德昭母子之命, 何必係於晋主之手乎？"宋帝悄然不言。

明帝又曰："古人有言, '雖有智慧, 不如乘時'。以昭烈之賢且才, 得孔明以为相, 終不能恢復中原者, 豈非天乎？晋帝少年勤而且儉, 能成混一之功。而末年夜乘羊車, 遍遊後宮。〃〃之女, 以竹葉鹽汴引之, 要得一顧。荒淫如此, 而能治四海乎？宋神宗【210】不无图治之心, 而暗於知人, 短於擇贤, 誤用功利之安石, 輕变祖宗之旧業, 失太平之基, 致危乱之秋。唐憲宗當多事之時, 德不能覃被, 威不能远加, 赖得裴度之忠贤, 削平强藩之僭乱。唐太宗有万務之具氣, 无一事之怠忽, 而根本不正, 来後人議议。唐高宗規模宏远, 而庶事炸創, 此所以不及於三代者也。周世宗有意於三代, 而猜忌太甚, 偏僻亦甚, 此所以治不若古者也。隋文帝勤於百事, 聰於万機, 而苛察為尚, 寬大不足, 此豈刱業之宏規乎？晋元帝頗有英雄之質, 而素乏慷慨之志。宋高宗良将足以恢国, 賢臣足以贊業。而巨奸當朝, 和议先倡, 賊害忠良, 誅竄相継, 中興之業, 烏足許於高宗乎？最可悲怜者, 以岳飛之忠烈, 被秦桧之構殺, 墳上之樹, 一〃南指。宋之六陵樹, 能不愧於兹樹乎？六朝之視臣子, 如門外之過客。五代之君, 以洛陽為道傍逆旅。即蜂之臣, 蟻之戰, 是足道哉？"

項王高聲大叱曰："帝既論說古今, 而独不及於我者, 何哉？"明帝曰："寡人何独不言王之处？已降之軍, 則一夜坑二十万之。待亡国之君, 則入関掘始皇墳塚。言其軍法, 則斬宋義於帳中。言其忠義, 則放義帝於江中。語其擇地, 則弃長安而都彭城, 自誇衣【211】繡之夜行。語其用人, 則疎范增而逐黥布。自恃勇力无敵, 只使吳人守楚国宝货。人心叛矣, 天命去矣。惟有鄭君, 杜口不称故主之姓名, 此足為感边人心者也。"項王默然。明帝起而言曰："孔子責子貢之方人, 馬援咎其侄之論人, 寡人猶不能分明菽麥, 而妄論長短, 論列是非, 僭越甚矣, 实不知置身之所。"滿座称嘆曰："孔明之分定諸臣, 明帝之評論群帝, 如玉衡之称輕重, 金尺之量長短, 无毫釐錙銖之差, 令人心悦而誠服矣。"

明帝曰："寡人若猥屑歷数, 底乏區宇, 則當定都於何处乎？"沃帝曰："寡人北伐陳豨經過燕代, 南征黥布歷行吳越。独冀州、金陵, 甲於南北。吾且誠論天下之地形, 天下之西有崑侖, 〃〃之西即西域, 異国也, 地理远不可知。而中国諸山, 皆祖崑崙而来。東北第一之支, 從沃以北, 長城之外而去, 至東北。第二支, 從長城之內, 黃河之外而去, 東至碣石, 此即冀州。堯之都平陽, 舜之都蒲坂, 禹之都安邑, 禹之都亳也。第三支, 從洛陽而来, 為雍州、豫州、徐州, 又從楊州而来, 洛陽、汴城, 又東轉而来為山, 又走於東北, 而為青州。第四支, 自益州、楊州、廣州而来, 結為金陵, 真所謂竜盘虎踞之形。欲求帝王之都, 舍此而何？卜大抵地形亦【212】有盛衰之理。三代以前, 帝王多出於河北。沃唐以後, 帝王多都於河南。独江南, 久墟而不居, 不知帝意其在於金陵耶？"明帝謝之。各就座。

沃帝曰："宜召将、相、忠、智、勇者五行中一等各三人, 使之鼓舞, 或歌以助不尽之欢。"仍下詔, 宣召蕭何、韓信、紀信、陳平、彭越為一隊, 霍光、王翦、関羽、李斯、賈復為一隊, 鄧禹、李靖、張巡、范增、趙雲為一隊。英雄之壯氣凜〃, 忠臣之仪观烈〃, 顧昢則威風自生, 俯昂則後彩相射。衣冠濟〃, 釖佩鏘〃。言其趨蹌, 則若众星走影於雲間。言其簇立, 則若群峰露形於霧表。浩〃蕩〃, 肅〃秩〃, 殆不可形喻也。蕭何先唱曰："起自刀筆, 立第一功, 生逢聖主, 我有何力？"韓信歌曰："墟秦滅楚, 天下大定, 鳥盡弓藏, 此恨難雪。"紀信歌曰："軍敗主危, 杀身報国, 哀我姓名, 千古无愧。"陳平歌曰："始出六計, 終致太平, 君臣同樂, 此夕何夕？"彭越歌曰："心雖无愧, 功則蔑有, 千秋万世, 此恨何極？"霍光歌曰："周公聖人, 我何敢学, 妄欲效之, 終亡其家。"王翦歌曰："邯鄲蔓州, 幾處冷灰, 求田不信, 身自全安。"關羽歌曰："泰山已頹, 大廈将碩, 隻手欲扶, 天不我應。"趙雲歌曰："魏賊未滅, 吳兵又强, 爵為【213】先鋒, 何以報君？"李斯歌曰："呼犬獵兔, 四海昇平, 爵位盛滿, 幾人保全？"賈復歌曰："男兒生世, 以身許國, 功成名立, 永垂千秋。"鄧禹歌曰："仗策追帝, 運籌帳中, 名垂竹帛, 形留图画。"張巡歌曰："掘鼠既尽, 蟻援已絕, 力竭身死, 所留者名字。"范增歌曰："天命不应, 誰謂我知？君王自用, 雖忠奈何。"李靖歌曰："一釖揮尘, 功炳千秋, 今日何日？復待聖主。"沃帝听罷笑曰："誰得此中一人, 亦足以安旺家而禦寇賊。今者数十人, 皆会於一席, 必有德星会於天上矣。"命各賜酒。又曰："东西两楼之君臣, 非不欲引接座中, 擾攘難於酬应, 各賜斗酒及一㦢。"

沃武帝奏曰："諸臣中, 東方朔有仙風道骨。或言西王母蟠桃, 曾窃而食

310

之, 謫降人间。其見識高明, 善於評人。昔者為臣評論前古聖賢, 贈以爵秩, 高下有差。特令入侍座前, 使之題品座中君臣, 何如?" 高帝即命召之。方朔趨而進, 俯伏於前。身長九尺有餘, 目如餘星, 齒如貫珠。帝问曰:"卿藻鑑甚明, 為朕論座中君臣, 加之爵号。" 朔拜而起, 環顧座中人而言曰:"孔明既掌揀選, 淘沙揀金。臣之议論, 何敢到乎?" 武帝曰:"卿言於朕曰, '以伊尹為大司空, 孔子為都御史, 顏淵為博士可也'。仍及古今人物曰, 某人可除某位。今何執謙若是耶?" 朔曰:"以臣所見, 以【214】諸葛亮為吏部尚書, 以張良為太傅, 蕭何為■[2]尚書, 霍光為太衛, 王通為御史大夫, 程顥為禮部尚書, 刘基為兵部尚書, 魏徵為諫議大夫, 李靖為中書令, 李泌為鴻臚, 韓愈為諫官, 張華為太史令, 胡銓為註書, 茅焦為殿中丞, 范增為兵部尚書, 陳平為工部尚書, 関羽為執金吾, 李斯為京兆尹, 紀信為羽林将軍, 張巡為廷尉, 趙雲為竜驤将軍, 龐統為观察使, 彭越為節度使, 严光掌沃代清風為富春侯, 陳搏為司天文卜噬為華山伯, 則何如?" 滿座皆大笑。

　　沃帝命韓愈作詩而記之。愈再拜承命, 排以宣州墨玉之硯, 磨以常山碧烟之墨, 操中山中書之筆, 臨会稽雲文之钱寫冊, 而題目曰"金山寺創業宴列帝同会詩"。方欲題詩矣, 忽見门外騰尘滿天, 錚鼓震山。铁騎数百, 崩騰蹴踏, 擁野而至。大書於旗面曰"天可汗元太祖铁木真皇帝"。俄而, 使者至门, 傳元太祖之言曰:"寡人亦多有刱业之功, 而今日之宴, 独不邀請, 是慢我也, 輕我也。今朕領匈奴、突厥、胡元、魏、遼金之兵, 與諸帝決戰。"言辞殊甚悖慢。沃帝问於使者曰:"先鋒将誰也?" 对曰:"元太祖自為中軍, 刘裕、石勒為先鋒, 符堅率王猛, 慕容垂為右将軍, 跖跋珪率崔浩, 長孫崇為後軍, 完顏太祖【215】率粘汗、幹離不, 兀尤為左将軍, 耶律斡保機率突厥、吐蕃, 冒頓率匈奴為後援。"宋高宗色沮戰栗曰:"不如和親。何不召秦桧乞和?" 沃武

2　　누락된 글자는 '■'로 표기하겠다.

帝叱曰：“金山寺中有杭州湧泉之金帛乎？何不召秦桧乞和？以兄為質乎？”
高宗曰：“寡人庸夫，不足道也。昔有豪傑之君，為四海之主，而或七日被圍，
或裕以公主與凶奴為翁婿者亦多矣。戰則戰，何其喜言人之短処耶？”沃武
帝默然。

沃高祖聞刘基曰：“彼群胡何如？”苔曰：“昔晋武帝不听郭欽之言，致
雜胡於中国。及至五胡之乱，刘聞有文武之才，遂叛中国为沃王。刘裕勇而
且猛，遂取沃為趙王。後與石勒戰，兵敗見殺。及其亡也，参客氏為燕。〃
亡，蒲洪為苻氏，自称秦王，為姚萇所滅。姚萇称秦王，後為宋所滅。跖跋珪
為魏，至周修而衰。突厥至唐而盛，五代時契丹最盛，国号曰‘遼’，至金而亡。
金破北宋，元取金。南宋遂亡，群胡之為中国患久矣。而至元，乃混一天下。
人才之盛，亦可知也。跖跋氏治国也，以古為師，禁胡語、胡服於中国。父母
亡，服三年喪。崔高历臣之才智忠誠，雖求於中国，古人未易多得。王猛、秦
管仲、兀朮、粘汗，金之廉颇。元之人才，尤有盛焉。耶律楚材之智，過於王
猛。伯顏似萧何，史天保似郭子仪。其餘人才不可勝数矣。

沃帝曰：“天意亦不可【216】知。後世失德，陽不勝陰，華不制夷。犬
戎弑王駅山，其後侵奪中国，相續不絕。遼金有天下之半，元拠有四海。扝其
富強，上帝亦醉。奈何！〃〃！天心始悔，蔫生真吏。以明帝之聖明威武，必
淨掃腥秽，变戎為華。或者自此而往，无復有乱華之患耶。彼来侵我，〃為
应兵。誰能先出鼓，而取彼凶残也？”秦始皇奮髯大怒曰：蕞尔小醜，何足
畏哉？我當與武帝剿滅而後已。乃介兵击之。闻秦始皇、沃武帝将出戰，乃
大驚奔迸而走。元主问於楚材曰：“諸国之兵皆散，将若之何？”楚材曰：
“不待交兵，當即退去。闻明帝方图中原，莫如先決勝負，以卜吉凶，不可輕退
矣。”元帝遂使人報於明帝曰：“請與帝決雌雄。”明帝憤然曰：“此賊不滅，更
待何時？”遂自率中軍，以刘基為軍師，陳雲竜為参謀，宋濂為長史，花雲為前
佐護衛，湯化為左将軍，沐英為右将軍，李文忠為副将軍，李善良掌餽餉，徐達

為大将軍領众将, 使之指揮, 冷謙為司馬, 刘統海、吳良為平南将軍, 出征元兵。元主以許衡為謀主, 趙孟頫為書記。楚材為長史, 〃天保、伯顔、張弘範為大将, 廉希岡為參謀。八九戰連敗, 伯顔北走, 明帝凱歌。沃帝大喜奉卮酒慰之。

仍顧謂韓愈曰:"君詩未就, 捷音適至。可揮已濡之笔, 以記【217】今日之盛事, 可乎?"愈再拜, 遂作二十韻排律, 跪進之四帝榻前。詩曰:

於赫天臨下, 昭〃命靡常。時来生聖智, 運去殄猖狂。

極否旋回泰, 方興必有亡。高皇曾代虐, 神母亦呈祥。

為法除民害, 貽謨享国長。屬孫終在蜀, 真吏遂興唐。

惠化覃群庶, 威聲服眾羌。周民飯有德, 宋業慶无疆。

重道諸儒集, 图治庶事康。大明承統緒, 巡運属休昌。

聖主方肙命, 残胡取負強。興衰元衮〃, 陟降自洋〃。

功烈符千載, 精灵会一場。黃金仍旧榻, 白玉献新觴。

赫業同开捌, 斯遊獨主張。席前千将相, 堂上几皇王。

密勿風雲契, 依稀日月光。旌旗看晻翳, 鍾鼓听鏗鏘。

慕尔彼群醜, 胡為更■梁。捷音益喜氣, 聖德溢穹蒼。

四帝一時傳看, 嘖〃嗟賞曰:"古人重文章以此也。"

項王曰:"留連已久, 當罷去矣。"乃先起。四帝次弟而起。独沃高祖、唐太宗、宋太祖仍留謂明帝曰:"观帝氣象, 九五之位指日可登。太平之後, 无忘今日【218】之好意。特設盛宴, 以慰九原无聊之怀, 幸甚!"明帝曰:"盛教至此, 曷敢忘諸心乎?"遂各命駕而歸。

佛殿寂然空虛, 天欲曙, 而月欲落矣。山鳥咬〃, 泉聲咽〃。生倏然而觉, 乃一梦也。精神怳惚, 驚起而坐。想得梦中所見, 皆歷〃於眼前矣。記其顛末, 以示於人, 〃皆為狂生。

洪武三年, 明太祖高皇帝謂文武諸臣曰:"曾得一梦, 與沃高祖、唐太宗、宋太祖宴於金山寺。朕甚異之，而事近荒誕，不言於人。今幸枌業实副前梦，万事皆有前定也。不可无志感之举，當描画三帝之遺像謝之。"遂令画工图三帝生面，掛於金山寺壁上。遂行幸，以牲牢祀之，酹酌於三帝画像之前，別致谢。語於沃帝曰："帝之功業尤與朕彷彿矣。"

至今天下之人，以秀才之文為宝，葆藏而傳說於戲，異哉！遂係之以詩曰：

凡楚興亡世幾更，沃仍唐宋〃仍明。

百王开国曾无数，四帝恢基最有聲。

功業已知千載契，精灵会見一場迎。

追思洪武頻揮涕，聖祖當年栐立宏。

金山寺枌業演義終

金山寺刱業宴錄[1]

【1a】金山寺刱業宴錄

金山寺在江東縣, 寺之刱未知何代何年。而其結構之精嚴, 殆甲於天下。蒼竜四圍, 山執最高。上蟠于天, 而靈异之著, 盖已久矣。逮夫元順帝至正之末, 江東有一秀士。志氣豪俠, 脳衿洒落, 才兼文武, 学通古今。知胡運之將盡, 見盗賊之群起, 乃无意於爵祿, 以周覽山川為事。

一日行至金山, 採藥而濯溪, 伴鸞而逐獸。往来溪澗, 不觉日暎。忽暝色四起, 栖鴉乱啼。石逕崎嶇, 彷徨獨立, 莫知所適。夜入金山之寺, 〃僧皆避兵四走。殿角荒凉, 惟有獸啼鳥跡, 交雜于中。而秀士飢餒頗甚, 披尘困臥于佛塲上。

忽有一人言"漢皇帝来臨"云, "而唐、宋、明三皇帝尚無消息, 可怪也"。又有一人問曰："四位天子以何事來會？" 荅曰："漢太祖高皇帝慨然今世之濁乱, 籲告上帝, 命濠州朱氏盡除醜類, 刱建明國。而【1b】唐太宗、宋太祖俱有刱業之大功, 使會于此寺, 設刱業宴。金山神灵及土地城隍皆待候矣。" 秀士聞而怪之。

俄而, 門外火光照耀, 群聲動地。紅袍官貟百餘人先入法堂, 高設錦帳金塌。四坐次第列置, 左右設日月屏。每座前排白玉案, 迊兩行火烛。且於東

---

1 임형택(林熒澤) 교수 개인 서재인 익선재(益善齋)에 소장되어 있음. 원문의 속자와 약자, 이체자 등을 모두 정자로 수정하지 않고 그대로 사용하는 것을 원칙으로 하며 입력할 수 없는 글자는 가급적으로 모양이 제일 비슷한 글자로 입력하겠다.

西兩楼亦皆排設。極其廣闊, 可容萬人。光彩燦爛, 眼纈不敢見。設畢, 遥聞呵殿之聲曰：“四位皇帝来臨。”警蹕之聲, 降自九霄。而億軍万兵, 齊鳴金鼓, 四面扈衛。青紅旗幟, 黃金節鉞。飄飄嫋娜, 威仪甚肅。五色祥雲, 覆擁輦上。左右群臣, 玉珮鏘〃。一陣香煙前導, 而升九層堦。金冠黃袍, 徐步入堂。為首隆準龍顏, 此漢太祖高皇帝。次龍鳳之姿, 天日之表, 器宇堂〃, 英彩羙越, 次唐太宗。次龍顏鳳目, 方面大耳, 此宋太祖。龍姿鳳質, 氣像嚴偉, 此大明洪武皇帝。

漢太祖坐上塌, 唐太宗坐二塌, 宋太祖座三塌, 四塌則明帝踟躇謙讓。漢【2a】帝曰：“今之歷数在帝, 躬何以讓為？”明帝答曰：“此座刱業之主所坐。顧今寡人德薄, 不能掃除, 北有元帝, 西有陳友諒, 經坐此位不亦濫乎？”漢帝笑曰：“惟彼兩賊, 不数年而平乞。且今日宴席, 為帝而設, 請勿辭。”明帝三讓而後升坐。

諸從臣僚分文武東西班而侍衛。漢之文官, 蕭何、張良、陳平、酈食其、陸賈、隨何、叔孫通等二十餘人。唐長孫無忌、魏徵、王洼、房玄岭、杜如晦、刘文静、褚遂良、虞世南、馬周等二十餘人。宋趙普、竇仪、王瑀、張齐賢、雷德讓、李光等二十餘人。華山處士陳搏白衣入侍。明刘基、朱濂、聶承、張孟、方孝孺、孟城等二十餘人。漢朝武, 韓信、曹參、黥布、彭越、王陵、周勃、樊噲、灌嬰、張耳、紀信等三十餘人。唐尉遲敬德、殷開山、屈突通、薛仁貴、刘興基等三十餘人。宋曺彬、石守信、王全斌、傅彦卿、錢若水等三十餘人。明徐達、常遇春、湯和、傅友德、李文忠、胡大海等三十餘人。於是命召漢【2b】朝張良、唐朝長孫無忌、宋朝趙普、明朝刘基入侍。

漢帝喟然歎曰：“國運有限, 英雄代起。朕刱業之時, 未知有唐、有宋, 又安知今日更作大明之世也？今朕等厭天上玉樓之閑寂, 尋下界風塵之旧跡。江山風景依舊秀麗, 而天时人事倏然而变, 豈不傷感乎？”唐太宗曰：“物盛則衰，天道之常。樂極哀來，人事之所不免者。若天道恒久，人事不変，秦始皇必傳之无窮，漢皇雖有大德，豈能得天下乎？今日夜氣清洒，山川絕勝，歷代刱業之君各率英雄豪傑而會，實今古罕有之盛事。做一場之快樂，以忘存亡之悲怀，可乎？"三皇帝齊聲應諾。於是蓬萊仙官進樂器，閬苑仙子舞霓裳。匀天廣樂，以次而奏。清歌遏行雲，妙舞起香風。緱山道人横玉笛，齐楚小娘弄鳳笙。曲調浏亮，音韻清絕。恍若身飛瑤台月宮之間也。黃金樽中有瓊液之溢，白玉盤上盡水陸之味。此則人世所未有也。

酒半酣，漢帝举玉盃曰："昔者朕一釵【3a】斬白帝精灵，鬼母哭聲嗷〃，心窃自負。其後受依王命，先入関中，降公子嬰，約灛三章。初雖順矣，自鴻門宴罷後，圍於彭城，敗於成皐，性命之危，非一非再。而幸賴皇天之默佑、群臣之竭力，終成大業。而備嘗險阻艱難，豈有如朕者乎？唐帝七年干戈者，百戰百勝，威如雷霆，勢如破竹。東擒世充，西誅建德，北制突厥，身致三十年太平。其快活非朕所比。宋祖遭遭值主愚國危之時，陳橋一夜，醉睫朦瞳之中，黃袍自加於身。勢順事易，若大海之遇順風。五季藩鎮，談笑制之。南唐西蜀，容易掃除。功烈不下於漢唐。明帝胡運已盡，群雄蜂起，分裂山河，稱王稱帝者，知幾人哉？何幸上帝特命英主掃除犬羊百年之腥穢。許多僭賊，以次削平。萬里中原，一朝廓清。功德之浩大，威名之爀然，可為吾三人之上。謹奉盃称賀。"明帝称謝，不敢之意。

宋帝問漢帝曰："朕聞漢帝得天下，輕詩書、侮士類，輒解其冠，溲溺其中。此之不已，宜為藤林之枝，滄海之漂芥。而聞麗生之【3b】一言，輒洗足。見陸生之新語，称讚不已。其乃前迷後悟而然耶。"漢帝笑曰："此世代逖远，只聞流傳之言。而不知朕之本意也。當戰旺之時，天下之士，恣行詭論。觸怒狼秦，以致焚坑。此雖由於吕政之暴戾，亦豈非浮薄書生之自取也？朕每以此憤惋。厭薄腐儒之卑論，不容假借。雖以馬上得天下，豈不知又不可以馬上治天下。但宋帝即位之初，崇道重士，真儒輩出，礼乐文物，彬〃可观。朕六國餘習擺落不得, 雜用王伯, 崇尚柵数, 家法成焉。子孫則之, 四百年來, 治道終不純一。大抵咎在朕躬, 心甚慊然。"

唐太宗曰："帝能知人而善將〃, 成就四百年大業。夫知人乃唐堯大聖之所難, 善將乃古今之帝王未能。願聞其詳。"漢帝曰："帝之過獎, 朕不敢當。八年風雨, 終成大志者, 專賴群臣之力耳。萧何在関中, 內鎮撫百姓, 外轉漕軍粮, 使無絕乏。子房運籌帷幄之中, 決勝千里之外。韓信連百萬之師, 戰必勝, 攻必取。北之燕趙, 東滅【4a】齊魏, 會于垓下, 擒項羽。是為漢之三傑。陳平智畧超世, 酈生口辯有餘。叔孫通治礼仪, 張倉之律令。陸賈明於治乱, 隨何審於形執。曹參、樊噲善戰, 周勃、王陵善守。灌嬰長將於騎兵, 張耳長將於步兵。彭越、黥智勇兼全, 臂力絕人, 皆人傑。且非紀信之忠節, 朕未兌為滎陽成皋之鬼。无夏侯嬰收太子之事, 則朕幾於絕嗣矣。持機柄, 制將帥, 謂有寸長。而知人之鑑, 朕所未能也。韓信之擢用, 萧何之力, 陳平之舉用, 魏无知之功大。凡刱業之時, 英雄豪傑, 攀龍附鳳, 奇謀秘計, 豐功偉烈。雖未能盡記, 而請一聞唐、宋、明三朝名臣之事業。"

唐太宗曰："朕有長孫无忌忠旺而愛民。魏徵性禀正直, 格君心之非, 刺政事之病。王珪進賢退邪。房玄岭善謀, 杜如晦善断。才兼將相者李靖, 智勇兼全者李勣。忠而忘身者殷開山、屈突通, 謀深慮明者刘文静。博古通今者虞世南, 愛其君者褚遂良。治众務多才能者戴胄, 智慧明達者温彦博。朕之【4b】刱業專賴於此也。"宋太祖曰："才不借於异代。朕之時, 陳博神通玄妙, 朕事之。趙普才畧過人, 刱業時第一功臣。范質、杜仪忠厚恭勤, 博識前朝旧事。曹彬、石守信大將之才, 王全斌、曹偉前鋒之才。王珫之忠直, 張齐賢之智謀, 雷德讓之正直, 傅彥卿、李漢超之勇猛, 皆可謂出众之才矣。然朕德薄, 卧塌之外, 容他人鼾眠之聲, 豈可謂刱業也？"明帝曰："寡人功未及成, 群臣之賢否未能詳知。大抵比之古人, 刘基似子房, 徐達似李靖, 花雲似朱喜, 韓孟似紀信, 李善長似趙普, 常遇春似樊噲, 宋濂似陸賈似, 聶承似叔孫通, 湯和似周勃。此十餘人當世豪杰, 未知能樹古人之功。而朕誠如古之賢君, 豈曰無人才乎？”漢帝曰：“朕不善御下, 勳臣多不保全。欽服宋帝之以酒盃奪兵栅之智畧也。”

宋帝曰：“此形執之异也, 非此善而彼不能也。帝之諸子中, 文帝最賢, 胡不立太子, 而致有呂后之乱也？”漢帝答曰：“恒之賢, 非不知。序次有違, 年紀幼冲。故远置代邸北, 避呂氏之毒。【5a】後為太平天子耳。”宋太祖曰：“然則趙王之被害, 何也？”漢帝答曰：“朕非以如意為類己而鍾愛也, 欲試人心之向太子如何耳, 果有易樹之心, 何以四老之來止之哉？呂氏妬悍婦人。雖无此舉, 如意母子不得兑秋矣。凡傳旺以長, 此是不易之法。而後來成敗付之天数而已。帝初奉太后之命, 顧兄弟之至情, 以万柴之尊, 四海之富, 不傳於子, 而傳於弟。邵德美行, 不耻於三代聖君。孰不欽仰？然由此而身見弒逆之秋, 二子一弟死於非命。日事孝悌, 反致慘秋。豈不為千古之遺恨耶？”宋帝大慟不已。漢帝慰曰：“寧人負我, 毋我負人可也。帝勿悲也。天地昭〃, 報应丁寧。徽、欽遭变, 較諸德昭, 兄弟何如？”因顧左右。趙普面色如土, 唐太宗俛首不語。

漢帝笑曰：“營天下者, 不顧家事。成大業者, 不拘小節。帝王家事, 豈徒區〃。朕之上皇, 被拘於項羽, 置於俎上, 晷刻是危。比如捽當猛虎, 如示恐怯之色, 則徒增兇獰之氣而已, 無益於救济之道。故以人子所不忍之言, 折彼之氣。如无項伯之救, 則必未兑天地間【5b】難容之罪人。何獨薄於父子之情？昔周公東征而誅管、蔡, 此豈无兄弟之情？又何報私怨而然也？不然則恐未能安社稷、保幼主。朕德薄而事异, 不得比聖人行事。而帝之莫保天倫, 与周公行事若合符節, 將有辞於萬世。豈以是為嫌？夫天下大器也, 帝王重任也, 天命不歸, 則雖欲為而不得為。天命在我, 則雖欲止而不能止。帝自幼, 皇天界以济世安民之任。年甫十八, 举義兵東伐西征, 入万死出一生。化家為旺, 豈非天命？又何勤苦之小哉？如守匹婦之節, 以大器重任付之於庸兄奸弟

之手, 則家亡身危, 豈不愚哉？四海蒼生, 未見貞观至治。騷人墨客, 无称煌
〃太宗。豈不惜哉？後世一種迂闊之輩, 乃以'推刃全氣'、'蹀血禁門'等語為
帝之瑕疵, 此豈英雄之論也？朕每思之, 未嘗不痛恨也。彼宋太祖, 与帝事有
異。皇英厚德, 無意失信金匱藏書。盟于天地, 堂〃大業在掌握間。守臣節待
之, 未為晚也。而私欲急於富貴, 延英烛下, 敢行弒逆之事, 是可忍也, 孰不可
忍也？其【6a】後弟姪之不得其死, 無足怪也。"唐帝謝曰："朕不辛失兄弟之
恩愛, 上以憂社稷之危, 下以從群臣之劝, 行一時之枴道, 受千載之誹謗矣。
今帝豁達之論, 明寡躬之心事, 秡後人之疑惑, 豈不感謝？詩云, '他人有心, 予
忖度之'。此帝之謂也。"

明帝曰："寡人冒忝今日之坐, 奉龍顏, 聞高訊, 腦之所塞者開, 目之所昧
者明, 豁然若披雲霧而覩青天, 得遂平生之願。而窃思之, 以干戈之勤勞而言,
則中興之難刱業無异, 歷代中興之主請來, 何如？"漢帝曰："此論雖好, 朕之
旺謂之'再中興'也。而東漢中興可謂功德之專也, 三分天下得益州者, 功烈甚
卑, 請之不宜。"唐太宗曰："不然。遭皇天之坯運, 奸雄倒持太阿之柄。而昭
烈能再吹漢火, 乏巴蜀, 明大義, 以繼絕祠者, 四十餘年。其功不少。而刱業
未半, 中道崩殂, 皆天意, 非人力也。況及為人君, 任用賢才之德。尤美今日
之請, 又何疑焉？朕子孫不肖, 秋乱頻〃, 而中興無君, 可歎也已！"

漢帝曰："肅宗平祿山之乱, 恢宗社之業, 此非中興耶？"唐帝頻蹙彩眉
曰："天宝昏君貪女色, 輕旺家, 养胡兒【6b】於錦褓之中。漁陽鼙鼓動地而
來, 蜀棧青驄行色蒼黃。當是時, 念宗社, 憂君父, 何暇有他意？而不待父命,
徑陞帝位於灵武, 失臣子之節。見圍賊兵, 危如一髮, 忠臣烈士, 揮淚裹瘡而
戰, 積尸成皿, 流血成川。而方与妃嬪专事, 博棊夜而继日。臣有諫者, 而不
思改過。用茸造博, 以掩其聲。此非人君之所為。而幸賴皇天之默佑, 郭、李
之貞忠, 恢兩京、返故旺。而內有淫妬之婦、奸慝之宦, 外多跋扈之藩、陸梁
之賊, 既未能养父老, 又從以殺賢子。此之謂'中興之主', 不亦陋乎？"

宋帝長歎曰：“肅宗雖否德, 比之於宋之所謂‘中興之主’, 其過極細微也。靖唐之乱, 起於济北。中國无主, 王室至親, 惟康王一人在。故百姓仰之, 群臣奉之, 人心不忘宋矣。神廟中乘泥馬, 一夜馳千里渡江。胡兵之不及, 盖神之助也, 亦天之不弃宋也。兼以宗泽、李綱之深謀, 岳飛、韓世忠之勇力, 足以掃胡尘、恢神州, 而未嘗從一言、用一計。而一隅臨安, 偏寄王業, 不報父兄之深羞, 乃貪一身之苟安, 豈不懵哉？五國城中, 冷月吊影。半臂書中, 血泪流湿。【7a】雖以匹婦之愚, 秦越之疎, 至此而尚有悽愴之心, 況父子天倫之至情乎？彼康王當卧薪嘗胆之時, 西風湖景泛龍舟, 挑清興、行宴樂, 是事此人子之所不為也。陷於東慇之計, 莫悟‘和’字之愚。殫江南金帛之宝, 事不共戴天之讎, 豈不惜哉？親奸臣愈於骨肉, 忘忠臣過於仇讎。岳飛百戰百勝, 金奴將卒聞岳爺之軍聲便皆喪胆。而誤旺奸臣, 惟恐其成功。而二帝還, 一日之內, 送金牌十二, 促其班師。終使萬古之忠貞属鏤釖頭, 抱子胥之冤, 以塞中原父老之望眼。洛陽陵寢, 盡為狐兔之窟, 豈不悲哉？其悲若此, 而称之中興, 不亦可笑乎？”

漢帝听罷笑曰：“兩帝之言頗重大。然徒知其一, 未知其二。安史之乱, 無肅宗, 縱有忠臣, 依誰樹功？靖康之乱, 非高宗南渡, 乾坤社稷無主。豈以小疵掩大功乎？杞梓有数尺之朽, 不棄全木。綿繍以一端之污, 不棄全叚。帝王之論人, 當隱惡而揚善, 舍罪而襃功。朕之兩孫及肅宗、高宗, 並宜請之。”唐宋兩帝雖不快於心, 不獲已各送侍臣請之。蒼龍校【7b】倚四坐置於東壁。

有頃畢至。為首光武皇帝, 处士嚴光及功臣二十八將侍。次昭烈皇帝, 雲臺所画諸葛亮、龐統、関羽、張飛二十餘人侍之。次唐肅宗皇帝, 郭子仪、李光弼、顔真卿、張鎬等侍之。次宋高宗皇帝, 宋泽、李綱、岳飛、張俊等侍之。升殿上, 揖讓礼罷。西向以次正坐, 復進盃盘。唐、宋、明三皇帝手向光武曰：“河海度量, 日月明德, 仰之久矣。今日之會, 獲睹盛仪, 幸不可量。”

光武遜謝曰：“幸賴祖宗之威灵，皇天之默佑，社稷中興，非朕德仪之攸致。而過蒙褒獎，心甚愧赧。”

言未已，遙聞九霄之間，有笙簫之聲。頃之，紫微仙官一貟駕黃鶴從雲間而下，請見漢帝。命侍臣迎之上殿。仙官拜礼畢。告曰：“奉玉帝綸音，仰籲於列皇帝，今歷代聖君會于一堂，論千古帝王經綸之業，講四海蒼生拯济之事，功冠百王，德流万代。況忠臣如林，猛將雲集，真天下之高會，誠鮮匹之盛事。窃惟良相、名將社稷之柱，忠義人臣之大節，智謀、用力旺家之宝。以此五者，題品群臣，定百代之公論，彰天道之報應。且論列歷【8a】代誤旺之姦、弒逆之罪，以明皇天补善秋淫之理矣。”漢帝驚問曰：“上帝降此明命，朕等雖无才德，惟謹无違。但烈士忠臣，乱臣賊子，代各有之，而不知始於何代？”仙官对曰：“秦漢以前，魯旺聖人作《春秋》，筆法之公如天地，褒列之严如衮鉞，无復可論。秦漢以後至于今日，褒貶人物，降之以秋以福。罪之輕者，地府已治之矣。元惡大憝，其數无限，今日內庶可處斷。而歷代人才，以五等選擇。則其嚴不億，一夜間似未及。今日宴席，所從臣僚，始先題品。其外各皈自府，徐為之㝎矣。”

漢帝受命，一邊分付大鴻臚，具法酒御膳以待仙官，一邊召樊噲分五色旗，立於南楼。鳴鼓而命曰：“成賢相之業者，坐於紅旗下。立良將之功者，坐於黑旗下。忠烈堂堂者，坐於黃旗下。智謀出众者，坐於青旗下。勇力絕人者，坐於白旗下。”三顧三呼，众人相顧莫出。復下令曰：“此諸皇帝受玉帝命，諸臣慎勿逆緩。”众人齊奏曰：“使群下自之，孰謂無忠義之心？孰自當將相之才？請選具五德者，使之褒貶諸臣，各之次第焉。”漢帝召留侯問曰：“孰能當此任？”良對曰：“知臣莫如【8b】主。且列聖主御臨，非臣淺見所及也。”唐帝曰：“子房其人也，豈用他求？”良謝曰：“臣本無藻鑑，只掉三寸舌。為帝者師，此布衣之極也。幸於成功之後，心慕仙術，棄人間事，從赤松子遊。歷代英雄之姓名，猶不能盡記知。況人物高下之任，何敢當？”宋帝曰：“使諸臣僚各薦其人可也。"及命下, 或以蕭何為可, 或以李靖為可, 或薦趙普, 或薦郭子仪。議論紛〃, 久不能之。

明帝曰:"苟求彷彿之人, 各代有之。當此任者, 必抱隱逸之德如傳說, 待三聘之礼如伊尹, 神謀如呂尚, 治旺如管仲, 輔幼主如周公, 出則方叔、召虎之將, 入則召公、畢公之宰相也, 方可。然如此者奚易哉? 曾聞蜀漢丞相諸葛亮、人中龍, 三代上人物, 此人可矣。"俱曰:"諾。"趙普奏曰:"亮无統一之功, 何如?"宋帝責曰:"卿勿忘言。智謀在人, 成敗係天。若不論德, 蘇張之詭辯, 反愈於孔孟之正道耶? 孔明以五百軍, 破曹操二十万兵。昭烈無立錐之地, 而全蜀江山成三分之埶。六出祈山, 使司馬懿胆落。七縱七擒, 使孟獲心服。天不助漢, 縱未成一統之功。八陣風雲, 驚動鬼神。兩表忠言, 光爭【9a】日月。何可以成敗論英雄哉?"

召入孔明, 貌如寒玉, 目似曉星, 眉帶江山之秀氣, 脑藏天地之造化。誠王佐之才, 無雙之旺士。於是四拜於前。漢帝曰:"卿褒貶万古人物, 奉行上帝明命。"亮拜謝曰:"此任重大, 非小臣所敢。"帝曰:"勿辞, 卿必足當矣。"三辞不允。孔明退以胡銓、宋濂之從事。孔明禀曰:"此中有口誦孔孟之書, 心慕堯舜之道者, 或礪節守義, 欲蹈巢許之遺跡, 高尚其志, 不事王侯之高士。有如此之才德備具之人, 先為題品, 以彰聖主重士褒節之盛德, 何如?"俱曰:"諾。"

忽金甲神人跪奏於階下曰:"漢武帝、唐憲宗、宋神宗三皇帝到軍門外請見。"漢帝曰:"朕之孫子雖有伐匈奴之功, 內多慾而外窮奢, 以病四海。宋神宗志大才小, 任用小人, 終以誤國。惟唐憲宗, 許之以入, 何如。"唐帝曰:"才不才亦各言其子孫。既聞今日之宴會, 相率而来, 一進一退, 事理不當。況武帝万古英雄, 神宗恭勤有餘, 且慕三代。何以小疵為白玉之玷乎?"促令開門延入。為首漢武帝, 龍髯氣像, 董仲舒、公孫弘、霍光、衛青、霍去病荨侍之。次【9b】唐憲宗, 神彩表逸, 英氣盖世, 裴度、武元衡、李綱、李吉甫、杜黃裳、李愬、柳公綽等侍之。次宋神宗, 氣度雍容, 眉目清雅, 司馬光、文彥博、韓琦、范仲淹、歐陽修、狄青、張方平等侍之上殿。礼畢, 西壁之坐。

魏徵進奏曰："今日法筵頗不嚴肅, 殿上侍臣稀疎, 庭下喧聲乱雜。請選入侍, 以肅威仪。"帝曰："俞。"魏徵退傳聖旨於孔明, ″″選文武各一人上殿入侍。陸賈、周勃陪漢高帝, 房玄岭、李靖陪唐太宗, 竇仪、曹彬陪宋太祖, 聶承、常遇春陪明太祖, 卓茂、馬武陪漢光武, 法正、張飛陪漢昭烈, 顏真卿、張巡陪唐肅宗, 李綱、韓世忠陪宋高宗, 汲黯、霍去病陪漢武帝, 韓俞、李愬陪唐憲宗, 歐陽修、狄青陪宋神宗。叔孫通、虞世南為左右謁者, 陶穀、方孝孺為左右學士。汾陽王郭子仪紅錦戰袍長釰立殿上, 東壁漢壽亭侯関羽被金甲執青竜刀立殿上。西壁淮陰侯韓信率耿弇、衛青、趙雲、李勣等仗大釰立東垱上, 臨淮王李光弼率石守信、岳飛、徐達、傅友德等橫長槍立西垱上。威仪極嚴, 釰戟照輝, 【10a】不敢仰視。

忽金甲神人急奏曰："秦始皇率晋武帝、隋文帝、六朝五代剙業之君, 西楚伯王率陳勝、曹操、孫權、錢鏐、刘崇等至門外, 促令開門。"漢帝曰："人来拒之不義, 莫若因善遇之。"孔明奏曰："今歷代帝王皆至, 必爭坐次, 各伐功業, 以致紛紜。臣請姑分留於東西楼。"於是使宋濂大書旗面曰, "雖得天下, 未享百年者, 不入法堂。不繼正統者, 亦不入東楼"。立旗於門。

俄而, 秦始皇佩太阿釰, 策驌馬而入。威如天神, 號如雷霆。李斯、呂不韋、王翦、蒙恬、王賁、章邯等從之。晋武帝, 張華、裴頠、羊祜、杜預、鄧艾、王濬等從之。次隋文帝, 王通、蘇違、楊素、史萬世、韓擒虎、賀若弼等從之。次宋武帝, 齊高祖、梁武帝、後梁太祖、後唐莊宗、後晋高祖、後漢高祖、後周太祖, 各率文武諸臣而来矣。秦始皇欲直陞法堂, 叔孫通遮告曰："此剙業宴, 惟剙業之主入法堂。其餘諸王分入東西樓。"始皇叱曰："汝豎儒何以知我？″初并天下, 阿房宮前屈六旺諸侯之膝, 築萬里之長城遠却匈奴。以四海為池, 八荒為庭, 豈非刱業? 吾之功德過於三皇五帝, 【10b】漢祖、唐宗吾視如童稚。豈不入法堂乎?"叔孫通驚惶失色, 不能出一言。

孔明進曰: "當今异於六旺殘微之諸侯, 陛下勿輕加威也。所謂'刱業者', 身起草萊, 手提三尺釖, 未賴儒者之術, 而掃滌風尘, 拯濟塗炭之生灵, 特垂萬代之光業。陛下不然。周孝王時, 始封非子於秦, 為諸侯。自孝公强盛, 秦為蚕, 六旺為葉, 稍食至盡。以功言之, 惠王、昭王為最, 陛下非布衣化家為旺之主也。三代聖君, 不厭糲飯黎羹, 為政於茅屋之下, 土堦之上。而壽域蒼生, 熙"暭", 歌太平於康衢。陛下不然。朝爭土、暮攻城, 使無辜之民肝腦塗地。及并天下, 作阿房宫, 築萬里城。天下騷擾, 万姓困窮。《魚遊河》一曲, 哀怨徹骨。陛下何功德之過於三皇五帝? 幸值周室之哀微, 聖王之不作, 恣意施威。如逢湯武之君, 黃鉞白旗之下, 陛下之命不得保全矣。滈池一夕, 白璧有传, 輼輬車中, 爛載鮑魚, 壯氣暴威, 亦頗蕭索。尸不及冷, 墳未就乾, 鹿逸宮中, 雁飛隴上。耕田匹夫, 荷耒一聲, 群雄蜂起。而陛下之魂魄, 未能制焉。真是聖德之君, 何死【11a】後寂寞之如此也? 况今千百載之下, 子"孤魂, 誇昔日之威風, 蔑視漢祖、唐宗, 徒取群雄一場之唉耳。"始皇慚色滿面, 默然良久曰: "法堂東西壁列坐者, 多是皆有刱業之功乎?"孔明曰: "此皆漢、唐、宋刱業之君皇帝子孫, 陪先帝參於一堂宴席。事理當然。而亦非刱業之主, 故不為主壁矣。今陛下欲坐東西壁, 則亮不阻入堂也。"李斯進曰: "此非尋常人。蜀漢諸葛武侯, 言論正大, 義理明白, 難以爭之。願陛下入東楼。"始皇始轉身而向東楼。

晋武帝在後曰: "俄見旗書, '一統天下滿百年者入法堂'。予平定吳蜀, 統一天下, 传之子孫, 百五十年, 豈不入法堂乎?"孔明冷笑曰: "古人有此天下器者, 亮請明之。漢有大器, 传四百年, 至献帝時力弱, 器重而不能扛。盜賊四窺, 流涎曹孟德, 盡一生之奸計, 艱得而传曹丕。司馬仲達在傍湯輔, 陰奪傳于子孫。再窃人盗, 寧不愧乎? 天若假亮数年, 將星不墜五丈原, 堂"漢

業, 豈歸於典午? 況父乘羊馬而尋竹葉之鹽, 子在花苑而論蛙鳴之聲。聖主
明君世〃出矣。得天下未滿四十年, 骨肉之乱作五胡之變, 懷、愍着青衣行
酒【11b】杯。如是而自伐過百年, 不亦苟且乎?"晋武帝慚然無言, 從始皇
後。隋文帝以下諸君皆入東楼。

西楚伯王繼而入来。壯氣亘天, 叱咤一聲, 万人辟易。范增、鍾離昧、項
伯、龍且、項莊、桓楚等從之。楚王、陳勝、魏武帝曹操、吳王孫州、越王
錢鏐、漢主刘崇等各率文武諸臣而至。項王問曰:"此宴誰主張乎?"魏徵
對曰:"漢太祖高皇帝設大宴, 待唐、宋、明三皇帝, 而慰歷代英雄矣。大王
適至, 可增華筵之光彩。"項王仰天歎曰:"實是天地間所无之事! 刘季為主,
項籍為客耶?"說罷緩步上堦。魏徵曰:"田父之詒, 陷於大澤。雖不禁壯怀
之奮激, 而如從亭長之言復渡烏江, 未知秦鹿死於誰手。余一回首, 万古英雄
眼底俯視, 誰能指揮我耶?"顧謂桓楚曰:"持來大槍。"

孔明曰:"昔者齊桓公会盟於葵邱, 一為驕矜之色, 反九旺。彼諸侯之会
以桓公之威德, 猶不敢無礼。況今萬乘天子之会, 大王何恃匹夫之勇唐突若是
耶?"項王曰:"鴻门宴時, 沛公膝行, 叩頭乞命於我, 〃許坐一席。我今來此,
沛公胡不延我延坐? 而反拒我陞堂耶?"孔明曰:"高皇帝非失賓主礼也, 而
既待刱業主之宴, 則凡帝王【12a】之直入法堂, 誠非所宜。姑留西楼, 以待主
人之請, 未晩也。"項王曰:"休刱業之為不為。天下英雄, 無出我右, 何不直
入? 我有燒阿房之餘火, 今日使金山為一掬之灰矣。"

孔明曰:"亮雖与大王生不全時, 讀太史公《列传》, 未嘗不廢書而嘆惋大
王之行事。今日幸与大王相逢, 豈不盡所怀? 自古真英雄, 崇尚仁義, 不矜勇
力。大王一夜坑降卒四十萬於新安, 此為將不仁也。移我高皇帝於巴蜀, 孤負
初約, 是与人無信也。弃関中形勝而都彭城, 此臨事无智也。使義帝之魂抱
冤於江中, 此為臣不忠也。信陳平之反間, 疑一介之謀臣, 此為主亦不明也。
以余观之, 非真英主也。雖有拔山之力, 盖世之氣, 何足貴也? 今思鴻門之壯

氣, 都思垓下之悲歌。惟記阿房宮之燒火, 都忘烏江之刎頸。竊為大王不取也。"項王低首不对。良久曰:"寧為雞口, 無為牛後。我為西樓之主人, 別設一宴。"遂向西楼。曹操、孫栁等諸人随後。

是時, 群雄之在外待侯者無数。励聲大呼曰:"吾等皆據地称帝, 一世視之如虎。何可以成敗論英雄哉?"攘臂叩門。喧聒之聲, 聞於殿内。為首公孫述、袁【12b】紹、李密等数百餘人也。漢將軍吳漢巡撫中軍, 至門叱曰:"子陽井底蛙耳, 不知天命, 據白帝城, 終不保身。袁紹以漢家名臣之孫, 未能守臣節, 身死族滅。湖山公以世代公族, 遇昏乱之时, 自負才略, 誤恃桃李之歌, 妄自尊大, 一敗皈唐, 而且生反覆之計, 魂蜚成彦師之釖頭。其外諸人, 又无功業之可称, 胡不知耻而妄呼耶?"諸人皆舍愤而散。

漢帝促孔明, 先選隱逸之德邵儒臣之行高者, 於是文武数十人拱手四圍。孔明向天曰:"諸葛亮才乏識淺, 濫受皇命, 高下英雄, 如有一分私譽私毀, 降之以秋以补。"再拜而作曰:"張子房五世相韓, 〃亡謀欲報仇。弟亡不葬, 傾財破產, 交結力士。操鐵椎, 击副車於博浪。師黄石, 受秘書於圯橋。滅秦楚, 定大漢, 辭爵祿, 從赤松子。儒者之氣像, 高士之志節。董仲舒三年垂帷, 潛心好學, 不窺東園。正誼而不謀利, 明道而不謀功。漢朝真儒, 惟此一人。文中子王通奏《太平十二策》, 論治道言辞正大。退河汾, 講明道學, 而學者千百人。此亦一代之儒。韓退之上《佛骨表》詆斥异端, 作《鱷魚文》以感海神。誠開【13a】衡山之雲, 文起八代之衰。日光玉精, 周潔孔思。德邵一代, 垂名万古。程明道継千有四百年不传之統, 修身以孔孟為法, 事君以堯舜為期, 氣像如春風, 学文似子夏, 三代後真儒, 万古之表準。严子陵光武之故人也, 物色求之, 藐視萬乘, 加足帝腹。天上之客, 星桐江之主人, 一絲扶鼎, 千古播芬。先生之風山高水長。李長源白衣山人, 佐天子、之儲君, 脳藏經綸之才, 外托神仙之術。亦子房之倫。陳圖南馱壯志於蹇驢之背, 閑去来於風尘之中。聞藝祖着鞭之先, 一聲大笑墜於驢背。皈碧山, 秘踪跡。蓮花峰上馴擾雙鶴, 雲台观裡夢游千仞。世上浮榮視同腐鼠。刘伯倫智盤化機, 心通神術, 望氣金陵, 預知十年後天子。"於是孔明先題品九人列名而上。

又曰："蕭何举韓信為大將, 守関中, 固根本, 收地圖, 審形勢, 轉調漕兵, 未嘗乏絕。功業之宏大, 姑論勿論, 而養民致贤之言, 足為千古之明相。鄧禹十三遊於京師, 知光武皇帝之非常, 杖策軍門, 定天下大計, 任用諸人, 各當其力, 身為元勳, 各垂竹帛。房玄岭、杜如晦怀王佐之才, 遇明主, 乞天下, 天策府十【13b】八學士, 皆仰高風, 垂唐朝三百年基業也。裴度无愈众人, 而脑藏万甲, 賊人击破其頭, 而終不能死, 天為唐室輔佑也。平淮西之賊, 名滿天下, 威加四海, 功成身退。綠野堂中, 能享清补。韓琦乞策兩朝, 三入黃閣, 而致太平。身兼將帥之任, 西賊聞而膽寒。司馬光論新法, 正大如天地, 光明如日月。龍起洛波, 衛卒手額。兒童走卒, 皆誦君實。此七人宜為宰相中一等。曹參之清净, 王導之德望, 長孫无忌之謙恭, 杜黃裳之才局, 李綱之剛直, 富弼、范仲淹之忠勤, 宜為二等。李斯、趙普、李善長, 才有餘而德不足。公孫弘恭勤儉素, 而曲学阿世。王安石文章節儉, 而性禀執拗, 未免為小人之領袖。宜為三等。張華〃而無信, 揚素能而不仁, 宜為四等。其餘諸人乞為五等。

且曰："韓信仗釰叛漢, 遽陞將坦, 一軍变色。片言定大計, 并三秦如反手。楚、魏、燕、趙, 次第平乞。殺秦鹿、擒楚猴。木罌渡軍, 兼沙破敵。神謀奇美, 今古无比。李靖威如天神, 精如秋水。学太公兵法, 列陣六花。平乞諸賊, 才兼將相, 智出今古。郭子仪容貌似春和, 氣像如秋天。策【14a】匹馬, 恢四海。位極人臣, 而人不疑。功盖天下, 而主不忌。名滿四海, 而不自伐。德義之高如山斗, 度量之大如河海。此三人宜為將帥中第一。王翦脑藏万甲, 韓魏齊楚, 定如草谷。李光弼威風凛〃, 号令严肃。三軍股戰, 四邻屈膝。殄滅安史, 恢復兩京。豊功偉烈, 万古无双。李愬五更風雪, 疾趨百二十里。入蔡城, 擒少誠。功垂竹帛, 名聞四海。西平有子, 憲宗有臣。曹彬仁厚以守心, 忠義以修身。平定江南, 不杀一人。及其凱還, 載籍虛船。徐達西湖彩雲, 攀龍附鳳。南征北伐, 遂奪大勳。以才則亞於淮陰, 以忠則比於汾陽。此五人宜為二等。王賁、周勃、灌嬰、吳漢、耿弇、尉遲敬德、屈突通、常遇春、湯和宜為三等。衛青、霍去病功高而被天幸, 白起、王全斌善戰而嗜殺人, 宜為四等。其餘諸人, 乞為五等。"

"紀信為漢挺出, 玉面英風, 彷彿龍顏。見圍滎陽, 朝夕且危, 黃屋左纛, 出誑楚軍。忠魂燒滅於烈火之中, 神竜超越於箭雨之中, 楚漢興亡, 頃刻變矣。蘇武青年奉使, 白首還鄉。掘鼠嚙雪, 以忍飢【14b】渴。十年持節, 以期死生。北海之牝羊遲乳, 上林之白雁传書。霍光受周公之負, 圖以輔少主。效周公之行事, 以立宣帝。汲黯性稟戇直, 社稷之臣。器度嚴重, 儒者之風。忠言則折公孫弘之奸計, 大義則折淮南王之逆謀。関羽面如重枣, 目如丹鳳。勇奪三軍, 顏授首。千里独行, 明烛達旦。壯哉雲長, 一代忠臣, 萬古烈士。魏徵胆畧過人, 忠義出天。逆龍鱗, 犯雷霆。生為人鑒, 生垂芳名。顏真卿彰義起兵, 天子歎其貌之不見。忠義堂〃, 賊將聞名远避。遭小人譖, 投身虎穴。孤忠大節, 真杲卿之兄也。張巡、許遠、南霽雲、雷万春等, 忠貫白日、節磨秋空, 生為忠臣, 而扶綱常。死為厲鬼, 而殲逆豎。岳飛涅背表忠, 委身許旺。料敵制勝, 以正以奇。盜賊畏之, 莫不褫魄。陳平貌如冠玉, 神凝秋水。里社有均, 分之稱席。門停長者之車。散黃金而疑敵, 画美人而解圍。龐统德公餘韵, 鳳雛殊姿。計出連環, 胆破老瞞。赤壁騰煙火之色, 益州成拾芥之功。身雖委於落鳳, 功則垂於汗牛。范增七十抱奇, 一言說楚。山東群雄, 咸趨下風。劝立怀【15a】王, 義聲可观。三举玉玦, 智謀亦裕。彭越目如曉星, 睫如秋鷹。橫行天下, 无与敵对。漢楚興亡, 在举足間。賈復折衝千里, 身被百槍, 腸胃流出, 裹之以羅, 鏖戰不已, 終樹大功。趙雲當陽長坂, 一釖斬六將帥, 白帝城外, 匹馬敵百萬軍, 猛氣英風, 古今无及。

言未畢, 有宰相含泪而進曰: "丞相胡不知我? 丞相出師未捷, 先飯九原, 英雄之泪沾衿, 而費褘、董允相繼而逝, 社稷之危如一髮。吾以寸筵之力, 當重任, 挈孤軍, 扶大義。欲洗丞相之遺恨矣。无奈炎室之運去, 而褱鵇之將潛蹤釖閣, 大廈之頹, 豈一木可支？其時降於鍾會, 非畏死貪生。且為本朝各恢計, 而世情浮薄。人言囂〃, 蜀漢之亡皈咎於我, 豈不痛迫？夜臺冥漠, 冤魂無語。地下怀恨, 伸雪無期。今丞相執題品千古人之衺, 若明鏡之懸空, 平衡之秤物, 細德微功, 一〃布張。而无一言及於我, 誰復暴白我心事？"褫視之, 乃蜀漢尚書令姜維也。

孔明嘆曰："嗟呼！伯約！旺家興亡在天, 而不在於將帥。內修外攘, 治旺之常【15b】道也。乱政豎子, 蠱惑人心, 而君不能除。值司馬興隆之運, 強弱懸絕, 而君不自量。內竭民力, 外挑強敵。是葉青而根先枯, 貌不變而腸胃先病。豈不可惜？雖然經營之志, 嚴於討賊, 雖敗而猶荣。此則自有千載之公议, 何必因吾秉筆而犯於同事間私情哉？姜維太息而去。孔明既乏其次, 列名而上。諸皇帝相传观, 稱讚不已。命玉盃酌香醴而賞之。

酒半改坐, 盡請東西楼諸王。漢高帝主壁坐, 漢光武以下東西分坐南向。秦始皇以下東壁西向, 楚伯王以下西壁東向。坐定, 各一大臣侍之。金冠玉佩, 鳳扇彩仗, 華烛騰光, 威仪整肅, 氣像儼然, 不敢仰視。

高皇帝奉玉盃劝始皇曰："天地不老, 人事易变。碧海桑田, 朝暯互換。王侯將相, 寧有種乎？一敗一興, 天道之所不免。若盛德而永享天祿, 唐吳三代豈有亡者？力多而決勝負, 蚩尤、工共何有敗者？旺家之大小, 代数之長短, 都在天数。今以观之, 無異於黃草中一杯土。世上事, 豈不虛且可笑乎？朕之得天下, 非取於秦, 取於項王也。秦之失天下, 非失項王, 失【16a】於趙高。願始皇勿恨我也。快飲盃酒, 開衿同樂, 如何？"

始皇忻然把杯而笑曰："漢帝之言, 直通論也。余亦非區〃小丈夫, 胡不知天理, 而介懷於已往之得失耶？"忽於西壁上座西楚伯王目如炬火, 聲如雷霆, 長嘆曰："鴻門之不応玉玦, 烏江之不登虛船, 至今遺恨。"始皇慰曰："天数莫逃, 項王殊勿起念往事也。朕嘗晝寢得一夢, 紅衣童子、青衣童子争日相戰。紅衣童子勝, 取日。青衣童子向東南而去, 紅衣童子驅日西向而去。予竊怪之。後漢帝赤其旗幟, 封西蜀。此应紅衣童子向西之兆。君尚青色, 都彭城。此青衣童子向東南之兆也。以此观之, 天之前之非人力所及。

宋太祖抚掌大笑曰:"始皇言天數, 我請論人事。休言上古, 弟观三代以下。禹湯文武, 仁義而興, 夏傑商受, 暴虐而亡, 此天理之常。漢祖仁厚長者, 楚王剛悍独夫。其亡何待見終而後知之?設用范增之計, 沛公雖死於鴻門, 楚王若不悛暴戾之行, 天下豈无沛公乎?江東子弟八千人散如飛烟。一釰隻影, 雖復渡江東, 江東【16b】父兄必欲食其肉寢其皮矣, 豈復畏陷井之虎?而復有推尊之者乎?杜牧之詩所謂'捲土重來未可知'之言, 詩人遺辞之巧, 何謂真的之論也?"諸皇帝无不歎服。項王殊不勝, 太無聊也。

漢帝曰:"一时勝敗, 千古興亡, 從今觀之, 都是春夢。記憶遺恨, 人皆有之。但言平生快事, 以忘愁怀, 如何?"始皇先对曰:"朕平生有三快事。擒六旺諸侯, 跪膝於阿房宮前, 銷天下兵, 鑄金人十二, 是其一也。遣童男女, 求三神山仙藥, 驅石駕海, 與安期生約三千年後會, 是其二也。使蒙恬將二十万軍, 遠逐匈奴, 築万里之城, 是其三也。願聞漢帝之快事。"漢帝曰:"予百戰收功, 何快之有?击黥布還至沛邑, 設大宴以待鄉里父老, 野叟村童呼刘季, 某水、某邱之旧迹依然。大風起, 雲飛揚, 氣像頗彷彿。壯怀莫禁, 作一歌舒氣, 是可快事。置酒南宮進玉盃, 献壽上皇曰:'上皇責小子以不務農, 不治產, 不如仲。今小子所成, 与仲何如?'上皇大悅, 終日樂之。此人子之孝極矣, 快乐無愈於此矣。"

唐太宗曰:"朕亦有漢帝之一快事。天下太平之後, 陪【17a】上皇設大宴, 詰利可汗起舞, 馮知戴咏詩。上皇大悅曰:'胡越一家, 萬古所無', 此最快也。後魏徵之言, 務仁義, 教化大行, 百姓富饒, 閭閻不閉門, 行旅不齎粮, 心甚快矣。"明帝聽罷, 泫然下淚曰:"孤苦人生, 早失雙親, 始皇之許多快事, 不足為羡。而漢、唐二帝悅親之樂, 今世不得見, 豈不悲哉?"滿座愀然, 宋太祖曰："予為群情所迫, 朝為天子, 而不能清河北, 亦不能混一海內, 心事每不悅。但雪夜微行, 至趙普家, 雪月皎潔, 景致清絕, 煮肉炮魚, 從容酬酢, 論天下大事, 幽興清思, 今尚未忘矣。"漢武帝微笑曰："朕之一生行事, 与始皇彷彿, 快事何殊？"众皆大嘆。光武以下, 各言往快事, 論難治道, 以助其观。

忽魏武帝曹操拜伏曰："臣有一快事, 請白之。臣仗三尺釰起, 破袁紹、袁術, 擒呂布, 降張魯、張繡。北伐凶奴, 西得隴西, 南抵長江。旌旗蔽空, 橫槊手中, 登巨船而坐。東望夏口, 南指柴桑, 西對武昌, 北通汴京。清江如練, 皓月如昼, 曉星漸稀, 烏鵲南飛。此时心事, 快然把盃咏詩矣。"高帝曰："聞汝言, 胷次亦洒落。"仍大唉。滿座和【17b】悅之色流動。洗玉盃, 進瓊液。

忽報, 閻羅鮑公奉玉帝命, 率諸罪人至外。高皇帝命輟歌舞, 速請入鮑公於堦下。請見以臣礼。高皇帝顧宋太祖曰："此必為宋帝在坐。"宋帝使侍臣傳命曰："論人世君臣之礼, 諸帝王乃漢朝君臣子孫, 而与高帝連榻。高帝亦秦民, 而与始皇同塌。況君受天爵, 登王者之位, 尊貴非人間帝王之比也。"促陞行相揖礼, 閻王再三讓。陞殿礼畢, 与仙官分東西定坐。

明烛廣庭, 力士夜叉, 猛如虎狼。而牛頭鬼馬面之卒, 驅众罪人以次而入。杀氣騰〃, 陰風四圍。一隊則漢朝王莽、董卓、唐朝安祿山、黃巢等数十人, 以彩字各書其背曰"弒逆其君篡奪賊臣"。一隊則漢朝梁冀、唐朝李林甫、宋朝秦檜、張敦、蔡京、賈似道等七十餘人, 書其背曰"謀害忠臣誤旺罪人"。一隊則秦國趙高、漢賊十常侍、唐賊李輔旺、田令近、仇士良、宋賊廉文翁、童貫等百餘人, 各書其背曰"廢立其君乱政宦者"。以青石作桎梏, 又以铁械鎖其手足。驅之如群羊, 而有緩怠不疾行者, 以鐵鞭乱击, 腥血浪藉, 哀痛之聲, 遠徹雲霄。

漢帝【18a】召孔明, 使之按罪則輕重之律。孔明退, 詳見歷代罪人文案, 奏曰："臣見閻羅處斷, 所見剛明, 決斷公正。以小臣淺見, 無以加矣。但莽、卓諸賊, 在世既受莫保首領之刑, 至入地府, 又被慘毒, 而或有至千餘年者, 有

七八百年者, 罰已行矣。以天地好生之德, 還到下界, 使之目盲、臂痿, 或死
於道側, 或死於非命, 修三生之業, 然後復為平人。而趙高、張讓、曹節則化
為牛羊狗彘之身, 使被屠戮之秋。惟李林甫、秦檜犯彌天之罪惡, 而身危刑
戮, 臥席而死。忠臣、烈士之憤恨, 至今填臆。請還到於酆都獄, 剔皮碎骨,
備受酷刑, 雖歷億万劫, 永不出世。" 僉曰:"諾。" 命下無数鬼卒, 方驅出諸罪
人。

　　忽罪人身長八九尺, 肥膚可千斤, 呼聲如鐘, 称怨不已。見之乃漢朝逆臣
董卓也。叩堦而呼曰:"臣本非反逆之臣也。中常侍張讓等傾其社稷, 殺害
朝士。丞相何進以太后命召臣, 〃率手下親兵而來, 盡滅宦者, 以清朝廷, 擇
立賢君, 保全社稷。以無識武夫, 雖有一時专柿之罪, 而寡尤終為呂布奸賊槍
末之魄。臍中烛七日而【18b】無滅之者, 秋之慘酷無如臣者。而至於地府,
又不見督, 被其百刑者, 千有餘年矣。何幸今日有還到之恩命, 且使經三生之
苦楚, 何时復見天日耶? 彼曹操漢氏奸雄, 朱溫唐室劇賊, 弒主奪旺, 有何功
德? 罪何微細? 而今猥以王者之眼, 參於法筵。天道之處分, 可謂公乎?" 諸
皇帝聞而微唉, 魏武帝、梁太祖皆垂頭, 面色如土, 不勝踴躍。高帝使左右下
命曰:"一興一亡, 天道之常。是以漢祚衰, 曹操興。唐運訖, 朱溫起。雖无道
不能久享帝業, 而亦承一時正統也。汝董卓, 漢德雖衰, 天命未絕, 徑失臣子
之節, 是王莽、祿山之徒耳, 何紛〃呼訴之若是?" 言訖, 黃巾力士挽前推後,
出門如飛。閻羅、仙官作而請辞, 諸皇帝起送。

　　坐之, 漢高祖顧明太祖曰:"人非堯舜, 事豈盡善。雖致太平, 不能無為政
之失。今坐中, 從諫如流而能於治旺者幾人? 拒諫不納而至於償事者又幾人
哉? 今吾時已過矣, 跡已遠矣, 聞之無益。明帝前程萬古, 褒貶善不善, 〃者
取之, 不善者去之, 胡不有益? 帝之明鑑, 足以知之。願忘勞論千古帝王之得
失。" 明帝辞曰:"孔子聖人也, 作《春【19a】秋》褒貶諸侯, 猶曰'知我者春
秋, 罪我者春秋'。寡人之德, 不及孔子。列位皇帝, 非諸侯所比。妄加褒貶,

不亦誤乎？弘量大度，雖曰喜聞，後世誹謗，烏得免乎？”

漢帝笑曰：“此吾等所自願聞之，帝之公议，其孰能非之？殊勿固辞也。”因命移明帝坐榻於前。明帝進榻曰：“願先言氣像，次論得失也。風雷震疊，水波汹湧，捲地而接天者，秦始皇之氣像也。寒霜凛冽，層崖絕壁，聳出半空者，漢武帝之氣像也。長江浩渺，不知淺深者，漢昭烈之氣像也。久雨初霽，青天無雲，朝日東上者，漢光武之。秋天高〃，清風瑟〃，明月星河，相与争光者，唐太宗之氣像也。雲陰解駁，春日和暢者，宋太祖之氣像也。唐肅宗春風溫和，微雲暫行如也。唐憲宗高山之秋鷹也。宋神宗渥渦之龍馬也。宋高宗雲霧未收，春雨微〃如也。”

高祖曰：“帝之藻鑑，可比明鏡。而独朕未入於高論，不足言耶？”明帝曰：“朕非敢然也。三江之深，五湖之廣，易知也。至於大海，變化莫測。帝之氣像，大海之竜也。”高帝笑曰：“何鋪張若是？其過也。”其餘帝王亦皆言之。明帝曰：“晋武帝春風花柳如也，晋元帝三日新妇如也，齊高帝富家【19b】老翁治財看守如也，梁武帝山中老僧誦佛經如也，隋文帝寒天霜雪飄洒如也，周高宗陰雲中虹霓如也，後唐莊宗空山虎躍如也，石晋主深渊中老鼇如也，後漢祖白日中雷動如也，周太祖大風散陰風如也，項王疾風驟雨相拍如也，曹孟德深霞中隱降如也。

且論得失。秦始皇以英雄之氣，乘富強之，平㝎六旺，以期万世。威風滿海内，号令動六合。性度剛猛，行事暴戾。外築長城，征伐四夷。內求神仙，焚盡詩書。雖非李斯之刑名，趙高之苛刻，不能望享旺之長久。况任用此輩，專擅廢主。以胡亥越七十兄，而傳帝位，昏德益深。山東群蜂之起，軹道白馬之牽，非自取者耶？”始皇垂頭無言。又曰：“漢高帝豁達大度，仁厚長者。以匹夫之身，屈起草澤之中。得秦鹿，擒楚猴，八年之内成大業。規暮宏遠，制度闊大。四百年基業，如盘石之固。盛德奇功，三代后第一。天地之廣，日月之明，難以口舌。以後世史笔观之，不無小疵微過。負約鴻溝，信不足也。

俎鹽功臣, 仁不足也。見圍彭城, 智不足也。結婚冒頓, 非正道也。大概智術鼓無一世, 而道德兼於三代。故商山【20a】老翁歌紫芝而晦跡海島, 烈士懷深慎而甘死, 此一欠也。

漢武帝才質豪爽, 氣禀雄壯。建元初年, 召賢良, 求直諫。文武濟〃, 礼乐彬〃。排斥异端, 闓色六經。當此時, 帝心如水無風, 如鏡無塵。如以董仲舒為相, 汲黯為諫官, 選用英材, 庶幾臻馨香之治。而不克有終, 窮兵黷武, 征伐四夷。神仙土木, 日以為事。天下多事, 制作紛〃。封泰山, 祭后土。建柏梁臺, 作承露盘, 造蜚廉館, 作通天臺。高樹敝雲, 众棟如林。万姓瘡痍, 中旺虛耗。比如頹圮之家, 面〃受風。如無秋風悔心之萌, 輪臺慰民之詔, 亡秦之續耳。与始皇相去豈能尺寸哉? 光武起兵白水, 被堅執銳, 恢復旧業。邯鄲之戰, 王朗授首。宜陽之戰, 盆子屈膝。日月所照, 霜露所墜, 舟車所通, 皆為臣妾。恢廓大度, 与高祖同臨太学講經術。勛業兼三世, 文物光西京。但可惜者, 由於信讒, 勛臣之爵祿絕, 信赤伏符, 行泰山之封禪。因麗華之寵幸, 易嗣子之儲位。豈不為太陽之微雲, 明鏡之細塵乎?

昭烈以帝室之胄, 英雄之才, 當漢室之傾頹, 扶大義而飯於曹操, 假袁紹之勢為刘表之客。百戰百敗, 而壯志不摧。左挾龍, 又得鳳。宰割山河, 三分【20b】天下。僅兌漢家之絕嗣。嗟呼! 以昭烈之厚德, 孔明之貞忠, 終不恢旧物, 豈非天耶?" 先主听罷, 慨然流涕曰:"以孤否德, 當亂世, 悲宗旺之淪亡, 憤曹瞞之奸邪, 不自量力, 惟復恢是圖, 才微德薄, 不能削平。而幸賴諸葛亮、龐統之智謀, 關羽、張飛之勇力, 一隅蚕叢, 僅繼血食。孤之所願, 誠不止此。而皇天不助, 炎運垂盡。被孫權之見欺, 為陸遜之所敗, 豈不痛甚哉?" 明帝慰曰:"古人云, '雖有智慧, 不如遇時'。以昭烈之德, 困於陸遜, 是亦天數。大漢興亡, 非人力也。" 先主鞠躬稱謝。

明帝又曰:"唐太宗世間英主, 東征西伐。号令如風雷, 威執如霹靂。降薛仁貴, 縛王世充, 擒竇建德。并州之戰, 走刘武周, 山東之破, 誅刘黑闥。伐江陵, 平蕭銑。六年之內, 化家為旺。帝業之成, 亦頗神速。即位之後, 務仁義, 崇文德, 听直諫, 謹刑獄, 放宮女, 吞蝗虫, 厚功臣, 戒奢侈。海內昇平, 胡越一家。億万生灵, 如在春風和煦, 豈不美哉？议者曰, '闊達似漢高, 神武如魏曹, 平秋乱如湯武'。若曰白玉之微瑕, 欠関雎獜趾之意, 堂〃天子, 未免夷狄之風習, 以武氏為才人, 而萌偽主之乱。仆魏徵之碑, 而不終君臣之義。親征高麗, 而摧折萬乘之威, 豈不慨然？"

唐【21a】太宗曰："明帝之論, 雖極正大, 而数件事, 朕亦有言。武氏不除, 因李淳風之言, 不為內寵。高丽之親征, 憤盖蘇文之逆節, 非貪土地也。復立魏徵之碑, 覺其昨非也, 君子之所容恕也。而明帝斧鉞森严, 責望亦苛刻矣。"明帝曰："一點之痣, 生於無塩之面, 則人不惜之。而有於西施之面, 則惜之。蹇牛十仆而行, 人不以為怪。千里馬一蹶, 則人皆欠之。唐皇帝德全而功高, 故責亦深矣。然比之田舍翁, 面折廷爭, 猶為軟弱也。"諸皇帝欣〃然唉之, 和氣流動於八彩, 春光融溢於龍顏也。

明帝又曰："唐家七葉, 奸臣作孽。腥塵昏暗於赤縣, 戎馬蹂躪於中原。西蜀、朔方為戎狄之地, 河南、河北為鞀鞞之基。萬姓滔於塗炭, 社稷危如一髮。是時肅宗在元子位, 從父老之願, 有灵武之計。然烈士忠臣影從, 而先克太原, 次乞河東, 回恢兩京。收河北, 盡滅逆胡, 迎上皇, 中興功烈。後漢今周, 性度柔弱, 明斷不足。寵幸張女, 日事博奕, 親任宦豎, 潛移旺柄。惜哉！郭、李不世之將, 安慶緒窮餓之賊也, 比之若驅群虎, 而搏一羊也。九節之道, 步騎六十萬众, 一朝无故而散, 豈非小人之致耶？卒為【21b】輔旺之所賣, 貽笑千古。非天心之所助, 群雄之所藉, 烏能支也？以才論之, 正非撥乱反正之主也。憲宗以剛明之才, 任用賢相, 親信諫官, 有中興之志, 掃除逆臣。河南府三十餘邑, 皆受約束。長鯨死而東海無波, 妖氛消而太陽有光。惜乎！弓失未收, 土木先起, 昇平庶幾, 前功已隳。以英明之主, 始終之不一若此, 况庸君暗主, 何足道哉？

宋太祖, 天厭秋乱, 使為中旺之主。即位初年, 革五代之敝, 立萬世之策, 尚儉素, 戒奢侈。追贈韓通, 旌表節義。非聰明神武之君, 孰能及此？宋神宗, 儉素恭勤, 漢文之類也。而昧於知人, 行桑弘羊、商鞅之術, 刱新法、乱旧制, 天下嗷〃, 臣民困窮。大概王安石只為惠卿所誤, 豈非才短故也？醸成靖康之秋, 非神宗而誰也？宋高宗, 才短志局。江南遺直, 死於賊檜之手, 塞北風霜, 消二帝之魂。功裂之卑, 王室之裏, 不亦宜乎？但擇其宗子之賢者, 以托社稷之重, 其功足以盖其愆矣。其余帝王, 六朝紛〃, 五代擾〃。昨齒臣下之班, 今登天子之位。得之非難, 失之亦易。彼此長短, 前後優劣, 區〃無他。而其中東西兩晋, 正统餘業, 為六朝之【22a】首也。"項王高聲曰："皆論古今, 不及我, 何哉？"明帝答曰："朕非忘也, 計王之事, 匹夫之勇有餘, 而帝王之德不足。譽之則近於阿諂, 毀之則王不欲聞。"項王默然不答。

明帝言畢向高帝曰："孔子責子貢之論人, 馬援聞人過失, 如聞父母之名, 耳可得聞, 口不可言。今予不念自己寡德, 而於明君賢主之事, 放恣評論, 慚悚無地。"滿座齊聲稱讚曰："帝之褒貶人君, 孔明題品人臣, 雖州之以玉衡, 度之以金尺, 輕重長短, 無小差謬, 何其謙讓之過耶？"

明帝遜謝, 起就旧座而問曰："朕將定都邑, 何處是宜？"漢帝曰："朕北伐陳稀至燕代之界, 南征黥布周覽五原江山。冀州、金陵為南北形勝之最。試論天下地形, 西北有崐崘山, 〃〃〃西為西域諸國也。中旺諸山, 皆崐崘来脉。東北初枝, 出長城之內, 黃河之外, 東至碣石, 皆冀州也。堯之都平阳, 舜之都蒲坂, 禹之都安邑, 湯之都亳, 皆此地也。二枝出雍州, 為長安。三枝出徐州, 為洛陽、汴京, 東為泰山, 北為青州。四枝自益州至楊州, 下杭為金陵, 龍盤虎踞之形, 真帝王都邑之地也。大抵天運循環, 地氣盛衰。故三代以前, 帝王多出河北, 漢唐以後, 都邑多在河南。而獨江南, 王氣方盛, 帝將相宅, 無愈金陵。"明帝稱謝。

秦始皇問【22b】于漢武帝曰："朕一生竭其心力, 以求神仙, 曾未見彷彿者矣。聞武帝近侍中，有真仙云，請一見否？"武帝笑曰："此必指東方朔也。此人本仙風道骨，隱跡金門，性好詼諧，不言神仙之道，見之無益。"漢高祖曰："仙道秘密之術，調人之中，不可率尔而論。此人好詼諧，召之座中，以助談咲，似好矣。"因召東方朔。方朔入四拜，身長九尺，目如明星。高帝曰："卿善論人，試言座中群臣之各適其用也。"朔對曰："以臣之淺見，何敢優劣人才，以為架屋疊床乎？"帝曰："欲以一時之戲，助其悅，勿辭也。"朔起拜曰："以臣所見而言之，諸葛亮為吏部尚書，蕭何為戶部尚書，霍光為大夫，魏徵為諫议大夫，韓愈為知制誥，李靖為中書令，李泌為大鴻臚，范增為工部尚書，陳平為兵部尚書，関羽為執金吾，紀信為羽林將軍，趙雲為游擊將軍，韓信為大元帥，嚴光授漢代清風封富春侯，陳摶司唐旺白雲封華山伯，何如？"滿座大咲。

　　漢帝命孔明，選一等人，殿上獻壽。諸人以次而進。蕭何起舞作歌曰："身起刀筆兮，成裴縱指示之功，蜀山高漢水深兮，四百年大業從此始。"鄧禹歌曰："杖策軍門兮，遇主于巷，抱薪燎衣兮，備嘗險阻艱難，名垂竹帛【23a】兮遺像於雲臺之画。"裴度歌曰："涿鹿風塵助軒轅兮，五湖烟月泛范蠡之舟，綠野堂中清興足兮，世上功名如斃屣。"韓信歌曰："事楚不見用兮，皈漢登將坍，不從蒯徹之深謀，陳豨之一言聽者為誰？"李靖歌曰："男兒生世兮，逢聖主成功業，身致太平兮，名耀青史。"郭子仪歌曰："以忠誠為干兮，以節義為釰戟，聖主威令肅清海內兮，老臣之力何有？"紀信歌曰："城孤月黑兮，一萬軍兵洒血泪，節義貞忠橫秋空兮，世上知我韓昌黎一人。"岳飛歌曰："生負君恩兮，死為冤魂，父子一朝並命兮，悠〃蒼天我何罪？"岳王歌竟，雙泪沾衿。滿座愀然。

　　陳平歌曰："攀龍附鳳兮，六出奇計，泰山如礪黃河如帶兮，功垂名遂長享富貴。"龐統歌曰："蚕叢乾坤長駈大兵兮，不意的盧馬蹶，今日何日陪聖主，一堂行乐。"范增歌曰："白首風塵兮，求何事，君王不用計兮，亦奚以為？"彭越歌曰：“名齊淮陰兮, 功高漢室, 蜀道風悲兮, 堂〃丈夫, 陷兒女子計。”賈復歌曰：“丹心擊節身自輕兮, 人人誤計其勇力, 南征北伐助聖主兮, 九州塵清四海波伏。”趙雲歌曰：“峨嵋釼閣回首兮, 壯心不消, 生不能定吳魏兮, 今日恥勇猛之称。”歌罷退【23b】而伏拜。風彩堂〃, 礼貌嚴肅。漢帝特命賜酒, 因宣醞歷代臣僚。交梨火枣, 龍醢麟脯, 每坐排列, 次之以高賞, 護衛六軍欢聲如雷。

　　忽金鼓之聲動天地, 铁騎数十萬蔽野而来。守門壯士出而偵探, 急報曰：“元世祖大軍陣於外, 遣使至門。”漢帝乃命召元使, 問來故。使者對曰：“吾皇帝統一天下之功, 不下漢、唐, 而今日之宴不為邀請, 故率匈奴、突厥、五胡、元魏、遼金、吐蕃, 起問罪之師而來。若速請和迎入, 則彼此無戰爭之患。不然則欲決勝負矣。”漢帝怒叱曰：“乃君不知夷狄之分, 乘南風不競之時, 據中原, 乱四海, 其罪彌天。胡無百年之運, 民深左衽之恥。故皇天降此真人, 揃除犬羊, 肅清中原。朕不勝欣幸, 禀於上帝, 為設此宴。而与中興列位天子, 举盃称賀於明帝者, 正為掃胡尘之秽跡, 何有請忽必烈之理乎？汝以胡雛, 言辭悖嫚, 礼数倨傲, 宜先斬汝頭, 懸于旗竿, 號令三軍。而中旺之法, 敵旺相對, 不杀使者。释汝皈語汝君, 胡運將盡, 血食匪久絕矣, 何不惶惧？而自促覆滅, 速就軍門請降而叩頭, 庶有容恕。不然匹馬隻輪, 不得【24a】還歸。”元使恐惧失措, 裹頭而還。

　　唐太宗笑曰：“漢帝白登七日, 圍於冒頓之時, 何其弱矣？今日下教於元使, 天風震疊, 使傍人貌骨悚然, 何其壯也！”漢帝笑曰：“彼一時也, 此一時也。其時則不用婁敬之言, 為函奴所困也。今日則主客之執也, 秦皇、漢武在座, 可以落胡賊之胆, 唐宗之英武, 宋祖之威風, 亦可以驚夷狄之魂。予雖碌〃, 庶幾因人成事。況千古名將, 皆列於殿陛。而蒙恬、衛青、霍去病、李靖、郭子仪、岳飛, 皆夷狄之素所畏服者也。吾何畏彼？”滿座大笑, 而惟宋高宗獨有憂色曰：“胡元、遼金之強盛勿言, 而九夷八蠻皆締結而來, 此亦強敵, 不可以輕視, 莫若求和。"宋太祖勃然怒曰："金山寺豈有金帛如水瀉者乎？如欲請和, 召秦檜付汝。"高宗慼色滿面, 不復言。漢武帝慨然嘆曰："人之性禀, 雖死難變。昔高宗不復父兄之讐而受辱, 今遇好機會, 而无雪耻之心, 猶思其請和。以此观之, 宋室之殘微者, 不但為秦檜之罪惡耳。"高宗愈其跼蹐, 若無措身地者。秦始皇不勝憤怒, 扼腕曰："今听高宗之议, 令人氣塞而死耳。朕為列位皇帝, 請与沃帝親征此賊之首, 【24b】以雪今日之恥矣。"唐太宗唉而止之曰："法堂上下, 歷代名將如林, 豈可以屈万乘之尊, 親与犬羊較勝負哉？況今日宴席是勝宴, 罷以戰爭, 誠非所宜。先遣使者, 听渠回答, 然後交兵未晚。"

漢帝命太中大夫陸賈曰："汝往元軍中, 察軍情探形執回報。"陸賈還奏曰："臣往布揚歷代天子威德, 且传秦皇、漢武親征底意, 元世祖大懼, 無交兵之心, 其孫成宗曰, '趂今降之, 必貽笑於中旺万世。退而叛旺, 必乘勝而追我。此進退惟谷。秦皇、漢武我無宿怨, 不必与戰。而聞明帝, 方欲北征, 宜与明帝決雌雄, 以点他日社稷之吉凶也。'世祖從其言, 請与明太祖戰。臣誘其退叛, 則必听而察其軍中形執。兵雖多, 不整齊。戎狄酋長, 咸集爭列, 不相和睦, 且畏列聖主之威德, 許多名將之勇力, 众皆有渙散之心。苟乘此時, 出一枝兵, 敵旺似有潮退之執。故臣示戰爭之意而叛耳。"明帝奮身而起, 向諸皇帝曰："此賊無礼忒甚, 今不殄滅, 何面目立於中旺乎？寡人獨率麾下将士出戰, 观其成敗。"親率大軍, 屯於寺門外。徐達、常遇春、湯和等諸将左右【25a】突擊, 烟火衝天, 喊聲動地, 元軍弃甲曳兵而走。逐十餘里, 撕杀三次。諸酋皆烟散, 明太祖奏凱而還。諸皇帝大喜迎賀, 洗金盃、進瓊液而已。

西天月斜, 水府雞鳴。項王先叛, 秦始皇、漢武帝、漢光武以下諸皇帝次苐而起。警蹕之聲, 動於遠近。惟漢高祖、唐太宗、宋太祖留坐, 謂明帝曰："观帝之貌, 真堂〃太平天子。此後三年, 天下大定, 永享帝位。今日之樂, 宜無相忘。"明太祖起謝曰："三皇帝厚意, 寡人何敢忘乎？"因明烛從容談咲。

有司告曰："玉漏已盡, 天色向曙, 整齊車馬, 以待之矣。"四位皇帝以次乘玉輦下堦。

而大鼓一聲, 秀士驚覺。精神怳惚, 莫知其梦与真也。移坐依欄, 曉星漸稀, 東方既白。出寺門, 尋酒店沽酒。飲三盃, 仍思梦裡事。歷〃如在目中, 遂操筆記其日字及顛末, 名之曰"金山寺刱業宴錄"。皈而示親故, 皆以為虛誕, 而不之信。

後三年, 太祖高皇帝定都于金陵, 天下太平, 萬方无事。一日, 受群臣朝, 自語曰："朕於至正二十五年春, 以一梦, 漢祖、唐宗、宋祖三皇帝請朕之金山寺, 設大宴致賀刱業。此將興之兆先見也, 心甚异之, 【25b】而曾不向人道矣。今幸成就大業, 雖目卿等之力, 亦是三皇帝眷佑之德也, 不可以孤負, 宜畫其像, 以表朕不忘之意也。求善公摸三皇帝像。咒宇嚴肅, 精彩洒落, 与梦中所覩真一般也。帝嗟歎曰："掛三像於金山寺壁上。"

親製文以祭之, 其文曰："摸出三聖, 意豈偶然？伊昔金山之高会, 獲奉列聖之同臨。謂歷数之在躬, 賀帝業之將成。厥後勛集, 果合前言。是豈朕躬有德, 而致莫非三皇陰隲之功？方今天下太平之日, 敢忘前日眷佑之恩？兹命善工, 貌以儀容。龍顏動色, 悅若披苦砀之祥雲, 精彩洒落, 宛是間晋陽之祚。而況前殿之點檢, 何其面方而耳大。一體聖君, 七分惟肖。精灵昭〃於天地, 遺像長留於人間。"讀訖, 举玉盃以奠焉。

是後, 天下之人始信秀士之書不虛。而考其日月, 則正太祖以梦之日也。人盖奇之, 爭自騰書, 以為袖寶焉。

歲在甲午五月十七日
南陽洪愚齋謹稿
金山寺刱業宴錄終

金山寺夢遊錄[1]

【14a】金山寺夢遊錄

盖有非常之事業者, 必有非常之兆。朕先見於夢寐之間, 如金山寺夢見刱業宴是已。歲在至正末, 江東有一士人。志氣豪邁, 胷襟洒落, 能屬文, 善騎射。早抛功名, 遍游名山大川, 以採藥較獵為業。一日至焦山中, 耽於所事, 不知日之將夕。浮雲四合, 暝色生樹林, 深谷遂聞無人。还遽间鍾磬之聲, 隱∥於蒼崖翠璧之間。尋聲而往, 見有一古寺, 榜日"金山寺"。以亂難之故, 緇徒皆星散, 寺中虛無人。士人雖饑渴太甚, 而進退不得自由, 仍托宿於樓梁之间, 困而假寐。

夢中怳聞有人傳, "漢皇帝方来临, 而唐、宋、明帝無消息"云。乃问之者曰 : "漢皇帝胡為聚【14b】會?" 有人荅曰 : "漢高祖悯天下之塗炭, 上奏玉皇上帝, 命濠州朱吳王, 掃盪胡元之穢德, 刱立大明之基業。而以三代後刱尔功論之, 惟漢、唐、宋及明為鬼∥也, 相約設宴于兹寺。故金山之灵使神官, 待候者已多日矣。" 士人聽而異之。

俄見而门外, 火光烛天, 人聲動地, 有来緋衣數千官貟, 齊到佛殿。設紅錦步障, 置七寶金榻, 四座榻相距函丈者, 三之以畫日月屏風, 環繞榻外。又以花烛結綵於龍棟, 纱籠懸于鳳璧。別於東西設樓排綺筵, 且設畫席於板堂。∥

---

1   성균관대학교 존경각 D07C-0213. 원문의 속자와 약자, 이체자 등을 모두 정자로 수정하지 않고 그대로 사용하는 것을 원칙으로 하며 입력할 수 없는 글자는 가급적으로 모양이 제일 비슷한 글자로 입력하겠다.

方二千餘丈, 階庭又鋪陳。而琴瑟絲竹列於階上, 鍾鼓革水設於庭下。

排辦纔畢, 有传呼之聲, 自远而来曰：“四皇帝方下临矣。”小頃, 旌旗照耀, 車馬駢闐。虎賁之士, 荷霜戟而擁後, 鶴衣【15a】之官, 抱灵龟而呵前。鑾聲噦〃, 火城煌〃。隊伍之整斉, 仪仗之嚴肅, 有足以掀山岳而倒江海也。以四玉輦临法堂門下。仍入法堂, 各着金冠玉帶, 龍袍補衣。第一帝, 隆準龍顏, 左股有七十二黑子, 即漢高祖, 随後文武備具者二十人。第二帝, 龍鳳之姿, 天日之表, 即唐太宗, 背後亦具文武官二十人。第三帝, 龍行虎步, 方面大耳, 即宋太祖也。第四帝, 堯眉舜目, 日角龍步, 此乃洪武聖帝也, 陪来文武官厥數並與漢唐同。

漢帝坐最首榻, 唐、宋兩帝亦以次而坐。明帝當坐第四榻, 而讓而不坐。漢帝曰：“胡讓爲？”明帝曰：“此榻即刱大業而一天下者可以坐焉, 寡人則北有胡元, 西有陳友諒, 未能渾一區宇, 徑坐此座不其濫乎？”漢帝笑曰：“此兩賊不過数月之內當剿滅耳。今日之会, 為帝而設賀宴, 須勿擾謙。”明帝復者【15b】再強而後坐。

〃定, 從臣以次, 列東西班。東班為首漢之蕭何、張良, 唐之長孫無忌、魏徵, 宋之陳摶、趙普, 明之刘基、李善長。其次陳平、酈食其、陸賈、随何、叔孫通、王珪、房玄岭、杜如晦、裴寂、劉文靜、褚遂良、虞世南、封德彝、范質、杜仪、王祜、張斉賢、雷德讓、李昉、陶穀、宋祺、刘琦、秦從龍、陶安、宋濂、葉琛、章溢、方孝孺、冷謙、王偉。各以世次坐。或擔當宇宙, 掀弄造化。燠猷文彩, 錯落星斗之光, 命世才調, 磊塊棟樑之具。玄通深入於重妙, 赤心可質於神明。人〃伯王之佐, 箇〃君民之輔。

西班為首漢之韓信、曹參, 唐之李靖、蔚遲敬德, 宋之曺彬、石守信, 明之徐達、常遇春。其次英布、彭越、王陵、周勃、夏侯嬰、灌嬰、張耳、樊噲、張倉、紀信、周苛、李勣、戴曺、柴紹、殷開山、屈突通、薛仁貴、高士濂、侯君集、苗訓、李漢超、王全贇、曹偉、符彥【16a】卿、尹繼倫、樊若水、鄧俞、湯和、俞通海、韓成、傅佑德、薛賢、郭英、吳靖、華雲龍、李文忠、沐英、吳良、胡大海。亦各以世次坐。或神鬼泣謀, 風雲變機。雄姿壯氣, 崢嶸補天之手。義肝忠拳, 喪削扶崙之心。風彩動乎霹靂, 膽畧包乎山河。赳〃千城之具, 桓〃熊虎之狀。班列既成, 自殿上宣召張良、無忌、趙普、劉基。

命曰:"廢興有數, 英雄無限, 吾之刱漢業時庸詎, 知何者為唐? 何者為宋? 又焉知有大明乎? 今日江山風景甚美, 歷代君臣俱會, 置法酒, 張廣樂。"於是乎, 五音秩〃而作, 八佾蹲〃而舞。有肉如山, 有酒如澠。玉盘瓊液, 尽世上之所未有也。張良乃上壽稽首而颺言曰:"屈群策而約三章兮, 天吉佑德。"無忌继之曰:"歌九功而舞七德兮, 胡越為家。"趙普亦献壽曰:"天与人歸兮, 奎精啓運。"劉基又献祝曰:"聰明神武而不殺兮, 千一河清。"皆呼萬歲而舞蹈。

酒半酣, 漢帝喟然嘆曰:"昔在榮陽成皋之间, 百戰百敗, 十倒【16b】九顛。幸賴諸臣之翼戴, 誕成大功。孰有如寡人之辛苦者乎? 唐帝一戰而定天下, 宋帝一夜而得天下, 可謂鴻毛之遇順風。而今明帝亦非吾輩三人之所可念也, 烏得不賀?"三帝拜, 明帝亦拜。

宋帝仍问漢帝曰:"帝之入關也, 時乱極矣, 而以三章之約, 治之有餘者, 何哉?"漢帝荅曰:"此呂政, 以苛法虐民。故吾草〃之約, 易能得人之心。政如飢饉之中, 稍稗之食, 易為飽。元非吾法之良也, 窃有愧乎唐帝之善治也。"唐帝蹙然曰:"寡人纔得治平之枝葉, 何敢望本領半分乎?"

仍問曰:"帝之知人善任類唐堯, 則哲之明同成湯, 立賢無方。願闻平日所用之人才。"漢帝曰:"過情之言, 君子為恥。然吾之所以成功者, 實賴羣臣之力, 寡人何德之有? 吾臣有蕭何者, 使守関中, 則固其根本, 而能經餽餉, 不絕粮道。有張良者, 貌如婦人, 而運籌帷幄, 決勝千里之外。有陳平者, 出【17a】奇計。叔孫通制礼樂, 張倉之傳令, 陸賈說詩書, 酈生識時務, 随何量向背, 曹參善野戰。又有一韓, 於軍中登大將坛, 戰必勝, 攻必取。灌嬰善用奇兵, 張耳善治兵器, 英布屬威於後, 彭越作勢於前, 周勃善運軍粮。王陵、樊噲勇而能直諫, 以成寡人之功。然非紀信、周苛之殺身成仁, 則寡人已作榮陽之土矣。非夏侯嬰收太子於睢陽, 則寡人將絕嗣續矣。寡人即木強之人, 專賴股肱之盡忠, 寡人何德之有？願问列朝所用之人才。"

唐帝荅曰："長孫無忌主治內, 魏徵能直諫, 王珪進賢退不肖。房玄岭善謀, 杜如晦善断。文武全才有李靖, 習於軍旅有李勣。勇於破陣有薛仁貴、殷開山, 效忠忘身有屈突通、尉遲敬德。裴寂、刘文靜深於謀, 虞世南、高士濂有博識。〃時務莫如封德彝, 爱君父莫如褚遂良。從吾之所以成功者然也。"

漢帝微笑哂, 次问于宋帝。〃曰："都郵之人, 初無有天下之心。而特以黃袍強加於醉裡之身, 故何【17b】負揖遜之初心？撫躬慚恧。然以羣臣之才言之, 則亦可不借於異代矣。有陳摶者, 学貫天人, 能通玄妙之理, 故寡人以為師。有趙普者, 能讀《論語》, 才智拔萃, 故寡人以為相。有曹彬者, 勇畧而多仁恕, 故寡人以為大將軍。有石守信者, 勇而有威, 故使之為都督。用竇仪、宋琪委内事, 用李昉、范質貴文治。以王全贇、李漢超主方面之任, 苗訓、曹偉寄將帥之權。以人才則不可謂全無, 而寡人愚不肖, 一榻之外容他人鼾睡, 豈可謂刱業之君哉？但憐北漢, 而終世不敢取, 赦吳越而使歸其邑, 樂天字小之稱, 寡人有不辞焉？"

漢帝拜曰："俞。若帝可謂有德者矣。寡人不能御下, 功臣多不保終始, 有'鳥尽弓藏'之譏。而惟帝則能釋兵權於盃酒之中, 不負帶礪之盟, 而君臣之間, 多無嫌猜。雖百工相和之時, 何以加焉？"宋帝曰："吁！此則事勢之偶然耳, 豈有善不善之可論乎？"

因问："帝之诸子中, 文帝最贤。何不早定立賢之計, 以致呂氏之【18a】禍乎？"漢帝曰："寡人非不知弘之賢。於序為次, 年最幼冲。姑出置代邸, 以避呂氏之毒, 要為他日太平天子矣。"宋帝曰："若然, 則欲立如意以挑禍,何哉？"漢帝曰："此特愛其類己，又欲驗人心向背於太子者也。若果欲立如意，則豈四皓之所能禍哉？凡帝王家法，當以長為主。其興亡成敗，固當付之於蒼"耳。帝之晉王金匱之約，豈非禪受之大德？而終有燭影之疑，此等處誠極難矣。"宋帝愀然悲咽。漢帝慰之曰："寧人負我，毋我負人。帝之孝友，實今古之罕有也。仍回顧左右，唐帝羞不舉頭，趙普面色如土。漢帝大笑曰："有天下者不顧家。帝王之事，豈拘於區區小節哉？"

蓋唐帝慰也，仍問於明帝。苔曰："寡人時未混一，羣臣之才又未盡試。然以吾臣比方於古人而言之，刘基似張良，從龍似陳平，宋濂似陸賈，徐達似李靖，華雲似周苛，韓成似紀信，李善長似趙普，冷謙似陳博，常遇春似樊噲，華雲龍似尉遲敬德，李文忠似曹彬，胡大海似灌嬰，沐英似薛仁貴，方孝儒似褚遂良，陶安似随何，葉琛似叔孫通，章溢似魏徵，郭英似殷開山，鄧俞似石守信，湯和似周勃。未知此人果能成古人之功。寡人愚，不能及於古之君，何望盡其才而用之乎？"宋帝曰："知人明，自謙仁。"明俱備，何憂乎統一？"

唐帝【18b】曰："今日之曠世罕會有之奇事也，盍使人通告中興諸君，共為英雄之會，而兼示統一之雄風乎。"僉曰："俞。"漢帝乃使随何召光武、照列，唐帝詔虞世南召肅宗，宋帝命李昉召高宗，仍令各帶文武臣十人赴會。良久，瑞雲騰空，彩旗揚虹。有人報，中興諸君来矣。俄看，隆準日角，為首而至者，光武皇帝也。陪臣鄧禹、严光、卓茂、馬援、吳漢、寇恂、耿弇、賈復、馮異、馬武。其次，大耳帖眉，垂手過膝，即照列皇帝也。諸葛亮、龐統、蔣琬、法正、関羽、張飛、趙雲、馬超、黃忠、姜維荨十人陪来。苐三即乃唐肅宗，而有李泌、顏真卿、張鎬、張巡、郭子仪、李光弼、渾瑊、王思礼、僕固、怀恩、南齊雲、扈駕矣。苐四則宋高宗，有張浚、趙昇、胡銓、宗澤、岳飛、韓世忠、刘琦、吳价随来。四帝入謁正殿，三帝坐揖，明帝立迎，漢帝命賜坐榻。

張良奏曰："中興帝業雖盛，然刱業之宴，不可與。故預令設榻於東樓，以別礼貌。"咸曰："可。"趙普曰："中興之君既與刱業之帝別坐, 其臣亦不可与開國元勳幷列耶。"良曰："此言亦有見, 而猶不然者。大凡人臣, 必須以才能分次, 請以將、相、忠、智、勇分定五等, 以次序座, 如何？"漢帝可其奏。令樊噲立紅旗於板閣東南角, 書以"相"字。立黑旗於西廊東角, 書以"將"字。又建青旗於東北, 曰"智"旗。【19a】又建白旗于西北, 曰"勇"旗。又建黃旗于中央, 曰"忠"旗。使酈生鼓〃而呼曰："有相才者坐紅旗下, 有將才者坐黑旗下, 有智謀者坐青旗下, 有勇力者坐白旗下, 有忠節者坐黃旗下。"三鼓催坐, 諸臣相顧, 無敢起者。又鼓而呼曰："皇帝命也, 不可遲緩。"

長孫無忌跪而奏曰："臣聞, 君使臣以禮。使人〃自以為我能相、能將、能忠、能智、能勇, 使各就坐, 則非礼使之道。請择一人, 能兼將相忠智勇之才者, 使之評論高下, 以定班列, 何如？"漢帝曰："善。誰可當此任者, 茅言之？"無忌稽首而對曰："知臣莫如君。自今列聖高會, 羣彦在庭, 合萬古英雄而同聚焉, 苟非之見之明, 何能不失其權衡, 而免後人之哈點乎？"漢帝顧三帝曰："此任誠難矣, 果誰當之？"唐宗曰："蕭何〃如？"荅曰："無將帥才。"宋帝曰："李靖何如？"曰："不得為三公。"漢帝曰："郭子仪暨趙普何如？"

明帝曰："苟求彷彿之人, 則代各有之。必也隱遁如傳說, 先覺如伊尹, 韜畧如呂尚, 理国如管仲, 輔佐少君如周公, 全德如中山甫, 勇決如闳夭。出則方叔、召虎, 入則召公、畢公, 然後方可襃貶人物, 而無異辞。此等人豈易得乎？曾聞昭列之臣, 有諸葛亮先生者, 即三代上人物也。窃恐非此子莫可使也。"僉曰："可。"趙普進曰："諸葛亮未能成統一之功, 未知何如。"宋帝正色叱曰："成敗天也。若不論其人, 只論其功, 則是孔聖不及於趙孟, 而仅、秦反勝於思輿也？豈有是哉？諸【19b】葛亮臥龍人也。起感三顧, 揮一羽扇。而操縱曹瞞於掌股之內, 能重噓欲冷之炎運。六出祈山, 而大義明。七縱孟獲, 而威靈著。使司馬懿畏蜀如畏虎, 甘受巾幗之服, 而歎其奇才。矢若假之以年, 則其所成就之可伯仲於伊呂矣。汝之論, 豈忠臣志士慷慨之議乎？"
仍使范質丞招。諸葛亮至之人也, 眉攢江山之秀, 腦藏天地之化, 望之其猶龍
也。以葛巾道服伏於榻前。皇帝命曰："都汝次第萬古英雄, 無或有爽。"亮
起而看曰："咈哉！小臣曹無知識, 不敢承當。"帝曰："無惟汝諧。"乃拜諸葛
亮萬古銓衡之職。亮辭不獲, 黽勉謝恩而出。乃以魏徵、胡銓、方孝儒為從
事官。

立五旗, 欲之班列之際, 門外忽報。鼓角喧天, 從兩路而至。先有紫衣人
持琅函馳來, 次有黑衣人持鐵匵驟到。孔明却令胡銓問之, 則二人各獻檄文,
衣紫者乃秦始皇使, 衣黑者乃楚霸王使。秦皇檄文云："仄聞諸君會萬古英
雄、設枌業宴, 而獨漏朕而不邀者, 何哉？朕能席捲宇宙, 囊括四海。踐業為
城, 臨河為池。他餘功業, 姑舍勿論。能逐日而巡海右, 驅石而賀滄津。則歷
數萬英雄, 实無出寡人之右者。既設英雄枌業之宴, 則當讓一頭地於朕, 以共
乐事, 可也。諸君不傳之為, 乃與區〃數【20a】輩自稱英雄之會, 此何異於
飛蚊之聚集乎？諸君之不邀寡人, 抑何意欤？其畏之欤？其卑之歟？朕甚怏
之, 茲率晉武帝暨隨文帝連鑣。若而諸君洞開, 虛右迎之, 則便可無事。如其
不然, 則仸宇可為戰場, 盃酒為腥血。故為通示, 幸須知罷。年月日。德兼三
皇、功過五帝秦始皇帝檄。"

項王檄文云："力能扛鼎西楚伯王項籍, 敬聞枌業諸君。籍有拔山蓋世之
威, 掀天蕩地之氣。雖銅額做霧之龙, 陆地盪舟之臬, 籍視之若嬰孩。然自開
關以來, 雄風英畧孰敢與籍頡頏？而今英雄之會, 独闕然不及於籍者, 何哉？
論功則三年伯天下, 語勇則一釰敵萬人。不可以成敗論英雄也。何可忽人而
自多若是耶？茲率六朝五胡英傑之君, 眂翮馳到。謀士如雲, 猛將如雷。若不
開館逢迎, 則新安坑卒之餘威, 睢水奮擊之遺風, 猶有在者。須十分慎之, 勿
之有悔焉。年月日, 重瞳西楚伯王檄。"

孔明覽檄畢, 入奏漢帝。〃曰："此即《易》所謂'不速之客', 却之。"宋

帝曰：“人来我而却之, 為不恭且挑乱, 不如仍善遇之。”亮曰：“臣有一計, 秦皇使處東樓, 項王使處西楼, 自可從容無事。”僉曰：“計將安出。”孔明乃出而使虞世南大書于旗面曰：“由侯王有天下而不傳之于百年者, 不敢入正殿。雖得一時之伯業, 而未【20b】能得正統者, 不敢入東樓。從臣亦不過十人。”以此旗立于門外。

俄而, 秦始皇乘纖離之馬, 帶决雲之釼, 威严勝于天地, 號令肅于風雷。李斯、呂不常、王綰、程邈、茅焦為左御, 蒙恬、王剪、王賁、內史勝、章邯等為右御。其次晋武帝, 髮立委地, 垂手過膝。左有張華、偉瓘、賈充、裴顧, 右有鄧艾、鍾會、羊祜、王濬、杜預。又其次隋文帝也, 姿相奇偉, 眼如曙星。左有蘇威、辛公義、王通、李渟、耒和, 右有楊素、賀若弼、韓禽虎、劉廣、秦叔宝。秦皇至庭, 将直入正殿。孔明趨進曰：“此刱業宴也, 非刱業之君不得与。盖‘刱業’云者, 不資尺土, 不資一民, 而能刱業者也。若漢帝起於亭長, 唐帝以主簿, 宋帝以點撿, 明帝以從事, 俱以眇小匹夫提尺釼, 而刱大業之謂也。今陛下崛起西戎, 漸至強大, 恐非刱業也。”秦皇大怒曰：“爾何敢以朕為西戎崛起乎？有說則生, 無說則死。”

孔明曰：“臣見《史記》, 有‘戎狄遇秦, 擯不興諸侯會盟, 秦君孝公恥之, 得由余以興’之語。自孝公以後, 漸至盛大。其在昭王之時, 周赧王稽首献邑。以是知陛下之席巷天下, 皆籍秦先王餘烈矣。今陛下以刱業君自處, 則是秦祖宗之烈湮晦而不章, 且有僭窃王号之羞矣。窃料陛下只殘滅六國之都, 而別無刱業之功, 當皈美於【21a】秦先王, 而留於東樓宜矣。若是則秦先王之功烈彰矣, 陛下重處焉。陛下若必處以刱業, 則臣亦何終始拒之耶？”李斯奏曰：“此言曲有義理, 陛下宜推美於先王, 而以中興自居, 必將永有光於祖先, 何損於大盛德乎？”始皇乃可其奏。晋、隋二帝見始皇見沮, 無一言, 俱向東楼去耳。

俄有項王継之, 躍烏雖, 舞雙釼, 喑啞叱咤而来。門外如雲簇立之人, 莫不披靡辟易, 直到门下入来。背後項莊、范增、項伯、武涉、鍾離昧、龍且、蒲將軍、桓楚、周蘭、虞子期之随来。宋高祖刘裕率六朝君来, 梁太祖宋全忠率五季君至, 紛〃不可勝記。項王入門问曰:"此宴誰主張?"是孔明對曰:"漢太祖高皇帝, 為唐、宋、明刱業君方設此會, 而兼慰萬古英雄。大王適賜臨, 实萬幸也。項王仰天嘆曰:"天地间萬事, 無不有也。岂知刘季主席, 項籍為客耶?"直上階, 將入正殿。

孔明歷階奏曰:"大王未能成帝業, 當依約条往西楼。"項王曰:"吾平生不知有刘季, 一顧眄視萬古英雄如蝼蟻。何能伈〃佩〃於刘季之前, 而俛首听命乎?"乃呼桓楚曰:"速取長戟来, 其誰進退我邪?"孔明乃躍如而進曰:"臣闻齊桓公之盟于曲阜也, 一有驕色, 反者九国。夫位尊者眾目咸仰, 名勝者多口齊啾。今大王恃萬夫不當之勇, 不務湯武冲謙之德, 徒聘賁育血氣之怒, 小者会中失嘻〃之樂, 大者天【21b】下起紛〃之兵。窃為大王不取也。夫堯大聖也, 而傳之子孫, 不及夏商。舜至聖焉, 而襲于祖先, 不及成康。天之高也, 而不能奪山川之權。地之厚也, 而不能主日月之行。驊騮一日馳千里, 而捕鼠則不能。大鵬因風摩九霄, 掠雉則無功。何也?勢有能不能, 時有可不可。智者安其分, 明者察其幾。今大王有江中之尊, 而欲与刱業之帝争烈, 則彤江鳴咽之水, 必有難洗之陋矣。非所以示羣雄而聞諸國。正殿刱業之宴, 決非大王之所可争。東樓中興之座, 亦非大王之所宜坐。故預設綺筵于西樓懸敞之地, 以待清蹕之臨。大王其有意否乎?"項王縮不敢言, 良失乃曰:"寧為雞口, 無為牛後。吾當往西樓為主人, 別設一宴, 更續鴻門舊日之宴。"乃上西樓, 六朝五季之君, 皆尾之而去。

紛紜纔畢, 漢帝令銓、衡速定班次。孔明乃左秉玉簡, 右執象笏, 立于中堂。一般文武諸皆拱手而待。孔明揖而言曰:"文武臣中有不忠犯上、助為乱逆者, 無入此座。"董卓荨數十人皆出去。孔明又揖曰:"文武官中, 有見義不勇、見利不廉者, 勿入此座。"賈充荨数十人皆出去。孔明乃樊香祝天曰:

"诸葛亮無所【22a】知識, 而濫承皇命, 高下萬古英雄, 若或循私滅公, 因嫌修隙, 皇天后土, 亟降殃禍。"

禱畢方起立, 忽有四使者来報曰："漢武帝自言有平城之功, 唐憲宗自言有淮西之功, 晋元帝自言有江左重恢之功, 宋神宗自言有志慕三代之休, 俱思望見顏色, 来侍門外。伏願權衡上闻焉。"孔明乃入告漢帝。〃曰笑顧唐帝曰："吾孫及宋神宗俱有病國之過, 只許憲宗、元帝, 如何？"唐帝曰："二帝亦皆英主, 豈可以泛駕而擲退風之足, 尺朽而弃連抱之材乎？"漢帝乃並許入東樓。是時, 門外群雄来待者如堵間。武帝復入, 疾聲大呼曰："我荨亦皆首事倡義, 據玉裂地, 畢竟雖或不做, 而其成敗則天也。舉皆鼓吻揚臂, 排墙叩门。視之則為首者陳勝、公孫述、曹操、袁紹、孫策、李密、錢鏐荨二十人。孔明視而不見。皆怒目切齒, 聲澈于內。

漢帝使问曰："何譁也？"孔明奏曰："陳勝輩欲入而不得入, 故如是喧鬧耳。"漢帝笑曰："使陳勝不為驅除, 則朕亦當多費時, 而且彼起於隴畝, 旬月之內, 能至稱王, 渠亦一時豪。述、操、策輩雖擾我天下, 既是天運, 又有討董卓、平江東功, 不無可尚。传【22b】三人, 許入西楼末座, 從人只許二箇。"孔明承命, 使勝、策、操三人入。"李密荨大呼曰："鬼禍伏林之陳勝, 狐媚取漢之曹操, 單鎗匹馬之孫策, 能參英雄之会, 而吾以一代盟主、累世王侯, 顧不如此門乎？"方孝儒叱曰："公孫子陽, 蛙尊白帝, 絡不保身首。袁本初始據西州, 而三子俱血。錢后子世守吳越之地, 弃國如遺。李密之花园歌, 不過遠公路當塗而止。烏得與勝、策輩比並乎？"皆憤激而去。

孔明乃開門。則漢武帝為首而入, 虬髯龍顏, 真乃祖之孫也。從臣則董仲舒、公孫弘、霍光、轅固、東方朔、汲黯、韓安国、李廣、衛青、霍去病。唐憲宗继至, 而从臣則裴度、李絳、李吉甫、杜黃裳、韓愈、武元衡、李愬、韓弘、吳重胤、李光顏。又其次則晋元帝, 而眉山有白毛, 从臣周顗、王導、桓彝、庚亮、溫嶠、陶侃、刘琨、祖狄、卞壺、王述。又其次則宋神宗, 而從臣則有程顥、司馬光、文彦博、范鎮、范仲淹、韓琦、歐陽脩、王安石、狄青、張方平。皆入東樓。陳勝帶吳廣、周武臣, 曹操帶荀彧、夏侯惇, 孫策帶周瑜、程普入西樓。

漢帝命先擇各朝一人入侍。孔明乃執牙笏而起, 對曰："其在漢高祖朝, 有張太師, 【23a】先生受書于圯上, 神翁心函, 懷贊謀猷, 即事而千里如, 臨機則十世可知, 夷秦馘楚, 終報國讐, 而及其成功, 又從赤松子遊, 其明哲保身之智, 高出今古。其在唐太宗朝, 有魏鄭公徵, 去能始雖不正, 而輔佐貞觀之治, 十漸進疏, 人以為鑑, 萬乘致敬, 鵠死于怀, 其直聲千古無雙。其在宋太祖朝, 有陳希夷, 先生誤讀黃庭, 謫下人間, 旁通众妙, 牢睡雲山, 先天後天, 而天且不違, 則真所謂親見伏羲之人也。其在明太明太祖朝, 有誠意伯刘基, 受異書而明道眼, 占雲氣而待真主, 及其攀附盡忠、翼戴平一天下, 百世後事, 明若指掌。此何謂明朝巨擘。秦始皇朝時, 則有若茅先生焦, 當秦家母子之变, 不惧湯鑊, 继而諫死者, 比七人而終, 使天倫得正, 可謂主龍逢也。漢武帝朝時, 則有若廣川國相, 作《天人策》, 勗君正心, 又明春秋大一統之義, 誦法孔子, 即三代後一人。漢光武朝時, 則有若富春山人, 高蹈箕山潁水, 素志卜随務光, 及乎動星象、歸江湖, 一絲之風, 能扶得漢家九鼎, 其功偉矣。漢照烈朝有龐士元, 奇才管樂, 秘計孫吳, 窮而在下, 則鳳凰翔于千仞, 達而行道, 則驥騄展乎長途, 其望雅矣。晋武帝朝【23b】有張茂先, 博物該理, 權枰決策, 論其相業, 不在鄭子產之後。晋元帝朝, 有周僕射伯仁, 醉倚如斗之金印, 疏論蓋臣之無辜, 怀山河慷慨之血, 润王敦凶賊之斧, 論其志氣, 必在祖逖之先矣。隋文帝朝有王文仲通, 献十二条經廓之策, 作累千篇法聖之書, 鼓琴而慕南薰之歌, 作述而追西河之學, 真間世之才也。唐肃宗朝有李衡山泌, 以一介山容, 耒友萬乘天子, 白衣宰相, 暗佐黃屋聖人, 真瑞世之珍也。亦粵在唐憲宗朝, 有韓昌黎先生, 上《佛骨表》, 以斥異端, 作《原道篇》, 以明道学, 精誠能開衡山之雲, 文詞能逐鰐魚之悍, 其閑聖闢異之功, 不在禹下, 可謂斯文之宗匠。亦越宋神宗朝曰若程明道先生，承孔孟相傳之心法，發前聖未發之奧旨，氣象則和風慶雲，學問則陋巷顔子，三代以後，独任斯文之重者也。宋高宗朝有若胡澹庵銓，天生衛國忠貞，業傳名父書中，探《春秋》之奧旨，痛奸桧之主和，一纸封章，罷却百萬之師，此陸仲連東蹈海之節也。”孔明既讚畢，遍揖十五人。而進之曰：“諸先生自此升矣。”十五人始皆【24a】謙讓，末乃入侍。皇帝咸曰：“善！諸葛亮之論人也。”

乃促之班列。孔明於紅旗下揖蕭何，坐於東南角曰：“知人則國士無雙，理民則戶口日增，發縱之功，衡一之法，能創大漢規模。”次揖霍光曰：“托六尺孤，而天下不疑，總萬機之繁，而掌上可運，效伊呂之放，扪心則無愧，追元聖之復辟，明燠獬阁。”又揖鄧禹曰：“杖策佑真主，乞天下之規模，假鉞督諸臣，成管仲之勳業，經營中興之業，合為雲台之首。此三人當為相業之第一。房玄岭之為國孜〃，趙普之密〃措務，裴度之名聞外夷，韓琦之乞策兩朝，宜為第二等。王導之随事設謀，司馬光之理心以誠，李綱振衰為強，曹參之載其清净，蔣琬之制據间假，杜如晦之憂国如家，李善長之學業俱備，宜為第三等。張齐贤華而無實，公孫權而不正，卓茂寬而小辨，山濤簡而近俗，庚亮達而諧，李吉甫明而弱，王安石執而不通，宜為第四等。叔孫通宜大常，賈誼宜說書，轅固宜司業，法正諫仅大夫，虞世南秘書，李昉宜学士，歐陽脩宜制誥，王珪宜吏部侍郎，其餘或可為宰補，或可為百執事者，不能一〃定次。”有【24b】頃，有項莊者突出曰：“銓衡評護人物，而獨不及西楼侍臣，何也？”孔明叱曰：“西樓全才只有范增、荀彧。而增不知天命，彧扶漢助操。二人雖曰‘名流’，而豈得列於輔相之班也？此趙魏之老，不足於滕薛大夫者也。”莊默然而退曰。

孔明又於黑旗下揖韓信，坐於西南角曰：“神出鬼沒之機，天慳地秘之智，將兵則多〃益善，布陣則井〃不紊，風驅魏齊趙燕，兒視喑啞叱咤。”次揖王剪曰：“提金虎而奮威，洞王櫃而抽謀，虜韓兒而墟邯鄲，拾芥数千里，笑李將而料鄲郖, 預燭六十萬攻取。"又揖李靖曰:"得妙計於陰符, 明於車戰、步戰、水戰、火戰, 變衡法於握奇, 布其前床、後床、左床、右床, 成天下一匡之功, 管仲愧其小, 伯著弗中五等之方, 孫武失其奇正, 此為將才之第一等。李光弼之嚴明謹恪, 吳漢之隱若敵国, 韓擒虎之嚴正神變, 忽若天降, 曹彬之義在兵前, 仁布戰後, 宜第二等。鍾離昧之權变不窮, 徐達之循理無端, 馮異之屹如山河, 衛青之儼若霜雪, 杜預之礼以使众, 陶侃之習劳致力, 李勣之壯於長城, 李光顏之智勇而義, 宜為第三等。楊素猛而不仁, 賀若弼剛而【25a】無奇, 王賁譎而不正, 章邯武而多愚, 灌嬰闻而短守, 張方平正而無奇, 宜為第四等。其餘姜維宜太尉, 黃忠宜執金吾, 霍去病宜之遠將軍, 寇恂宜節度使, 鄧艾宜招討使, 沐英宜都統, 韓世忠宜海陽統制。其次高則統百萬之眾, 下則決數重之圍, 此外不能盡銀。"

孔明又於青旗下揖陳平, 坐於東北偏曰:"貌如冠玉, 誰謂其中之未有, 六出奇計, 果見天下之均宰, 鴻門左斟之手, 終成散金之績。"次揖李斯曰:"悟倉鼠而取相業, 觀獵兔而定伯術, 革古篆隸, 以便觀覽, 雖有黃犬之歎, 寧掩首魁之智。"又揖范增曰:"七十好奇計, 承鬼谷之秘訣, 一言得民心, 若武開之返撤, 縱遭要草之疑, 無愧骨髏之名, 此三人宜為智略之中第一。馬援之識真主、建奇功, 長孫無忌之激卅丘、立偉勳, 蒙恬之逐凶奴、不背主, 周瑜之掌火字、鏖赤壁, 宜為第二。木耿弇之落〃難合, 柴紹之單騎却虜, 呂不常之化家為国, 刘琨之清嘯退敵, 范仲淹之胸莊萬甲, 李愬之雪夜入蔡, 宜為第三等。秦從龍秘而不明, 酈生廣而不收, 東方朔活而無用, 韓安国幸而易危, 項伯通而不【25b】誠, 隨何稱而小實, 王琯大而近雜, 戴曹明而狹, 張耳達而遲, 蘇威巧而自恃, 裴寂深而乱, 宜為第四等。張倉宜大司農, 冷謙宜大鴻臚, 竇仅宜太史令, 宋濂宜太宗伯, 潘若水宜大匠作丞, 韓弘宜漕運。其餘簡〃內而強權, 外而成勝之具也。"

孔明又於白旗下揖彭越, 坐于西北隅曰:"顏如琉玉, 目若長庚, 铁為筋而金為骨, 超接燕燕于飛, 翅於腋而石於肝, 坐當紛〃者前, 撓楚而威震三江, 歸漢而勇冠三軍。"次揖賈復曰："貌類天神, 摧堅而至堅者摧, 勇如快鶻, 陷陣而能陣者陷, 金鎗入腹, 扣岉百萬之眾, 素絹裹腸, 終收千里之域。"次揖趙雲曰："河魁照頭, 上天生文武之才, 勁翮刷霜, 雪風動幽蘇之雄, 怀前星而一釰曾當百萬, 滿甲流血入東川, 而單鎗却取山河, 一身都膽, 此三人宜為勇猛中第一。木蒲將軍之一釰障河, 手擒八將, 馬武單身拒河, 追斬王即, 夏後嬰之雎水変乱, 独收太子, 尉遲敬德之虎守張弓, 決圍救主, 宜為第二。木李廣之超騎斬將, 張飛之拒橋威敵, 馬超之步戰斬將, 常遇春之躍崖大捷, 夏侯淳之嗔目射將, 狄青之帶刀去堡, 宜為第三等。叔孫寶勇而無謀, 屈突通剛而不【26a】威, 龍且壯而驕, 李文忠牢而小銳, 尹継倫威而大嚴, 殷開山驍而小力, 湯私猛而不壯, 吳廣勇而鹿, 宜為第四等。石守信宜帳前都護, 苗訓宜參軍, 李道古宜司馬, 吳玠宜元帥, 渾瑊宜騎將, 温嶠宜管粮, 張俊宜先鋒。其次或入而衛國, 出而禦侮之具也。"

孔明又於黃旗下揖紀信, 坐于中央曰："天為漢室生龍顏肖似之, 代坐黃屋而瞞楚猴, 殉旺大節, 與城東之烈焰俱煥, 倘無將軍之一死, 大漢四百年基業, 焉得以刦之乎？"次揖関羽曰："儀形則熛棗角髯, 忠悃則扶崙障海, 明燭達晝, 何處事之落〃, 匹馬求主, 知勇烈之昭〃, 英灵不昧於千秋, 成敗何論於一時。"次揖張巡曰："飲血登陣, 慟哭帝像, 而斬將裡瘡, 嚼齒慷慨, 主辱而忘死, 控江淮千里之保障, 中興由遏寇之功, 向西天再拜而就死, 厲鬼期殲賊之頭, 宜為忠烈之第一等。方孝儒之挾齒噬血, 不顧九族, 岳飛之誓天滅胡, 背但四字, 卞壺之拳瓜握刀, 力戰勍賊, 韓成之冕袍代君, 身投巨濤, 宜為第二等。周苛之據鼎從容, 花雲之罵賊如狗, 趙鼎之氣作山河, 顏真卿之不慚李方, 武元衡之抗討淮西, 祖逖之中流【26b】擊楫, 宗澤之三呼過河, 桓楚之拒敵忘身, 宜為第三等。汲黯之卧治淮陽, 郭子仪之進退維命, 王陵之面折太后, 周勃之終始安刘, 南齊雲之矢射浮屠, 褚遂良之還笏叩頭, 裴顧之輔政被殺, 張

浚之命葬衡山, 宜為第四等。人〃雪霜之操, 箇〃柱石之才, 遇治則盡心轉國,
丁乱則舍生取義。"

孔明讚畢退立。忽有一人含淚呼曰："丞相何其明於古而暗於今, 數天上
之星而昧局中之棋耶？吾之降於鍾會者, 非畏死而貪榮也, 欲得當而報漢室
也, 若使心病不廢, 晋將豈脫於坑坎？皇駕寧向於許昌乎？以其初而論迹, 則
绛侯為阿朕之人, 及其終而評策, 則高起為無謀之輩。臣之飲恨已久, 惟望雪
怨之日矣。乃今先生不為闡, 漏於烈士之類, 而為偷生惜死之人乎？"孔明歎
曰："嗚呼！伯約, 予豈不知子之心哉？昔趙宣子非弑逆之人, 而董狐直書以
弑君。聖人以宣子為良大夫, 以董狐為良史, 以常情度之, 矛盾之不相入。今
吾之待子, 亦猶狐之待論。公以太尉之任, 亦效聖人良大夫之稱矣。"姜維收
淚而退。

孔明序次畢, 環視座中良久而嘆曰："信乎人之言！處枳棘【27a】則鸞
鳳減彩, 在污泥則崐玉無光。若是乎, 所居之不可不擇也。"滿座問其故。孔
明曰："吾於劉家宋得一人焉, 即陶潛也。不受奇奴之圭組, 獨保典午之日月,
八荒風尘, 甘橘為枳, 九秋霜風, 籬菊自芳, 長吟《歸去》之篇, 浪撫無絃之桐,
北牕醉裡高臥, 義皇之人, 五柳春風, 不遣飛花, 而過石頭种, 真是南朝高士也,
宜為隱逸之第一等。又得檀道濟之人也, 智而忠, 勇而威, 唱籌量沙, 勁敵自
退, 則可謂萬里長城, 宜為將坛之魁杰。王景父之對鶴收業, 陳懸達之微王燒
之庄, 皆宋室宰輔之選也。若五代之桑維翰智勇俱全, 王彦章威猛振世, 張承
葉之忠, 王朴之略, 皆晋唐周之傑也, 未知方顛其主在於西樓否。"使人視之,
桑、檀二將及馮道以宰相随来。孔明唾曰："道則倚門献笑之輩, 以一身佩幾
朝印綬, 此而直之, 則盛筵若况。"乃椊去, 遂招入道、湯于將第二㝵, 維翰于
將第三㝵, 乃列書于正殿。

漢帝覽畢嘆曰："奇哉！雖王鏡懸空, 以稱瑤海之寶, 水鏡暎日, 以別泰
山之木, 焉有奸醜不差其毫釐, 輕重不混於錙銖乎？使長短得處, 高下合宜,

升之九天之上【27b】而人不疑, 墜之重淵之下而人不怒。直正之言也, 如是哉。只恨朕之祈命不永, 使此人不能展其末分之才耳。”周而傅示之, 雖秦皇之猜忌, 項王之猾賊, 不敢出一言。漢帝乃以玉盃賞之, 且曰:“從臣之班次已定耶。孔明對曰:“創業列帝南面而坐, 為一行, 中興諸帝當向東而坐, 為一行, 其餘諸王向西而坐, 亦為一行, 南則虛之以容羣臣之出入。”帝曰:“善。”

　　使孔明定位次, 北第一位漢帝坐, 張良侍。第二唐太宗坐, 魏徵侍。第三宋祖坐, 陳搏侍。第四大明皇帝坐, 刘基侍。於是遍請諸位, 西第一位秦皇坐, 茅焦侍。其次漢武帝坐, 董仲舒侍。又其次光武皇帝坐, 严光侍。又其次昭烈皇帝坐, 龐統侍。晋武帝坐, 張華侍。元帝坐, 周顗侍。隋文帝坐, 王通侍。唐肃宗帶李泌坐, 憲宗帶韓愈坐, 宋神宗帶司馬光坐, 高宗帶胡銓坐。東第一位, 項王帶范增坐, 陳勝帶周武臣坐, 刘曜帶謝晦坐, 蕭道成帶王儉坐, 蕭衍帶吉衍坐, 陳霸先帶李集坐, 朱全忠帶高季昌坐。李存勗坐, 郭崇韜侍。石景唐坐, 景延廣侍。刘知遠坐, 史弘肇侍。柴世宗坐, 王朴侍。冠佩星罖, 袍帶雲曜。有【28a】若崑山月, 白光射群玉之田, 紫府香凝, 色暎列仙之座。或龍挐虎踞, 猶存吞吐之勢, 或鳳翥鸞翔, 蔚有衝霄之氣。皇〃穆〃, 氣像萬千, 怳惚不可形象。最後, 魏王操、吳侯策, 尾坐於東壁下。孔明小退昭烈座邊, 端拱而立, 請于項王曰:“亞父入智旗上品, 離次不可。”項王以項伯代之。

　　高帝仍喟然而言曰:“天運無窮, 人事多端, 一興一廢, 理之常也。若賢而久保其国, 則夏、商安能繼唐、吳乎? 勇而久恃其强, 則蚩尤何以敗涿鹿之戰乎? 弊缶賦物也。而達士有時失之千金厚宝也, 而庸夫或能擲之。凡今座中之人, 孰無一時之快? 孰無一時之憂? 八百之後, 彭祖與殤子同其湮沒, 植界之外, 晋楚與江黃俱不句管。方寸之木, 或高於岑樓。一指之微, 尚遮乎泰山。長鯨掛鱗於江漢, 而或羡井蛙之縱橫。斥鷃搶翼乎榆枋, 而得笑雲鴻之夭闲。以此論之, 歷年之長短, 智謀之大小, 國家之强弱, 非所可論。胡然興也, 胡然而廢也。許多青山埋盡英雄之魂。而百歲之後, 是非都冷, 則便是一場春夢也。今此滿座之人, 勿拘前塵陳迹, 同此樂胥, 以永今夕。"皆拱手曰：
"諾。"

東壁為首之王, 目光如炬, 聲音如雷, 喟然而嘆曰："鴻門之【28b】不應
玉玦, 烏江之不渡艤舡, 至今為恨。"西壁為首之帝曰："伯王勿為此言。此天
也。朕嘗晝眠得一夢, 紅衣童子与青衣童子爭日於金陵。始也紅衣童子每不
勝, 終乃一場大挐。青衣人不勝而走東南, 紅衣子抱日而向西南。覺而異之。
望氣者言'金陵有天子氣', 朕築高臺以壓之。然心上每疑其兆。今日諦之, 衣
赤者漢帝, 衣青者伯王。楚人有天定勝人之言, 吾之墓安得以壓之？項莊之
釰, 安得以試之？"曹操曰："誠如帝言, 臣嘗夢三馬同槽。窃疑馬騰而降之,
畢竟為司馬懿三子所取, 果是先定。"項王叱曰："大丈夫論事, 汝以如鬼之小
瞞, 其敢參涉天人之說乎？然則漢末亦有蜥蜴食榴之夢耶？"操俯伏不敢仰
視。

漢帝曰："興戎出好者言, 何必記語言薄過。願而恕之。勿復道興亡, 只
說平生快事, 且論治旺規模, 及都邑形勝, 以曉新來天子, 何如？"秦皇曰：
"朕有三快事。一則係六國之頸, 伏于阿房宮樓下, 收天下兵器鑄金人十二, 自
是海內若一場之內, 是快也。二則遣童男女五百, 採藥于三神山, 上泰山封禪,
考七十二世之玉檢, 東游海上, 與安期生談笑, 期之以三千年, 是亦快也, 三則
築萬里長城, 胡人不敢南下牧馬, 是【29a】亦快也。願聞漢帝之快。"

漢帝曰："朕百戰百敗, 堇以成功, 何快之有？但擊黥布還也, 路過豊沛
設大宴, 與父老親戚叙舊同歡, 村嫗、野叟猶呼旧日之季, 巷雞籬犬似識當年
之面。是時適有大風起, 而雲物飛揚, 政與朕之氣像相類, 於是焉作歌而唱之,
以寓伯心。存此小快也。又陪太上皇献于洛陽南宮, 上皇欣然言曰, '昔日眹
作時, 常謂季不如仲, 今則季小勝於仲', 盖喜說之辭也。明帝聞此言而泣然
流涕。漢帝曰："帝胡為兒女之態也？"明帝曰："朕孤露人生也。秦皇三快,
猶或可舍。而如帝之以一玉盃上壽南宮, 不可復得。聞此言, 不觉感淚沼襟。"

漢帝曰：“真孝友之君也。”

因問唐帝。〃曰：“寡人一統萬旺, 四夷来庭, 突厥歌而前, 吐蕃舞於後, 西域厥貢大夗, 諸山厥貢銀甕, 雞林輩美女献, 越裳籠彩鸜, 納儒臣撰胡越一家, 畫師權王會之圖, 此皆小快。且封倫以季世, 不能行仁政為言, 而朕與魏徵行之, 三年致斗米三錢之頌, 外戶不閇之風, 此為快事耳。”

仍問于宋帝。〃曰：“朕雖曰為君, 河北未能掃, 海內未能混一, 將見小之不暇, 何敢自大？但治宮室, 欲察奇褒, 命左右洞開金門, 小有邪曲, 人皆見之, 政如此心既正, 外面無曲, 此心【29b】不正, 雖微不掩, 以此治心, 不亦樂乎？”漢帝曰：“此正心工夫, 不可以快事論之也。”仍問其次, 皆曰無可言。

忽有曹操出而奏曰：“臣亦有一番快事, 欲說鬼听。”僉曰：“苐言之。操曰：“臣以一槳, 破袁紹、俘呂布。北却凶奴, 西通隴外, 南至長江。舳艫千里, 旌旗蔽空, 清江如練, 明月如畫, 釃酒臨江, 横槊賦詩。東望夏口, 南望柴桑, 西顧武昌, 北通巫峽。山川相繚, 杳乎蒼〃, 夜半烏鵲, 繞枝南飛, 襟懷頗爽快矣。”漢帝曰：“又聞乃言, 吾心亦快。”仍大笑, 命樂奏酒。

〃三行, 漢帝使張良遍告列座曰：“人非堯舜, 每事何能盡善？旺雖商周, 為政不無弊端。是以當時有論事之官, 後来有尚論之史。人不欲自聞己過, 奸人而止耳。人不能明察賢愚, 駿人而止耳。今此座中, 帝王賢否幾何, 得失幾何, 一時諫官, 未能盡規過失, 後世史臣, 未必盡為記實。如吾輩已俓史筆之湯秋, 今此追論, 若不關緊, 而猶可以快於心, 而反於己。況明帝前程如萬里之遠, 不可不商論褒貶, 以為鑒戒之資。吾意則欲擇於帝王中, 以為袞鉞之任, 何如？”僉曰：“固所願也。”

漢帝曰：“唐帝曾論曹操, 一將之智有餘, 萬垂之才不足, 此的論也。以此知帝有知人之鑑, 請【30a】主論, 如何？”唐帝曰：“寡人安能當此？且吾輩當受人評讟, 豈無後生之可畏乎？观明帝年最少, 世最後, 智足以方人, 明足以闡幽, 剛足以決斷。且方延攬群雄, 法古帝王, 措時務之宜, 定損益之規。

褒前代之善, 而足以為法, 貶前代之過, 而足以為戒。 惟明帝可當此任。"

漢帝乃謂明帝曰: "古人云, 無於水鑑, 宜於人鑑。 今君志在安民, 應天順人, 不待寡人之言, 而其宏規大法, 必將軒輊乎姚姒, 磨儗乎商周。 漢唐以下必杳然, 而不欲留意。 然詩云, '他山之石, 可以攻玉'。 盖言石之龘硬, 猶可以攻玉也。 且國都之險夷, 民力之貧富, 兵勢之強弱, 刑政之輕重, 法令之寬猛, 其他庶事庶務, 莫非後世之所考, 以君博洽之見, 聰睿之智, 亦將涇渭乎中。 君德之得失, 家法之修否, 亦必取舍于心。 幸帝明言善論, 上自秦漢, 下至宋朝, 不避忌諱, 宜為部破, 以開迷惑, 初中己過, 雖是凡人之所難, 座上之人, 亦非文過之輩。 夏涉冬深, 縱為古今之所忌, 神玉珏之見, 必無阿好之態。 望須一〃說来, 一以為前古善〃之鑑, 一為日後非〃之資。"

明帝乃拱手謝曰: "仲尼大聖也, 著《春秋》假南面之權。 其【30b】所予奪, 不過侯伯而止, 而猶以罪我為恐。 今寡人年幼智劣, 乃敢大開口, 忌論千古之帝王, 則雖不得罪於喜聞過之大度量, 其於後世之譏议何哉?" 漢帝曰: "史佚、司馬遷能, 湯武人能, 幽屬人百世無異議。 豈作史者必高天子一莕耶? 請勿過謙。" 命移明帝榻置于中央。 明帝辭不獲, 乃就榻而坐曰: "無已則有一焉, 請先論氣像, 後及得失, 可乎?" 僉曰: "可。"

明帝乃揚眉而言曰: "長風蕩海, 波濤洶湧, 秦皇帝之氣像也。 嚴霜凜烈, 山岳崢嶸, 漢武帝之氣象也。 暖日光輝, 雷電時發者, 漢光武之氣象也。 秋風清夜, 星月照曜者, 唐太宗之氣象也。 千里長江, 犇流浩汗, 而或流為潭, 或靜為湍者, 漢照烈之氣象也。 春色熹微, 中或電擊, 或虹見者, 宋太祖之氣象也。 唐憲宗如華岳之猛隼。 宋神宗如渥津之龍駒。 項王賈風驟雨之象也。 隋文帝, 密雪零落之象也。"

漢帝曰: "若帝論人, 可謂照心明鏡, 而独於寡人無所言, 何也?" 明帝緊然而言曰: "山, 吾知其高, 水, 吾知其深。 惟海則不能側焉。 帝之度量即海也。 何敢丈尺為哉? 虎, 吾知其躍, 鵠, 吾知其飛。 惟龍則不能知焉。 帝之氣象即龍也。何敢摸捉【31a】哉？"漢帝笑曰："帝過褒矣, 其它然乎, 且論他人。"明帝曰："周世宗伯仲於隋文, 晋元帝朋友於憲宗, 宋高宗節儉底項王。陳勝、孫策比之五代有勝有負, 蕭齊、後唐置之三國可將可相。獨操若山頭之象, 隱於大霧, 若在漢光武、唐太宗之時, 則必不效公孫述、竇建德之後。"漢帝曰："然。"

明帝曰："列帝氣象已概言之, 請姑舍是, 尾之而得失之論。夫秦始皇以雄才大略, 席累世富強之餘烈。取天下如囊中物, 自以為傳之萬世。而剛戾自用, 酷失人心, 二世而亡。議者皆以為, 求仙為病民之嚆矢, 築城為擾民之柄。寡人獨以為未也。夫詩書治道之日月, 而始皇火之, 士流國家之元氣, 而始皇坑之, 太子邦本, 而疏耳远之, 閹官刑人, 而親而狎之。有一於此, 未或亡不, 況兼此四者乎？倘其不然, 宮中鹿、馬何為易形？東方鼠、狗何敢也？論陳勝安能置讖書於魚腸乎？吳廣輩安得假扶蘇而舉義乎？"始皇屈首而歎曰："盡言朕過, 固所甘心。然朕不死, 則崤關將卒, 豈受沛公之禽？章邯又何流涕於楚營乎？假胡止秦, 歎之何益？"明帝曰："此則然矣。"

且曰："漢武帝行事與秦略同, 求仙似之, 黷武似之, 殺儲嗣似之, 可謂踵止秦之轍。而其所異者, 崇儒重道, 表章六經。汾水秋風吹起, 悔心之萌。輪【31b】基一詔, 能致百姓之安。所以有興亡之不同也。只恨有一仲舒, 而待之不如公孙弘。奈何欲效唐、吳之治乎？漢光武政事文辨, 前代無比, 可謂中興之盛主。而責史事於三公, 至有無頭之讖。然起太學明堂, 重清節士, 以致東京多節義, 言足听闻。"

"若乃宋太祖, 仁厚孝友, 高出於古今帝王。而懲羨唐末, 致兵力之不競, 棄洛都汴, 失道里之均乎刑法, 体吳舜惟恤, 而親折德騻之齒, 麥邑法成湯不通。而手刺宮鬟之睡, 此雖細事, 未必不為盛德之累也。且有人所難言, 而関係最重, 不得不言。夫不逆太后之意者, 孝也, 帝安得不為金匱之約乎？弟疾分痛者, 友也, 帝安知他心之不如我也？倘使趙普如王陵、霍光之用心, 則德昭母子之命, 豈懸於竜行虎步之手乎？"宋祖愀然。漢帝曰："成事勿說。"明帝曰："政自不已爾。"

明帝又曰："古人云, '雖有智慧, 不如乘勢'。又言弱矢隨風, 堅甲必穿。若論蜀漢、西晉之事, 昭烈其所作為實為王者法。風雪三顧, 文王之獵渭也, 後庭失題, 雄圖治賺操也。襄野敗奔, 不忍弃民而行, 白帝托孤, 還發自得之言。雖取賢共理, 而奈天心之不助漢, 何哉？晉武帝初年勤儉, 頗有可尚, 而竹葉【32a】洒盐, 竟愧雉裘之焚, 凌雲撫床, 竟托问蛙之子。骨肉之禍, 將誰咎乎？"

曹操進曰："照烈平生以信義為名, 而益州之取, 何與入山被髪之言相戾耶？"明帝叱曰："昭烈以帝室之冑, 取昏弱之障, 有何不可？吾則以為不受荆州使, 汝輩蹈梁, 是為仁義之道也。汝以欺人孤寡, 盗窃神器, 是寒促復函, 王莽返魂, 何敢與議？"漢帝止之曰："銅雀論心之語, 文王自處之意, 尚有文案之未決, 況許都屯田, 見治国之村局, 関羽不追, 有人君之度量, 請恕之。"明帝又言曰："宋神宗志銳復古, 而安石有靴拗之病, 更変古法, 海内之呼冤徹天, 則無風起浪矣。唐憲宗時值艱吳, 而裴度助削平之策, 處置諸鎮, 誠宗心悅誠服, 則決夜而快效矣。唐太宗萬目畢張, 纖悉無餘, 而本令末端, 不無後人之疑。漢高祖大綱已举, 規模宏远, 而事多草拗, 有歉三代之治。周世宗有意古治, 而偏於忌克。隋文帝勤於為政, 而徒尚細瑣, 是皆有其質, 而不知其道耳。晉元帝有英姿, 而無慷慨之志。宋高宗多賢臣而賣奸臣之手。石頭秋風, 吹散嘗膽之心, 西湖荷桂, 暗厌臥薪之念。尤可悲者, 以岳飛之忠, 埋於西湖之上, 塚樹皆南向。則南【32b】宋六陵松柏, 獨不愧於此樹乎？至若六朝光奇寓於建業, 五季之逆旅於洛陽, 朝臣而暮君, 昨君今虜, 蜂蟻之君臣, 帝猶之父子, 曷足道哉？"

項王巨聲而言曰："帝遍論古今, 而独不及於籍者, 何耶？"明帝曰："迫功而不欲言也, 大王垂問, 終不敢默。"乃言曰："王之御降眾則一坑二十萬,待亡國則掘宝旧君塚, 以軍礼則斬元帥於帳中, 以朝綱則弒義帝於江中, 論地理則弃長安而飯彭城, 語用人則踈范増而逐鯨布, 以吳妃之一眉斧, 欲我斬蛇之赤帝子, 不其難乎? 項王顧謂項伯曰 : "鴻门翼項莊之舞, 廣武救太公之俎, 致有今日, 是誰之過欤?"

語畢, 明帝起身曰 : "仲尼責子貢之方人, 馬援戒言人之過失。況歷代帝王, 高則萬乘之尊, 下則一時之王。掉三寸不爛之舌, 議千古鬼燼之業, 不幾於夏忠之語氷, 井蛙之談海乎? 苟有一事之爽, 是郢書而燕說也, 或致半分之濫, 是畫蛇而添足也。高而無用, 則與弁髦闹卑而不及, 則與爬靴比, 敢问瞀說能免此四患否?" 滿座皆稱善曰 : "孔明之班次羣臣, 帝之評論帝王, 雖懸金鏡, 而量金尺, 不足道也。"

明帝曰 : "寡人願丞教。" 漢帝曰 : "帝之聰明英武, 萬古小匹, 混一之後, 願先之規模焉。" 秦始皇曰 : "元君號寬而實縱, 願严以治之, 使君臣之分【33a】截然如天地。" 唐太宗曰 : "治国當以伯道為主, 而王道濟之, 末世非太古比也。" 宋太祖曰 : "願固守國本, 而絕窺覦之心, 保全功臣, 而堅帶礪之盟。" 漢光武曰 : "願勿任三公, 以致內重之弊, 分兵諸省, 以杜外重之患。" 漢武帝曰 : "必留心經傳, 以為出治之本。" 明帝拱手曰 : "謹奉教。"

復問曰 : "寡人方欲定鼎, 何地為宜?" 漢帝曰 : "朕嘗壯洛陽之富盛, 且取天下之中欲定都, 而群臣多亦勸之。独婁敬以為洛陽四面受敵, 不若長安, 扼天下亢。張良亦以為是, 遂往西都。以今思之, 七國之乱, 若洛陽則危矣。今帝之名臣, 必有如婁敬者在, 不必待寡人之言。然朕嘗征代四方, 北擊陳豨, 巡燕岱之界, 南征黥布, 遍吳越之地。独冀州與金陵, 為南北之都會。試嘗論之, 天西頭有崑崙山, 為萬山之宗脉, 作百陵之住督。山之西, 即西域, 吾不知已。山之東, 即中国也。中國之山, 皆自崑崙而来。盖崑崙山一名'磨黎山', 其山中高四下, 其一脊峯起于長城外, 北臨瀚海, 為燕然山。北轉而為祈連山, 又北轉而為狼居胥山, 又東轉而為烏支山、松骨山、鳳凰山, 又峯起而為大鶴山、十三山, 止于遼東。其一脊奕臨于長城之內, 東至于碣【33b】石, 西限于龍門, 以據天下之西, 真帝王之都。堯之平陽, 舜之蒲板, 禹之安邑, 湯之商亳, 皆在其中。其一脊直走于熊百山, 東轉而為外方, 又東轉而為羽山, 又東轉而為桐柏, 又南轉而為陪尾, 又南轉而為蒙山, 洛陽及汴梁䓁都邑, 皆建于其下。又東走而為淮上諸山, 又北轉而為岱岳。東北為青州、紅之罘山, 炎帝、小昊之都, 曲阜即此地也。其一脊直壓巴蜀, 群山東跨益州, 越漢水而為嶓冢, 至于荊山, 又浩而為內方, 而至于大別, 過衡山, 出于江南, 分為五嶺。東南实為楊州之山, 又東南浩為杭州之山。龍盘虎距走勢而来, 为金陵之鍾山。此地即古稱帝王之州, 而紫氣龍文, 蔚有天子之氣, 天運之旺, 盛於此地, 足可徵也。夫山河有盛衰之理。三代以前, 河北多帝王都, 唐宋以後, 江南多帝王都。独金陵旺氣尚未洩, 帝其有意否乎？"明帝稱謝, 還坐本座。

高帝曰: "此间不可無乐, 願作歌言懷。"高帝歌曰: "有紅旗兮斬白蛇, 家四海兮致太和。"秦皇歌曰: "城萬里兮收六王, 望安期兮東海東。"唐太宗歌曰: "提三尺兮臣萬方, 胡越為家兮仁化昌。"宋太祖歌曰: "日邑濕於陳橋兮, 【34a】擁馬上兮加黃袍。"隋文帝歌曰: "嗟辛勤而混一區宇兮, 付畜生而積黍行舟。"宋神宗歌曰: "志慕古而更变兮, 付罷鼠而致乱。"晋武帝歌曰: "朝看蜀舞暮听吴歌兮, 不意萃林间乱蛙。"項王歌曰: "龍拏虎攫八年風雨兮, 漢楚興亡兩丘土。"他皇帝亦皆有歌, 而不能盡記。明帝歌曰: "今夕何夕兮逢此勝會, 功成他日兮庶續此事。"

歌罷, 漢帝命將、相、忠、智、勇一䓁之人, 使入筵歌舞。為首丞相何、淮陰侯信、前將軍紀信、曲逆侯平、梁王越為一隊, 博陸侯光、壽亭侯羽、次將增、丞相斯、軍督復為一隊, 関內侯禹、大都督靖、淮陽太守巡、大內侯雲為一隊, 新息侯援、丞相無忌、大將軍逹、中丞遠為一隊。威仅抑〃, 氣象峨〃, 雄風動于舞袖, 瑞雲裊于歌聲, 雄偉磊落, 有若掀山而蕩海, 轉日而曰天也。

萧何之歌曰：“徒持文墨兮我何功, 幸逢聖主兮竭愚衷。”韓信歌曰：“椎食恩深兮一心成功, 鳥盡弓藏兮冤恨無窮。”陳平歌曰：“六出奇計兮刱馬上績, 千載更樂兮今夕何夕。”紀信歌曰：“以某代某兮殺身成仁, 綿山遺恨兮今古一般。”彭越歌曰：“淮陽血碧兮九江办醯, 嗟三体人兮併為兒女子所欺。”王剪歌曰：“墟邯戰兮燒橘【34b】園, 請田宅兮身自安。”范增歌曰：“七十老翁何所求兮, 嗟豎子不足與謀。”霍光歌曰：“周公聖人兮何敢学, 強使效之兮與族赤。”馬援歌曰：“馬革藏身兮豐禄翁, 明珠薏苡兮恨無窮。”張巡歌曰：“西向再拜兮力已竭, 願為厲鬼兮血臊羯。”鄧禹歌曰：“杖策追君兮協贊重恢, 名垂竹帛兮形画雲臺。”趙雲歌曰：“魏賊未滅兮吳權更賤, 位在先鋒兮報及何以。”関羽歌曰：“崑崙已頹頹兮海波騰, 隻手欲扶天兮天不能。”李靖歌曰：“一劒净風尘兮功業最茂, 千載太平宴兮更陪聖主。”賈汶歌曰：“人生天地兮星學而, 付翼攀鱗兮嘘赤炎。”長孫無忌歌曰：“一釰佐聖主兮成一戒功, 〃名垂竹帛兮千載猶有光。”李斯歌曰：“客不負秦兮努力小恩之秦, 上蔡之嘆黃犬兮人謂宕負秦。”許遠歌曰：“隻手障江淮兮天不助, 再拜決一死兮精氣盡結而干上昊。”周瑜歌曰：“一見吳王兮擬大勳, 天不假年兮志未伸。”徐達歌曰：“天下將乱兮誕聖主, 一釰之九宇兮日月大明〃。”率普歌罷, 漢帝命賜爵, 顧謂羣臣曰：“此中有一人, 足以安民制敵。況數十人同席而座, 天上【35a】必有德星之聚。”在外人亦莫不欽羨。各別賜酒肉以慰之。

漢武帝奏曰：“臣之臣有東方朔者, 即仙風道骨, 人稱窃食西王母蟠桃, 謫降人間。其人善評論人物, 可令招来, 論座中羣臣。”高帝乃命召入。朔身長九尺, 目如長庚, 齒如編貝, 入拜頓首。帝曰：“闻君善論人物, 盡論此座諸臣, 以為談笑之資。”朔起拜環視曰：“諸臣皆選之選, 何敢贅哉？”武帝曰：“卿曾對朕言, 以周公為丞相, 孔子為御使大夫, 太公為將軍, 畢召為拾遺弁, 嚴子為都尉, 皐陶為大理, 后稷為司農, 伊尹為小傅, 子貢使外国, 顏閔為博士, 子夏為大, 常益為右扶風, 子路為執金吾, 契為鴻臚, 龍逢為宗正, 伯夷為京兆,管仲為馮翊, 仲山甫為光祿大夫, 申伯為太僕, 延陵季子為水衡, 百里奚為典屬國, 柳下惠為大長秋, 史魚為司直, 蘧伯玉為太傅, 孔父為詹事, 孫叔敖為諸侯相, 子產為郡守, 王慶期為期門, 夏育為鼎, 宜羿為旄頭, 宋萬武通侯, 況於今日乃遜避耶?"

朔乃颺言曰: "以臣愚見料之, 以諸葛亮為吏部官, 蕭何為戶部官, 程顥為礼部官卿, 范增為兵部官, 陳平為工部官, 張良為太傅, 霍光為太尉, 王通【35b】為司業, 韓愈為制誥, 刘基為刑部官, 李斯為京兆尹, 関羽為報金吾, 紀信為羽林將軍, 張巡為廷尉, 趙雲為留侯, 董仲舒為御史大夫, 魏徵為諫议大夫, 韓信為大都督, 王剪為標騎將軍, 龐統為观察使, 李泌為大鴻臚, 賈復為前殿師, 鄧禹為中書令, 彭越為節度使, 張華為太史令, 胡銓為奏書, 周顗為左馮翊, 茅焦為殿中丞, 檀道濟為典蜀旺, 嚴光為富春侯, 使主漢代清風, 陳搏管宋室閒雲, 封華山伯。如何?" 滿座大笑, 以為名言。

漢帝命韓愈作文以紀之, 愈再拜承命, 開宣州碧玉之硯, 磨上黨碧烟花之墨, 濡中山兔毛之筆, 展會稽血色之紙, 大書卷面曰"金山寺創業列帝会宴錄"。將欲作文之際, 忽聞山外金鼓震天, 旌旗蔽空。出而观之, 則烟塵漲天, 釖戟如麻, 鐵騎数百萬, 漫山馳突而来。旗上以斗大字書"元太祖皇帝"。已而使者以一書来報, 書中盛言有刱業之功, 且誇兵馬之盛。又言設宴不請之罪, 方率凶奴、冒頓、突厥、五胡、元、魏、遼、金人而来。若拒而不納, 則請戰。辞極悖慢。

问于来使, 則使者張目而言曰: "元太祖主中軍, 以許衡、妙杞、廉希憲為參謀, 伯顏、史天澤為中軍將, 趙孟頫為書記, 【36a】李羅管軍粮, 耶律楚村為大將軍, 漢刘淵主前軍, 趙刘耀為先鋒, 石勒、石虎為副秦, 符坚主右軍, 王猛、慕容晲、慕容垂為副, 拓跋珪主左軍, 李光雀、浩高顧、慕容紹佐之, 完顏主後軍, 粘罕、斡離不、凡尤佐之, 耶律阿保機統遼兵来, 頡利將突厥、吐蕃来, 冒頓將铁騎来, 必欲鏖戰。"

宋高宗闻之戰憟曰："不如和親。"漢武帝叱曰："金山弊寺, 有何杭州水湧之金帛耶？如欲和之, 何不令秦檜呼兄而迎之耶？"高宗變色曰："寡人昏庸不足道, 古稱豪傑之主, 據有四海, 而有七日之困, 以公主嫁囟奴, 而結為翁壻者有之。帝欲戰則戰, 何其兒叱人乎？"武帝默然無以應。漢祖曰："虜兵雖多, 吾輩合萬古英雄會于一處, 肯使羯虜挈隻輪遠去耶。"

使者曰："勿小之。刘淵都國左城, 刘曜、石勒都長安, 甲兵合百萬。符堅據幽之北, 兵過八十萬。拓跋都鄴, 元魏都洛陽, 高顧揔并州, 慕容據燕代, 眾亦不下數百萬。金遼有天下之太平, 突厥、囟奴以傑黠雄於北漢。而元帝皆引而為援, 其勢恐不可當。"

漢帝叱退之, 問刘基曰："先生度羌虜何如？須熟數之。"基對曰："誠難料度。然以臣所聞, 昔【36b】晋武帝不听郭欽之疏, 而處雜胡於塞内。及五胡之乱, 刘淵有文武才, 遂反為漢王。刘曜亦驍勇, 取淵而為趙王。曜為石勒所殺, 勒亡而慕容起於燕。浦弘為符秦而取燕, 又為姚長所滅。馮拔起而為北燕, 拓拔作而為北魏。高即分為東西魏, 至於隋而並衰, 逐之塞外。突厥盛於唐, 而五代之初, 契丹強改為遼。〃亡於完顏金, 〃破北宋。元人取金勇, 而南宋遂亡。世〃為患中国, 能混一區宇, 未有如胡元之大者也。胡人將卒, 本多驍健, 且拓拔宇文之制治立教, 有得於經傳之首, 行三服变胡服, 加以崔浩之才略, 古弼之忠直, 實非江左之比。如王猛、秦之管仲、慕容恪、燕之苟息、凡尤、粘罕、金之頗牧也。元之人物尤盛, 耶律楚材才智過於王猛, 伯顔似蕭何, 史天澤比汾陽, 廉希憲比魏徵, 李羅、姚樞、王盘輩, 皆強國干城之器, 許衡之道學, 趙孟頫之文翰, 求之盛世, 罕有其比, 亦不可夷而輕之也。今若用兵, 當量敵慮勝而後進。"

漢帝曰："旴！天意未可知也。昔聞黄帝之時, 有巨蛇長數百里, 為天下害, 人不敢殺, 黄帝曰, '能斬此蛇者, 以女妻之'。群臣莫敢。夜有犬甚猛, 走斷蛇而来, 献帝前, 若有求女之狀。帝曰, '雖畜也, 言【37a】不可食'。遂許之, 犬乃負帝女走, 居于北漢之野, 生九子, 斯犬戎之先也。其後聖帝為君, 以理御氣。故蚩尤、三苗、防風、豕衛、昆吾、鬼方, 或有跬跟於一隅, 而旋即戰滅, 若雨雪之見晛。及周飛廉、徐奄作乱於成康之世, 至後王多失德, 陽不能勝陰, 華不能制夷。犬戎為弑幽王於驪山, 獫狁、孔棘、方叔僅然剋之。狄人滅魏, 管仲久而勝之。及秦之時, 築長城以防之。速寡人, 又有白登之乱。自是厥後, 烽火不絕甘泉, 刁斗累警于邊塞。秦唐以後, 則沙陀始主中国。至遼金, 視洛水如混同, 看吳山如燕然, 而猶不能晏處中国矣。王鐵木真能據有中國, 紫色蛙聲, 彌亘宇宙, 夷狄之盛, 振古所無。然胡無百年之運, 且天厭穢德, 豈無擅撻之理哉? 寡人兵甲, 非不利也, 武臣非不足也, 以天下甫定, 厭若兵革。故一女辛苦事私親, 不免後世之哘點。然此則事勢乃然, 寡人岂樂為哉? 今之時, 與寡人之時異, 將戰乎? 抑和乎? 若只以不治 〃 之, 則皇明之後, 戎復生心。"

秦皇按釰曰: "此寇何畏哉? 吾當與漢武帝剿滅之。"乃下令, 自為中軍, 李斯為參謀, 蒙恬為大將軍, 王剪為先鋒, 章邯為後殿。漢武帝主右軍, 公孫弘為參【37b】謀, 衛青為大將軍, 霍去病、李廣為副將軍。唐太宗主左軍, 無忌為參謀, 李勣為大將軍, 李靖、薛仁貴為副將軍。宋太祖為後軍, 以趙普為參謀, 曹彬為大將軍, 石守信、尹继倫為副將軍。漢高祖與諸軍並力救之, 命樊噲、馬武為將軍, 以曹操為謀主, 噲曾擊冒頓, 欲橫行凶奴, 武請鳴釰, 夷吾、操大破盧龍慕莘, 皆為凶奴所憚, 其往助王剪。

分排纔畢, 宋臣岳飛泣拜曰: "臣丁金虜之猖獗, 誓以'精忠報國'涅之背上。幾乎成功, 而為賊檜所戲, 一日金鐸至於十二之僅, 而痛哭班師, 竟死於三字獄。臣死不瞑目, 願化張巡之厲鬼, 欲血犬羊之窟, 此雪冤報仇之日也。願許臣以一隊之兵, 則臣當以小擊眾, 不十日內, 完顏亮、忽必然兩賊之頭可致麾下。漢帝壯之, 別使郭子仪為大將, 飛為副將, 將五千精騎, 從間道去。

元帝闻秦皇至, 乃令進戰。諸胡皆畏秦皇不敢出。石勒為先鋒, 闻漢高在後曰：“吾當與韓、彭比肩，何敢敵高帝？若曹操輩，吾不怯也。”乃率五胡先退。〃者連續不可禁制。元帝问楚材曰：“救者皆潮退，奈何？”楚材曰：“以勢言之，則當左次。但聞漢、唐、宋諸君為明君設宴云，漢、唐、宋皆已過之君，不必相猜。如【38a】明帝，則當與我国為敵者，不可示弱，助彼氣勢。今當使人言曰，‘吾莘只欲与明帝決勝負，他人非所可與，願与明帝相搏’。”

元帝以此言報明帝。〃〃奮然曰：“今日不血此虜，更待何日？朕自當剿滅，不必煩諸國之力。”乃自將中軍。曰：“碁，為軍師。”曰：“淀龍，汝屆帷幄參謀。”曰：“濂，汝為長史。”曰：“雲，汝多勇，為帳前都護。”曰：“成，汝有赤忠，其為副將軍。”曰遇春、曰和、曰英、曰文忠：“汝其左、右、前、後，無違軍律。”曰善長、曰謙、曰雲龍、曰大海、曰通：“以汝莘為偏將軍，其為游兵助勢。”曰：“達，汝智勇兼備，茲拜汝為大將軍，其往撫朕師，欽哉。”達乃建大將軍旗鼓，指揮三軍，號令肅若風雷。

元帝亦自將中軍，趙孟頫、許衡為謀主，以史天澤、伯顏、廉希憲、李罢、楚村莘為將，相對而陣，鼓聲翻海，旗影薄雲，若龍騰碧海，虎吼山岳。史天澤按釼大喝而来，常遇春把戟躍馬而進。未數合，天澤力弱而走。遇春欲衝其中堅，楚材及伯顏持鎗而遏之。湯和、沐英舞釼而夾擊之。元將披靡，徐達擊鼓揮之，吶喊從之。元軍大敗而走，流血成川，弃甲如山。明帝乃覲歌而還，漢帝亦大喜迎勞。

項王曰：“来已久，可罷去先。”遂起。諸帝皆罷去。漢、唐、宋三帝独留。謂明帝曰：“观帝氣象，當於今歲，混一天下。太平之【38b】後，更思今日之盛會，擇吉日、續旧遊，九原之下，庶慰長逝者魂魄。”明帝曰：“謹奉教。”遂分手於門外。

于時，天色欲曙，佛燈明滅。一聲清磬，士人欠伸而覚，乃夢也。精神怳惚之中，猶一記得，仍錄出此事，以為他日徵驗之資。持以示人，〃皆以為狂也。洪武三年，太祖皇帝謂群臣曰：“朕嘗夢與漢、唐、宋三帝游於金山寺，參刱業宴。心自異之, 而不告於人矣。今幸事業与三帝同, 當續旧時之游。"
乃命画工繪三帝象, 掛于寺壁, 設大宴, 以慰之。別奉三盃, 親献于漢祖, 而告
之曰：帝之刱業, 尤與寡人相符。而且聚游金山寺時, 許朕以明主, 愛重無
己。或至于今, 幸賴諸皇帝之冥祐。寡人已得至於此, 不可歸之於夢事之虛
誕, 茲記其顛末, 以頒示天下。於是人皆知是書非虛也。

　　大抵一篇首尾, 明華夷之名分, 論治平之要務, 講都邑之形勢。論刱業, 則
以漢高為主, 論才德, 則以孔明為尤。其評品君德, 次第人物, 皆自先儒說話
中出來, 甚的論也。如漢之文帝、宣帝, 宋仁宗、孝宗, 固當高武於其會。如
周亞父、趙克周之將才, 蘇武之忠節, 謝安之雅望, 亦宜翺翔乎其中, 而俱以
中葉見漏。且孔明當褒貶時出二令, 有得子路鄉射【39a】之意, 使不義不廉,
如英布、賈充、刘文静、侯君集、僕固、怀恩、馮道之徒, 嘗自揚〃稱雅, 而
不敢匿瑕於當今。其有平於風教大矣。雖卦以諧語, 而制治安民之方, 量才用
人之法, 俱載於是, 豈可以稗說而小之哉?
　　其士人, 逸其姓名, 不出於世, 若非神異之人, 夢裡精神何能与萬古英雄宜
會?而又焉能詳細錄出如次哉?盖當胡元之末, 天用彩絕其命, 固宜生聰明聖
智之君, 以承正統, 則其氣數運會之預示符應者, 亦其理之有也。惜其時来之
日, 以一匹夫, 能掃蕩胡元而有餘。運去之後, 以萬乘国敵一自成而不足。終
至於腥膻滿目, 冠屨倒置。與漢祖預料之言, 如合左契。則豈上天不卞別於衣
冠、鱗介之族, 而欲其並生於天地之間也耶?天其醉乎?不醉乎?又安知夫
許多江南山寺中, 亦有五皇帝刱業宴耶?吁!吾老矣, 顧安得長年度世, 如屈
左從之為也。似望燕雲, 远洒慷慨之淚。仍洗筆而為之書, 姓名與江東士人同
逸之。

維崇禎紀元後

논문

신자료
와세다 한문본
〈금화사몽유록〉의
특징과 의미

신자료 와세다 한문본 <금화사몽유록>의 특징과 의미[1]

Ⅰ. 서론

〈금화사몽유록〉은 작자, 연대가 미상[2]인 한문 고전소설이다. 작자는 이 작품의 배경을 중국으로 설정하여 수없이 많은 중국 역사 실존 인물인 제왕장상(帝王將相)들을 등장시킨다. 지금까지 밝혀진 이본은 합쳐서 90종에 이르고,[3] 현재도 새로운 이본이 계속 발굴되고 있다. 이본에 따라 〈금화사기〉, 〈금산사기〉, 〈금산사창업연기〉 등 다양한 제명이 있듯이, 활발히 유

1 　이 글은 2017년 『語文硏究』 제45권 제2호에 게재된 논문을 수정한 것이다.

2 　애초 張德順은 이 작품의 저작 시기를 병자호란 이후로 보았다(장덕순, 『國文學通論』, 新丘文化社, 1960, 290면). 하지만 車溶柱는 이와 달리 임진왜란 직후로 추정하였다(차용주, 「金山寺夢遊錄」, 『韓國古典小說作品論』, 集文堂, 1990, 156면). 이후 林治均은 〈왕회전〉에서 언급한 '숭정(崇禎) 기묘(己卯) 연간(1639년)'을 〈금화사몽유록〉의 창작 시기로 보았다(임치균, 「〈王會傳〉 연구」, 『藏書閣』 제2집, 한국학중앙연구원, 1999, 72~73면). 그 뒤에 鄭容秀와 金貞女, 車充煥 등도 이를 동의하였다(정용수, 「〈金山寺夢遊錄〉系의 創作背景과 主題意識」, 『古小說硏究』 제10집, 한국고소설학회, 2000, 180~181면; 김정녀, 「朝鮮後期 夢遊錄의 展開 樣相과 小說史的 位相」, 고려대학교 대학원, 박사학위논문, 2002, 93면; 차충환, 「〈五老峰記〉 硏究」, 『語文硏究』 제34권, 한국어문교육연구회, 2006, 319면). 그러나 申載弘은 몽유 양식사의 시대 구분을 논의하면서 〈금화사몽유록〉을 18~19세기의 작품으로 분석하였다(신재홍, 『한국 몽유 소설 연구』, 역락, 2012, 73면). 아울러 申海鎭도 〈금화사몽유록〉에 인용한 내용의 출처를 밝히면서 창작 시기가 아직 재고할 필요가 있다고 주장하였다(신해진, 『금화사몽유록』, 역락, 2015, 7면).

3 　신해진, 위의 책, 5면.

통되었던 것으로 보인다. 이본이 풍부하고 복잡한 만큼 그간 '특정 이본'이나 '이본 계열'[4]에 대한 연구도 꾸준히 진행되어 왔다.[5]

필자가 〈금화사몽유록〉의 이본 상황을 조사했을 때 한문필사본인 새로운 이본[6]을 발견하였다. 이 이본은 오침선장(五針線裝)한 1책 29장 완질(完帙)로, 능화문황지(菱花紋黃紙)의 표지(表紙)에 '금화사기(金華寺記) 전(全)'이라고 쓰여 있고, 권수제(卷首題)는 '금화사몽유록(金華寺夢遊錄)'이라고 하고,[7] 권말(卷末)에 '금화사몽유록(金華寺夢遊錄) 종(終)'이라고 한 것이다.[8] 보존 상태도 상당히 좋았다. 이 이본은 일본 와세다대학 도서관 풍릉문고(風陵文庫)에 소장되어 있으므로 이 이본을 '와세다본'으로 지칭하기로 한다. 본고는 현재

---

4 필자의 확인에 따라, 기존 이본 계열에 대한 논의는 재고할 필요가 있다. 다만 소논문 분량의 한계 때문에 본고에서는 깊이 있는 논의를 하지는 못한다. 그래서 본고에서는 일단 와세다대학 소장본의 계열 문제는 차치하고, 추후의 과제로 남겨 놓겠다.

5 洪在烋, 「〈金山寺記〉攷 : 南平人 文後嘆 漢命 改正本」, 『國文學硏究』 第9輯, 國語國文學會, 1986; 정용수, 「〈金華寺慶會錄〉考 : 해제를 겸하여」, 『淵民學志』 제2집, 연민학지, 1994; 「〈金華寺夢遊錄〉의 異本 계열과 善本」, 『민족문화연구』 제41권, 고려대학교 민족문화연구원, 2004; 정용수, 「북한본 『화몽집』 소재 〈금화령회〉에 대하여」, 『동남어문논집』 제19집, 동남어문학회, 2005; 하대빈, 「羅孫本 〈금산사몽유록〉의 내용 및 이본 계보 연구」, 단국대학교 교육대학원, 석사학위논문, 2010; 정용수, 「洛渚本 〈金山寺創業宴錄〉의 원전 비평과 그 이본적 특징」, 〈東洋漢文學硏究〉 第33輯, 東洋漢文學會, 2011; 申相弼, 「신자료 한문소설 〈金山寺大夢錄〉의 성격과 의미」, 『열상고전연구』 제33권, 열상고전연구회, 2015.

6 일본 와세다대학 도서관 풍릉문고(風陵文庫) 소장본. 이 자료를 발굴하는 과정에 중국 안휘성(安徽省) 무호시도서관(蕪湖市圖書館) 조문재(操文才) 선생님과 저복영(褚福穎) 선생님, 그리고 일본 와세다대학 도서관 자료관리과(資料管理課) 특별자료실(特別資料室) 야마다 미키(山田美季) 선생님과 와세다대학 문학학술원(文學學術院) 중국어중국문학학과(中國語中國文學學科) 후루야 아키히로(古屋昭弘) 교수님의 협조를 받았음에 대단히 감사드린다.

7 사진 〈1a면〉 참조.

8 사진 〈29a면〉 참조.

학계에서 선본(善本)으로 공인된 국립중앙도서관 소장본[9]과의 비교를 통해
와세다본의 이본적 특징과 의미를 밝히는 데 목적을 둔다. 필요할 때는 아
직 학계에 소개된 적 없는 미국 국회도서관 소장본을 비롯한 14개 이본[10]
도 참고하고자 한다.

9 　지금까지 차용주(차용주, 『夢遊錄系 構造의 分析的 研究』, 創學社, 1981, 121~125면.)와 金起東(김기동,
『韓國 古典小說 研究』, 敎學社, 1981, 113면.), 그리고 김정녀(김정녀, 앞의 논문(2004), 238~243면.) 등은
모두 국립중앙도서관 소장한 〈금화사몽유록〉을 선본(善本)으로 보았다. 또한 張孝鉉(장효
현·尹在敏·崔溶澈·池硯淑·李基大, 『校勘本 韓國漢文小說 夢遊錄』, 高麗大學校 民族文化研究院(寶庫社), 2007,
223~332면.)과 정용수(정용수, 앞의 논문(1994).) 등이 이본을 대비할 때 국립중앙도서관 소장본
을 기준본으로 삼은 것과, 신해진(신해진, 앞의 책(2015).)이 이 작품의 교주본을 낼 때 국립중
앙도서관 소장본을 저본으로 삼은 것 등을 고려하면, 국립중앙도서관 소장본을 선본(善本)
으로 보는 것을 잠정적으로 동의한 것으로 볼 수 있다. 이하 편의상 '국도관본'으로 지칭한
다.

10 　1. 〈金華寺夢遊記〉 : 강남대학교 도서관 소장. 이하 '강남대본'으로 한다; 2. 〈金華寺記〉 :
강전섭 소장. 이하 '강전섭본'으로 한다; 3. 〈金山寺劫業宴記〉 : 일본 오사카부립중지도도
서관 소장. 이하 '중지도본'으로 한다; 4. 〈錦山寺夢遊錄〉 : 사재동 소장(현 충남대학교 도서관
소장). 이하 '사재동본'으로 한다; 5. 〈金華寺夢遊錄〉 : 한국학중앙연구원 장서각 소장. 『開
容集』 수록. 이하 '한용집본'으로 한다; 6. 〈金山寺夢遊錄〉, 한국학중앙연구원 장서각 소
장. 〈雲英傳〉 합철. 이하 '운영전본'으로 한다; 7. 〈금화사몽유록〉 : 일본 덴리대학 이마니
시류문고 소장. 이하 '덴리대본'으로 한다; 8. 〈金華寺記〉 : 일본 덴리대학 이마니시류문고
소장. 〈崔陟傳〉 합철. 이하 '최척전본'으로 한다; 9. 〈金華灵會〉 : 북한 김일성종합대학 소
장. 『花夢集』 수록. 낙장. 이하 '화몽집본'으로 한다; 10. 〈金華寺記〉 : 미국 국회도서관 소
장. 〈山水圖〉 등과 합철. 이하 '산수도본'으로 한다; 11. 〈金華寺記〉 : 서울대학교 규장각
소장. 이하 '규장각본'으로 한다; 12. 〈金華寺記〉 : 김동욱 소장. '守而勿失'이란 필사기가
있다. 이하 '김물실본'으로 한다; 13. 〈金華寺記〉 : 김동욱 소장. 〈伴鷗亭記〉 등과 합철. 이
하 '김반구본'으로 한다; 14. 〈金華寺記〉 : 한국학중앙연구원 장서각 소장. 〈雲英傳〉 합철.
낙장. 이하 '장서각본'으로 한다.

II. 서지적 특징

1. 판식의 특징

와세다본은 가로 18.5cm, 세로 24.7cm이고, 1책 29장 57면으로, 반엽(半葉) 10항, 매항(每行) 20자로 구성되어 있다. 단정한 해서체(楷書體)의 글자가 반듯하고 필사 상태도 매우 깔끔하다. 그리고 주로 정자(正字)를 사용하여 속자(俗字), 약자(略字), 위자(僞字), 이체자(異體字) 등이 거의 안 보인다.[11] 이 외에 삽입시를 표기하는 방식은 쌍항주(雙行註)가 아니라 본문처럼 큰 글자로 썼을 뿐만 아니라 여백도 적당하게 만들었다.[12] 마지막으로는 와세다본이 방각본(坊刻本)처럼 판심(版心)도 있고, 판심에 작품의 제명을 줄여서 '몽유록(夢遊錄)'이라는 판심제(版心題)도 있다. 그리고 그의 아래 '일(一)', '이십구(二十九)' 등으로 쪽수도 쓰여 있다.[13] 이를 고려하면, 와세다본은 원래 방각본을 만들기 위해 필사하는 저본, 즉 '개판용(開板用) 정서본(淨書本)'인 것으로 추정할 수 있다.

그리고 특별히 주목해야 하는 것이 와세다본의 24장과 25장의 용지(用紙)이다. 이 두 장의 내용은 사주단변(四周單邊), 오사란(烏絲欄), 반엽 11항, 계선(界線)이 있는 '상이엽화문어미(上二葉花紋魚尾) 하횡단선(下橫單線)' 용지의 뒷면에 쓰여 있었다.[14] 이런 용지의 양식으로 와세다본의 탄생 시기도 18

---

11   사진 〈1a면〉 참조.
12   사진 〈24b면〉 참조.
13   사진 〈29a면〉 참조.
14   〈24b면〉 용지의 예시 참조.

세기말로부터 19세기말까지로 추측할 수 있다.[15] 와세다본은 오손(汚損)이 전혀 없고 보존 상태가 매우 좋을 뿐만 아니라, 첫 면 오른쪽 아래에 전서체(篆書體)의 장서인(藏書印)도 하나 찍혀 있다.[16] 이 인기는 엄격히 장서인을 찍는 규칙에 따라 찍은 것이다. 필자가 이 인문의 내용을 '단주애종□인(溥州崖宗□印)'이라고 판독한다.[17]

---

15 차은화에 따르면, 조선에서 '상이엽화문어미(上二葉花紋魚尾) 하횡단선(下橫單線)'의 양식이 18세기말로부터 나타나고, 19세기말까지 흔히 사용된 것이다(차은화, 「조선후기 활자본 문집의 어미·변란·행자수에 관한 기초적인 연구」, 성균관대학교 대학원, 석사학위논문, 2012, 43면). 그리고 사주단변(四周單邊)의 변란(邊欄)이 18세기 초로부터 나타나고, 19세기말까지 사용되고, 각종 변란 양식 중에 가장 많이 사용된 것이다(차은화, 위의 논문(2012), 53면). 또한 반엽 11항의 행관(行款)이 17세기 초반으로부터 나타나고, 19세기말까지 사용된 것이다(차은화, 위의 논문(2012), 66면). 이리하여 이 용지의 양식으로 용지의 시간을 18세기말로부터 19세기말까지 100여 년의 기간으로 판단할 수 있다. 이 외에 와세다본 내용 10행 20자의 행관도 17세기말로부터 나타나고 19세기말까지 계속 사용되는 가장 일반적인 것이다(차은화, 위의 논문(2012), 66면).

16 사진 〈1a면〉 참조.

17 이 장서인의 왼쪽 맨 아래 글자와 오른쪽 맨 위의 글자가 흔치 않은 글자인 까닭에 판독하는 데 있어서 다소 난점이 있다. 오른쪽 맨 위의 글자의 왼쪽 부분은 '삼수변(氵)'이고, 오른쪽 부분은 '전(甹)'자이다. 또한 '전(甹)'자는 옛날에 '전(尃)'자와 통용한 글자였다. 그래서 이 글자를 '단(溥)'자로 분석하게 된다. 아쉽게도 왼쪽 맨 아래 글자를 도저히 판독해내지 못했다. 인문의 글자를 이렇게 어렵게 만든 것에는 두 가지 이유가 있다고 생각한다. 첫째, '단(溥)'자의 전서체(篆書體)가 획이 많고 구조가 복잡하고 좌우 대칭하지 않는 것이다. 반대로 상대적으로 간단하고 대칭하는 '전(甹)'자가 인문으로 디자인할 때 예술적으로 훨씬 더 적합한 것이다. 둘째, 한국에서 수결(手決)을 쓰는 것처럼 중국과 일본에서도 위조를 방지하기 위해 도장을 디자인할 때 일부로 특이한 글자나 도형을 사용하는 경향이 있다. 이런 특이한 글자나 도형은 '화압(花押)'이라고 하고, 이런 식으로 디자인한 도장은 '화압인(花押印)'이라고 한다.

〈1a면〉사본의 판식

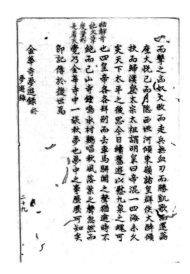

〈29a면〉결미의 비평

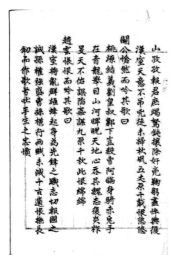

〈24b면〉여백의 방식

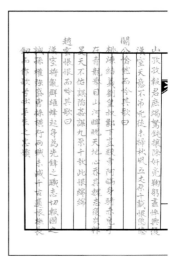

〈24b면〉용지의 예시

한문본 금산사몽유록 연구

2. 수택의 특징

와세다본은 잘못 쓰거나 거꾸로 쓰는 경우가 있으면 그 잘못된 부분을 살짝 지우고 원래의 위치에다가 다시 정확한 글자를 썼다. 자세히 살펴보면 그 수정한 흔적이 은근히 보인다. 하지만 제4면의 마지막 줄 위에, 이 줄에 나오는 '송겸(宋謙)'의 이름에 대한 설명이 한 마디 있다.

송겸(宋謙)의 '겸(謙)'자는 다른 한 이본에 '렴(濂)'자로 되어 있다.[18]

송겸은 삼국 시대의 인물이다. 송렴이야말로 명나라 개국공신 유기(劉基), 이선장(李善長) 등과 같이 명나라 태조 주원장(朱元璋)을 도와주는 명신이다. 그래서 앞뒤 문맥에 따라 이 글자가 분명히 '렴'자로 되어야 한다. 우선, 이 수택을 통해 와세다본이 원본인 가능성을 철저히 제외하였다. 그리고 여기서 주목해야 할 점은 와세다본을 교정할 때 다른 오자는 모두 지우고 다시 쓰는 방식을 취했지만, 이것만 두주(頭註)로 처리하였다. 이 두주는 수정하는 사람의 신중한 태도를 보여준다.

와세다본에는 세주(細註)의 형식을 취한 주석도 있다. 와세다본의 주석은 주로 한자의 발음, 한자의 의미에 대한 두 가지 것으로 존재하고 있다. [표1][19]로 정리하면 다음과 같다.

[표1] 와세다본 주석

번호	쪽-줄	주석 대상	주석 내역	번호	쪽-줄	주석 대상	주석 내역
1	1a-3	迢邁[20]	툐미	15	5a-8	耿弇	감

---

18 宋謙之'謙'字一本作'濂'. 와세다본 2b면.

19 잘못 교주한 내용에는 배경색을 입혀 표시한다.

20 교주된 내용을 진하게 표시한다. 교주의 정확성을 검토하기 위해 단어 전체를 제시한다.

2	1a-8	崢嶸	영	16	5a-9	肜鈅	융요
3	1a-8	黍稻	도	17	5b-8	旗幟	치
4	1b-7	照曜	요	18	6b-9	鼎峙	치
5	1b-8	皨然	규	19	6b-10	祁山	긔
6	1b-9	飢餒	뇌	20	6b-10	○魄	ᄉ
7	1b-9	淸蹕	필	21	7a-1	匿瑕	닉 隱
8	2a-9	微哂	신 笑也[21]	22	7a-1	匿瑕	하
9	2a-10	殄厥	섬	23	7b-9	王濬	쥰
10	2b-7	李勘	적	24	8a-1	彬彬	빈
11	2b-8	杜鎬	호	25	8b-8	鼠竄	찬 隱逃也
12	2b-9	曹彬	빈	26	10a-3	陸贄	지
13	3a-2	毛穎	경	27	10a-4	陶侃	간
14	5a-6	駢闐	전				

위와 같이, 이런 주석은 와세다본의 10장까지만 있다. 아마 교주자가 이를 하다가 그만 둔 것 같다. 위의 주석은 거의 모두 정확하지만, 틀린 것도 두 개 정도 있다. 13번은 원문이 '모영(毛穎)'이라 쓰여 있다. 그렇다면 발음을 '모영'으로 표시해야 한다. 하지만 둘째 글자의 발음은 '경'으로 되어 있다. 이는 '모영'이 '목영(沐英)'의 오기이기 때문이다. 문맥으로 고구하면 '모영'은 주원장의 양자(養子)이자 명나라의 공신 '목영'의 오기인 것을 쉽게 알 수 있다. 교주할 때 '목영'의 발음을 '모경'으로 착각하여 이 인물 이름의 둘째 글자의 발음을 '경'으로 표시하였다. 20번은 '치백(褫魄)'이라는 말이 '넋을 잃는다'는 뜻으로 '빼앗을 치(褫)'자를 써야 하거나 그의 이체자인 '치(褫)'자를 써야 한다. 그러나 와세다본에 실제로 쓴 글자는 '복 사(褊)'자

---

21 8번은 교주자가 한글 '신'자 옆에 '웃다는 뜻이다[笑也]'라고 써줌으로써 그 뜻을 알려주고 있다. 아래 21번과 25번은 이와 같다.

한문본 금산사몽유록 연구

의 이체자인 '사(禠)'자이다. 이는 분명히 필사할 때 한 획을 빠뜨려 '치'자를 '사'자로 잘못 썼다. 그러나 교정자가 이를 고치지 못했을 뿐만 아니라 교주자도 이를 살피지 못해서 'ㅅ'로 발음을 표시했다.

다음으로 역사 인물의 이름에 대한 표기를 살펴볼 것이다. 와세다본 2장b면부터 창업 제왕들을 따라오는 신하들도 등장하기 시작한다. 먼저 문신의 이름을 나열하고, 다음 또 무신의 이름을 일일이 소개하였다. 이 부분에는 역사 인물들이 많이 등장하기도 하고, 인물들의 이름도 띄어쓰기 없이 한데 붙여 썼다. 중국 역사에 대하여 잘 알지 못하면 끊어 읽기가 어려울 수밖에 없었을 것이다. 그래서 교주자는 인물의 이름 아래에다가 점을 하나씩 찍어서 읽을 때 인물의 이름을 쉽게 알아볼 수 있게 하였다. 구체적인 상황은 다음의 인용문과 같다.

文武諸臣各分東西而坐漢代謀臣則張良、蕭何、陳平、酈食其、陸賈、隨何、叔孫通、武臣則韓信、黥布、曹參、彭越、王陵、周勃、樊噲、灌嬰、紀信、周介、樅公、張倉、張耳、唐家謀臣則魏徵、長孫、無忌、王珪、房玄齡、杜如晦、裵寂、劉文靜、褚遂良、虞世南、封德彝、戴冑、武臣則李靖、尉遲敬德、李勣、陳叔甫、殷開山、屈突通、薛仁貴、宋朝謀臣則趙普、范質杜鎬王祐張濟賢雷德讓、李昉、陶穀宋琪武臣則曹彬、石守信、苗訓、李漢超、王全斌、錢若水、明國謀臣則劉基、李善長、徐暉祖、秦雲龍、宋謙、黃子徵、武臣則徐達、常遇春、胡大海、花雲龍、李開忠、俞通海、蕩和、毛穎、韓成正、敬靑、人人勇健箇箇英雄殿

上傳呼張良、魏徵、趙普、劉基、日有旨即入來[22]

위와 같이, 인물의 이름을 쉽게 알아볼 수 있도록 대부분 역사 인물들의 이름 뒤에 점을 찍었다. 하지만 밑줄 친 부분은 점이 없다.

마지막으로 와세다본에는 작품 내용에 대한 비평이 두주의 형식으로 두 군데나 존재한다.

> 비평1: 공명(孔明)이 상세하게 신하들의 재조를 의논하는데 강유(姜維)에 대하여 충성한다고 평가해 주지 않은 바는 공자님과 같은 '춘추필법(春秋筆法)'이라 할 수 있다. 당당하고 올바른 의논과 지극히 공정한 마음 이 이 장에 이르러서 알 수 있다.[23]

> 비평2: 결미의 구사는 특이하고 절묘하니 작품의 도량(度量)이 이에서 들어난다.[24]

위의 비평1의 내용을 통해 이 비평을 쓰는 사람이 이 작품에서 등장하는 제갈량에 대하여 매우 높은 평가를 주었다는 사실을 확인할 수 있고, 비평2로 이 작품의 결말의 창작 수준에 대하여 높은 평가를 가지고 있는 것을 알 수 있다. 간호윤에 따르면 지금까지 고전소설 가운데 〈광한루기(廣寒樓記)〉와 〈절화기담(折花奇談)〉 그리고 〈한당유사(漢唐遺事)〉 외에 평점본(評點

22 　와세다본 2b면~3a면. 원문의 오탈자를 그대로 표시한다. 이하 같다.

23 　孔明詳論將相之才, 而至於姜伯約, 不許忠誠. 春秋筆法, 堂〃正論, 至公無私之心, 至此章 而可知也. 와세다본 14b면.

24 　結辭奇絕, 文章度量於是著矣. 와세다본 29a면.

本) 형식의 작품은 찾기가 어렵다. 이런 평점본 소설은 소설의 이론화·감상적 비평 용어의 등장·능동적인 독자의 발견이라는 측면에서 소설 비평사적으로 그 의의가 매우 크다.[25]

III. 내용상 특징

1. 서사의 특징

먼저, 국도관본을 비롯한 15개 이본들과 비교하면서 와세다본의 서사 전개를 고찰하고자 한다. 와세다본의 서사 전개를 서사 단락으로 나누어 정리하자면 25개 정도로 할 수 있다. 이렇게 서사 단락을 나누고 여타 이본과 비교한 결과를 [표2][26]로 정리하면 다음과 같다.

> 1. 지정(至正) 말년에 성생(成生)은 금산(錦山)에 헤매다가 금화사에 들어가서 깜빡 잠들었다.
> 2. 한(漢), 당(唐), 송(宋), 명(明) 창업지주(創業之主)들은 차례로 들어오고 명태조(明太祖)는 자리를 사양하였다.
> 3. 문신과 무신들은 동서로 나뉘어 앉고 장량(張良)과 위징(魏徵), 조보(趙普), 유기(劉基) 입시하였다.
> 4. 한고조(漢高祖)는 연회를 베풀게 하고, 다른 황제와 치도(治道)에 대한 이야기를 나누었다.

---

25   簡鎬允, 「〈廣寒樓記〉에 나타난 小說批評」, 『韓國 古小說批評 研究』, 景仁文化社, 2002, 184면.

26   차이가 있는 서사 단락에는 배경색을 입혀 표시한다.

5. 한고조가 공신들의 지모(智謀)와 용략(勇略)을 논평하고 다른 황제도 공신을 칭찬하였다.

6. 당태종(唐太宗)이 중흥지주(中興之主)들을 요청하자고 제의하였더니 중흥지주들도 와서 앉았다.

7. 장량이 반열을 정하는 것을 청했더니 황제들 소임을 맡길 사람을 의논하였다.

8. 조보는 명태조가 천거한 제갈량(諸葛亮)을 반대하기에 송태조(宋太祖)가 조보를 물리쳤다.

9. 제갈량이 반열을 제정하려고 할 즈음에 진시황(秦始皇)과 초패왕(楚覇王) 등도 찾아들 왔다.

10. 제갈량이 언변으로 진시황과 초패왕을 설득하여 각각 자리를 정하도록 하였다.

11. 이때는 또 많은 군주들이 참석코자 하는데 제갈량이 이밀(李密)과 원소(袁紹)를 내쳤다.

12. 제갈량이 공신의 반열을 제정하고 또 5가지의 표준에 맞추어 차등을 하였다.

13. 명태조가 제갈량의 위차를 물었더니 관우(關羽)가 제갈량의 공적을 논평해줬다.

14. 당태종이 역대 군주들은 함께 앉자고 제의하여 모두 한자리에 모였다.

15. 한고조가 흥망(興亡)을 한탄하기에 초패왕과 진시황도 각자의 속마음을 털어냈다.

16. 한고조가 쾌사(快事)를 이야기하자고 하였더니 제왕들이 기쁜 일을 이야기하였다.

17. 한고조가 제왕들의 기상(氣象)과 득실(得失)을 물었더니

명태조가 일일이 대답하였다.

18. 초패왕도 자신에 대한 평가를 듣고자 하나 명태조가 그의 죄목(罪目)만 열거했다.

19. 명태조가 도읍으로 정할 만한 땅을 물었더니 한고조가 금릉(金陵)을 추천하였다.

20. 한고조가 노래를 시키자 신하 중 장량과 서달(徐達) 등 15명이 각기 노래하였다.

21. 한무제(漢武帝)의 천거로 한고조가 동방삭(東方朔)으로 하여금 명신에게 부직(付職)하도록 하였다.

22. 한고조가 연회를 기록하는 시를 짓자고 하였더니 한유(韓愈)가 나와 시를 지었다.

23. 이때는 오랑캐들이 공격해왔는데 진시황과 한무제가 출전하여 승전하였다.

24. 한, 당, 송 황제는 명태조에게 오늘의 연회를 잊지 말라 당부하고 작별했다.

25. 종소리와 닭의 울음소리에 성생은 깨어나고 꿈속의 일을 일일이 기록했다.

[표2] 이본간 서사 전개 대비 결과[27]

서사 단락	1 국도 관본 28	2 강남 대본 29	3 강전 섭본	4 중지 도본 30	5 사재 동본 31	6 한용 집본 32	7 운영 전본 33	8 덴리 대본 34	9 최척 전본 35	10 화몽 집본 36	11 산수 도본 37	12 규장 각본 38	13 김물 실본 39	14 김반 구본 40	15 장서 각본 41	16 와세 다본 42
1	○	△	○	○	○	○	○	○	○	×	○	○	○	○	○	△
2	○	○	○	○	○	○	○	○	○	○	○	○	○	○	○	○
3	○	○	○	○	○	○	○	○	○	○	○	○	○	○	○	○
4	○	○	○	○	○	○	○	○	○	○	○	○	○	○	○	○
5	○	○	○	○	○	○	○	○	○	○	○	○	○	○	○	○
6	○	△	○	○	○	○	○	○	○	○	○	○	○	○	○	○
7	×	×	○	○	○	○	○	○	○	○	○	○	○	○	○	○
8	○	○	○	○	○	○	○	○	○	○	○	○	○	○	○	○
9	○	○	○	○	○	○	○	○	○	○	○	○	○	○	○	○
10	○	○	○	○	○	×	○	○	○	○	○	○	○	○	○	○
11	○	△	○	○	○	○	○	○	○	○	○	○	○	○	○	○
12	○	○	○	×	×	○	○	○	×	○	△	○	○	○	○	△
13	○	○	○	○	○	○	○	○	○	○	○	○	○	○	○	△
14	○	○	○	○	○	○	○	○	○	○	○	○	○	○	○	○
15	○	○	○	○	○	○	○	○	○	○	○	○	○	○	○	○
16	○	○	○	×	○	○	○	○	○	○	○	○	○	○	○	○
17	△	△	○	△	×	○	△	○	△	×	○	×	×	△	×	○
18	○	○	○	○	○	×	○	○	○	○	○	○	○	○	○	○
19	○	○	○	○	○	○	○	○	○	○	○	○	○	○	○	○
20	△	×	○	○	○	○	△	○	○	△	△	△	△	△	△	○
21	○	○	○	×	×	○	×	○	○	○	○	○	○	○	×	○
22	○	○	○	○	○	×	/	×	○	○	○	○	○	○	/	○
23	○	○	○	○	○	×	○	○	○	○	○	○	○	○	/	○
24	/	○	○	○	○	○	○	○	○	○	○	○	○	○	/	○
25	△	○	○	○	○	○	○	○	○	○	○	○	○	○	/	○

27　각 이본간 서사가 완전히 같으면 '일치'로 규정하고 '○'로 표시한다. 서사가 서로 다르거나, 내용의 대폭 추가 등 변개가 존재할 때는 '변개'로 규정하고 '△'으로 표시한다. 서사가 같지만, 많은 내용이 누락되면 '누락'으로 규정하고 '×'로 표시한다. 서사 대목 전체가 전혀 존재하지 않은 경우는 '결여'로 규정하고 '/'로 표시한다.

28 국도관본 단락 7 : 백기(白旗)와 청기(靑旗)에 관한 설명이 누락되었다. 단락 17 : 소열(昭烈)과 헌종(憲宗)에 대한 평가의 순서가 뒤로 바뀌었다. 단락 20 : 소하(蕭何)의 노래가 완전히 다르고, 장손무기(長孫無忌)와 이정(李靖)의 노래의 순서가 거꾸로 되었다. 단락 25 : 다른 이본과 완전히 다르다.

29 강남대본 단락 1 : 서사가 똑같지만, 시간배경이 '대명지정간(大明至正間)'으로 되어 있다. 단락 6 : 중흥지주(中興之主)들을 따라온 신하들이 대폭 늘었다. 단락 7 : 제갈량(諸葛亮)이 사양하는 대화가 누락되었다. 단락 11 : 연회에 참석하는 신하들이 대폭 늘었다. 단락 17 : 소열에 대한 평가의 순서가 뒤로 바뀌었다. 단락 20 : 장손무기와 이정의 노래가 누락되었다.

30 중지도본 단락 12 : 제갈량의 유기(劉基)에 대한 평가가 누락되었다. 단락 17 : 광무(光武)와 무제(武帝)에 대한 평가가 거꾸로 되었다. 단락 21 : 동방삭(東方朔) 부직 장면의 뒷부분이 누락되었다.

31 사재동본 단락 12 : 제갈량의 조빈(曹彬)에 대한 평가가 누락되었다. 단락 16 : 조조(曹操)의 이야기의 뒷부분부터 누락되었다. 단락 17 : 명태조가 역대 제왕의 기상을 평가하는 부분까지 누락되었다. 단락 21 : 이정부터 육손(陸遜)까지 누락되었다.

32 한용집본 단락 10 : 진시황(秦始皇)이 법당으로 들어가려는 서사 대목이 누락되었다. 단락 17 : 무제와 소열에 대한 평가가 누락되었다. 명태조의 태종(太宗)부터 항우(項羽)까지 득실에 대한 의논이 대폭 누락되었다. 단락 18 : 항우의 둘째 죄목(罪目)까지 명태조가 득실에 대한 의논이 대폭 누락되었다. 단락 22 : 한유(韓愈)의 시가 완전히 누락되었다.

33 운영전본 단락 17 : 무제와 소열에 대한 평가가 거꾸로 되었다. 위공(魏公)에 대한 평가가 누락되었다. 단락 20 : 장손무기와 이정의 노래의 순서가 거꾸로 되었다. 단락 21 : 동방삭 부직 장면의 뒷부분이 누락되었다. 단락 23 : 오랑캐 등장 장면의 앞부분이 누락되었다.

34 덴리대본 단락 17 : 소열과 태종에 대한 평가가 누락되었다. 단락 22 : 한유의 시가 완전히 누락되었다.

35 최척전본 단락 12 : 제갈량의 한유와 정자(程子)에 대한 평가가 누락되었다. 단락 17 : 무제에 대한 평가가 누락되었다. 문제(文帝)와 태조(太祖)에 대한 평가가 거꾸로 되었다.

36 화몽집본 단락 1 : 작품의 시작 부분이 누락되었다. 단락 17 : 소열과 태종, 태조에 대한 평가가 누락되었다. 단락 20 : 장량(張良)과 소하, 한신(韓信)의 노래가 가복(賈復) 뒤로 옮겼다. 장손무기와 이정의 노래의 순서가 거꾸로 되었다. 서달(徐達)의 노래가 내용이 완전히 다르다.

37 산수도본 단락 12 : 필사자의 실수로 중복 필사된 내용이 56자가 있다. 단락 17 : 헌종에 대한 평가가 누락되었다. 단락 20 : 장손무기와 이정의 노래의 순서가 거꾸로 되었다.

38 규장각본 단락 17 : 헌종에 대한 평가가 누락되었다. 단락 20 : 장손무기와 이정의 노래의 순서가 거꾸로 되었다.

39 김물실본 단락 17 : 진왕(陳王)과 손왕(孫王)을 추가하는 등 변개가 있다. 단락 20 : 장손무기와 이정의 노래의 순서가 거꾸로 되었다.

40 김반구본 단락 17 : 헌종에 대한 평가가 누락되었다. 단락 20 : 장손무기와 이정의 노래의 순서가 거꾸로 되었다.

41 장서각본 단락 20 : 장손무기와 이정의 노래의 순서가 거꾸로 되었다. 단락 21 : 육손 이름 이하의 내용이 모두 누락되었다.

42 와세다본 단락 1 : 서사가 똑같지만, 몽유자의 신상이 다르다. 단락 12 : 제갈량의 동작을 더 자세히 묘사하였다. 제갈량이 관우(關羽)에 대한 평가가 늘었다. 단락 13 : 와세다본에만 보유하는 서사 단락이다.

각 이본의 줄거리가 거의 똑같지만, 내용을 비교해 보면 와세다본은 여타 이본들과 세 가지의 차이점을 보유하고 있다. 우선 제갈량(諸葛亮)이 여러 역사 인물을 평가하는 장면에 제갈량의 일거수일투족을 국도관본보다 더 자세히 묘사하였다. 그 다음에 제갈량이 관우(關羽)를 평가하는 말이 한두 줄 정도 더 많다. 마지막으로 국도관본과 다른 이본에는 아예 보이지 않은 서사 단락도 하나 있다. 지금부터 구체적으로 이 세 가지 차이점을 분석해 보고자 한다.

먼저 제갈량이 역대 명신을 평가하는 장면을 살펴보겠다.

> 반열을 제정하고 나서 제갈량(諸葛亮)이 홍기를 들고 소하(蕭何)에게 읍하며 말했다.
>
> "그대는 지도를 가지고 나라의 지세를 알아보며, 관중 지역을 다스리고 나라의 기반을 확고하게 하고, 한신(韓信)을 쫓아가서 데려와 천하를 평정하였습니다. 곽광(霍光)은 주공(周公)이 성왕(成王)을 도와주는 것처럼 어린 임금을 보필하였고, 이윤(伊尹)이 태갑(太甲)을 폐위시킨 일을 본받아 선제(宣帝)를 영립하여 창읍왕(昌邑王)을 폐위시켰습니다. 장손무기(長孫無忌)는 삼척의 보검을 들어 싸우며 다니고, 신하로서의 충성을 다하여 마침내 나라의 기반을 이루었습니다. 방현령(房玄齡)은 부지런히 나라를 받들고 지혜를 다하였습니다. 그러니 마땅히 제일이라 할 것입니다."[43]
>
> 〈국도관본〉

---

43 班列已畢, 持紅旗揖蕭何曰: "取地圖知形勢, 治関中固根本, 追韓信定四方. 霍光, 以周公負成王之道輔幼主 聞伊尹廢太甲之事, 迎宣帝廢昌邑. 長孫無忌, 扙三尺釼, 東闘西突, 以盡犬馬之忠, 終成大業. 房玄岭, 孜〃奉國, 知無不爲. 當爲第一." 국도관본 pp.16~17.

한문본 금산사몽유록 연구

반열을 제정하고 나서 제갈량(諸葛亮)이 홍기를 들고 소하
(蕭何)에게 읍하며 말했다.

"그대는 지도를 가지고 나라의 지세를 알아보며, 관중 지
역을 다스리고 나라의 기반을 확고하게 하고, 한신(韓信)을 쫓
아가서 데려와 천하를 평정하였습니다."

또 곽광(霍光)에게 읍하며 말했다.

"그대는 주공(周公)이 성왕(成王)을 도와주는 것처럼 어린 임
금을 보필하였고, 이윤(伊尹)이 태갑(太甲)을 폐위시킨 일을 본
받아 선제(宣帝)를 영립하여 창읍왕(昌邑王)을 폐위시켰습니
다."

또 장손무기(長孫無忌)에게 읍하며 말했다.

"그대는 삼척의 보검을 들어 싸우며 다니고, 신하로서의
충성을 다하여 마침내 나라의 기반을 이루었습니다."

또 방현령(房玄齡)의 앞에 이르러 말했다.

"그대는 부지런히 나라를 받들고 지혜를 다하였습니다. 그
러니 이 네 공이야말로 마땅히 제일이라 할 것입니다."[44]

〈와세다본〉

위의 인용문을 통해 주로 다음과 같은 두 가지 차이를 밝힐 수 있다. 첫
째, 국도관본은 제갈량이 소하(蕭何)의 앞에 나와서 홍기 아래로 분류하는
모든 사람들을 한꺼번에 모두 논평했다. 그러나 와세다본은 국도관본과

---

[44]　班列已畢, 持紅旗揖蕭何曰: "取地圖知形勢, 治關中固根本, 追韓信定四方." 又揖霍光曰:
"以周公負成王之圖輔幼主, 間伊尹廢太甲之事, 迎宣帝廢昌邑." 又揖長孫無忌曰: "杖三尺
釼, 東闢西突, 以盡犬馬之忠, 終成大業." 又至房玄齡前曰: "孜孜奉國, 知無不爲. 此四公當
爲第一." 와세다본 11b~12a면.

논평하는 대상과 내용이 똑같지만, 제갈량이 평가할 때는 모든 평가 대상의 앞으로 가고 나서 그 사람에게 읍하거나 그 사람을 보면서 평가해 주었다. 제갈량의 동작을 통해 평가하는 말을 끊어주고 각 인물에 대한 평가를 더 명확하게 보여주었다. 이로 인하여 논평 장면에 생동감을 많이 부여할 뿐만 아니라, 국도관본보다는 와세다본의 서사 진행도 더 여유롭고 완만하게 느껴진다.

둘째, 국도관본은 '그러니 마땅히 제일이라 할 것입니다'라고 하는데, 도대체 마지막에 평가 받은 방현령(房玄齡)이 이 네 사람 중에 제일인지, 아니면 이 네 사람이 홍기 아래 가야 하는 모든 사람 중에서 제일인지 명확하지 않다. 물론 앞뒤 문맥에 따라 제갈량의 말을 자세히 살펴보고, 이 말의 뜻을 헤아릴 수 있겠지만, 그렇다하더라도 애매한 표현이다. 이와 달리, 와세다본은 '그러니 이 네 공이야말로 마땅히 제일이라 할 것입니다'라고 하므로 이 네 명이야말로 홍기 팀으로 들어가는 모든 사람 중의 제일이라는 뜻을 확실히 표현한다.

다음으로 국도관본과 와세다본에서 제갈량이 관우에 대해 평가한 내용을 비교해 보겠다.

'학문에는 『춘추좌씨전』을 읽고, 무예에는 청룡언월도를 휘둘렀는데, 의리로 유황숙(劉皇叔)과 결의하고, 같이 살고 죽기로 맹세하고, 임금을 생각하여 나라에 보답하려는 충성심을 품고, 산을 뽑거나 바다를 뛰어넘는 용력을 가지면서, 황금과 관인을 사양하고, 혼자서 천릿길을 달려 가, 천하에 위세를 떨치고, 일곱 군대를 물로 물리쳤습니다. 그러니 마땅

히 제일이라 할 것입니다.'[45]

〈국도관본〉

　'학문에는 『춘추좌씨전』을 읽고, 무예에는 청룡언월도를
휘둘렀는데, 의리로 유황숙(劉皇叔)과 결의하고, 같이 살고 죽
기로 약속하고, 임금을 생각하여 나라를 보효하는 충성심을
품고, 산을 뽑거나 바다를 뛰어넘는 용력을 가지면서, 황금
과 관인을 사양하고, 천하에 위세를 떨치고, 밝은 촛불로 아
침까지 책을 읽고, 혼자서 천릿길을 달려 가, 일곱 군대를 물
로 물리치고, 의리로 조조(曹操)를 보내고, 충의는 우러러 해
를 비추고, 도량이 크고 위대하여 세상에서 천추만대까지 그
명성이 가득하고 없어지지 않기 때문에 사람마다 그를 힘써
존경하는 것입니다. 그러니 이 세 공이야말로 마땅히 제일이
라 할 것입니다.'[46]

〈와세다본〉

　이 부분을 살펴봄으로써 작가가 관우에 대하여 높은 평가를 하는 것을
알 수 있다. 국도관본보다 와세다본은 관우에 대하여 더 많은 평가를 해주
고, 이를 통해 관우의 의롭고 충성스러운 모습을 더욱더 뚜렷하게 부각시
켰다. 하지만 여기 와세다본에만 존재하는 관우를 평가하는 말 가운데 '충

45　文讀春秋左氏傳, 武使青竜偃月刀. 義結皇叔, 誓同生死. 懷君報國之忠, 拔山如海之勇. 封
　　掛金印, 獨行千里. 威振華夏, 水滸七軍. 當為第一. 국도관본 18면.

46　文讀春秋左氏傳, 武事青龍偃月刀. 義結皇叔, 同生死. 懷君報國之忠, 拔山駕海之勇. 封掛
　　金印, 威振華夏. 明燭達夜, 獨行千里. 水滸七軍, 義釋曹操. 忠義仰貫白日, 度量宏偉天地.
　　千秋萬歲, 名滿不朽. 人人敬敬. 此三公, 當為第一. 와세다본 12b면.

의는 우러러 해를 비추고, 도량이 세상에 제일 굉장하고'라는 것은 앞에서 곽자의(郭子儀)를 평가하는 '충의와 정성이 맑은 해를 우러러 비추고, 도량이 크고 위대하여 무소불포(無所不包)하다[47]'란 말과 너무나 유사하다.

〈금화사몽유록〉에 곽자의를 평가하는 말은 송나라 주희(朱熹)가 지은 『통감강목(通鑑綱目)』에 곽자의에 대한 평가, 곧 '충의와 정성이 맑은 해를 우러러 비추는데 도량이 크고 위대하여 무소불포하다[48]'란 말을 그대로 인용하였다. 이를 통해 원본의 작가가 주희의 말을 인용하여 곽자의를 평가하고, 와세다본의 작가가 또 곽자의를 평가하는 말을 빌려서 관우를 칭찬한 사실을 알 수 있다. 물론 위에서 제갈량이 다른 공신을 평가하는 장면의 차이를 살펴볼 때 이본의 대비를 통해 와세다본이 고친 흔적을 포착할 수도 있겠지만, 여기서 관우의 예를 통해 와세다본이 고쳐진 이본임을 더 확실히 증명할 수 있다.

마지막으로는 다른 이본에는 아예 보이지 않고, 와세다본에만 보유하는 서사 대목을 검토하도록 하겠다.

> 명태조가 친히 옥호를 들고, 술을 가득하게 따라 주며 말했다.
>
> "경의 큰 지략은 다른 제신들이 모두 따르지 못할 정도인데 그렇다면 경은 어느 깃발 아래로 가야 할까?"
>
> 제갈량이 엎드려 아뢰었다.
>
> "신이 견식이 천박함에도 불구하고 황명을 받들어서 역대 명신들의 한평생의 이야기를 논평하여 연회의 재미를 더

47　忠義精誠, 仰貫白日, 度量宏偉, 無所不包. 와세다본 12a면.

48　忠義精誠, 仰貫白日, 而度量宏偉, 無所不包. 송나라 주희(朱熹), 『통감강목(通鑑綱目)』권45상 (上).

해드릴 뿐인데 신 자신이 감히 연회에 참석하지 못하겠습니다."

　말을 다하지 않는 사이에 문득 황기 아래에 있던 한 대장이 목소리를 높여 외쳐 말했다.

　"선생이 이렇게 사양하는 것이 다른 게 아니라 옛적부터 성현과 영웅이 스스로를 천거하는 선례가 없었는데 오늘 선생이 어떻게 스스로를 천거할 수 있겠습니까? 제가 마땅히 선생의 충성과 공적을 한번 말씀드려야 합니다."

　(… 중략 …)

　황제들이 각기 관우에게 손수 술을 가득하게 따라주고 하사하였는데 관우가 엎드려 받아서 쭉 마셨다. 유비가 슬쩍 기뻐하였다.[49]

　여기에서 두 이본의 서사 대목은 큰 차이를 보인다. 국도관본은 제갈량이 역대 명신을 평가하는 장면을 보여준 후, 바로 다음 장면으로 바뀌었다. 그래서 역대 명신에 대한 평가가 일일이 나왔음에도 불구하고 제갈량에 대한 평가가 없고, 제갈량이 어느 깃발 아래로 들어가야 하는지도 모르게 되었다. 하지만 와세다본은 명태조의 질문으로 시작하여 관우가 제갈량을 평가하는 부분까지 2면반 가량이나 부연 내용이 나왔다. 제갈량이 역대 명신을 평가한 뒤, 명태조는 제갈량에게 그 자신이 어느 깃발 아래로 가야 하

49　明皇親傾玉壺, 滿酌賜之曰: "卿之大略, 諸臣莫及矣. 卿當何旗預之乎?" 孔明伏奏曰: "臣之淺短, 伏奉皇命, 歷代名臣, 平生所懷, 一說佐宴矣. 至於小臣, 何敢預席乎?" 言未畢, 忽有一員大將, 起黃旗下, 厲聲大呼曰: "先生之如此謙讓, 無他, 自古賢圣英俊, 皆未有自薦, 況到今, 先生何可自薦乎? 吾當一布先生忠功矣." (…중략…) 諸皇各親滿酌, 御手賜關公. 公俯受連飮, 昭烈隱隱喜感也. 와세다본 14b~16a면.

느냐 묻자, 제갈량은 스스로 연회에 참석하는 것을 사양했다. 이때 관우가 나와서 다섯 가지의 찬양으로 제갈량의 충성과 공적을 평가해 주었다. 이리하여 임금들이 관우의 재주와 능력을 칭찬하면서 한나라가 통일되지 못하는 이유를 천명으로 귀결하여 한탄하였다. 유비가 제갈량과 관우가 칭찬을 받는 것을 보고 슬쩍 기뻐하였다. 이 장면을 통해 작가는 제갈량에 대하여 어떻게 평가해야 하는가 하는 독자들의 궁금증을 풀어주면서 서사를 더욱더 매끄럽고 유기적으로 보완해 주었다.

2. 인물의 특징

이 작품에 처음 등장하는 인물은 이 작품 안의 사건을 목격하고 이 작품을 기술하는 몽유자이다. 와세다본에는 이 인물에 대한 소개가 국도관본을 비롯한 15개 이본들[50]과 서로 다른 것으로 보인다. 구체적으로는 다음과 같다.

> 지정 말년에 성씨 남자가 한 명 있는데 이름은 '**허(虛)**'[51]이고 자는 '**탄(誕)**'이고 산동의 **유사(儒士)**이다. 총명하여 학식과 견문이 대단히 넓고 기질이 과인하여 의롭고 의기가 당당하다.[52]
>
> 〈국도관본〉

---

50 이 15개 이본간 자구 출입이 있지만, 대강 국도관본과 일치하다.

51 두 이본 서로 다른 글자를 진하게 표시하였다.

52 至正末, 有成生者, 名虛, 字誕, 山東儒士也. 性機通敏, 博學多聞, 氣質超邁, 任俠放薄. 국도관본 3면.

지정 말년에 성씨 남자가 한 명 있는데 이름은 '**황(璜)**'이고 자는 '**여원(汝元)**'이고 산동의 **유사(遊士)**이다. 총명하여 학식과 견문이 대단히 넓고 기질이 과인하여 의롭고 의기가 당당하다.[53]

〈와세다본〉

위처럼, 두 이본은 몽유자의 성격에 대한 소개가 완전히 똑같지만, 신상에 대한 설명이 완전히 다르다. 일단 몽유자 이름의 차이가 매우 재미있다. 성씨가 똑같이 '성(成)'이라고 하지만, 이름과 자의 차이에 따라 국도관본은 '성허(成虛)', '성탄(成誕)'이라 하고, 와세다본은 '성황(成璜)', '성여원(成汝元)'이라 한다. 국도관본의 경우 몽유자의 이름과 자를 합쳐서 '허탄(虛誕)', 즉 '거짓되고 미덥지 아니하다'는 뜻으로 해석할 수 있다. 이는 분명히 소설 내용의 허구임을 암시하는 것이다.

이런 문학적인 창작 방법은 중국 한나라 때의 〈자허부(子虛賦)〉로부터 청나라 때의 〈홍루몽(紅樓夢)〉, 〈금병매(金甁梅)〉 등 수많은 작품에 이르기까지 몇 천 년 동안 작가들이 애용한 기법이다. 달리 말하자면, 국도관본의 작자가 이 작품이 시작하자마자 등장인물의 이름으로 이 작품 내용의 허구성을 알려준 것이다. 와세다본의 경우에는 이 인물의 이름이 특별히 무슨 의미를 암시하는 것은 아닌 것 같다. 그래서 와세다본은 오히려 실제로 존재하는 인물로 설정하고 독자들에게 작품의 내용을 사실이라 설득하려는 의도가 은근히 느껴진다.

그 다음에는 '유사(儒士)'와 '유사(遊士)'는 발음이 같으므로 같은 말의 오

---

53   至正末, 有成生者, 名璜, 字汝元, 山東遊士也. 性機通敏, 博學多聞, 氣質超邁, 任俠放蕩. 와세다본 1a면.

기일 가능성이 있다. 그러나 앞에서 언급한 와세다본을 꼼꼼히 수정한 흔적, 다양한 수택, 그리고 뒤에서 살펴볼 와세다본 표현의 일치성과 정확성을 고려하면, 이런 신분의 차이도 우연히 오기된 것이 아닌 것 같다. 이와 같은 몽유자 이름의 차이는 필사자가 의도적으로 고쳤을 가능성이 훨씬 더 높다고 생각한다.

IV. 표현상 특징

1. 표현의 일치성

다음에서는 국도관본과 와세다본의 서로 다른 표현을 두고, 여타 14개의 이본과 비교하면서 이 두 이본이 대부분의 이본과 흡사한 정도를 살펴보도록 하겠다. 그리고 제일 대표적인 예를 들기 위해, 14개 이본이 모두[54] 국도관본이나 와세다본, 둘 중 하나와 일치한 것만 뽑아서 고찰하겠다. 구체적으로는 다음의 [표3][55]와 같이 제시한다.

---

54 이 표에 나타난 '모두'란 말이 앞에서 언급한 강남대본, 강전섭본, 중지도본, 사재동본, 한용집본, 운영전본, 덴리대본, 최척전본, 화몽집본, 산수도본, 규장각본, 김물실본, 김반구본, 장서각본 등 14개 이본을 가리킨다.

55 다른 14개 이본과 불일치하는 구절에는 배경색을 입혀 표시한다. 비교의 대상으로 선정된 글자를 진하게 표시된다.

[표3] 국도관본과 와세다본 표현의 일치성

번호	쪽-줄	국도관본	여타이본	쪽-줄	와세다본	여타이본
1	3-3	任俠放薄		1a-3	任俠放蕩	모두[56]
2	3-5	昧谷之西 暘谷之東	모두[57]	1a-5	昧谷之東 暘谷之西	
3	3-8	退不反還		1a-10	退不及還	모두
4	4-3	如漢慶福		1b-8	如漢景福	모두
5	6-1	倚立于側		3a-4	侍立于側	모두
6	7-1	寡人穢德陋功		3b-9	寡人穢德累功	모두
7	9-12	誰當此任也		6a-4	誰當此任	모두
8	10-2	一智一能		6a-7	一智一能之士	모두
9	10-6	없음		6b-2	座中皆曰 帝言善矣	모두
10	10-6	雖是三代上人物		6b-3	없음	모두
11	12-8	以四理論之 則當爲中興 小臣何敢拒乎		8a-6	以事理論之 則真中興 非創業也 陛下不歸先王 自處創業 則臣何敢拒諫乎	모두[58]
12	12-9	殿下功飯先生		8a-8	伏望陛下功歸先王	모두[59]
13	13-9	或有亂國悖逆者 皆去		9a-5	或有悖逆亂國者 皆去	모두
14	14-5	鬼大伏林陳勝		9b-5	鬼火伏林陳勝	모두
15	15-5	太宗廟魏徵		10a-10	太宗朝魏徵	모두

---

56 화몽집본의 이 부분이 낙장되었다.

57 화몽집본의 이 부분이 낙장되었다.

58 다른 이본들이 서로 다 자구상의 출입이 있지만, 똑같이 '선왕(先王)'과 '자처창업(自處創業)' 등 말이 나온다.

59 화몽집본의 이 부분이 누락되었다.

16	15-9	茅焦見廢		10b-5	茅焦見廢太后	모두[60]
17	17-11	度量宏達		12a-10	度量宏偉	모두
18	18-6	不顧九旅		13a-2	不顧九族	모두
19	19-5	屠城四百		13b-9	屠城三百	모두
20	19-7	擁盾卽入		14a-2	擁盾直入	모두
21	20-1	西蜀之地		14b-1	則西蜀之地	모두
22	25-12	沛若乎		20a-1	沛乎若	모두
23	26-1	豈非天也		20a-2	豈非天耶	모두

위와 같이, 국도관본과 와세다본이 서로 다를 때는 다른 14개 이본이 둘 중의 하나와 일치한 경우만 고찰하면 모두 23개의 차이를 찾아낼 수 있다. 위에 2번은 다른 모든 이본들이 모두 국도관본과 같고, 와세다본과 다르다. 중국 신화에 따라, '매곡'은 해가 지는 곳, 즉 제일 서쪽이고, '양곡'은 해가 돋는 곳, 즉 제일 동쪽이다. '매곡지서(昧谷之西), 양곡지동(暘谷之東)'이라는 말이 '맨 서쪽의 서쪽, 맨 동쪽의 동쪽'이라는 말로, 이 몽유자가 온 세상에 가본 적 없는 곳이 없고, 세상의 끝에까지 모두 가봤다는 의미를 나타낸다. 그래서 국도관본의 말이 맞고, 와세다본이 확실히 틀리다. 나머지 22개 차이는 다른 모든 이본들이 모두 와세다본과 같고, 국도관본과 다르다. 다시 말하자면, 국도관본보다 와세다본이 나머지 이본들과 훨씬 비슷하다.

2. 표현의 정확성

이어서 와세다본의 정확성에 대하여 고찰하고자 한다. 〈금화사몽유록〉

60　강전섭본과 중지도본은 '태후(太后)'를 '대후(大后)'로 오기하였다.

에서는 역사 실존 인물이 많이 등장하였을 뿐만 아니라 지명과 관직에 대한 서술도 많이 나와 있다. 이러한 내용의 정확성은 역사적 지식을 활용해서 쉽게 확인할 수 있으므로 다음에서는 국도관본과 비교하면서 와세다본에서 나온 오기 현상을 살펴보도록 하겠다. 구체적으로는 다음의 [표4], [표5] 두 표[61]로 제시하겠다. 일단, 이 두 이본이 공통으로 오기한 것을 [표4][62]로 정리하면 다음과 같다.

[표4] 국도관본과 와세다본 표현의 정확성

번호	쪽-줄	국도관본	쪽-줄	와세다본	오기에 대한 설명
1	5-5	周介	2b-4	周介	'주가(周苛)'의 오기.
2	5-5	張倉	2b-4	張倉	'장창(張蒼)'의 오기.
3	5-7	蔚遲敬德	2b-6	蔚遲敬德	'위지경덕(尉遲敬德)'의 오기. 곧 '위지공(尉遲恭)'.
4	5-7	陳叔寶	2b-6	陳叔甫	'진숙보(秦叔寶)'의 오기.
5	5-10	徐暉祖	2b-10	徐暉祖	'서휘조(徐輝祖)'의 오기.
6	5-10	黃自徵	2b-10	黃自徵	'황자징(黃子澄)'의 오기.
7	5-10	花雲竜	3a-1	花雲龍	'화운룡(華雲龍)'의 오기.
8	5-11	李聞忠	3a-1	李開忠	'이문충(李文忠)'의 오기.
9	5-11	蕩花	3a-2	蕩和	'탕화(湯和)'의 오기.
10	5-11	毛穎	3a-2	毛穎	'목영(沐英)'의 오기.
11	5-11	韓成正	3a-2	韓成正	'한성(韓成)'의 오기.
12	5-11	敬青	3a-2	敬青	'경청(景清)'의 오기.
13	7-10	陳叔寶	4a-9	陳叔寶	위의 4번 참조.
14	7-10	蔚遲恭	4a-10	蔚遲恭	위의 3번 참조.

---

61   오자와 두 이본이 서로 달리 표시하는 글자를 진하게 표시한다.

62   두 번 이상 나온 오기에는 배경색을 입혀 표시한다.

15	8-6	花雲竜	4b-10	花雲龍	위의 7번 참조.
16	8-6	韓成正	4b-10	韓成正	위의 11번 참조.
17	8-6	周介	5a-1	周介	위의 1번 참조.
18	8-7	蔚遲恭	5a-2	蔚遲恭	위의 3번 참조.
19	8-7	毛穎	5a-1	毛穎	위의 10번 참조.
20	9-4	없음	5b-3	魏萬翁	'위료옹(魏了翁)'의 오기. '료(了)'자를 '만(萬)'자의 약자인 '만(万)'자로 잘못 본다.
21	12-4	李澡	8a-2	李保	'이악(李諤)'의 오기. 다른 이본 참조.
22	17-11	毛穎	12b-1	毛穎	위의 10번 참조.
23	18-6	方召堯	13a-2	方召堯	'방효유(方孝孺)'의 오기.
24	18-6	黃自徵	13a-2	黃自徵	위의 6번 참조.
25	19-7	蔚遲恭	14a-1	蔚遲敬德	위의 3번 참조.
26	19-8	蕩花	14a-4	蕩花	위의 9번 참조.
27	25-11	桃源	19b-10	桃源	'도원(桃園)'의 오기.
28	30-5	滎揚	23b-8	熒陽	'형양(滎陽)'의 오기.
29	30-8	祈山	24a-10	祈山	'기산(祁山)'의 오기.
30	32-10	蕩花	26b-8	없음	위의 9번 참조.
31	32-10	없음	26b-8	張孫無忌	'장손무기(長孫無忌)'의 오기.
32	32-10	陳叔宝	26b-8	秦叔甫	위의 4번 참조.
33	32-10	坑州	26b-8	抗州	'항주(杭州)'의 오기.
34	33-2	蔚遲恭	27a-3	蔚遲恭	위의 3번 참조.

위의 표를 살펴볼 때 꼭 주의해야 하는 것은 '주가(周苛)', '위지경덕(尉遲敬德)', '진숙보(秦叔寶)', '황자징(黃子澄)', '화운룡(華雲龍)', '탕화(湯和)', '목영(沐英)', '한성(韓成)' 등 8명 인물의 이름이 두 이본에 반복하여 나타나지만, 모두 오기했다는 것이다. 그래서 이런 잘못이 필사자의 실수가 아니라 원본에 원래 있는 오기라고 생각한다. 그리고 나머지 공통된 오기도 원본의 오기인 가능성을 제외할 수 없다.

이 두 이본 중 하나만 오기한 경우를 [표5]⁶³로 정리하면 다음과 같다.

[표5] 국도관본과 와세다본 오기 비교

번호	쪽-줄	국도관본	쪽-줄	와세다본	오기에 대한 설명
1	4-9	宋太宗	2a-4	宋太祖	'송태조'가 송나라 개국황제(開國皇帝)이다.
2	4-11	帝陽王	2a-8	滁陽王	'제양왕(滁陽王)'이 곧 원나라 말년에 홍건군(紅巾軍)의 영수인 곽자흥(郭子興)이다. 곽자흥이 죽은 뒤에 명태조가 황제가 되고 홍무(洪武) 3년에 그를 저양왕으로 추봉했다.
3	5-5	房玄岭	2b-5	房玄齡	'방현령(房玄齡)'이 당태종 때의 재상(宰相)이다.
4	5-6	戴曹	2b-6	戴胄	'대주(戴胄)'가 당태종 때의 재상이다.
5	5-8	王佑	2b-7	王祐	'왕우(王祐)'가 송태종(宋太宗) 때의 병부시랑(兵部侍郎)이다. 명효종(明孝宗) 주우당(朱祐樘)의 휘를 피하기 위해 왕우(王祐)의 이름을 '왕호(王祜)' 혹은 '왕뢰(王瘣)'로 쓴 경우도 있다.
6	5-8	雷驤	2b-7	雷德驤	'뇌덕양(雷德驤)'이 송태조 때의 호부원외랑(户部員外郎)이다.
7	5-8	李昉	2b-7	李昉	'이방(李昉)'이 송태조 때의 중서사인(中書舍人)이다.
8	5-10	宋濂	2b-10	宋謙	'송렴(宋濂)'이 명태조 때의 지제고(知制誥)이다.
9	7-11	房玄岭	4b-1	房玄齡	위의 3번 참조.
10	8-11	李昉	5a-6	李昉	위의 7번 참조.
11	8-12	昭列	5a-9	昭烈	'소열(昭烈)'이 유비(劉備)의 시호(諡號)다.

---

63 틀린 것에는 배경색을 입혀 표시한다.

12	9-1	龐德	5a-10	龐統	'방통(龐統)'이 유비 때의 군사중랑장(軍師中郎將)이다.
13	9-2	許靖	5b-1	許靜	'허정(許靖)'이 유비 때의 좌장군장사(左將軍長史)이다.
14	9-2	李珌	5b-1	李泌	'이비(李泌)'가 당현종(唐玄宗), 당숙종(唐肅宗), 당대종(唐代宗), 당덕종(唐德宗) 때 여러 벼슬을 역임한다.
15	9-3	雷万春	5b-2	雷萬春	'뇌만춘(雷萬春)'이 당현종 때의 장수이다.
16	9-3	南齊雲	5b-2	南霽雲	'남제운(南霽雲)'이 당현종 때의 장수이다.
17	9-4	岳蜚	5b-3	岳飛	'악비(岳飛)'가 송고종(宋高宗) 때의 장수이다.
18	9-4	張浚	5b-3	張俊	'장준(張俊)'이 송고종 때의 장수이다.
19	12-1	王剪	7b-7	王翦	'왕전(王翦)'이 진시황 때의 장수이다.
20	12-3	羊祐	7b-10	羊祜	'양호(羊祜)'가 진무제(晉武帝) 때의 중군장군(中軍將軍)이다.
21	12-11	周闌	8b-1	周蘭	'주란(周蘭)'이 항후(項羽) 때의 장수이다.
22	13-5	蔡丘	8b-9	葵丘	'규구(葵丘)'가 '규구회맹(葵丘會盟)'의 장소이다.
23	13-13	湖西	9a-8	淮西	'회서(淮西)'가 당헌종(唐憲宗)이 평정한 지방이다.
24	17-1	房玄岭	11b-5	房玄齡	위의 3번 참조.
25	17-3	戴曹	11b-9	戴胄	위의 4번 참조.
26	17-8	馮夷	12a-7	馮異	'풍이(馮異)'가 광무제(光武帝) 때의 정서대장군(征西大將軍)이다.
27	17-8	斬臺	12a-7	漸臺	왕망(王莽)이 '점대(漸臺)'에서 군사에게 죽임을 당한다.
28	19-4	長板	13b-7	長坂	'장판(長坂)'이 곧 '장판파(長坂坡)'이다.
29	21-4	九原	16b-3	九泉	'구천(九泉)'이 곧 저승이다.
30	21-4	吳江	16b-3	烏江	'오강(烏江)'이 항우가 자결한 곳이다.

31	21-11	西市	17a-2	徐市	'서시(徐市)'가 진시황 때의 방사(方士)이다.
32	21-11	胸溪	17a-3	胸界	'구계(胸界)'가 진(秦)나라 동쪽의 국경이다.
33	22-11	李勣	17b-7	李靖	'이적(李勣)'이 당태종 때의 병주도독(並州都督)이다.
34	23-4	袁術	18a-2	袁述	'원술(袁術)'이 삼국 시대의 군벌(軍閥)이다.
35	24-5	照烈	18b-7	昭烈	위의 11번 참조.
36	26-11	肅宗	20b-6	玄宗	이본에 따라 '숙종(肅宗)'과 '현종(玄宗)'으로 되어 있는 것이 모두 있다. 그러나 등장 인물을 확인해 보면 여기 평가하는 대상이 확실히 숙종이다. 원문이 숙종과 현종의 행적을 혼동하여 쓰기 때문에 이런 이본간의 차이가 나타난 것으로 짐작한다.
37	30-11	曹操	24b-9	曹操	'조조(曹操)'가 삼국 시대의 위왕(魏王)이다.
38	32-8	奏書	26b-6	注書	문맥상으로 보면, '주서(注書)'는 맞다. 하지만 '주서'가 조선 시대 초엽 문하부의 정칠품 벼슬이다. 작자가 중국의 관제와 조선의 관제를 동일시해서 한 실수이다.
39	32-8	戕宮	26b-7	臧宮	'장궁(臧宮)'이 광무제 때의 좌중랑장(左中郎將)이다.
40	32-8	尙侍	26b-7	常侍	'상시(常侍)'가 '중상시(中常侍)' 혹은 '산기상시(散騎常侍)'의 약칭이다.
41	32-9	杜茂	26b-8	卓茂	'두무(杜茂)'와 '탁무(卓茂)'가 다 한나라 실존 인물이지만, 다른 이본을 참조하면 원문은 탁무이다.[64]

---

64 강남대본, 강전섭본, 중지도본, 한용집본, 덴리대본, 최척전본 화몽집본, 산수도본, 규장각본, 김물실본, 김반구본, 장서각본 등 12개 이본이 모두 '탁무(卓茂)'로 쓰여 있다. 사재동본과 운영전본의 이 부분이 누락되었다.

| 42 | 32-8 | 李昉 | 26b-8 | 李昉 | 위의 7번 참조. |

이상 살펴본 바와 같이, 국도관본과 와세다본이 서로 다를 때에는 대부분의 경우 국도관본이 틀리고 와세다본이 정확하다. 다시 한번 정리하면, 인명과 지명, 관직만 고찰할 때는, 두 이본 모두 오기한 것이 34군데 있으며, 국도관본만 오기한 것이 37군데 있고, 와세다본만 오기한 것이 5군데 있다. 이러한 이유로 와세다본이 국도관본보다 더 정확하고 믿음직한 이본이라고 할 수 있다.

V. 결론

이상에서와 같이 와세다본 〈금화사몽유록〉이 보여주는 일종의 이본으로서의 특징과 의미를 살펴보았다. 그래서 지금까지의 논의를 정리하면 다음과 같다.

와세다본은 개판용 정서본이고 보존 상태도 매우 좋을 뿐만 아니라 수정과 교주 및 비평 등 다양한 수택도 존재한다. 그리고 평가 장면에 대한 부연으로 제갈량에 대하여 어떻게 평가해야 하는가 하는 독자들의 궁금증을 풀어주면서 서사를 더욱더 매끄럽고 유기적으로 보완해 주었다. 또한 몽유자를 실제로 존재하는 인물로 설정하여 독자들에게 작품의 내용이 사실이라 설득하려는 의도를 가지고 있다. 아울러 국도관본과 와세다본이 서로 다를 때에는, 다른 14개 이본이 모두 둘 중의 하나와 일치한 경우만 고찰하면 모두 23개의 차이를 찾아낼 수 있다. 이 가운데 22개 차이는 여타 모든 이본들이 모두 와세다본과 같고, 국도관본과 다르다. 그리고 표기의 정확성을 고찰할 때에는 와세다본이 국도관본보다 더 정확하고 믿음직한 이본이라고 할 수 있다.

그러나 아쉽게도, 다른 이본을 참고했다는 것을 고려한다면 와세다본은 원본(原本)도 아니고, 또한 일찍 나온 선본(先本)일 가능성도 거의 없다. 게다가 와세다본은 내용상 분명히 고친 흔적이 있을 뿐만 아니라, 더불어 부연하는 내용이 대폭 늘어났기 때문에 원본의 모습을 그대로 충실하게 보여줄 수 없어 〈금화사몽유록〉의 선본(善本)으로 볼 수도 없을 것이다. 하지만 주목해야 하는 것은 와세다본이 선본(先本)도 아니고 선본(善本)도 아니지만, 다른 모든 이본들은 다소 삭제, 누락하는 부분이 존재하는 것과 달리, 와세다본의 경우 주로 내용에 대한 부연과, 몽유자의 신상에 대한 변개만 있다는 것이다. 그로 인해 와세다본은 〈금화사몽유록〉의 이본들 가운데 가장 대표적이고 정확한 내용을 내포하고 있다. 다시 말하자면, 와세다본 안에서 원본과 가장 가까운 하나의 새로운 이본을 추출할 수 있다는 것이다. 이상의 논의를 정리하면, 와세다본은 선본(先本)이나 선본(善本)으로 확정할 수 없지만, 〈금화사몽유록〉의 특이한 하나의 이본으로써 〈금화사몽유록〉 이본의 지평을 넓히면서, 향후 〈금화사몽유록〉을 연구하는 데 있어서 참고할 만한 이본으로 활용할 수 있는 가치가 매우 크다고 여긴다.

〈참고문헌〉

1. 자료

〈金華寺記〉, 일본 와세다대학 도서관 풍릉문고 소장.

〈金華寺記〉, 강전섭 소장.

〈金華寺記〉, 김동욱 소장. '守而勿失'이란 필사기가 있다.

〈金華寺記〉, 김동욱 소장. 〈伴鷗亭記〉 등과 합철.

〈金華寺記〉, 미국 국회도서관 소장. 〈山水圖〉 등과 합철.

〈金華寺記〉, 서울대학교 규장각 소장.

〈金華寺記〉, 일본 덴리대학 이마니시류문고 소장. 〈崔陟傳〉 합철.

〈金華寺記〉, 한국학중앙연구원 장서각 소장. 〈雲英傳〉 합철. 낙장.

〈金華灵會〉, 북한 김일성종합대학 소장. 『花夢集』 수록. 낙장.

〈金華寺夢遊錄〉, 국립중앙도서관 소장.

〈金華寺夢遊錄〉, 일본 덴리대학 이마니시류문고 소장.

〈金華寺夢遊錄〉, 한국학중앙연구원 장서각 소장. 『聞容集』 수록.

〈金華寺夢遊記〉, 강남대학교 도서관 소장.

〈錦山寺夢遊錄〉, 사재동 소장(현 충남대학교 도서관 소장).

〈金山寺夢遊錄〉, 한국학중앙연구원 장서각 소장. 〈雲英傳〉 합철.

〈金山寺朌業宴記〉, 일본 오사카부립중지도도서관 소장.

2. 논저

簡鎬允, 「〈廣寒樓記〉에 나타난 小說批評」, 『韓國 古小說批評 研究』, 景仁文化社, 2002, 184면.

金起東, 『韓國 古典小說 研究』, 敎學社, 1981, 113면.

申載弘, 『한국 몽유 소설 연구』, 역락, 2012, 73면.

申海鎭, 『금화사몽유록』, 역락, 2015, 7면.

張德順, 『國文學通論』, 新丘文化社, 1960, 290면.

張孝鉉·尹在敏·崔溶澈·池硯淑·李基大, 『校勘本 韓國漢文小說 夢遊錄』, 高麗大學校 民族文化研究院(寶庫社), 2007, 223~332면.

車溶柱, 『夢遊錄系 構造의 分析的 研究』, 創學社, 1981, 121~125면.

崔雄權·馬金科·孫德彪, 『17세기 한문소설집 『화몽집』 교주』, 소명출판, 2009, 112~134면.

3. 논문

金貞女, 「朝鮮後期 夢遊錄의 展開 樣相과 小說史的 位相」, 고려대학교 대학원, 박사학위논문, 2002, 93면.

_____, 「〈金華寺夢遊錄〉의 異本 계열과 善本」, 『민족문화연구』 제41권, 고려대학교 민족문화연구원, 2004, 238~243면.

申相弼, 「신자료 한문소설 〈金山寺大夢錄〉의 성격과 의미」, 『열상고전연구』 제33권, 열상고전연구회, 2015.

林治均, 「〈王會傳〉 연구」, 『藏書閣』 제2집, 한국학중앙연구원, 1999, 72~73면.

鄭容秀, 「〈金華寺慶會錄〉考 : 해제를 겸하여」, 『淵民學志』 제2집, 연민학지, 1994.

_____, 「〈金山寺夢遊錄〉系의 創作背景과 主題意識」, 『古小說研究』 제10집, 한국고소설학회, 2000, 180~181면.

_____, 「북한본 『화몽집』 소재 〈금화령회〉에 대하여」, 『동남어문논집』 제19집, 동남어문학회, 2005.

_____, 「洛渚本 〈金山寺創業宴錄〉의 원전 비평과 그 이본적 특징」, 〈東洋漢文學研究〉 第33輯, 東洋漢文學會, 2011.

車溶柱, 「金山寺夢遊錄」, 『韓國古典小說作品論』, 集文堂, 1990, 156면.

車恩和, 「朝鮮後期 活字本 文集의 魚尾·邊欄·行字數에 관한 基礎的 연구」, 성균관대학교 대학원, 석사학위논문, 2012, 43면, 53면, 66면.

車充煥, 「〈五老峰記〉 硏究」, 『語文硏究』 제34권, 한국어문교육연구회, 2006, 319면.

하대빈, 「羅孫本 〈금산사몽유록〉의 내용 및 이본 계보 연구」, 단국대학교 교육대학원, 석사학위논문, 2010.

洪在烋, 「〈金山寺記〉攷 : 南平人 文後嘆 漢命 改正本」, 『國文學研究』 第9輯, 國語國文學會, 1986.

345, 347, 354, 365, 387, 388, 389, 400

常益 365

常遇春 61, 278, 280, 286, 291, 292, 294, 297, 316, 318, 324, 329, 340, 343, 346, 355, 369, 381

陳霸先 357

陳伯先 307

陳博 279, 291, 318, 346

陳高祖 307

陳平 278, 279, 284, 285, 290, 291, 294, 295, 303, 310, 311, 316, 318, 326, 329, 338, 343, 344, 346, 354, 365, 366, 381

陳勝 283, 288, 300, 301, 307, 324, 326, 351, 352, 357, 361, 397

陳圖南 327

陳搏 278, 294, 296, 297, 311, 316, 338, 345, 357, 366

陳希夷 301, 352

陳豨 309, 338, 363

陳懸達 356

陳友諒 278, 294, 316, 343

陳雲竜 312

成王 284, 388, 389

成宗 340

程顥 283, 291, 311, 352, 366

程邈 349

程明道 284, 302, 327, 353

程普 301, 352

程頤 283, 291

誠意伯 352

蚩尤 286, 304, 330, 357, 368

赤帝子 294, 363

赤松 284, 301, 322, 327, 352

赤松子 322, 327, 352

仇士良 332

楚霸王 292, 348

楚伯王 281, 282, 286, 288, 289, 298, 305, 307, 324, 326, 330, 348

楚材 56, 292, 312, 313, 367, 369

楚王 285, 326, 331

褚遂良 278, 279, 291, 294, 296, 316, 318, 343, 345, 346, 355, 381

從龍 343, 346, 354

崔冲方 282

崔浩 311, 367

D

大將軍逹 364

大明皇帝 357

大舜 306

戴曹 343, 354, 401, 402

戴胄 294, 318, 381, 401, 402

德公 329

德壽 289

德昭 308, 319, 361

鄧艾 281, 285, 291, 299, 324, 349, 354

鄧司徒 284

鄧俞 344, 346

鄧禹 34, 280, 291, 297, 302, 310, 328, 338, 346, 353, 365, 366

狄青 301, 324, 352, 355

帝堯 282

한문본 금산사몽유록 연구

張讓 257, 333

張尚書 284

張太師 284, 352

張太史 301

張繡 288, 306, 332

張巡 51, 141, 280, 285, 297, 304, 310, 311, 324, 329, 346, 355, 365, 366, 368

張儀 281

章溢 343, 346

張載 283, 291

張昭 283

張子房 327

昭帝 186, 190, 284

昭烈 140, 142, 143, 172, 179, 280, 281, 284, 288, 289, 297, 298, 302, 304, 307, 308, 320, 321, 323, 324, 334, 335, 357, 362, 387, 393, 401, 403

昭王 282, 325, 349

召公 281, 298, 323, 347

召虎 281, 323, 347

照列 346

照烈 352, 360, 362, 403

趙鼎 355

趙高 255, 257, 289, 308, 330, 332, 333, 334

趙克周 130, 153, 155, 156, 370

趙孟頫 57, 313, 366, 367, 369

趙普 54, 140, 141, 173, 180, 181, 197, 200, 216, 278, 279, 280, 281, 289, 291, 294, 296, 297, 298, 302, 308, 316, 318, 319, 323, 328, 332, 343, 344, 345, 346, 347, 353, 361, 368, 381, 382, 383

趙昇 346

趙王 131, 227, 296, 312, 319, 367

趙相国 284

趙宣子 356

趙雲 142, 143, 166, 168, 280, 286, 290, 291, 297, 303, 310, 311, 324, 329, 338, 339, 346, 355, 365, 366

鄭岳 299

鄭子產 302, 352

跖跋珪 224, 227, 311, 312

跖跋氏 227, 312

中丞遠 364

中山甫 347

鍾會 141, 281, 285, 286, 291, 299, 330, 349, 356

鍾仅 304

鍾離昧 299, 326, 350, 354

鍾难昧 282

仲連 195, 284, 302, 353

仲尼 360, 363

仲山甫 298, 366

仲舒 141, 283, 291, 301, 308, 323, 327, 335, 351, 357, 361, 366

周勃 28, 173, 181, 185, 278, 279, 280, 291, 294, 295, 297, 316, 318, 319, 324, 329, 343, 345, 346, 355, 381

周飛廉 368

周高宗 334

周公 186, 190, 281, 284, 290, 298, 302, 310, 319, 323, 329, 347, 365, 388, 389

周凱 141, 278, 279, 283, 285, 295, 297, 301,

저자 소개

양반(楊攀)

중국 대련외국어대학교(大連外國語大學, Dalian University of Foreign Languages) 한국어과 학부를 졸업하고 한국학중앙연구원(韓國學中央研究院, The Academy of Korean Studies) 한국학대학원에서 문학석사와 문학박사 학위를 받았다. 이후 중국 중산대학교(中山大學, Sun Yat-sen University) 국제번역학원 한국어과에서 박사후 연구원으로 2년 동안 연구 활동을 하였다. 현재 소관대학교(韶關學院, Shaoguan University) 문학과 매체 학원 강사로 재직 중이다. 대학원에서 특별히 옛한글 고전소설 작품에 대한 관심을 기울이기 시작하면서 중국과 관련 있는 한문 고전소설과 옛한글 고전소설을 주로 연구해왔다. 그리고 재학 기간 동안 한국 내에 산재해 있는 고전소설 자료를 직접 두루 조사함과 동시에 해외에서 소장하고 있는 한국 고전소설 신자료 몇 가지를 학계에 보고하였다. 논문으로는 「新資料 早稻田 漢文本 <金華寺夢遊錄>의 特徵과 意味」, 「『남계연담』 이본 연구」, 「Confucianism Represented by Zhu Yuanzhang(朱元璋) in Geumhwasa Mongyurok(金華寺夢遊錄)」 등이 있고 역서로는 『恨中錄 譯註』(중국 天津人民出版社)가 있다. 또한 중국 '국가 사회 과학 기금 프로젝트'인 「朝鮮 王室 諺文 注音 全譯 孤抄本 <紅樓夢> 校勘 및 研究」와 '광동성 철학과 사회과학 13차 5개년 프로젝트'인 「朝鮮 <金華寺夢遊錄> 作品群 中의 中國 歷史人物 形象 研究」 프로젝트를 주최하고 있다.